Vinte mil léguas submarinas

Júlio Verne

TEXTO INTEGRAL

4ª EDIÇÃO

Tradução
JOSÉ GONÇALVES VILANOVA

A ORTOGRAFIA DESTE LIVRO FOI ATUALIZADA SEGUNDO O ACORDO ORTOGRÁFICO DA LÍNGUA PORTUGUESA (1990), QUE PASSOU A VIGORAR EM 2009.

COLEÇÃO A OBRA-PRIMA DE CADA AUTOR

Vinte mil léguas submarinas

Júlio Verne

TEXTO INTEGRAL

MARTIN CLARET

Título original francês: *Vingt Mille Lieues Sous les Mers* (1870)

CONSELHO EDITORIAL
Martin Claret

PRODUÇÃO EDITORIAL
Taís Gasparetti

CAPA
Ilustração: Ensuper / Shutterstock

MIOLO
Tradução: José Gonçalves Vilanova
Ilustração: Édouard Riou
Revisão: Marinice Argenta / Lucyana Rocha de O. Torchia / Pedro Baraldi
Projeto gráfico: José Duarte T. de Castro
Editoração eletrônica: Editora Martin Claret
Impressão e acabamento: Paulus Gráfica

Dados Internacionais de Catalogação na Publicação (CIP)
(Câmara Brasileira do Livro, SP, Brasil)

Verne, Jules, 1828-1905.
Vinte mil léguas submarinas / Júlio Verne; tradução José Gonçalves Vilanova. — 4. ed. — São Paulo: Martin Claret, 2011. — (Coleção a obra-prima de cada autor. Série ouro; 28)

Título original: Vingt mille lieues sous les mers.
"Texto integral"
ISBN 978-85-7232-626-1

1. Ficção francesa I. Título. II. Série.

11-12530 CDD-843

Índices para catálogo sistemático:

1. Ficção: Literatura francesa 843

EDITORA MARTIN CLARET LTDA.
Rua Alegrete, 62 – Bairro Sumaré – CEP: 01254-010 – São Paulo – SP
Tel.: (11) 3672-8144 – Fax: (11) 3673-7146
www.martinclaret.com.br / editorial@martinclaret.com.br

7ª reimpressão - 2018

Sumário

Segunda parte

A história do livro e a coleção "A obra-prima de cada autor"

MARTIN CLARET

Que é o livro? Para fins estatísticos, na década de 1960, a Unesco considerou o livro "uma publicação impressa, não periódica, que consta de no mínimo 56 páginas, sem contar as capas".

O livro é um produto industrial. Mas também é mais do que um simples produto. O primeiro conceito que deveríamos reter é o de que o livro como objeto é o veículo, o suporte de uma informação. O livro é uma das mais revolucionárias invenções do homem.

A *Enciclopédia Abril* (1972), publicada pelo editor e empresário Victor Civita, no verbete "livro" traz concisas e importantes informações sobre a história do livro. A seguir, transcrevemos alguns tópicos desse estudo didático.

O livro na Antiguidade

Antes mesmo que o homem pensasse em utilizar determinados materiais para escrever (como, por exemplo, fibras vegetais e tecidos), as bibliotecas da Antiguidade estavam repletas de textos gravados em tabuinhas de barro cozido. Eram os primeiros "livros", depois progressivamente modificados até chegarem a ser feitos — em grandes tiragens — em papel impresso mecanicamente, proporcionando facilidade de leitura e transporte. Com eles, tornou-se possível, em todas as épocas, transmitir fatos, acontecimentos históricos, descobertas, tratados, códigos ou apenas entretenimento.

Como sua fabricação, a função do livro sofreu enormes modificações dentro das mais diversas sociedades, a ponto de constituir uma mercadoria especial, com técnica, intenção e utilização determinadas. No moderno movimento editorial das chamadas sociedades de consumo, o livro pode ser considerado uma mercadoria cultural, com maior ou menor significado no contexto socioeconômico em que é publicado. Como mercadoria, pode ser comprado, vendido ou trocado. Isso não ocorre, porém, com sua função intrínseca, insubstituível: pode-se dizer que o livro é essencialmente um instrumento cultural de difusão de ideias, transmissão de conceitos, documentação (inclusive fotográfica e iconográfica), entretenimento ou ainda de condensação e acumulação do conhecimento. A palavra escrita venceu o tempo, e o livro conquistou o espaço. Teoricamente, toda a humanidade pode ser atingida por textos que difundem ideias que vão de Sócrates e Horácio a Sartre e McLuhan, de Adolf Hitler a Karl Marx.

Espelho da sociedade

A história do livro confunde-se, em muitos aspectos, com a história da humanidade. Sempre que escolhem frases e temas, e transmitem ideias e conceitos, os escritores estão elegendo o que consideram significativo no momento histórico e cultural que vivem. E, assim, fornecem dados para a análise de sua sociedade. O conteúdo de um livro — aceito, discutido ou refutado socialmente — integra a estrutura intelectual dos grupos sociais.

Nos primeiros tempos, o escritor geralmente vivia em contato direto com seu público, que era formado por uns poucos letrados, já cientes das opiniões, ideias, imaginação e teses do autor, pela própria convivência que tinham com ele. Muitas vezes, mesmo antes de o texto ser redigido, as ideias nele contidas já haviam sido intensamente discutidas pelo escritor e parte de seus leitores. Nessa época, como em várias outras, não se pensava na enorme porcentagem de analfabetos. Até o século XV, o livro servia exclusivamente a uma pequena minoria de sábios e estudiosos que constituíam os círculos intelectuais (confinados aos mosteiros durante o começo da Idade Média) e que tinham acesso às bibliotecas, cheias de manuscritos ricamente ilustrados.

Com o reflorescimento comercial europeu, nos fins do século XIV, burgueses e comerciantes passaram a integrar o mercado livreiro da época. A erudição laicizou-se e o número de escritores aumentou, surgindo também as primeiras obras escritas em línguas que não o latim e o grego (reservadas aos textos clássicos e aos assuntos considerados dignos de atenção). Nos séculos XVI e XVII, surgiram diversas literaturas nacionais, demonstrando, além do florescimento intelectual da época, que a população letrada dos países europeus estava mais capacitada a adquirir obras escritas.

Cultura e comércio

Com o desenvolvimento do sistema de impressão de Gutenberg, a Europa conseguiu dinamizar a fabricação de livros, imprimindo, em cinquenta anos, cerca de 20 milhões de exemplares para uma população de quase 100 milhões de habitantes, cuja maioria era analfabeta. Para a época, isso significou enorme revolução, demonstrando que a imprensa só se tornou uma realidade diante da necessidade social de ler mais.

Impressos em papel, feitos em cadernos costurados e posteriormente encapados, os livros tornaram-se empreendimento cultural e comercial: os editores passaram logo a se preocupar com melhor apresentação e redução de preços. Tudo isso levou à comercialização do livro. E os livreiros baseavam-se no gosto do público para imprimir, principalmente obras religiosas, novelas, coleções de anedotas, manuais técnicos e receitas.

Mas a porcentagem de leitores não cresceu na mesma proporção que a expansão demográfica mundial. Somente com as modificações socioculturais e econômicas do século XIX — quando o livro começou a ser utilizado também como meio de divulgação dessas modificações e o conhecimento passou a significar uma conquista para o homem, que, segundo se acreditava, poderia ascender socialmente se lesse — houve um relativo aumento no número de leitores, sobretudo na França e na Inglaterra, onde alguns editores passaram a produzir obras completas de autores famosos a preços baixos. O livro era então interpretado como símbolo de liberdade, conseguida por conquistas culturais. Entretanto, na maioria dos países, não houve nenhuma grande modificação nos índices porcentuais até o fim da Primeira Guerra Mundial (1914-1918), quando surgiram as primeiras grandes tiragens de um só livro, principalmente romances, novelas e textos didáticos. O número elevado de cópias, além de baratear o preço da unidade, difundiu ainda mais a literatura. Mesmo assim, a maior parte da população de muitos países continuou distanciada do livro, em parte porque ele tinha sido durante muitos séculos considerado objeto raro, atingível somente por um pequeno número de eruditos. A grande massa da população mostrou maior receptividade aos jornais, periódicos e folhetins, mais dinâmicos e atualizados, e acessíveis ao poder aquisitivo da grande maioria. Mas isso não chegou a ameaçar o livro como símbolo cultural de difusão de ideias, como fariam, mais tarde, o rádio, o cinema e a televisão.

O advento das técnicas eletrônicas, o aperfeiçoamento dos métodos fotográficos e a pesquisa de materiais praticamente imperecíveis fazem alguns teóricos da comunicação de massa pensarem em um futuro sem os livros tradicionais (com seu formato quadrado ou retangular, composto de folhas de papel, unidas umas às outras por um dos lados). Seu conteúdo e suas mensagens (racionais ou emocionais) seriam transmitidos por outros meios, como por exemplo microfilmes e fitas gravadas.

A televisão transformaria o mundo todo em uma grande "aldeia" (como afirmou Marshall McLuhan), no momento em que todas as sociedades decretassem sua prioridade em relação aos textos escritos. Mas a palavra escrita dificilmente deixaria de ser considerada uma das mais importantes heranças culturais, entre todos os povos.

Através de toda a sua evolução, o livro sempre pôde ser visto como objeto cultural (manuseável, com forma entendida e interpretada em função de valores plásticos) e símbolo cultural (dotado de conteúdo, entendido e interpretado em função de valores semânticos). As duas maneiras podem fundir-se no pensamento coletivo, como um conjunto orgânico (onde texto e arte se completam, por exemplo, em um livro de arte) ou apenas como um conjunto textual (onde a mensagem escrita vem em primeiro lugar — em um livro de matemática, por exemplo).

A mensagem (racional, prática ou emocional) de um livro é sempre intelectual e pode ser revivida a cada momento. O conteúdo, estático em si, dinamiza-se em função da assimilação das palavras pelo leitor, que pode discuti-las, reafirmá-las, negá-las ou transformá-las. Por isso, o livro pode ser considerado instrumento cultural capaz de liberar informação, sons, imagens, sentimentos e ideias através do tempo e do espaço. A quantidade e a qualidade de ideias colocadas em um texto podem ser aceitas por uma sociedade, ou por ela negadas, quando entram em choque com conceitos ou normas culturalmente admitidos.

Nas sociedades modernas, em que a classe média tende a considerar o livro como sinal de *status* e cultura (erudição), os compradores utilizam-no como símbolo, mesmo desvirtuando suas funções ao transformá-lo em livro-objeto. Mas o livro é, antes de tudo, funcional — seu conteúdo é que lhe dá valor (os livros de ciências, filosofia, religião, artes, história e geografia, que representam cerca de 75% dos títulos publicados anualmente em todo o mundo).

O mundo lê mais

No século XX, o consumo e a produção de livros aumentaram progressivamente. Lançado logo após a Segunda Guerra Mundial (1939-1945), quando uma das características principais da edição de um livro era as capas entreteladas ou cartonadas, o livro de bolso constituiu um grande êxito comercial. As obras — sobretudo *best-sellers* publicados algum tempo antes em edições de luxo — passaram a ser impressas em rotativas, como as revistas, e distribuídas nas bancas de jornal. Como as tiragens elevadas permitiam preços muito baixos, essas edições de bolso popularizaram-se e ganharam importância em todo o mundo.

Até 1950, existiam somente livros de bolso destinados a pessoas de baixo poder aquisitivo; a partir de 1955, desenvolveu-se a categoria do livro de bolso "de luxo". As características principais destes últimos eram a abundância de coleções — em 1964 havia mais de duzentas, nos Estados Unidos — e a variedade de títulos, endereçados a um público intelectualmente mais refinado. A essa diversificação das categorias adiciona-se a dos pontos de venda, que passaram a abranger, além das bancas de jornal, farmácias, lojas, livrarias, etc. Assim, nos Estados Unidos, o número de títulos publicados em edições de bolso chegou a 35 mil em 1969, representando quase 35% do total dos títulos editados.

Enciclopédia Abril, vol. 7. São Paulo: Abril, 1973, p. 2840-2842.

Proposta da coleção
"A obra-prima de cada autor"

"Coleção" é uma palavra há muito tempo dicionarizada e define o conjunto ou reunião de objetos da mesma natureza ou que têm alguma relação entre si. Em um sentido editorial, significa o conjunto não limitado de obras de autores diversos, publicado por uma mesma editora, sob um título geral indicativo de assunto ou área, para atendimento de segmentos definidos do mercado.

A coleção "A obra-prima de cada autor" corresponde plenamente à definição acima mencionada. Nosso principal objetivo é oferecer, em formato de bolso, a obra mais importante de cada autor, satisfazendo o leitor que procura qualidade.*

Desde os tempos mais remotos existiram coleções de livros. Em Nínive, em Pérgamo e na Anatólia existiam coleções de obras literárias de grande importância cultural. Mas nenhuma delas superou a célebre biblioteca de Alexandria, incendiada em 48 a.C. pelas legiões de Júlio César, quando estas arrasaram a cidade.

A coleção "A obra-prima de cada autor" é uma série de livros a ser composta por mais de 400 volumes, em formato de bolso, com preço altamente competitivo, e pode ser encontrada em centenas de pontos de vendas. O critério de seleção dos títulos foi o já estabelecido pela tradição e pela crítica especializada. Em sua maioria, são obras de ficção e filosofia, embora possa haver textos sobre religião, poesia, política, psicologia e obras de autoajuda. Inauguram a coleção quatro clássicos: *Dom Casmurro*, de Machado de Assis; *O Príncipe*, de Maquiavel; *Mensagem*, de Fernando Pessoa; e *O lobo do mar*, de Jack London.

Nossa proposta é fazer uma coleção quantitativamente aberta. A periodicidade é mensal. Editorialmente, sentimo-nos orgulhosos de poder oferecer a coleção "A obra-prima de cada autor" aos leitores brasileiros. Nós acreditamos no poder do livro.

---

* Atendendo a sugestões de leitores, livreiros e professores, a partir de certo número da coleção, começamos a publicar, de alguns autores, outras obras além da sua obra-prima.

PRIMEIRA PARTE

1

O recife flutuante

Corria o ano de 1866. Inesperadamente, o mundo foi abalado por acontecimento fantástico, fenômeno inexplicado e inexplicável, que certamente ainda não foi esquecido. Estranhos boatos alarmaram os habitantes dos portos e provocaram a curiosidade pública no interior dos continentes, impressionando, principalmente, todos os que, por ofício, navegavam pelos mares. Comerciantes, armadores e governos de alguns estados ficaram enormemente preocupados com o estranho fato.

Com efeito, a partir de dado momento, vários navios haviam cruzado, no mar, com uma coisa enorme. Era um objeto longo, fusiforme, às vezes fosforescente, infinitamente maior e mais veloz que uma baleia.

Os diários de bordo, em que os fatos relativos à aparição tinham sido registrados, estavam inteiramente de acordo, não só quanto à estrutura da coisa ou ente avistado, como quanto à espantosa velocidade de movimentos, à surpreendente potência de seus meios de deslocamento e à vida especial de que parecia dotado. Se era algum cetáceo, tinha volume muito maior que o de qualquer outro até então classificado pela ciência. Os mais insignes ictiólogos só admitiriam a existência de tal monstro se o pudessem ver, mas vê-lo de verdade, esquadrinhando-o com os seus olhos sábios.

Baseando-nos na média das observações feitas, desprezando as avaliações prudentes e rejeitando as opiniões exageradas, poderíamos assegurar que o ser descomunal, se é que realmente existia, ultrapassava de muito todas as dimensões até então admitidas pelos cientistas. Ora, que o bicho existia era inegável e, dada a tendência que inclina o cérebro humano a impressionar-se com o maravilhoso, é fácil compreender a sensação provocada, no mundo inteiro, por essa aparição sobrenatural. Tanto mais quando seria impossível considerá-la inexistente.

Realmente, a vinte de julho de 1866, o navio *Governador Higginson* encontrara, a cerca de cinco milhas a leste do litoral da Austrália, a referida massa flutuante. O capitão Baker supôs, a princípio, encontrar-se frente a frente com algum recife desconhecido e, quando já se preparava para determinar-lhe a posição exata, o esquisito objeto esguichou no ar dois enormes jatos sibilantes de água, que chegaram, mais ou menos, a quarenta metros de altura. Portanto, a não ser que o tal rochedo estivesse sujeito às expansões intermitentes de algum gêiser, o *Governador Higginson* cruzara com algum mamífero aquático, até então desconhecido, que expelia pelos respiros jatos de água misturada a vapor.

Fato semelhante foi observado a vinte e três de julho do mesmo ano, nos mares do Pacífico, por Cristóvão Colombo.

O excepcional cetáceo era capaz de locomover-se com surpreendente velocidade, tanto que, no espaço de três dias, dois navios o haviam observado em pontos separados por distância superior a setecentas léguas marítimas.

Quinze dias depois, a duas mil léguas dali, o *Helvécia* e o *Shannon,* navegando em direções opostas, na região do Atlântico compreendida entre os Estados Unidos e a Europa, comunicaram-se reciprocamente a observação do monstro, a quarenta e dois graus e quinze minutos de latitude norte, e sessenta graus e trinta e cinco minutos de longitude oeste de Greenwich. Nesta observação simultânea, supuseram poder avaliar o comprimento mínimo do mamífero em mais de cento e seis metros. A conclusão era bem fundamentada, porque o *Helvécia* e o *Shannon* eram menores do que o monstro, embora medissem cem metros da popa à proa. Ora, as mais alentadas baleias nunca passam dos cinquenta e seis metros, se é que alguma atingiu tal dimensão.

Essas comunicações, chegadas uma em seguida à outra; novas observações feitas a bordo do transatlântico *Pereira*; um abalroamento entre o *Etna* e o monstro; o registro feito pelos oficiais da fragata francesa *Normandia;* a observação náutica conseguida pelo estado-maior do comodoro Jaime Frederico, a bordo do *Lorde Clyde* causaram profunda impressão na opinião pública. Nos países de gênio leviano e folgazão, o fenômeno provocou riso. Todavia, os países

— Vamos a pique! Vamos a pique!

de gênio sisudo e prático, como a Inglaterra, os Estados Unidos e a Alemanha, ficaram vivamente preocupados.

O monstro passou a ser assunto do dia em todas as grandes cidades do mundo. Foi celebrado nas canções dos cafés-concertos, mereceu a zombaria dos jornais e alcançou a glória dos palcos. A imprensa sensacionalista aproveitou a oportunidade para as invencionices mais incríveis. Nos jornais em crise de assunto, reapareceram todos os seres fantásticos e gigantescos. Foram ressuscitadas até as observações da antiguidade, as opiniões de Aristóteles e de Plínio, que admitiam a existência de tais monstros.

Rebentou então a interminável polêmica dos crédulos e dos incrédulos nas sociedades sábias e nos jornais científicos. A questão do monstro acendeu os espíritos. Os jornalistas que fazem profissão de pilhéria jorraram mar de tinta durante essa memorável campanha, e alguns até a sua gota de sangue, porque da serpente do mar passaram às mais injuriosas alusões pessoais. A guerra durou cerca de seis meses com variações da sorte dos combatentes.

Durante os primeiros meses de 1897, o assunto pareceu enterrado, sem possibilidade de reaparecer. Contudo, justamente quando todos o tinham como encerrado, novos fatos chegaram ao conhecimento público. Não se tratava mais da solução de problema científico, mas de evitar sério perigo, perigo muito concreto. A questão revestiu-se, pois, de aspecto inteiramente diferente. O monstro converteu-se outra vez em ilhéu, rochedo, recife, mas escolho fugaz, incompreensível, impossível de ser localizado.

A cinco de março de 1897, o *Morávio*, navegando, durante a noite, cerca de vinte e sete graus e trinta minutos de latitude norte e setenta e dois graus e quinze minutos de longitude oeste, colidiu por estibordo com escolho que mapa algum indicava naquelas paragens. Mediante a ação combinada do vento e de seus quatrocentos cavalos de força, o *Morávio* navegava à velocidade de treze nós. É indubitável, pois, que se não fosse a qualidade superior de seu casco, arrombado pelo choque, teria soçobrado, levando para o fundo do mar os duzentos e trinta e sete passageiros que recebera no Canadá.

O acidente verificou-se por volta das cinco horas da manhã, quando o dia apenas começava a amanhecer. Os oficiais de quarto correram para ré do navio e observaram o mar com escrupulosa atenção. Nada viram, a não ser forte redemoinho que se quebrava a distância de trezentas e sessenta braças, como se as camadas líquidas estivessem sendo violentamente agitadas. Feito cuidadoso levantamento do local em que se dera o choque, o *Morávio* continuou em sua derrota, sem avarias aparentes. Chocara-se contra algum rochedo submarino, contra os destroços de algum naufrágio? Não foi possível determinar. Mas, quando no estaleiro lhe examinaram a querena, verificaram que parte da quilha havia sido destruída.

Este fato, extremamente grave em si mesmo, teria, talvez, sido esquecido, como se esquecem tantos outros, se não se reproduzisse, em idênticas condições, três semanas mais tarde. Apenas, graças à nacionalidade do navio, vítima do novo abalroamento, e à reputação da companhia a que o mesmo pertencia o fato teve enorme repercussão.

A treze de abril de 1897, mar sereno e brisa suave, navegava o *Escócia* a quinze graus e doze minutos de longitude oeste, e quarenta e cinco graus e trinta e sete minutos de longitude norte. Sob o empuxo de mil cavalos de força, o navio desenvolvia velocidade de treze nós e quarenta e três centésimos. As suas rodas batiam o mar com regularidade impecável. Às dezesseis horas e dezessete minutos, hora em que os passageiros estavam reunidos no grande salão para o lanche, o *Escócia* sofreu pequeno choque na parte traseira do casco, um pouco atrás da roda de bombordo.

Não fora o navio que batera. Ele tinha sido abalroado e o choque fora tão pouco sensível que fazia pensar, de preferência, em objeto cortante, ou perfurante, que em objeto contundente. Entretanto, o choque fora tão leve que ninguém se preocuparia com ele a bordo, não fosse o grito aterrorizado do pessoal das caldeiras, que subiu ao convés gritando:

— Vamos a pique! Vamos a pique!

A princípio, os passageiros foram tomados pelo medo, mas o capitão Ânderson logo conseguiu acalmá-los. Efetivamente, não podia haver perigo imediato. O *Escócia,* dividido em compartimentos estanques, por meio de comportas, podia desafiar impunemente uma avaria. O capitão desceu logo ao porão e verificou que o quinto compartimento fora invadido pelas águas e a rapidez da inundação provava que o rombo era enorme. Felizmente, as caldeiras não estavam instaladas naquela parte do navio, caso contrário, teriam apagado imediatamente.

Ânderson ordenou a parada do navio e um dos marinheiros mergulhou para observar a avaria. Instantes depois informava que a querena sofrera rombo de dois metros de largura. Tal fenda não podia ser calafetada e o *Escócia* teve que seguir sua rota com as rodas meio afogadas. Encontrava-se, então, a trezentas milhas do cabo Clear e, após três dias de atraso, causando com isso vivas inquietações em Liverpool, entrou nas docas da Companhia.

Os engenheiros realizaram rigorosa vistoria e, levando o navio ao dique seco, mal puderam acreditar no que viam. Dois metros e meio abaixo da linha-d'água, abria-se fenda regular, em forma de triângulo isósceles. O rompimento da chapa de ferro era de nitidez perfeita e não teria sido realizado com mais perfeição pelo poderoso cortador de uma usina siderúrgica. Era indispensável, portanto, que o instrumento perfurante que o produzira fosse de têmpera incomum e houvesse sido manejado com força prodigiosa, para conseguir furar com tal precisão chapa de quatro centímetros de espessura e retirar-se por si mesmo, mediante movimento retrógrado verdadeiramente inexplicável.

Tal era o último fato, cuja consequência foi apaixonar novamente a opinião pública. A partir do acidente do *Escócia,* os sinistros marítimos de causa desconhecida passaram a ser atribuídos ao monstro. O fantástico animal aguentou a responsabilidade de tais naufrágios, cujo número, infelizmente, é considerável. Ora, o monstro foi, justa ou injustamente, acusado do desaparecimento desses barcos e, graças a ele, as comunicações entre os diversos continentes foram consideradas cada vez mais perigosas e o público manifestou-se exigindo categoricamente fossem, enfim, os mares libertados, a qualquer preço e para sempre, daquele formidável cetáceo.

❖

2

Convite inesperado

Na época em que aconteceram esses fatos, regressava eu de uma expedição científica à inculta região de Nebrasca, nos Estados Unidos. Na qualidade de professor adjunto, no Museu de História Natural, de Paris, o governo francês me designara para essa expedição. Depois de percorrer o Nebrasca durante seis meses, cheguei a Nova Iorque, no fim de março, carregado de coleções preciosas. Minha partida para a França estava marcada para os primeiros dias de maio. Enquanto esperava a data do embarque ocupava-me na classificação das minhas riquezas minerais, botânicas e zoológicas, quando sobreveio o incidente do *Escócia*.

Encontrava-me perfeitamente ao corrente do assunto do dia e nem poderia ignorá-lo. Lera e relera todos os jornais americanos e europeus, vale dizer — ficara na mesma. O mistério excitava-me a curiosidade. Na impossibilidade de formar opinião, meu espírito flutuava entre os extremos. Que havia qualquer coisa era indubitável e os incrédulos podiam, agora, palpar o flanco dilacerado do *Escócia*.

Por ocasião de minha chegada a Nova Iorque, a questão fervia. A hipótese do recife flutuante, a ilhota fugidia, sustentada por alguns espíritos de voo curto, fora completamente abandonada. Com efeito, a menos que o tal recife fosse equipado com máquina em seu interior, como poderia deslocar-se com velocidade tão prodigiosa? Pela mesma razão foi recusada a hipótese da existência de um casco flutuante, de enorme destroço. É evidente que um casco abandonado não poderia gozar de tal rapidez de deslocamento.

O problema só podia, pois, admitir duas soluções possíveis, em volta das quais surgiram dois partidos perfeitamente definidos. De um lado, agruparam-se os que acreditavam na existência de monstro colossal. De outro, os que admitiam a existência de embarcação submarina provida de poderosa força motora. Ora, essa última hipótese, embora admissível, não pôde resistir às investigações realizadas nos dois mundos. Era improvável que um particular pudesse ter à sua disposição tal engenho mecânico. Onde e quando o mandara construir e como conseguira manter secreta essa construção? Somente um governo poderia possuir tal máquina de destruição e, nestes calamitosos tempos, em que o homem se empenha em multiplicar a potência das armas de guerra, era possível que algum país tentasse, às ocultas, a construção daquele formidável engenho.

Entretanto, também esta hipótese não prosperou, diante da negativa dos governos. Como se tratava do interesse geral, visto como as comunicações transoceânicas haviam sido atingidas, isso não era possível, principalmente porque todos os atos de cada um são obstinadamente vigiados pelas potências rivais.

Portanto, após algumas investigações, feitas na Inglaterra, na França, na Rússia, na Alemanha, na Espanha, na Itália, nos Estados Unidos e até na Turquia, a hipótese do encouraçado submarino foi definitivamente rejeitada. O monstro voltou, portanto, à tona, a despeito das constantes zombarias com que o ironizava a imprensa de segunda ordem e, nessa direção, os imaginosos abandonaram-se aos devaneios mais absurdos de uma ictiologia fantástica.

Por ocasião de minha chegada a Nova Iorque, várias pessoas distinguiram-me com a honra de indagar a minha opinião sobre o fenômeno. Eu publicara em França uma obra, em dois volumes, intitulada *Os Mistérios do Fundo do Mar*. Este livro, muito apreciado pelos cientistas de todo o mundo, transformara-me em especialista dessa divisão ainda bastante obscura da história natural. Era justo, pois, que pedissem a minha opinião.

Enquanto pude negar a realidade do fato, refugiei-me na negativa absoluta. Não demorou, entretanto, que me encontrasse entre a parede e a espada e fui obrigado a manifestar-me claramente. Com efeito, o ilustre Pedro Aronnax, professor do Museu de Paris, foi intimado pelo *New York Herald* a emitir opinião, fosse qual fosse! Tive de render-me. Impossibilitado de continuar calado, falei. Discuti o problema sob todos os ângulos, política e cientificamente, e aqui transcrevo as conclusões de artigo bem extenso, que publiquei no número de trinta de abril:

"Assim, portanto — afirmava eu — depois de haver examinado todas as hipóteses, cada uma por sua vez, e haver rejeitado qualquer outra suposição, é forçoso admitir a existência de animal marinho possuidor de força esmagadora. As grandes profundidades oceânicas ainda nos são totalmente desconhecidas. A sonda até hoje não as alcançou. Que se passa nesses profundos abismos? Que seres habitam ou podem habitar a doze ou quinze milhas abaixo da superfície das águas? Como é o organismo desses animais? Mal poderíamos conjecturar.

Uma fragata velocíssima, a Abraão Lincoln...

Entretanto, a solução do problema que me foi submetido pode resultar em uma alternativa. Ou nós conhecemos todas as variedades de seres que habitam o nosso planeta, ou não as conhecemos. Se ainda não as conhecemos todas, se a natureza, até agora, tem segredos para nós, em ictiologia, nada mais aceitável do que admitir a existência de peixes ou cetáceos, de espécies ou até de gêneros novos, de organização essencialmente abissal, que habitam as camadas inacessíveis à sonda, que um acontecimento qualquer, fantasia, capricho, como quisermos, traga, de longe em longe, às camadas superiores do oceano.

Se, ao contrário, conhecemos todas as espécies vivas, é preciso procurar o animal em questão entre os seres marinhos já catalogados e, neste caso, eu estaria inclinado a admitir a existência de um narval gigante.

O narval comum, ou unicórnio marinho, atinge muitas vezes o comprimento de dois metros. Quintupliquemos, decupliquemos essa dimensão, demos a esse cetáceo força proporcional a sua corpulência, dotemo-lo de armas ofensivas, e teremos o animal em questão. Terá proporções determinadas pelos oficiais do *Shannon*, possuirá o instrumento necessário à perfuração do *Escócia* e a força indispensável para cortar o casco de um navio.

Efetivamente, o narval tem como arma uma espécie de espada de marfim, ou alabarda, segundo preferem certos naturalistas. É o seu dente principal, que tem a dureza do aço. Alguns desses dentes foram encontrados cravados em corpos de baleias, que o narval ataca sempre com êxito. Outros foram arrancados com dificuldade de carenas de navios, por eles varados de lado a lado, da mesma forma que a verruma fura a pipa. O Museu da Faculdade de Medicina de Paris possui uma dessas defesas, que tem dois metros e vinte e cinco centímetros de comprimento, e quarenta e oito centímetros de largura na base.

Pois bem! Suponhamos a arma dez vezes maior e o animal dez vezes mais possante. Lancemo-lo com a velocidade de vinte milhas por hora. Multipliquemos a massa pela velocidade, e teremos choque capaz de produzir a catástrofe referida.

Portanto, até melhores e mais completas informações, opinarei por um unicórnio marinho, de dimensões colossais, armado, não de alabarda, mas de esporão, como as fragatas couraçadas ou os aríetes de guerra, dos quais possuiria, ao mesmo tempo, a massa e a potência motora.

Assim se explicaria, talvez, esse fenômeno inexplicável, a menos que nada exista — apesar de que foi avistado, visto, sentido e sofrido — o que também é possível!"

Essas últimas palavras eram baixo expediente de minha parte. Mas eu precisava, até certo ponto, dar cobertura à minha dignidade de professor e não desejava dar ensejo ao riso dos americanos, que, quando riem, sabem fazê-lo bem. Reservava-me, assim, uma saída. No fundo, admitia a existência do monstro.

Meu artigo foi calorosamente discutido, o que lhe valeu grande repercussão e atraiu para mim alguns partidários. Além disto, a solução proposta permitia voo livre à imaginação. O espírito humano sempre se compraz da concepção grandiosa de seres sobrenaturais. Ora, o mar é exatamente o seu melhor veículo, o único meio em que esses gigantes — ao lado dos quais os animais terrestres, elefantes e rinocerontes, são apenas anãos — podem produzir-se e desenvolver-se. As massas líquidas alojam as maiores espécies de mamíferos conhecidas e ocultam, talvez, enormes moluscos e crustáceos apavorantes, como o seriam lagostas de cem metros, ou caranguejos de duzentas toneladas! Por que não? Outrora, os animais terrestres, contemporâneos das épocas geológicas — os quadrúpedes, os quadrumanos, os répteis, as aves — eram moldados segundo gabaritos gigantescos. O Criador vazava-os em moldes colossais, que o tempo, pouco a pouco, foi reduzindo. Por que o mar, em suas profundezas desconhecidas, não poderia ter conservado essas imensas amostras da vida, nas antigas idades da terra, ele que jamais se modifica, enquanto o núcleo terrestre está em mudança quase contínua? Por que não ocultaria o mar, em seu seio, as últimas variedades dessas espécies titânicas, cujos anos são séculos e cujos séculos são milênios?

Mas... não devo deixar-me arrastar por devaneios que já não posso alimentar. Tréguas às quimeras, que o tempo transformou em terríveis realidades. Repito, pois. O público formou opinião sobre a natureza do fenômeno e acreditou, sem contestação, na existência de ser prodigioso, que nada tinha em comum com as fabulosas serpentes marinhas.

Contudo, se alguns viram naquilo apenas um problema científico a resolver, outros, mais positivos, principalmente nos Estados Unidos e na Inglaterra, foram de parecer que se devia libertar o oceano desse monstro temível, a fim de assegurar as comunicações transoceânicas. Os jornais encaram o problema especialmente desse ponto de vista, e foram unânimes na defesa da expedição punitiva.

Havendo-se pronunciado a opinião pública, os Estados Unidos tomaram a iniciativa. Os preparativos de expedição destinada a perseguir o narval foram feitos em Nova Iorque. Uma fragata velocíssima, a *Abraão Lincoln*, foi posta em estado de fazer-se imediatamente ao mar, sob o comando do capitão Farragut.

Como sempre acontece, desde que ficou resolvida a perseguição do monstro, ele desapareceu. Durante dois meses, ninguém mais ouviu falar dele. Nenhum navio mais o encontrou. E a *Abraão Lincoln*, completamente equipada para campanha longínqua e provida de formidável aparelhos de pesca, ali ficava imobilizada, sem saber que direção tomar. A impaciência era crescente, quando, a dois de julho, chegou a notícia de que um navio encontrara o animal, três semanas antes, nos mares do Pacífico norte.

A comoção causada por essa notícia foi extrema. Não concederam ao comandante Farragut sequer vinte e quatro horas de demora. Os paióis estavam atulhados de víveres. Os porões, cheios de carvão. O rol da equipagem, completo. Era acender caldeiras e safar-se. Ninguém lhe perdoaria meio dia de atraso. E o próprio comandante estava louco por partir.

Três horas antes que a *Abraão Lincoln* largasse do cais de Brooklyn, recebi carta redigida nos seguintes termos:

"Senhor Aronnax, professor no Museu de Paris.
Hotel da Quinta Avenida.

Nova Iorque.

Senhor,

Se quiser participar da expedição da *Abraão Lincoln*, o governo dos Estados Unidos verá com prazer a França representada pelo senhor nessa empresa. O capitão Farragut reserva-lhe um camarote.

Muito cordialmente, seu

J. B. HONSON
Secretário da Marinha"

❖

3

Um criado inigualável

Três segundos antes de receber a carta de J. B. Hobson, pensava eu tanto em ir dar caça ao unicórnio como em tentar a passagem do noroeste. Três segundos depois da leitura da carta do honrado secretário da Marinha, achara, enfim, a minha verdadeira vocação, o fim único de minha vida — a perseguição daquele monstro amedrontador, livrando dele o mundo.

Entretanto, estava regressando de viagem penosa, estava fatigado e ávido de repouso. Desejava, até o recebimento da carta, apenas rever minha terra, abraçar meus amigos, aninhar-me no meu pequeno apartamento, viver tranquilo com as minhas queridas e preciosas coleções. Depois da carta, nada pôde deter-me. Tudo esqueci: fadigas, amigos e coleções, e aceitei, sem mais reflexões, o convite do governo americano.

"Enfim — pensava — todos os caminhos levam à Europa e o unicórnio há de ser bastante amável para levar-me às costas da França. Como bicho de vergonha, não pode deixar-se agarrar senão em mares europeus. Não deixarei de levar pelo menos meio metro de sua alabarda de marfim para o Museu de História Natural."

Todavia, era preciso caçar o narval no norte do oceano Pacífico, o que equivalia a seguir a rota das antípodas, para voltar à França.

— Conselho! — gritei, impaciente.

Conselho era meu criado. Moço dedicado, que me acompanhava em todas as minhas viagens. Excelente flamengo a quem eu muito estimava e que me retribuía na mesma moeda. Era criatura fleumática por natureza, metódica por princípio, cuidadosa por hábito, pouco impressionável ante as surpresas da vida, dotada de grande habilidade manual, apta para todo e qualquer serviço e que, a despeito do nome, nunca dava conselhos — mesmo quando ninguém os pedia. A sua convivência permanente com os cientistas do jardim Botânico fora-lhe proveitosa. Assim, eu tinha em Conselho um especialista experimentado nas classificações de História Natural. Percorria com agilidade de acrobata toda a escala dos ramos, grupos, classes, subclasses, ordens, famílias, gêneros, subgêneros, espécies e variedades. Mas sua ciência parava aí. Classificar era a sua vida e fora daí nada mais sabia. Versadíssimo na teoria da classificação, pouco entendia da prática e acredito mesmo que seria incapaz de distinguir um cachalote de uma baleia. Apesar disto, era homem corajoso e digno.

Havia dez anos que me acompanhava por toda parte aonde me levasse a ciência, e jamais se queixara da duração ou da fadiga de uma viagem. Nunca fizera uma simples objeção ao arrumar a maleta, quer a partida fosse para a China, quer fosse para o Congo. Partia, sem fazer perguntas. Além do mais, gozava de saúde que desafiava doenças, músculos sólidos e, quanto a nervos, nem vestígio deles — no moral, é claro. Contava trinta anos, dez menos do que eu e, depois de tantas virtudes, um só defeito. Exagerava a etiqueta e só me dava tratamento cerimonioso — a ponto de tornar-se irritante.

— Conselho! — chamei de novo, enquanto, com mão febril, começava os preparativos de viagem.

Como já disse, estava seguro da dedicação do rapaz. Ordinariamente, nunca lhe perguntava se lhe convinha, ou não, acompanhar-me em minhas viagens. Todavia, desta vez tratava-se de expedição que se poderia prolongar indefinidamente, de empresa aventurosa, da perseguição de animal capaz de virar uma fragata como se fosse simples casquinha de noz! A aventura dava que pensar duas vezes, mesmo ao homem mais impassível do mundo. Que diria Conselho?

— Conselho! — gritei pela terceira vez. Conselho atendeu.

— O senhor chamou?

— Sim, meu filho. Prepara-me e prepara-te, que temos de partir dentro de duas horas.

— As ordens do senhor serão cumpridas — respondeu Conselho tranquilamente.

— Não temos um segundo a perder. Põe em minha mala tudo quanto couber — ternos, camisas, meias e o mais possível. Apressa-te!

— E as coleções do senhor? — perguntou Conselho.

— Depois trataremos delas.

— Como! Os arquiotérios, os hiracotérios, os oreodones, os queropótamos e as outras carcaças do senhor...

— Ficarão guardadas no hotel.

— E o babirussa vivo?

— As ordens do senhor serão cumpridas — respondeu Conselho tranquilamente.

— Alguém cuidará dele em minha ausência. Além disso, darei ordens para que remetam para a França todos os nossos animais.

— Então, não vamos voltar para Paris?

— Sim... Certamente... — respondi evasivamente. Antes, porém, daremos uma volta.

— As voltas que agradem ao senhor.

— Oh! Será quase nada. Um caminho menos direto e nada mais. Embarcaremos na *Abraão Lincoln*.

— Será como o senhor determinar.

— Como sabes, meu amigo, trata-se do monstro... do famoso narval... Vamos livrar dele os mares... O autor de uma obra em dois volumes sobre os mistérios do fundo do mar não pode deixar de embarcar com o comandante Farragut. A missão é gloriosa... mas perigosa também! Não sabemos aonde vamos. O narval pode ser animal caprichoso. Mas, apesar dos riscos, nós o alcançaremos de qualquer forma. Nosso comandante tem olho vivo!

— O que o senhor fizer também farei — respondeu Conselho.

— Reflete bem! Não quero esconder-te nada. Esta viagem é daquelas de que nem sempre se volta.

— Quem manda é o senhor.

Um quarto de hora depois, estavam fechadas as nossas malas. Em um instante as arrumara Conselho e eu estava certo de que nada fora esquecido, porque o rapaz classificava com a mesma perfeição ternos e camisas, aves e mamíferos.

O elevador do hotel levou-nos ao grande vestíbulo da sobreloja. Desci os poucos degraus que me separavam do andar térreo e paguei minha conta no vasto balcão sempre assediado por verdadeira multidão. Dei ordem para que expedissem a Paris os meus fardos de animais empalhados e plantas secas. Fiz abrir crédito suficiente ao tratamento do babirussa. E, seguido por Conselho, peguei uma caleça. Dentro em pouco chegamos ao cais junto ao qual a *Abraão Lincoln* vomitava torrentes de fumo negro pelas duas chaminés.

As nossas bagagens foram imediatamente levadas para o convés da fragata. No instante seguinte estávamos a bordo. Perguntei pelo comandante Farragut. Um dos marinheiros conduziu-nos ao tombadilho, onde me encontrei em presença de um oficial simpático, que me estendeu a mão.

— Senhor Pedro Aronnax? — perguntou-me.

— Ele próprio. Tenho a honra de falar ao comandante Farragut?

— Em pessoa. Seja bem-vindo, senhor professor. O seu camarote já está preparado.

Cumprimentei-o e, deixando-o entregue aos cuidados das manobras de partida, pedi ao marinheiro que me indicasse o camarote que me fora destinado.

A escolha da fragata fora feliz e ela estava perfeitamente equipada para a aventura. Além de se tratar de barco veloz, fora provida de superaquecedores que tornavam possível elevar a sete atmosferas a tensão do vapor. Sob tal pressão, a *Abraão Lincoln* alcançava velocidade média de dezoito milhas e três décimos por hora, certamente considerável, contudo insuficiente para a luta contra o gigantesco cetáceo.

A disposição interior da fragata correspondia às suas qualidades náuticas. O meu camarote, situado a ré e abrindo-se sobre o salão de refeições da oficialidade, deixou-me inteiramente satisfeito.

Deixei a Conselho o cuidado de amarrar convenientemente as nossas malas e subi ao convés para presenciar a partida.

Naquele momento, o capitão Farragut mandava largar as últimas amarras que prendiam a *Abraão Lincoln* ao cais. Assim, pois, tivesse havido um quarto de hora de demora, talvez menos, a fragata partiria sem mim e eu teria perdido essa expedição extraordinária, sobrenatural, inverossímil, cuja narrativa verídica talvez encontre incrédulos...

Mas o comandante Farragut não queria perder um só dia, sequer um minuto, ansiava por alcançar os mares em que, recentemente, fora, de novo, assinalado o animal.

Chamou o chefe de máquinas.

— Temos pressão suficiente? — perguntou-lhe.

— Sim, senhor.

— Para a frente! — gritou o capitão.

A esta ordem, os maquinistas puseram em movimento a roda motriz. O vapor silvou, precipitando-se nos cilindros, e os longos êmbolos horizontais gemeram comprimidos, impulsionando as bielas. As pás da hélice bateram a água com rapidez crescente e a *Abraão Lincoln* largou majestosamente, em meio a uma centena de barcas e lanchas repletas de espectadores, que lhe formaram cortejo.

O cais de Brooklyn estava apinhado de curiosos. Três hurras, saídos de quinhentas mil bocas, explodiram sucessivamente. Milhares de lenços acenaram sobre aquela compacta multidão saudando a *Abraão Lincoln*.

O cortejo de botes e lanchas continuou nas águas da fragata e só a deixou à altura da boia luminosa, cujo farol duplo marca a entrada da barra de Nova Iorque.

Eram três horas da tarde. O prático embarcou em seu escaler e voltou para a pequena escuna que o esperava a sotavento. Os fogos foram avivados, a hélice bateu as ondas com rapidez crescente, a fragata singrou ao longo da costa amarelada e baixa de Long-Island e, às oito da noite, cortou a todo o vapor as águas escuras do Atlântico.

4

Ned Land

Excelente marinheiro, Farragut estava à altura da fragata que comandava. Ele e seu navio completavam-se. O capitão era a alma daquele barco. Quanto ao cetáceo, era de existência indiscutível, em sua opinião, e nem permitia que a existência dele fosse discutida a bordo. Acreditava no monstro, como certas mulheres creem no Paraíso — tinha fé, não raciocinava. O monstro existia e ele jurara livrar os mares daquele flagelo. Das duas uma: ou o capitão Farragut mataria o narval, ou o narval daria cabo do capitão Farragut. Não havia meio-termo.

Os oficiais de bordo partilhavam da opinião de seu comandante. Era admirável ver a convicção com que conversavam, discutiam, divergiam uns dos outros, calculavam as probabilidades da luta e observavam a vasta extensão do oceano. Muitos escalavam a si mesmos para um quarto voluntário nas vergas do joanete. Enquanto brilhava o sol, a mastreação ficava sobrecarregada de marinheiros, para os quais parecia que as tábuas do convés queimavam os pés e lá não podiam ficar quietos. E, note-se, a roda da proa da *Abraão Lincoln* ainda não cortava as suspeitas águas do Pacífico.

Quanto à tripulação, o que ela desejava era encontrar o unicórnio, arpoá-lo, içá-lo para bordo e espostejá-lo. Não havia tripulante que não observasse o mar com cuidadosa atenção, principalmente depois que o capitão falara em um prêmio de dois mil dólares, reservado a quem quer que fosse — mestre ou grumete, marinheiro ou oficial — que avistasse o animal em primeiro lugar.

De meu lado, não ficava atrás, e a ninguém cedia minha parte nas pesquisas diárias. Conselho era a exceção. A sua indiferença pelo problema que a todos tanto apaixonava e excitava o entusiasmo geral a bordo tomava ares de protesto.

Já contei como o capitão Farragut equipara cuidadosamente o seu navio com aparelhos destinados à pesca do gigantesco cetáceo. Nenhum navio baleeiro teria equipamento melhor. Todos os engenhos conhecidos ali estavam representados, desde o arpão lançado à mão até as flechas farpadas dos bacamartes e as balas explosivas das espingardas de tiro rápido. No castelo de proa pavoneava-se um canhão aperfeiçoado, de carregar pela culatra, cano grosso e calibre fino, capaz de, sem dificuldades, enviar projétil cônico de quatro quilos à distância média de dezesseis quilômetros. Contudo, ainda havia melhor. A bordo seguia Ned Land, o rei dos arpoadores.

Era um canadense de excepcional segurança nas mãos, insuperável no exercício da perigosa profissão. Misto de destreza e sangue-frio, audácia e astúcia, possuía tais qualidades em grau superlativo e era preciso que uma baleia fosse muito esperta, ou um cachalote muito manhoso, para escapar ao seu arpão. Com cerca de quarenta anos, Ned Land era homem alto — quase dois metros — vigoroso, de aspecto sisudo, pouco comunicativo, às vezes violento e sujeito a encolerizar-se, quando alguém o contrariava. Sua pessoa despertava a atenção, principalmente o vigor de seu olhar, que lhe acentuava singularmente a fisionomia. Acho que o comandante Farragut agira avisadamente quando engajara tal homem. Só por si valia uma tripulação inteira, tanto pela eficiência de sua visão quanto pelo valor de seu braço. Nenhuma comparação seria tão exata quanto aquela que o considerasse como bom telescópio, que ao mesmo tempo fosse canhão, sempre pronto a disparar.

Quem diz canadense é como se dissesse francês e, por pouco comunicativo que Ned Land fosse, devo confessar que me distinguira com certa afeição. Certamente era a minha nacionalidade que o atraía. Em mim via a ocasião de falar, e eu, a de ouvir a velha língua de Rabelais, ainda hoje corrente em algumas províncias canadenses. A família do arpoador era natural de Quebec e já constituía uma tribo de pescadores, na época em que a cidade ainda pertencia à França.

Pouco a pouco, Ned foi tomando gosto em palestrar comigo e eu gostava de ouvir a narrativa de suas aventuras nos mares polares. Contava-me as suas pescarias e combates com grande poesia natural. A sua narração tinha forma épica e eu supunha ouvir algum Homero canadense, cantando a Ilíada das regiões nórdicas.

Que pensava Ned sobre o monstro marinho? Devo dizer, lealmente, que ele não dava muito crédito à existência do unicórnio e era o único a bordo que não compartilhava da convicção geral. Evitava até tratar do assunto. Um dia não me contive e resolvi interpelá-lo.

A noite de vinte e cinco de julho foi magnífica. Partíramos havia três semanas, a fragata navegava à altura do cabo Branco, trinta milhas a sotavento das costas da Patagônia. Tínhamos ultrapassado o trópico do Capricórnio, e o estreito de Magalhães abria-se a menos de setecentas milhas ao sul. Antes de oito dias a *Abraão Lincoln* sulcaria as águas do Pacífico.

Sentados no tombadilho, Ned Land e eu conversávamos sobre assuntos variados, contemplando aquele mar misterioso, cujas profundezas até então haviam ficado inacessíveis à vista humana. Encaminhei com toda a naturalidade a conversação para o unicórnio gigante e examinei as diversas probabilidades de êxito ou insucesso de nossa expedição. Finalmente, vendo que Ned Land me deixava falar sozinho e não dizia palavra, provoquei-o diretamente:

— Ned, como se pode explicar que você ainda não esteja convencido da existência do cetáceo que perseguimos? Que razões pessoais tem para mostrar-se tão incrédulo?

O arpoador fitou-me durante alguns momentos antes de responder-me, bateu com a mão em sua larga testa, gesto que lhe era habitual, fechou os olhos como se quisesse concentrar e afinal falou:

— Talvez tenha, senhor Aronnax.

— Entretanto, Ned, você é baleeiro profissional, familiarizado com os grandes mamíferos marinhos. Você, cuja imaginação deve aceitar com facilidade a hipótese de cetáceos enormes, devia ser o último a duvidar em tais circunstâncias!

— Nisso, exatamente, é que o professor se engana — retrucou Ned. Que o vulgo acredite que cometas extraordinários atravessam o espaço, ou que monstros antediluvianos povoam o interior do globo, admite-se. Mas que o astrônomo e o geólogo possam admitir semelhante quimera é inadmissível. O mesmo acontece com o baleeiro. Persegui muitos cetáceos, arpoei-os em grande quantidade, matei alguns deles. Todavia, por mais fortes e mais bem armados que fossem, nem as suas caudas, nem as suas defesas poderiam romper as chapas de aço de um navio.

— Entretanto, Ned, já houve embarcações atravessadas de lado a lado por dente de narval.

— Navios de madeira é possível — respondeu o canadense — e, ainda assim, é coisa que eu nunca vi. Logo, até prova em contrário nego que baleias, cachalotes ou unicórnios sejam capazes de praticar tal proeza.

— Escute, Ned...

— Não, senhor professor, não. Tudo o que o senhor queira, menos isso. Um polvo gigante... Talvez.

— Muito menos, Ned. O polvo não passa de um molusco e seu próprio nome já indica a pequena consistência de suas carnes. Mesmo que tivesse cento e setenta metros de comprimento, o polvo, que não pertence ao ramo dos vertebrados, é completamente inofensivo para navios como o *Escócia* e a *Abraão Lincoln*. Logo, devemos considerar como simples fábulas as proezas de craquens e outros monstros da mesma espécie.

— Então, senhor naturalista — comentou Ned em tom trocista — teima em admitir a existência de um enorme cetáceo?...

— Sim, Ned, e repito-o com convicção que se baseia na lógica dos fatos. Creio na existência de um mamífero, poderosamente organizado, pertencente ao ramo dos vertebrados, como as baleias, os cachalotes e os delfins, e provido de dente córneo, de extrema força de penetração...

— Hum! — exclamou o arpoador, sacudindo a cabeça, com ar de quem não se quer deixar convencer.

— Note o prezado amigo — retruquei — que se tal mamífero existe, se habita as profundezas do oceano, se frequenta as camadas líquidas situadas a algumas milhas abaixo da superfície das águas, possui, necessariamente, um organismo cuja solidez desafia qualquer comparação.

— E para que organismo tão poderoso?

— Porque é preciso força incalculável para manter-se nas camadas profundas e resistir à pressão delas.

— Deveras? — perguntou Ned, que me piscava o olho.

— Sim, e alguns números o provarão sem dificuldades.

— Ah!... os números! Com eles podemos provar o que quisermos.

— Em negócios, Ned, em negócios, em matemática, não! Escute aqui. Admitamos que a pressão de uma atmosfera seja representada pela pressão de uma coluna-d'água de dez metros de altura. Na realidade, esta coluna teria altura pouco menor, porque se trata de água do mar, cuja densidade é superior à da água doce. Pois bem, quando se mergulha, sofre-se pressão igual a tantas atmosferas quantas vezes dez metros haja acima do mergulhador. Quer dizer, o corpo suportará pressão igual a tantos quilogramas por centímetro quadrado de superfície quantas sejam as atmosferas a que esteja submetido. Disso decorre que a cem metros esta pressão é de dez atmosferas, e a mil metros é de mil atmosferas. O que equivale a dizer que, se se conseguir atingir essa profundidade do oceano, cada centímetro quadrado da superfície do corpo suportará a pressão de uma tonelada. Ora, sabe quantos centímetros quadrados de superfície tem o corpo humano?

— Não faço a menor ideia.

— Cerca de dezessete mil.

— Tanto assim?

— E como, na realidade, a pressão atmosférica é um pouco superior ao peso de um quilograma por centímetro quadrado, os dezessete mil centímetros quadrados suportam, nesse momento, pressão de dezessete mil e quinhentos e sessenta e oito quilogramas.

— Sem que se aperceba disso?

— Sem que se aperceba de nada. E se o mergulhador não é esmagado por tal pressão, é porque o ar penetra no interior do corpo com igual pressão. Daí um equilíbrio perfeito entre o impulso interior e o impulso exterior, que se neutralizam, o que permite suportá-los sem dificuldade. Na água, porém, a coisa é diferente.

— Compreendo — concordou Ned, que se tornara atento — porque a água cerca, mas não penetra.

— Exatamente. Assim, pois, a dez metros abaixo da superfície do mar, sofrer-se-á pressão de dezessete mil e quinhentas e sessenta e oito quilogramas. A cem metros, dez vezes essa pressão, ou seja, cento e setenta e cinco mil, seiscentos e oitenta quilogramas. A mil metros, cem vezes essa pressão, ou seja, dezessete milhões, quinhentos e sessenta e oito mil quilogramas. Quer dizer que o corpo seria esmagado, como se o colocassem entre pratos de prensa hidráulica!

— Meu Deus! — exclamou Ned.

— Pois, prezado arpoador, se vertebrados com centenas de metros de comprimento e proporcionalmente volumosos se mantêm a semelhantes profundidades, é por bilhões que devemos calcular a pressão que sofrem, visto que sua superfície é representada por milhões de centímetros quadrados. Calcule qual deve ser a resistência do esqueleto deles e a sua potência orgânica para poderem resistir a tais pressões!

— Era preciso que fossem fabricados de chapas de aço de oito polegadas, como as fragatas couraçadas.

— Exatamente. E pense na devastação que pode causar semelhante massa arremessada com velocidade de trem expresso contra o casco de um navio.

— É... com efeito... talvez... — murmurou o canadense, abalado por esses números, mas sem querer dar o braço a torcer.

— Então, está convencido?

— Estou convencido de uma coisa, senhor naturalista. É de que se tais bichos existem no fundo do mar devem ser tão fortes quanto o senhor o afirma.

— Mas se eles não existem, senhor arpoador, como explica o acidente de que foi vítima o *Escócia*?

— Talvez fosse... — falou, hesitante, Ned.

— Coragem, acabe!

— Porque... isso não é verdade! — concluiu o canadense. Essa resposta, porém, provava apenas a obstinação do arpoador e nada mais. Naquele dia não o provoquei mais. O acidente do *Escócia* não podia ser negado. Tanto existia o rombo, que fora necessário tapá-lo e não há demonstração mais categórica da existência de um rombo que a necessidade de repará-lo. Ora, o rombo não fora obra espontânea de si mesmo e, já que não fora produzido por nenhum rochedo submarino, nem por engenhos submarinos, fica evidente que era devido ao instrumento perfurante de algum animal.

Segundo minha opinião, fundamentada em todas as razões precedentemente deduzidas, o animal em questão pertencia ao ramo dos vertebrados, classe dos mamíferos, grupo dos pisciformes e, finalmente, ordem dos cetáceos. Quanto à família em que se devia classificar — cachalote, baleia ou delfim, quanto ao gênero a que pertencia, ou à espécie, em que se devia incluir — era questão pendente de ulterior elucidação. Para resolvê-la, seria necessário dissecar o monstro desconhecido. Para dissecá-lo, prendê-lo. Para prendê-lo, arpoá-lo, avistá-lo — tarefa própria da tripulação — e, para avistá-lo, encontrá-lo, tudo dependeria do acaso.

❖

5

O acaso nos favorece

A viagem da *Abraão Lincoln*, durante algum tempo, não foi assinalada por incidente algum. Entretanto, surgiu circunstância que pôs em evidência a maravilhosa habilidade de Ned Land e demonstrou a confiança que podíamos depositar nele.

Ao largo das Malvinas, no dia trinta de junho, a fragata entrou em contato com baleeiros americanos que não tinham notícia alguma do narval. Um deles, porém, o comandante do *Monroe*, tomando conhecimento da presença de Ned Land a nosso bordo, pediu seu auxílio para dar caça a uma baleia que avistara. O capitão Farragut, ansioso por ver Ned operar, permitiu-lhe que passasse para o outro navio. E o acaso favoreceu tanto o nosso amigo canadense que, em vez de uma, arpoou duas baleias, ferindo uma diretamente no coração e agarrando a outra após poucos minutos de perseguição!

Decididamente, se o monstro houvesse de enfrentar algum dia o arpão de Ned Land, não seria eu que iria apostar nele.

A fragata perlongou a costa sudeste da América com rapidez prodigiosa. A três de julho, atingimos a entrada do estreito de Magalhães, mais ou menos pelas alturas do cabo das Virgens. Farragut não quis atravessar aquela sinuosa passagem e manobrou para dobrar o cabo Horn.

Toda a tripulação aplaudiu a deliberação. Com efeito, seria possível encontrar o narval naquele estreito apertado? Muitos marinheiros afirmavam que o monstro certamente não passaria por ali, porque era demasiado volumoso!

No dia seis de julho, cerca das três horas da tarde, a *Abraão Lincoln* dobrou a ilhota solitária, perdida na extremidade do continente americano a que alguns marinheiros holandeses puseram o nome de sua cidade natal — o cabo Horn. Dirigindo-se para noroeste, no dia seguinte, a hélice da fragata fendeu, finalmente, as águas do Pacífico.

— Olho vivo! Olho vivo! — repetiam os marinheiros da *Abraão Lincoln*.

E, de fato, arregalavam desmedidamente os olhos. Os olhos e os óculos, um pouco ofuscados, é verdade, pela perspectiva dos dois mil dólares, não tiveram mais um momento de repouso. Dia e noite, a superfície do oceano ia sendo varrida pelos observadores, e os nictalopes, cuja faculdade de enxergar na obscuridade aumentava em cinquenta por cento as suas probabilidades, aproveitaram a sua maior possibilidade de ganhar o prêmio.

Eu próprio, a quem a isca do dinheiro não atraía muito, não era o menos atento a bordo. Reservando apenas alguns minutos às refeições, dormindo poucas horas, indiferente ao sol e à chuva, não abandonava mais o tombadilho. Ora debruçado na amurada, ora encostado à câmara de ré, devorava com olho ávido a espumante esteira que branqueava o mar a perder de vista. E quantas vezes partilhei do alvoroço dos oficiais de bordo e da tripulação, quando alguma caprichosa baleia erguia o dorso escuro acima das ondas! O convés da fragata enchia-se de repente. As passagens da coberta vomitavam verdadeiras torrentes de marinheiros e oficiais. Cada um deles, peito ofegante e olhos turvos, observava a marcha do cetáceo. Eu olhava fixamente, a ponto de ressentir-me a retina, e Conselho, sempre fleumático, aconselhava pachorrento:

— Se o senhor quisesse ter a bondade de arregalar menos os olhos, enxergaria bem melhor.

Tudo em vão! A *Abraão Lincoln* alterava a rota, corria em direção ao animal assinalado, simples baleia ou cachalote vulgar, que não tardava a desaparecer em meio a um concerto de imprecações!

Entretanto, o tempo permanecia favorável e a viagem desenrolava-se nas melhores condições. Era o inverno austral, a pior estação do ano. Todavia, o mar mantinha-se manso e deixava-me observá-lo facilmente em vasto perímetro.

Ned Land mantinha-se na mais tenaz incredulidade, afetando até não contemplar a superfície das águas fora de sua hora de quarto, a menos que alguma baleia estivesse à vista. Entretanto, o seu maravilhoso alcance visual teria sido utilíssimo. Oito em cada doze horas o teimoso canadense lia ou dormia em seu camarote. Muitas vezes reprovei-lhe aquela indiferença.

— Ora, senhor professor! — respondia-me. Não existe coisa alguma e, ainda que existisse, que probabilidade temos nós de avistá-la? Não vamos navegando ao acaso? Afirmam que o animal que ninguém encontra tornou a ser visto nas águas do Pacífico. Admito que sejam verdadeiras as notícias. Mais de dois meses, porém, decorreram desde o encontro e, se considerarmos o temperamento do tal narval, vemos que não gosta de mofar no mesmo lugar! Ao contrário — é dotado de prodigiosa facilidade de deslocamento. O senhor sabe melhor do que eu que a natureza nada faz sem finalidade, portanto não dotaria um animal naturalmente vagaroso com a faculdade de veloz movimento, se ele não tivesse necessidade de servir-se dela. Logo, se o bicho existe, já deve estar longe!

A isso não sabia eu como responder. Evidentemente, navegávamos às cegas. Mas como proceder de maneira diferente? Assim, as nossas probabilidades eram reduzidíssimas. Entretanto, ninguém duvidava, ainda, do bom êxito da empresa e não havia um só marinheiro a bordo que não fosse capaz de apostar contra o narval e a favor de sua próxima aparição.

— Olá! Eis a coisa que procuramos.

No dia vinte de julho, atravessamos o trópico do Capricórnio a cento e cinco graus de longitude oeste, e a vinte e sete do mesmo mês atravessamos o equador, seguindo o meridiano de cento e dez graus. Feita esta observação, a fragata embicou determinadamente para oeste e começou a cortar os mares centrais do Pacífico. O capitão Farragut opinava, com razão, que era melhor singrar águas profundas e afastar-se dos continentes ou das ilhas, cuja proximidade o animal sempre parecera evitar, "decerto porque nesses lugares a água era insuficiente para ele", afirmava o mestre de bordo. A fragata passou, portanto, ao largo de Pomotu, das Marquesas e de Sandwich, cortou o trópico do Câncer aos cento e trinta e dois graus de longitude leste e dirigiu-se para os mares da China.

Navegávamos, finalmente, no teatro das últimas proezas do monstro! Falando francamente, não se vivia a bordo. Os corações palpitavam violentamente e preparavam, assim, aneurismas incuráveis. A tripulação inteira sofria superexcitação nervosa, da qual não posso nem dar ideia. Ninguém comia, nem dormia mais. Vinte vezes por dia, um erro de observação, ou ilusão de ótica de algum marinheiro encarapitado nas vergas, provocava tensão nervosa demasiado violenta e que produzia reação imediata.

Com efeito, a reação não tardou a produzir-se. Durante três meses, dos quais cada dia parecera ter durado um século, a *Abraão Lincoln* sulcara os mares setentrionais do Pacífico, perseguindo todas as baleias que surgiam em volta, fazendo bruscos desvios de rota, virando, subitamente, de um bordo a outro, parando repentinamente, aumentando ou invertendo o vapor a cada instante, em risco de desnivelar a máquina, e sem deixar um só ponto inexplorado, das praias do Japão à costa americana. E nada... Nada que se assemelhasse a um narval gigantesco, a uma ilhota submarina, aos restos de naufrágio, a recife flutuante, ou ao que quer que fosse de sobrenatural!

Sobreveio a reação. O desânimo dominou os espíritos, a incredulidade abriu brecha. Novo sentimento surgiu a bordo. Compunha-se de três décimos de decepção e sete décimos de raiva. Nós nos sentíamos envergonhados por nos havermos deixado empolgar por uma quimera, mas nossa cólera sobrepujava a vergonha. As montanhas de argumentos, amontoados durante um ano, ruíram de repente e cada um de nós pensou apenas em recuperar as horas perdidas, horas de refeição ou de sono, tão totalmente sacrificadas.

Com a volubilidade natural do espírito humano, caímos noutro excesso. Os mais ardentes partidários da expedição tornaram-se, paradoxalmente, os seus mais veementes difamadores. A reação subiu porões, do posto dos foguistas à câmara da oficialidade. Não fosse a teimosia pessoal do capitão Farragut, a fragata rumaria imediatamente para o sul.

Entretanto, aquela pesquisa inútil não podia prolongar-se por mais tempo. A *Abraão Lincoln* não tinha de que se recriminar e tudo fizera para vencer a campanha. Nunca tripulação da marinha americana tivera mais paciência e mostrara maior zelo. Ninguém poderia imputar-lhe culpa pelo resultado negativo. Só lhe restava, pois, regressar a Nova Iorque.

Uma representação nesse sentido foi feita a Farragut. Ele resistiu. Os tripulantes não puderam esconder o seu descontentamento e o serviço ressentiu-se disso. Não chego a dizer que tenha havido revolta a bordo mas, como Colombo outrora, o comandante, após razoável período de obstinação, pediu três dias de tolerância. Se dentro desses três dias o monstro não aparecesse, o timoneiro daria três voltas ao leme e a *Abraão Lincoln* singraria rumo aos mares europeus.

Essa promessa, feita a dois de novembro, teve como primeira consequência reanimar a tripulação. O oceano voltou a ser observado com redobrada atenção. Cada um queria dar-lhe essa última olhadela em que afinal se resume toda a nossa recordação. Os óculos de alcance funcionaram com febril atividade. Era supremo desafio lançado ao narval gigante e não havia razão para que ele fugisse a essa intimação de comparecimento.

Dois dias passaram-se. A fragata navegava de fogos abafados. Mil artifícios foram empregados para despertar a atenção do monstro ou estimular o seu apetite, caso se encontrasse por aquelas bandas. Enormes pedaços de toucinho foram pendurados a ré, para alegria dos tubarões, devo dizê-lo. As lanchas cortaram o mar em todas as direções, em redor da *Abraão Lincoln*, enquanto esta, parada, esperava. Nenhum ponto do mar ficou inexplorado. Todavia, chegou a noite de quatro de novembro, sem que fosse desvendado o mistério submarino.

O prazo combinado expirava no dia seguinte, cinco de novembro, ao meio-dia. Depois de assinalar o ponto, o capitão Farragut, fiel à sua promessa, deveria fazer rota para sudeste, abandonando definitivamente as regiões setentrionais do Pacífico.

A fragata encontrava-se, então, a trinta e um graus e quinze minutos de latitude norte, e cento e trinta e seis graus e quarenta e dois minutos de longitude leste. A sotavento, a menos de duzentas milhas, ficava a costa do Japão. A noite baixava. A sineta de bordo acabara de bater oito horas. Nuvens densas ocultavam a lua em quarto crescente. O mar ondulava mansamente sob a proa da fragata.

Naquele momento, estava eu à proa, encostado na amurada de

estibordo. Conselho, de pé ao meu lado, contemplava o mar, à nossa frente. A tripulação, amontoada nos ovéns, observava o horizonte, que se ia estreitando, à proporção que escurecia. Os oficiais, empunhando óculos noturnos, continuavam a busca, apesar da escuridão crescente. De vez em quando, o negror do oceano refletia raios de luar, que dardejavam na abertura entre duas nuvens. A seguir, os traços luminosos perdiam-se nas trevas.

Observando Conselho, pareceu-me que o bom rapaz, afinal, se contagiara um pouco com o entusiasmo geral. Porventura, pela primeira vez, seus nervos vibravam sob a ação de sentimento de curiosidade.

— Tens razão — disse-lhe eu — esta é a última oportunidade de embolsar os dois mil dólares.

— Desculpe-me o senhor que lhe diga — respondeu Conselho — que nunca contei com eles, e o governo dos Estados Unidos poderia prometer cem mil dólares, que não ficaria mais pobre.

— Tens razão. Pensando bem, foi uma tolice essa empresa em que nos empenhamos um pouco levianamente. Quanto tempo perdido, quantos riscos inúteis! Há seis meses que já poderíamos ter voltado para a França...

— E estaríamos no seu apartamento, perto do Museu! E eu já teria classificado os seus fósseis. E o seu babirussa estaria alojado na sua jaula, atraindo ao Jardim Zoológico todos os curiosos da capital!

— Essa é a verdade, sem contar a zombaria de que vamos ser alvo.

— Realmente — prosseguiu tranquilamente Conselho — é certo que zombarão do senhor. E na verdade...

— Como?...

— Na verdade, o senhor bem o mereceu.

— Com franqueza!...

— Professor, quando alguém tem a honra de ser sábio como o senhor, não se deve expor...

Conselho não pôde concluir o cumprimento. Em meio ao silêncio geral ouviu-se uma voz. Era Ned Land que gritava:

— Olá! Eis a coisa que procuramos. A sotavento, através!

❖

6

O combate

A esse grito, toda a tripulação correu em direção ao arpoador — capitão, oficiais, marinheiros, grumetes e até os maquinistas, que abandonaram as máquinas, e foguistas, que esqueceram as fornalhas. Fora dada ordem de parar e a fragata navegava apenas levada pelo impulso adquirido.

A escuridão era profunda e, por melhores que fossem os olhos do canadense, não podia eu atinar como avistara alguma coisa e o que avistara. Meu coração parecia querer quebrar-me o peito.

Contudo, Ned não se enganara e todos nós também vimos o objeto que ele indicava com a mão.

A cerca de duzentas braças da *Abraão Lincoln* e à altura da alheta de estibordo, o mar parecia iluminado por baixo. Não era simples fenômeno de fosforescência e ninguém poderia enganar-se sobre a sua natureza. O monstro, imerso poucos metros abaixo da superfície, projetava aquele clarão intenso, mas inexplicável, já mencionado nos relatórios de vários comandantes. A magnífica irradiação devia ser produzida por algum agente de grande poder luminoso. A fonte brilhante descrevia no mar imenso um alongado oval, em cujo centro se condensava foco ardente, cujo brilho irresistível se extinguia por gradações sucessivas.

— Aquilo é apenas aglomeração de moléculas fosforescentes — opinou um dos oficiais.

— Não senhor, não é — repliquei com convicção. Nunca as foladas e salpas produziram luz tão intensa. É de natureza essencialmente elétrica... Além disso... veja! Veja! Ele se desloca! Move-se para a frente e para trás! Repare! Agora, ele se dirige para nós!

Um grito uníssono ecoou na fragata.

— Silêncio! — ordenou o capitão. Todo o timão a barlavento! Máquina à ré!

O timoneiro precipitou-se sobre a roda do leme, os maquinistas guarneceram as máquinas, o vapor foi imediatamente invertido e a *Abraão Lincoln*, virando para bombordo, descreveu um semicírculo.

— Timão firme! Máquina avante! — gritou Farragut.

Executadas essas ordens, a fragata afastou-se rapidamente do foco luminoso.

Não me expresso bem. Ela quis afastar-se mas aquele monstro sobrenatural aproximou-se, desenvolvendo velocidade duas vezes superior à da fragata. Estávamos ofegantes. Nossa estupefação dominava o medo e mantinha-nos mudos e imóveis. O animal vencia-nos facilmente. Deu uma volta completa à fragata, que corria a quatorze nós, e envolveu-nos com uma espécie de nuvem de poeira luminosa. A seguir, afastou-se duas ou três milhas, deixando um rastilho fosforescente comparável aos turbilhões de fumaça que a locomotiva de um expresso lança para trás. De repente, dos sombrios limites do horizonte, onde fora tomar impulso, arremeteu o monstro, subitamente, contra a *Abraão Lincoln* com medonha velocidade, parou bruscamente a vinte pés das precintas e apagou-se — não porque mergulhasse, como se a fonte daquele brilhante eflúvio se houvesse repentinamente estancado! Foi reaparecer do outro lado do navio, ou porque o houvesse contornado, ou porque se houvesse deslizado por baixo da quilha. Durante essas escaramuças, uma colisão, que nos poderia ter sido fatal, pareceu-nos sempre iminente.

Entretanto, as manobras da fragata deixavam-me atônito. Em vez de perseguir era perseguida. Fiz essa observação ao capitão, cujo semblante normalmente impassível estampava indescritível espanto.

— Professor Aronnax — respondeu-me — ignoro o ente formidável que enfrento e não quero arriscar imprudentemente a minha fragata dentro dessa escuridão. Além disso, como atacar uma coisa que desconheço ou dela defender-me? Vamos esperar a luz do dia e verá que os papéis se inverterão.

— O senhor ainda tem dúvidas sobre a natureza do animal?

— Nenhuma, professor. É evidentemente um narval gigantesco e ao mesmo tempo elétrico.

— Se assim for — ponderei — talvez não nos possamos aproximar dele, do mesmo modo que não podemos chegar perto do gimnoto ou do torpedo.

— Realmente — respondeu-me o capitão. E, se ele possui o poder de fulminar, é certamente o animal mais terrível que já saiu das mãos do Criador. Eis a razão por que me estou acautelando.

A fragata aproximou-se sem ruído...

A tripulação inteira passou a noite acordada. Ninguém se lembrou de dormir. A *Abraão Lincoln*, não podendo rivalizar com o monstro em velocidade, moderara a marcha e seguia de fogos abafados. De seu lado, o narval, imitando a fragata, deixava-se balançar à mercê das ondas e parecia decidido a não abandonar o campo de batalha. Por volta da meia-noite, entretanto, desapareceu, ou, para empregar expressão mais exata, apagou-se, como se fosse enorme vaga-lume. Teria fugido? Era para temer e não para esperar. Contudo, aos sete minutos para uma hora da madrugada, ouviu-se silvo ensurdecedor, semelhante ao produzido por jato de água, quando expelido com extrema violência. Farragut, Ned Land e eu estávamos, naquele momento, no tombadilho, observando com olhos atentos aquelas trevas profundas.

— Ned, já ouviu muitas vezes rugirem as baleias? — perguntou o capitão.

— Muitas vezes, capitão. Nunca, porém, dessas que rendem dois mil dólares.

— Com efeito, há o direito ao prêmio. Mas diga-me. É esse o ruído que fazem tais cetáceos, quando expelem água pelos respiradouros?

— O ruído é o mesmo. Este, porém, é incomparavelmente mais

forte. Não podemos duvidar. O cetáceo está ali em nossas águas e, se o senhor der licença, ao amanhecer nós lhe diremos duas palavrinhas.

— Se ele as quiser ouvir — observei-lhe, incrédulo.

— Ele que me deixe aproximar a quatro comprimentos de arpão e mesmo contra a vontade terá de ouvir-me.

— Mas para aproximar-se dele, seria necessário pôr uma baleeira à sua disposição?

— Decerto, capitão.

— Isso seria arriscar a vida de meus homens.

— E a minha também — respondeu calmamente o arpoador.

Por volta das duas horas da madrugada, o foco luminoso reapareceu, com a mesma intensidade, a cerca de cinco milhas a barlavento da *Abraão Lincoln*. Apesar da distância, apesar do ruído do vento e do barulho do mar, ouviam-se distintamente as formidáveis batidas da cauda do animal e até sua respiração ofegante. Era como se o enorme narval houvesse vindo à superfície para respirar e o ar se precipitasse em seus pulmões, como acontece com o vapor nos enormes cilindros de máquina de dois mil cavalos.

Todos permaneceram acordados até o amanhecer, preparando-se para o combate. Os apetrechos de pesca foram dispostos ao longo das amuradas. O imediato mandou carregar os bacamartes que lançavam arpões à distância de uma milha e espingardões de balas explosivas, cujo ferimento é mortal, mesmo para os animais corpulentos. Ned Land mostrava-se radiante, afiando o seu arpão, arma terrível em suas mãos.

Às seis horas, o dia começou a despontar e, aos primeiros clarões da aurora, desapareceu o clarão elétrico do narval. Às sete horas, já havia claridade suficiente. Entretanto, bruma matinal muito densa, que os melhores óculos não conseguiam vencer, reduzia o círculo do horizonte. Isso provocou desapontamento e cólera.

Às oito horas, a bruma caiu pesadamente sobre o mar e foi-se desfazendo pouco a pouco em grossas volutas. De repente, repetindo o feito da véspera, soou a voz de Ned Land:

— Olhem a coisa, vem vindo à ré, por bombordo!

Todos os olhares se dirigiram para o ponto indicado. A milha e meia da fragata, comprido corpo escuro emergia cerca de um metro acima das ondas. A sua cauda, violentamente agitada, produzia ondas enormes. Jamais cauda alguma agitara o mar com tal violência. Imenso sulco, de brilhante alvura, assinalava a passagem do animal, que descrevia curva alongada.

A fragata aproximou-se do cetáceo. Pude observá-lo com todo o vagar. Os relatórios do *Shannon* e do *Helvécia* haviam exagerado um pouco as suas dimensões. Avaliei o seu comprimento em apenas oitenta e cinco metros. Quanto à grossura, dificilmente poderia ser avaliada. Em suma, o animal pareceu-me admiravelmente bem proporcionado nas três dimensões.

Enquanto eu observava, assim, aquele ser fenomenal, esguicharam de seus respiradouros dois jatos de vapor de água, que se elevaram a uma altura de quarenta metros, *revelando-me* sua maneira de respirar. Desse jato concluí, de maneira definitiva, que o animal pertencia ao ramo dos vertebrados, classe dos mamíferos, subclasse dos monodelfos, grupo dos pisciformes, ordem dos cetáceos, família... Sobre esse ponto ainda não me podia decidir. A ordem dos cetáceos compreende três famílias: as baleias, os cachalotes e os delfins, estando os narvais compreendidos nesta última. Cada uma dessas famílias divide-se em vários gêneros, cada gênero em espécies, cada espécie em variedades. Variedades, espécie e gênero faltavam-me ainda, mas eu contava completar a minha classificação com a ajuda do céu e do capitão Farragut.

A tripulação esperava ansiosa as ordens do comandante. Este, depois de observar atentamente o animal, mandou chamar o maquinista-chefe, que atendeu imediatamente.

— Temos pressão suficiente? — perguntou-lhe.

— Perfeitamente.

— Muito bem. Então aumente a pressão e a todo vapor!

Três hurras saudaram essa ordem. Soara a hora do combate. Alguns instantes depois, as duas chaminés da fragata vomitavam torrentes de fumo negro e o convés estremecia com o ronco das caldeiras. A *Abraão Lincoln*, impulsionada para a frente por sua poderosa hélice, arrancou em linha reta contra o animal. Este permaneceu indiferente e deixou-a aproximar-se até cerca de sessenta braças. Depois, sem se dar ao trabalho de mergulhar, pôs-se em fuga sem forçar a velocidade, contentando-se em conservar a mesma distância entre nós e ele. Esta perseguição durou cerca de três quartos de hora, sem que a fragata conseguisse ganhar um metro sobre o cetáceo. Era evidente que, se continuássemos assim, nunca o alcançaríamos. Farragut torcia violentamente o espesso tufo de pelos que lhe escondia o queixo.

— Ned Land! — gritou ele.

O canadense atendeu prontamente ao chamado.

— Então, mestre Land, ainda me aconselha a arriar a baleeira?

— Não, senhor. Esse animal só se deixará agarrar se quiser!

— Que haveremos de fazer?

— Forçar a marcha, se for possível. Quanto a mim, se o senhor consentir, vou instalar-me no cesto do gurupés e, mal cheguemos à distância de um arpão, arpoarei o bicho.

— Ande, Ned — comandou o capitão. Maquinista — gritou — aumente a pressão.

Ned Land dirigiu-se ao posto que escolhera. As caldeiras tiveram a pressão rapidamente forçada ao máximo, a hélice girou quarenta e oito vezes por minuto e o vapor precipitou-se nas válvulas. Lançada a barquilha, verificou-se que a *Abraão Lincoln* corria dezoito milhas e cinco décimos por hora. Mas o maldito animal também fugia a velocidade de dezoito milhas e cinco décimos por hora. Durante uma hora a fragata manteve-se nesse esforço, sem encurtar um metro sequer a distância que a separava do animal! Era, realmente, humilhante para um dos mais velozes navios da marinha americana. Cólera insopitável apoderou-se da tripulação. Os marinheiros xingavam o monstro, que nem ao menos se dava ao trabalho de responder-lhes. Farragut já não se contentava em torcer a barbicha, agora ele a mordia. O maquinista foi novamente chamado.

— Atingimos o máximo de pressão? — perguntou-lhe o capitão.

— Já, sim, senhor. Estamos a seis atmosferas e meia.

— Force-as até dez atmosferas.

As válvulas foram carregadas. As fornalhas engoliram tulhas de carvão. Os ventiladores sopraram torrentes de ar sobre os braseiros. A rapidez da fragata aumentou. Os mastros estremeciam até a carlinga, e turbilhões de fumo mal podiam escoar pelas chaminés demasiado estreitas.

— Que velocidade?

— Dezenove milhas e três décimos, meu capitão.

— Aumente a pressão! — ordenou Farragut.

O maquinista obedeceu. O manômetro marcou dez atmosferas. O cetáceo, porém, parecia ter também aumentado a pressão de suas caldeiras porque, sem se perturbar, passou a correr dezenove milhas e três décimos.

Que perseguição! Não posso descrever a emoção que agitava todo o meu ser. Ned Land permanecia firme em seu posto, empunhando o arpão. Por várias vezes quase alcançamos o animal.

— Nós o alcançamos! Nós o alcançamos! — gritava o canadense.

Depois, exatamente no momento em que se dispunha a feri-lo, o cetáceo esquivava-se a uma velocidade que não posso calcular em menos de trinta milhas por hora. Enquanto desenvolvíamos a velocidade máxima, ousou zombar da fragata, dando uma volta completa em redor dela! Um grito de furor escapou de todas as bocas! Meio-dia soou e estávamos tão adiantados quanto às cinco da manhã. O comandante decidiu-se, então, a empregar meios mais decisivos.

— Ah! — gemeu ele — esse bicho é mais veloz que minha fragata!... Vamos ver se é mais veloz que nossas granadas cônicas! Mestre, guarneça a peça da proa.

O canhão da proa foi imediatamente carregado e apontado. O tiro partiu, mas a granada passou a alguns metros acima do cetáceo que nadava a cerca de meia milha.

— Outro que tenha melhor pontaria! — gritou o capitão — e quinhentos dólares a quem acertar esse bicho do diabo!

Um velho artilheiro de barbas grisalhas — parece-me vê-lo ainda — olhar calmo e rosto impassível, aproximou-se do canhão, pô-lo em posição e visou demoradamente. Finalmente soou uma forte detonação, a que se misturaram os hurras da tripulação.

A granada atingiu o alvo. Batera no animal, mas inexplicavelmente, deslizando sobre a superfície arredondada, foi perder-se no mar duas milhas além.

— Incrível — exclamou enfurecido o velho artilheiro. Esse bandido é, então, blindado com chapas de seis polegadas!

A caçada continuou e Ferragut, inclinando-se para mim, disse-me:

— Perseguirei esse monstro nem que faça explodir minha fragata.

— Muito bem! — repliquei-lhe.

Nossa esperança era que o animal cansasse, porque não podia ser indiferente à fadiga, como o seria máquina a vapor. Nada do que prevíramos aconteceu. As horas passaram, sem que ele desse qualquer sinal de cansaço. Entretanto, a fragata combateu com infatigável tenacidade. Não calculo em menos de quinhentos quilômetros a distância percorrida por ela naquele azarado seis de novembro. A noite baixou e envolveu de trevas o encapelado oceano.

Naquele momento, supus encerrada a nossa expedição e pensei que não reveríamos nunca mais o fantástico animal. Enganava-me. Às dez horas e cinquenta minutos, o clarão elétrico reapareceu a três milhas a barlavento da fragata tão puro, tão intenso, quanto na noite anterior. O narval parecia imóvel. Talvez fatigado dos combates do dia, dormia entregue ao balanço das ondas. O comandante resolveu aproveitar a oportunidade e deu as suas ordens. A *Abraão Lincoln*, de fogos abafados, avançou lentamente para não acordar o adversário. Não é raro encontrarmos em pleno oceano baleias profundamente adormecidas, que por esse motivo podem ser atacadas com segurança. Ned Land já havia arpoado mais de uma, assim, durante o sono. O canadense voltou, portanto, ao seu posto no cesto do gurupés. A fragata aproximou-se sem ruído, parou as máquinas a cerca de duzentas braças do animal e deslizou, impelida pelo impulso adquirido. A bordo, todos ficaram de respiração suspensa. No convés, reinava profundo silêncio. Chegáramos a poucos metros do fogo ardente, cujo brilho crescente deslumbrava nossos olhos.

Naquele momento, encostado à precinta do castelo de proa, eu via, abaixo de mim, Ned Land agarrado à gamarra com uma das mãos, brandindo com a outra seu terrível arpão. Apenas cinco metros o separavam do animal, que permanecia imóvel. De repente, seu braço distendeu-se violentamente, arremessando o arpão. Ouvi claramente o choque sonoro da arma que parecia haver batido em corpo duro.

O foco elétrico apagou-se imediatamente e duas enormes trombas-d'água abateram-se sobre a tolda da fragata, varrendo-a como torrente de proa a popa, derrubando homens e rebentando os massames dos mastros.

Um choque medonho produziu-se. Fui lançado por cima da amurada, sem ter tempo de agarrar-me fosse no que fosse e caí no mar.

❖

7

Uma estranha baleia

Embora surpreendido pela queda inesperada, conservei, entretanto, nítida lembrança de minhas sensações. Inicialmente fui arrastado à profundidade de cerca de sete metros. Como sou bom nadador, o mergulho não me fez perder a cabeça e dois vigorosos impulsos dos pés levaram-me à tona. Meu primeiro cuidado foi procurar a fragata com a vista. Teria a tripulação dado pelo meu desaparecimento? Teria a *Abraão Lincoln* virado de bordo? Teria o comandante Farragut mandado arriar uma baleeira? Poderia eu ter esperança de salvar-me?

A escuridão era profunda. Em direção ao oriente entrevi massa escura que ia desaparecendo e cujos faróis iam-se apagando no horizonte. Era a fragata. Julguei-me perdido.

— Socorro!... Socorro!... — gritei, nadando desesperadamente em direção ao navio.

Minhas roupas embaraçavam-me os movimentos, porque a água as colava a meu corpo. Ia afogar-me... sufocava!

— Socorro!

Foi o último grito que dei. Minha boca encheu-se de água. Debati-me inutilmente. Estava sendo rapidamente arrastado para o fundo do abismo...

Inesperadamente, minha roupa foi agarrada por mão vigorosa, senti-me puxado para a superfície do mar e ouvi claramente essas palavras, pronunciadas ao meu ouvido:

— Se o senhor quiser fazer a gentileza de encostar-se em meu ombro, poderá nadar com muito maior facilidade.

Com uma das mãos segurei o braço de meu fiel Conselho.

— Tu! — exclamei. Tu?

— Eu próprio — respondeu-me ele — e às ordens do senhor.

— Então, o choque te precipitou ao mar ao mesmo tempo que eu?

— Não, senhor. Mas sendo empregado, acompanhei meu patrão.

E o corajoso rapaz achava isso muito natural!

— E a fragata? — perguntei.

— A fragata! — respondeu-me, virando-se de costas — creio que o senhor fará melhor não contando com ela.

— Por quê?

— Porque no momento em que me joguei ao mar, ouvi o piloto gritar: "A hélice e o leme estão quebrados!"

— Quebrados?!

— Sim. Partidos pelos dentes do monstro. Creio que foi a única avaria que sofreu. Contudo, é avaria desastrosa para nós, porque a fragata perdeu o governo.

— Então, estamos perdidos!

— Talvez — respondeu tranquilamente Conselho. Contudo, temos algumas horas à nossa frente e em algumas horas fazem-se muitas coisas.

O impertubável sangue-frio de Conselho deu-me alma nova. Nadei mais vigorosamente, embora embaraçado pelas roupas que me apertavam como se fossem de chumbo. Tinha extrema dificuldade em manter-me à tona. Conselho percebeu minha situação.

— Permita que faça uma inciso — disse-me ele.

E metendo uma faca por dentro das minhas roupas rasgou-as de alto a baixo com golpe rápido. Depois, desembaraçou-me agilmente delas, enquanto eu nadava pelos dois. Por minha vez, prestei-lhe igual serviço e continuamos a nadar um ao lado do outro.

A nossa situação, entretanto, não se tornara menos terrível. Talvez nosso desaparecimento não houvesse sido notado e, ainda mesmo que o tivesse sido, a fragata não poderia variar a sotavento em nossa direção, porque estava sem leme. Quando muito, poderíamos contar com alguma de suas baleeiras.

Conselho examinou cuidadosamente essa hipótese e nela baseou o seu plano. Admirável temperamento! Aquele fleumático rapaz raciocinava naquelas circunstâncias, como se estivesse em sua própria casa.

Baseados na hipótese de que nossa única probabilidade de salvação era sermos recolhidos por alguma das baleeiras da *Abraão Lincoln*, resolvemos proceder de modo a nos aguentarmos o maior tempo possível. Dividimos as nossas forças para não esgotá-las simultaneamente e combinamos o seguinte: enquanto um de nós se mantinha de costas, braços cruzados e pernas distendidas, o outro nadava e o empurrava para a frente. Esse papel de rebocador duraria dez minutos e, revezando-nos por esse processo, poderíamos aguentar durante algumas horas e talvez até o amanhecer.

Fraca probabilidade! Mas a esperança está tão profundamente enraizada no coração do homem! Além disso, éramos dois... Enfim, ainda que eu procurasse destruir qualquer ilusão, mesmo que quisesse desesperar, não o conseguiria.

A colisão entre a fragata e o cetáceo dera-se por volta das onze da noite. Eu calculava, portanto, nadar oito horas até o nascer do sol, coisa perfeitamente possível desde que nos revezássemos. O mar estava calmo e pouca fadiga causava. De vez em quando tentava vencer aquelas densas trevas com a vista. A escuridão, porém, só era quebrada pela fosforescência provocada por nossos movimentos. As ondas luminosas partiam-se ao contato de nossas mãos, como lençol cintilante que se manchasse de placas lívidas. Dir-se-ia que estávamos mergulhados em banho de mercúrio.

Por volta de uma hora da madrugada, completa fadiga dominou-me. Meus membros inteiriçaram-se sob a compressão de violentas cãibras. Conselho foi obrigado a suster-me e a responsabilidade de nossa salvação recaiu exclusivamente sobre ele. Pouco depois o ouvi ofegar. Sua respiração tornara-se curta e apressada. Percebi que ele não poderia resistir por muito tempo mais.

— Deixa-me! Deixa-me! — articulei.

— Abandoná-lo? Nunca! — respondeu-me. Antes de meu patrão afogar-se, deixarei eu de existir.

Nesse momento, a lua reapareceu por entre as franjas de pesada nuvem, que o vento arrastava para o leste. A superfície do mar cintilou sob os seus raios. A benéfica luz reanimou nossas forças. Levantei a cabeça e investiguei com a vista todos os pontos do horizonte. Avistei a fragata. Encontrava-se a cinco milhas de nós e formava massa escura, apenas visível! Quanto a baleeiras, nada!

Tentei gritar. Mas seria inútil a tamanha distância. Nenhum som conseguia atravessar meus lábios inchados. Conselho ainda podia articular algumas palavras e eu o escutei repetir várias vezes:

— Socorro!... Socorro!...

Suspendendo por instante nossos movimentos, pusemo-nos à escuta. E — talvez fosse um desses zumbidos que o sangue comprimido provoca no ouvido — pareceu-me que um grito respondia ao grito do Conselho.

— Ouviste? — sussurrei.

— Ouvi, sim, senhor.

E Conselho lançou ao espaço novo pedido desesperado. Desta vez não podia haver erro possível! Uma voz humana respondia ao nosso apelo. Seria a voz de algum infeliz, abandonado no meio do oceano, outra vítima do choque que o navio sofrera? Ou seria alguma lancha da fragata que nos procurava em meio à escuridão?

Conselho fez supremo esforço e, apoiando-se em meu ombro, enquanto eu resistia em uma última convulsão, ergueu-se a meio fora d'água e caiu sem forças.

— Conseguiste ver alguma coisa?

— Vi... — murmurou ele — vi... mas não falemos... poupemos nossas forças.

Que teria visto? Então, não sei como, a ideia do monstro veio-me pela primeira vez ao pensamento!... Mas... e aquela voz? Não estamos mais no tempo em que os Jonas se refugiavam no ventre das baleias!...

Entretanto, Conselho continuava a rebocar-me. De vez em quando levantava a cabeça, olhava em frente, dava um grito de reconhecimento, a que respondia uma voz cada vez mais próxima. Eu mal o escutava. Estava completamente exausto. Meus dedos afastavam-se uns dos outros. Minha mão deixara de ser ponto de apoio. Minha boca aberta enchia-se de água salgada. O frio paralisava-me o corpo. Levantei a cabeça pela última vez e afundei...

Nesse instante, um corpo duro chocou-se comigo. Agarrei-me a ele. Depois, senti que me retiravam da água, puxavam-me para a superfície, meu peito esvaziou-se e... desmaiei.

É certo que o desmaio durou pouco e rapidamente voltei a mim, graças às vigorosas fricções que me aqueciam o corpo inteiro. Entreabri os olhos...

— Conselho! — suspirei.

— O senhor chamou? — perguntou-me o criado.

Nesse momento, aos últimos raios da lua, que se escondia no horizonte, percebi um rosto que não era o de Conselho e que reconheci imediatamente.

— Ned! — exclamei.

— Em pessoa, correndo atrás de meu prêmio! — respondeu o canadense.

— Você também foi atirado ao mar pelo abalroamento?

— Sim, professor. Mais favorecido, porém, do que o senhor, tomei pé quase imediatamente em uma ilhota flutuante.

Estávamos estendidos sobre o dorso de um barco submarino.

— Ilhota?

— Ou para ser mais verdadeiro, sobre o nosso gigantesco narval.

— Explique-se, Ned.

— Agora sei por que meu arpão não o pôde cortar e embotou em sua pele.

— Por que foi?

— É porque o monstro é feito de chapas de aço.

A essa altura de minha narrativa é preciso que me esforce para reavivar minhas recordações e controlar minhas asserções. As últimas palavras do canadense haviam produzido súbita reviravolta em meu cérebro. Consegui içar-me para a parte mais alta do ser, ou objeto, meio submerso que me servia de refúgio e nele bati com o pé. Era evidentemente corpo duro impenetrável e não a substância mole que constitui o corpo dos grandes mamíferos marinhos. Contudo, aquele corpo duro podia ser uma carapaça óssea, semelhante à dos animais antediluvianos, e eu me sentiria à vontade para classificar o monstro na classe dos répteis anfíbios, tais como as tartarugas e os aligatores. Mas... não era possível o engano! O dorso escuro que suportava era liso, polido, não imbricado. Quando batido, produzia som metálico e, por mais incrível que fosse, parecia feito de chapas cavilhadas.

Não poderia haver dúvida! O animal monstro, o fenômeno natural que intrigara os sábios de todo o mundo e alvoroçara e iludira a imaginação dos marinheiros dos dois hemisférios, era ainda um fenômeno mais espantoso do que supuséramos, porque era um fenômeno fabricado pela mão do homem.

A descoberta da existência do mais fabuloso e mitológico de todos os seres não teria causado, tamanha surpresa. Que o prodigioso nos venha da mão do Criador é fácil aceitar. Mas encontrar, de repente, o impossível, sob os nossos olhos, misteriosa e humanamente realizado, era próprio para confundir nosso espírito.

Contudo, não havia dúvida possível. Estávamos estendidos sobre o dorso de um barco submarino, até onde podíamos julgar, com a forma de imenso peixe de aço. A opinião de Ned Land estava formada a respeito. A Conselho e a mim cabia apenas conformar com ela.

— Mas, então — disse eu — esse aparelho encerra um maquinismo de locomoção e uma tripulação para manobrá-lo?

— Decerto — respondeu o arpoador — embora nas três horas em que habito essa ilha flutuante não tenha ela dado sinal de vida.

— O barco não se moveu?

— Não, professor. Deixa-se embalar ao sabor das ondas, sem sair do lugar.

— Contudo, sabemos que é dotado de grande velocidade e não podemos duvidar disso. Ora, como é necessário máquina para produzir essa velocidade e maquinista para dirigir essa máquina, daí concluo que estamos... salvos.

— Hum! — fungou Ned, desconfiado.

Naquele momento, e como para dar razão ao meu argumento, produziu-se à ré do estranho aparelho um borbulhar, tornando evidente que o seu propulsor era hélice, e ele se pôs em movimento. Mal tivemos tempo de agarrar em sua parte superior que emergia cerca de oitenta centímetros. Felizmente a sua velocidade não era excessiva.

— Enquanto ele navegar horizontalmente não tenho de que me queixar — murmurou Ned Land. Mas se lhe der a veneta de mergulhar, não darei dois dólares por minha pele.

Em menos ainda poderia avaliar-se o canadense. Tornava-se urgente, portanto, comunicar-nos com os seres, fossem quais fossem, que se encontravam encerrados nas entranhas daquela máquina. Procurei na superfície dela alguma abertura, um painel, uma escotilha, para empregar o termo técnico, mas as linhas de cavilhas, solidamente achatadas na juntura das chapas de aço, eram contínuas e uniformes. Além do mais, a lua desapareceu naquele momento, deixando-nos em completa escuridão. Foi preciso esperar que amanhecesse para procurar os meios de penetrarmos naquele barco submarino.

Assim, pois, nossa salvação dependia exclusivamente do capricho dos misteriosos pilotos que dirigiam aquele aparelho e, se mergulhassem, estaríamos perdidos! Salvo esse caso, eu não duvidava da possibilidade de entrar em comunicação com eles. Com efeito, se eles próprios não fabricassem o ar que respiravam, seriam forçados a voltar de vez em quando à superfície do oceano para renovar a sua provisão de moléculas respiráveis. Daí a necessidade de uma abertura que pusesse o interior do barco em comunicação com a atmosfera.

Quanto à esperança de sermos salvos pelo comandante Farragut, devíamos renunciar completamente a ela. Estávamos sendo levados para oeste e calculei que nossa velocidade, relativamente moderada, talvez atingisse doze milhas por hora. A hélice batia as ondas com regularidade matemática, emergindo algumas vezes e provocando esguichos de água fosforescente a grande altura. Por volta das quatro da madrugada, a velocidade do aparelho aumentou de tal maneira que só a muito custo resistíamos àquele arrastamento vertiginoso, quando as ondas nos açoitavam em cheio. Felizmente, Ned encontrou com a mão uma grande argola de ferro, fixada na parte superior do dorso do barco e nela nos agarramos, felizmente.

Afinal, terminou aquela longa noite. As minhas reminiscências incompletas não me deixam narrar todas as impressões que me abalaram. Apenas um pormenor aflora-me à lembrança. Durante certas acalmias do mar e do vento, pareceu-me ouvir sons vagos, espécie de harmonia fugitiva, produzida por longínquos acordes. Qual seria o mistério daquela navegação submarina, cuja explicação o mundo inteiro andava procurando em vão? Que criaturas viviam naquele estranho barco? Que agente mecânico lhe permitia deslocar-se com tão prodigiosa velocidade?

O dia clareou. As brumas matinais envolveram-nos, mas não tardaram a dissipar-se. Dispunha-me a proceder a cuidadoso exame do casco, que formava na parte superior uma espécie de plataforma horizontal, quando senti que baixava vagarosamente.

— Oh! Com mil demônios! — gritou Ned Land, batendo com o pé na chapa sonora. Abram logo, seus navegantes pouco hospitaleiros!

Mas era difícil fazer-se ouvir, em meio às pancadas ensurdecedoras da hélice. Felizmente, o movimento de imersão parou.

De repente, no interior do barco, produziu-se ruído de ferragens puxadas com força. Uma chapa levantou-se e um homem apareceu, deu um grito esquisito e desapareceu imediatamente.

Alguns instantes depois, oito sólidos rapagões, mascarados, apareceram silenciosamente e nos arrastaram para o interior de sua formidável máquina.

❖

8

Uma inicial e uma divisa

Esse rapto, tão brutalmente executado, realizara-se com a rapidez do relâmpago. Meus companheiros e eu não tínhamos tido nem sequer tempo de reagir. Não sei o que sentiram, vendo-se arrastados para dentro daquela prisão flutuante. Quanto a mim, um calafrio gelou-me a epiderme. Com quem nos teríamos de haver? Sem dúvida com alguns piratas de nova espécie, que saqueavam o mar a seu modo.

Mal se fechou o estreito painel sobre mim, profunda escuridão envolveu-nos. Meus olhos, impressionados pela luz exterior, nada puderam distinguir. Senti que meus pés descalços pisaram os degraus de escada de ferro. Ned Land e Conselho, vigorosamente agarrados, seguiam-me. Na parte inferior da escada, abriu-se uma porta, que se fechou logo depois de nossa passagem, produzindo ruidoso estrondo.

Estávamos sós. Onde? Não poderia dizê-lo, apenas conseguia imaginá-lo. Estava tão escuro que após alguns minutos meus olhos não tinham ainda conseguido vislumbrar qualquer desses reflexos indecisos que flutuam nas noites por mais escuras que sejam.

Entretanto, Ned Land, furioso com aquela maneira de proceder, dava livre curso à sua indignação.

— Com mil demônios! — bradava. Essa gente supera os caledônios quanto à hospitalidade. Só lhes falta serem antropófagos. Isso, porém, não me surpreenderia. Mas podem estar certos que não me comerão sem meu protesto!

— Acalme-se, amigo Land, acalme-se! Não adianta zangar-se antes da hora. Por enquanto não estamos ainda na assadeira — observou calmamente Conselho.

— Na assadeira ainda não — retrucou o canadense — mas seguramente no forno. Felizmente minha navalha não me abandonou e ainda enxergo o suficiente para fazer uso dela. O primeiro desses bandidos que ponha a mão em mim...

— Não se irrite, Ned — aconselhei — nem nos comprometa com violências inúteis. Quem sabe se alguém nos ouve. Procuremos saber onde estamos.

Comecei a andar às apalpadelas. Cinco passos à frente, encontrei uma parede de ferro, feita de chapas cavilhadas. Depois, voltando-me, fui de encontro à mesa de madeira, em volta da qual encontravam-se vários bancos. O pavimento da prisão estava recoberto por grossa esteira de fórmio, que abafava o ruído de nossos passos. As paredes nuas não revelavam qualquer traço de porta ou janela. Conselho, dando uma volta, mas em sentido contrário ao que eu seguira, encontrou-se comigo e ambos voltamos ao meio da cabina, que devia ter sete metros de comprimento por três de largura. Quanto à altura, Ned Land, apesar de sua elevada estatura, não pôde medi-la.

Cerca de meia hora transcorrera sem que a situação se modificasse, quando da extrema escuridão nossos olhos passaram a luz intensíssima. Nossa prisão iluminara-se repentinamente, isto é, encheu-se de matéria luminosa tão forte que não pude inicialmente suportar-lhe o brilho. Pela luminosidade intensa reconheci logo a luz elétrica que produzia aquele magnífico fenômeno de fosforescência. Depois de ter involuntariamente fechado os olhos, tornei a abri-los e vi que o agente luminoso provinha de meio globo fosco que se arredondava na parte superior da cabina.

— Finalmente podemos ver alguma coisa! — exclamou Ned Land, que de navalha em punho mantinha-se na defensiva.

— É verdade — respondi — mas nossa situação não é menos sombria.

— Que o senhor tenha paciência — observou o impassível Conselho.

A repentina iluminação da cabina permitira-me examiná-la minuciosamente. Continha apenas a mesa e os cinco bancos. A porta invisível devia estar hermeticamente fechada. Nenhum ruído chegava ao nosso ouvido. Tudo parecia morto no interior daquele barco. Navegaria ele? Conservar-se-ia parado na superfície do oceano? Ou teria mergulhado em suas profundezas? Não podia adivinhá-lo.

Entretanto, certamente, o globo luminoso não teria sido aceso sem razão. Tinha quase certeza de que os membros da tripulação não tardariam a aparecer. Quem quer abandonar os presos não ilumina as suas masmorras.

Não me enganara. Ouvimos o ruído de ferrolhos, a porta abriu-se e apareceram dois homens.

Um deles era de pequena estatura, musculatura vigorosa, membros fortes, cabeça grande, cabeleira negra e abundante, bigode espesso, olhar vivo e penetrante, toda a sua pessoa impregnada dessa vivacidade meridional que caracteriza em França os filhos da Provença. Diderot, com justiça, afirmou que o gesto do homem é metafórico, e aquele homenzinho era a prova viva dessa asserção. Sentia-se que em sua linguagem habitual devia prodigalizar as prosopopeias, metonímias e hipólages. Fato que, aliás, nunca tive ocasião de verificar porque, em minha presença, usou sempre idioma singular e absolutamente incompreensível.

O segundo desconhecido merece descrição mais minuciosa. Era fácil ler em sua fisionomia. Reconheci, sem hesitar, as suas qualidades dominantes: a confiança em si, porque a sua cabeça assentava nobremente sobre o arco formado pela linha dos ombros e seus olhos negros fitavam com impassível segurança. A calma, porque a sua pele, tendendo mais para a palidez do que para o corado, denunciava o equilíbrio sanguíneo. A energia, demonstrada pela facilidade de contração dos músculos superciliares e, enfim, a coragem, porque a sua respiração profunda denotava grande expansão vital.

Acrescentarei que sua altivez era visível, que seu olhar firme e claro parecia refletir pensamentos elevados e que todo esse conjunto, a homogeneidade das expressões, do gesto, do corpo e do semblante, segundo a observação dos fisionomistas, sugeria indiscutivelmente a sua franqueza.

Senti-me, involuntariamente, tranquilo na presença dele e augurei bem de nossa entrevista.

Se tinha trinta e cinco ou cinquenta anos, não me teria sido possível precisar. Sua estatura elevada, sua testa larga, seu nariz reto, sua boca nitidamente desenhada, seus dentes magníficos, suas mãos finas e alongadas eram dignos de servirem a uma alma altiva e apaixonada. Aquele homem constituía indubitavelmente o mais admirável tipo humano que até então me fora dado encontrar. Particularidade estranha, os olhos dele, um pouco afastados um do outro, podiam abarcar simultaneamente cerca de um quarto do horizonte. Esta faculdade, como verifiquei mais tarde, era reforçada por capacidade visual superior à de Ned Land. Quando esse desconhecido fitava um objeto, a linha das sobrancelhas franzia-se, suas grandes pálpebras cerravam-se de modo a circunscrever-lhe a pupila dos olhos, restringindo assim a extensão do campo visual. Que olhar aquele! Como aumentava os objetos diminuídos pela distância! Como nos devassava até a alma! Como vencia os lençóis líquidos, tão opacos aos nossos olhos, e como lia perfeitamente no mais profundo recanto do mar!...

Os dois desconhecidos, cobertos com boinas de pele de lontra marinha e calçados com botas de mar feitas de couro de foca, vestiam roupas de tecido especial, de corte folgado, que lhes permitiam grande liberdade de movimentos. O mais alto dos dois — decerto o comandante — examinou-nos com extrema atenção, sem pronunciar palavra. Depois, voltando-se para o companheiro, conversou com ele em língua que não pude reconhecer. Era idioma sonoro, harmonioso, flexível, cujas vogais pareciam obedecer a acentuação variadíssima. O outro respondeu-lhe com aceno de cabeça e acrescentou duas ou três palavras inteiramente incompreensíveis. Em seguida, pareceu interrogar-me diretamente com o olhar.

Respondi em bom francês que não entendia a linguagem deles. Por sua vez, o desconhecido pareceu não me compreender e a situação tornou-se bastante embaraçosa.

— Em todo caso, o senhor deve contar-lhe a nossa história — sugeriu-me Conselho. Talvez esses senhores entendam algumas palavras.

Comecei a narração de nossas aventuras, articulando claramente todas as sílabas e sem omitir o mais insignificante pormenor. Declinei nossos nomes e qualidades. Depois fiz a apresentação formal do professor Aronnax, de seu criado Conselho e do mestre arpoador Ned Land.

O homem de olhos meigos e calmos ouviu-me impassível, com cortesia mesmo, com notável atenção, mas nada em sua fisionomia revelou que houvesse entendido o que lhe contara. Quando terminei, não proferiu qualquer palavra.

Ainda tínhamos o recurso de falar inglês. Talvez nos fizéssemos entender nessa língua que é quase universal. Conhecia inglês e alemão o suficiente para ler corretamente, mas não para falar correntemente. Ora, o caso era, principalmente, fazer-se entender.

— Vamos, agora é a sua vez! — disse ao arpoador. Vamos, mestre Land, tire da sacola o melhor inglês que algum dia falou um anglo-saxão e veja se consegues ser mais feliz do que eu.

Ned não se fez de rogado e repetiu a mesma história, que compreendi mais ou menos. Quer dizer, o fundo foi o mesmo, mas a forma diferiu. O canadense, levado por seu temperamento, pôs em suas palavras grande entusiasmo. Queixou-se amargamente de estar encarcerado com desprezo do direito das gentes, perguntou em virtude de que lei era assim retido, ameaçou processar quem o sequestrava indevidamente, agitou-se, gesticulou, gritou e, finalmente, fez compreender por gesto expressivo que estávamos mortos de fome.

O final era perfeitamente verdade, mas nós quase o havíamos esquecido.

Para sua grande estupefação, o arpoador não pareceu ter sido mais inteligível do que eu. Nossos visitantes nem pestanejaram. Era evidente que nada tinham compreendido. Bastante embaraçado, depois de haver exaurido em vão nossos recursos filológicos, não sabia que partido tomar, quando Conselho me disse:

— Se o senhor consente, eu lhes contarei a coisa em alemão.

— Como?! Tu sabes alemão?! — exclamei.

— Como qualquer flamengo, se o fato não desagrada ao senhor.

— Muito ao contrário, o fato é agradável. Fala, meu filho!

E Conselho, com voz pachorrenta, narrou pela terceira vez as peripécias de nossa história. Mas apesar do estilo elegante e do belo sotaque do narrador, a língua alemã não foi mais bem-sucedida do que a francesa ou a inglesa. Enfim, desesperado, reuni tudo quanto me recordava de meus antigos estudos e empreendi a narração em latim. Cícero certamente teria tapado os ouvidos. Todavia, consegui expressar-me e o resultado foi igualmente negativo.

Frustrada, definitivamente, esta última tentativa, os dois desconhecidos trocaram algumas palavras em sua incompreensível linguagem e retiraram-se, sem ao menos nos dirigirem algum desses gestos tranquilizadores que têm curso em todos os países do mundo. A porta tornou-se a fechar.

— É uma infâmia! — explodiu Ned Land pela vigésima vez. Como! Nós falamos em francês, inglês, alemão e latim a esses patifes e nenhum dos dois teve ao menos a cortesia de responder-nos!

— Acalme-se, Ned — disse eu ao exaltado arpoador — a cólera não nos levará a resultado algum.

— Mas sabe o senhor que poderemos morrer de fome, nesta gaiola de ferro?

— Qual o quê! — filosofou Conselho. Podemos aguentar ainda por muito tempo.

— Meus amigos — falei — é preciso não desesperar. Já vencemos piores transes. Façam-me, pois, o favor de esperar, para depois formarem opinião sobre o comandante e a tripulação deste barco.

— Já tenho opinião formada — retrucou Ned Land. São uns patifes...

— Muito bem. De que país?

— Do país dos patifes!

— Meu caro Ned, esse país na está suficientemente localizado no mapa-múndi e confesso que a nacionalidade desses dois desconhecidos é difícil de determinar. Tudo quanto podemos afirmar é que não são franceses, nem ingleses, nem alemães. Entretanto, sinto-me tentado a afirmar que o comandante e o seu imediato nasceram em latitudes baixas. Há neles um não sei quê de meridionais. Se são espanhóis, turcos, árabes ou indianos é o que o seu tipo físico não permite determinar. Quanto à língua que falam é completamente incompreensível.

— Aí está o inconveniente de não saber todas as línguas — ponderou Conselho — ou a desvantagem de não existir uma só língua.

— O que não adiantaria nada! — replicou Ned. Você não vê que essa gente tem uma fala própria dela, inventada só para fazer desesperar as pessoas honestas que pedem jantar? Em todos os países da terra, abrir a boca, mexer os queixos, bater com os dentes e com os beiços, todo mundo sabe o que quer dizer. Tanto em Quebec, como Pomotu, em Paris ou nos antípodas, isso quer dizer: "Tenho fome! Deem-me o que comer!..."

— Oh! — observou Conselho — há pessoas de tão pouca inteligência!

No momento em que ele dizia estas palavras, a porta abriu-se. Um taifeiro entrou. Trazia-nos roupas — gandolas e culotes de marinheiro, feitos de tecido que não consegui identificar. Apressei-me em vesti-los e meus companheiros imitaram-me. Durante este tempo, o taifeiro, mudo ou talvez surdo, havia posto a mesa com três talheres.

— Eis algo sério — observou Conselho. A coisa está melhorando.

— Qual — retrucou o rancoroso arpoador. Que diabo quer você que se coma aqui? Fígado de tartaruga, filé de tubarão e bife de cação!

— Haveremos de ver! — replicou Conselho.

As travessas cobertas com a respectiva tampa de prata foram simetricamente dispostas sobre a toalha e nós nos sentamos à mesa. Era evidente que estávamos tratando com gente civilizada e, sem a luz elétrica que nos inundava, eu me teria suposto na sala de jantar do Hotel Adelfi, de Liverpool, ou do Grande Hotel, de Paris. Contudo, não havia nem pão, nem vinho. A água era fresca e límpida, mas era água — o que não foi do agrado de Ned Land. Entre os quitutes que nos foram servidos, reconheci diversos peixes, delicadamente preparados. Mas quanto a alguns pratos, aliás excelentes, não pude saber de que eram feitos e não poderia nem dizer a que reino — animal ou vegetal — pertencia o seu conteúdo. Quanto à baixela, era elegante e de muito bom gosto. Cada peça — colher, garfo, faca, prato — tinha gravada uma letra, rodeada por divisa de que reproduzo o fac-símile:

MOBILIS IN MOBILE

N

Móvel no elemento movente! Esta divisa aplicava-se com justeza àquele aparelho submarino, contanto que se traduzisse a preposição *in* por *em* e não por *sobre*. A letra N era evidentemente a inicial da enigmática personagem que comandava no fundo dos mares!

Ned e Conselho não faziam tantas reflexões. Devoravam e eu não tardei a imitá-los. Quanto à nossa sorte, estava absolutamente tranquilo, e a mim parecia evidente que nossos hospedeiros não pretendiam deixar-nos morrer de inanição.

Mas tudo tem fim, tudo passa, neste mundo, mesmo a fome de quem não comia há quinze horas. Saciado o nosso apetite, fez-se sentir imperiosa a necessidade de dormir, reação muito natural depois daquela interminável noite que passáramos enfrentando a morte.

— Palavra de honra — disse Conselho — bem que dormiria agora.

— Eu já estou dormindo... — replicou Ned.

Meus companheiros deitaram-se sobre o tapete e, pouco depois, mergulharam em profundo sono.

Quanto a mim, cedi menos facilmente àquela violenta necessidade de dormir. Pensamentos numerosos tumultuavam meu espírito, inúmeros problemas insolúveis nele se comprimiam, multidão de imagens mantinha entreabertas as minhas pálpebras. Onde estávamos? Que estranho poder nos transportava? Sentia — ou melhor, supus sentir — o aparelho abismar-se nas camadas mais profundas do mar. Violentos pesadelos me obcecavam. Entrevia naqueles asilos misteriosos todo um mundo de animais desconhecidos, dos quais aquele barco submarino parecia ser o congênere, ali vivendo e movimentando-se, formidável como eles!... Por fim, meu cérebro acalmou-se, minha imaginação diluiu-se em vaga sonolência e em pouco mergulhei também em sono sem sonhos.

❖

9

Violências de Ned Land

Quanto tempo durou esse sono, eu o ignoro, mas devia ter sido longo, porque acordamos completamente refeitos de nossas fadigas. Fui o primeiro a acordar. Meus companheiros não se haviam mexido e permaneciam estendidos em seu canto, como massas inertes. Apenas, tendo-me levantado daquela cama sofrivelmente dura, senti a cabeça livre, o espírito claro. Recomecei, portanto, o exame minucioso de nossa cela. Nada havia mudado em suas disposições interiores. A prisão permanecera prisão e os prisioneiros continuavam prisioneiros. Entretanto, o taifeiro, aproveitando-se de nosso sono, levara a baixela e os restos da refeição. Nada havia que indicasse modificação próxima em nossa situação e indaguei seriamente aos meus botões se estaríamos condenados a viver indefinidamente naquela jaula.

Esta perspectiva me pareceu deveras penosa, tanto mais que, se o meu cérebro estava livre dos pesadelos da véspera, sentia meu peito particularmente opresso. Respirava com dificuldade. O ar pesado não era suficiente para o funcionamento regular de meus pulmões. Embora a cela fosse espaçosa, era evidente que havíamos consumido grande parte de oxigênio que ela contivera. Com efeito, cada homem consome por hora o oxigênio contido em cem litros de ar, e este, carregado, então, de quantidade quase igual de ácido carbônico, torna-se irrespirável.

Era, portanto, indispensável renovar a atmosfera de nossa prisão e sem dúvida também a do barco submarino.

Neste ponto apresentou-se a meu espírito um problema. Como procederia o comandante daquela moradia flutuante? Obteria o ar por meios químicos, libertando pelo calor o oxigênio contido no clorato de potássio e absorvendo o ácido carbônico pela potassa cáustica? Nesse caso, deveria ter conservado algumas relações com os continentes, a fim de obter os materiais necessários a tal operação. Ou limitava-se, somente, a armazenar o ar sob altas pressões, em reservatórios, para depois distribuí-lo segundo as necessidades da tripulação? Talvez. Ou, processo mais cômodo, mais econômico e por conseguinte mais provável, contentando-se em voltar à superfície das águas para respirar como qualquer cetáceo, renovando por vinte e quatro horas a sua provisão de ar atmosférico? Fosse como fosse e fosse qual fosse o método, parecia-me prudente que o empregasse sem mais demora.

Com efeito, eu já estava reduzido a amiudar as minhas aspirações, para extrair da cela o pouco oxigênio que ela ainda continha, quando, de repente, senti-me refrescar por corrente de ar puro, perfumado por emanações salinas. Era evidentemente a brisa do mar, vivificante e carregada de iodo! Abri largamente a boca e meus pulmões saturaram-se daquelas frescas moléculas. Ao mesmo tempo senti um balanço, arfagem de amplitude medíocre, mas perfeitamente sensível. O barco, o monstro de chapas de aço, acabara evidentemente de subir à tona, para respirar à maneira das baleias. O sistema de ventilação do navio era-me, pois, conhecido.

Logo que absorvi o ar puro a largos haustos, procurei o conduto, o *aerífero,* que permitia chegar até nós, aquele benéfico eflúvio e não tardei a encontrá-lo. Por cima da porta abria-se o orifício de ventilação, dando passagem a fresco jato de ar que renovava, assim, a atmosfera empobrecida da cela.

Alcançara este ponto de minhas observações, quando Ned e Conselho acordaram quase ao mesmo tempo, sob a influência daquela ventilação vivificante. Esfregaram os olhos, espreguiçaram-se e no instante seguinte estavam de pé.

— O senhor dormiu bem? — perguntou-me Conselho com a sua polidez habitual.

— Muito bem, meu caro. E você, Land?

— Como uma pedra, professor. Mas, se não me engano, parece-me que estou respirando a brisa do mar?

Um marinheiro não podia equivocar-se sobre um fato daqueles. Contei, então, ao canadense o que se havia passado durante o seu sono.

— Bem! — disse ele — isso explica perfeitamente os rugidos que ouvíamos quando o suposto narval estava ao alcance da fragata.

— Perfeitamente, mestre Land, era a respiração dele!

— Apenas, professor, não faço a menor ideia da hora em que estamos, a menos que seja hora do jantar.

— Hora do jantar, meu excelente arpoador? Diga ao menos hora de almoço, pois certamente já não estamos no dia de ontem.

— O que demonstra que dormimos pelo menos vinte e quatro horas — interveio Conselho.

— Esta é também a minha opinião — respondi.

— Não digo o contrário — replicou Ned. Mas jantar ou almoço, traga um ou o outro, o taifeiro será bem-vindo.

— Um e o outro — murmurou Conselho.

— Exatamente — retrucou o canadense. Temos direito a duas refeições e tenho apetite para as duas.

— Pois bem, Ned, esperemos — observei. É evidente que esses desconhecidos não têm a intenção de deixar-nos morrer de fome, porque nesse caso o jantar de ontem não teria nenhum sentido.

— A menos que nos queiram engordar primeiro — retrucou Ned Land.

— Protesto — objetei-lhe. Não caímos em mãos de canibais!

— Uma vez não é costume — respondeu-me seriamente o canadense. Quem sabe se esta gente não está privada há muito de carne fresca e neste caso três sujeitos saudáveis e bem constituídos, como o professor, Conselho e eu...

— Esqueça-se de tais ideias, mestre Land e, sobretudo, não se baseie em tais suposições para zangar-se com os nossos hospedeiros, o que apenas serviria para agravar nossa situação.

— Em todo caso, tenho uma fome dos diabos e a comida não vem.

— Mestre Land — aconselhei — é preciso que nos conformemos com os regulamentos de bordo e suponho que o nosso estômago está mais adiantado que o relógio do cozinheiro.

— Então, acertemo-lo — comentou tranquilamente Conselho.

— Essa é bem sua — retrucou o impaciente canadense. Você não gosta de usar a sua bílis, nem os seus nervos! Sempre calmo! Você seria capaz de morrer de fome sem queixar-se.

— Que adiantaria queixar-me? — perguntou Conselho.

— Serviria para matar o tempo e seria alguma coisa. E, se esses piratas — eu digo piratas por respeito ao professor e para não contrariá-lo, já que não me permite chamá-los de canibais — se esses piratas supõem que vão conservar-me dentro desta jaula, em que sufoco, sem ouvir as pragas com que tempero os meus desabafos, estão muito enganados! O senhor acredita, professor, que nos conservem por muito tempo nesta caixa de aço?

— Para falar a verdade, sei tanto quanto você, amigo Land.

— Mas que supõe?

— Suponho que o acaso nos fez senhores de segredo importante. Ora, se a tripulação deste barco submarino tem interesse em guardar tal segredo e o interesse é mais importante para eles do que a vida de três homens, sou de opinião que a nossa existência está seriamente comprometida. Caso contrário, na primeira ocasião, o monstro que nos engoliu nos restituirá ao mundo habitado por nossos semelhantes.

— A menos que nos alistem na tripulação — sugeriu Conselho — e, assim, nos conservem...

— Até o momento — concluiu Ned — em que alguma fragata mais veloz ou mais feliz do que a *Abraão Lincoln* consiga apoderar-se desse ninho de piratas, mandando-nos em companhia deles respirar pela última vez nas vergas do mastro grande.

— Bem pensado, mestre Land. Mas que saiba, ainda não nos fizeram qualquer proposta nesse sentido. É, portanto, inútil discutir sobre o partido que adotaremos se a proposta concretizar-se. Repito-lhes: esperemos, sujeitemo-nos às circunstâncias e nada façamos, porque no momento nada há a fazer.

— Ao contrário — replicou Ned, que não queria dar o braço a torcer — é preciso fazer alguma coisa.

— Fazer o que, mestre Land?

— Fugir.

— Fugir de uma prisão terrestre é sempre difícil, fugir desta prisão submarina parece-me absolutamente impraticável.

— Vamos, amigo Ned, que responde você à objeção de meu patrão? Não acredito que um americano possa ficar sem resposta...

O arpoador, visivelmente embaraçado, calou-se. Uma fuga, nas condições a que nos lançara o acaso, era absolutamente impossível. Mas um canadense é meio francês e mestre Land deixou isso evidente com a saída que arranjou.

— Assim, professor — tornou a falar após alguns minutos de reflexão — o senhor não adivinha o que devem fazer as pessoas que não podem escapar de uma prisão?

— Não, meu amigo.

— Nada mais simples. Devem acomodar-se para permanecerem nela.

— Exatamente — retrucou o canadense.

— Pudera! — comentou Conselho — é melhor estar dentro do que por cima ou por baixo.

— Sim, mas depois de haver posto fora carcereiros e sentinelas.

— Que, Ned? Pensaria você seriamente em apoderar-se desta embarcação?

— O mais seriamente possível.

— Isso é impossível.

— Por que, professor? Pode apresentar-se oportunidade favorável e não vejo o que nos impediria de nos aproveitarmos dela. Se eles forem apenas uns vinte a bordo desta máquina, creio que não serão capazes de fazer recuarem dois franceses e um canadense.

Mais valia admitir a proposta do arpoador do que discuti-la. Por isso, limitei-me a responder:

— Deixemos surgirem as circunstâncias, mestre Land e, então, veremos. Mas até lá, peço-lhe que domine a impaciência. Só por astúcia poderemos dominá-los e não será encolerizando-se que você criará oportunidades favoráveis. Prometa-me, pois, que aceitará a situação sem rebelar-se.

— Eu o prometo — respondeu Ned Land em um tom pouco tranquilizador. Nem uma só palavra violenta sairá de minha boca, nem um gesto violento me atraiçoará, ainda mesmo que as refeições não sejam servidas com a regularidade desejável.

— Conto com a sua palavra, Ned.

Em seguida, suspendemos a conversa e cada um de nós entregou--se às próprias reflexões. Confesso que, apesar das afirmações do arpoador, não tinha a menor ilusão. Não admitia que surgissem as oportunidades favoráveis de que falara Ned. Para ser manobrado com tamanha segurança, aquele barco submarino não poderia deixar de exigir numerosa tripulação e, por conseguinte, em caso de luta, teríamos de enfrentar combate superior às nossas forças. Além disso, antes de mais nada, deveríamos estar livres, para poder agir, e ali nos encontrávamos presos. Não havia mesmo nenhum meio de fuga daquela cela hermeticamente fechada. E, por pouco que o comandante daquele barco tivesse segredo a guardar — o que pelo menos me parecia provável — não nos deixaria em liberdade para fazermos a bordo o que quiséssemos. Iria desembaraçar-se de nós agora pela violência ou lançar-nos-ia um dia sobre algum canto de terra? Essa era a incógnita. Todas estas hipóteses me pareciam extremamente plausíveis e era preciso ser arpoador para alimentar a esperança de reconquistar a liberdade.

Finalmente, percebi que as ideias de Ned Land azedavam com as reflexões que fazia. De vez em quando, as pragas rugiam-lhe no fundo da garganta, os seus gestos tornavam-se ameaçadores. Levantava-se, andava como fera em redor da jaula, batia nas paredes com os pés e com os punhos. Aliás, o tempo passava, a fome fazia-se sentir cada vez mais cruelmente e desta feita o taifeiro não aparecia. Era esquecer por tempo demasiado nossa situação de náufragos, se realmente tinham boas intenções a nosso respeito.

Ned Land, atormentado pelas contrações de seu robusto estômago, enfurecia-se cada vez mais, apesar de haver dado a sua palavra. Chamava, gritava, mas em vão. As paredes de aço eram surdas. Não se ouvia qualquer ruído no interior do barco, que parecia morto. Nem ao menos se movia. Provavelmente, mergulhado no abismo das águas, já não pertencia à terra. Aquele lúgubre silêncio era aterrador. As esperanças que eu concebera, depois de minha entrevista com o comandante, iam morrendo pouco a pouco. A doçura do olhar daquele homem, a expressão generosa de sua fisionomia, a nobreza de seu porte, tudo ia-se apagando em minha memória. Agora, revia aquela enigmática personagem tal como devia necessariamente ser — impiedosa e cruel. Senti que ele era estranho à humanidade, inacessível a qualquer sentimento de compaixão, implacável inimigo de seus semelhantes, aos quais votara ódio mortal!

Mas iria aquele homem deixar-nos morrer de inanição, fechados naquela estreita prisão, abandonados à terrível tentação a que leva a ferocidade da fome? Este medonho pensamento tomou em meu espírito intensidade esmagadora e, auxiliado pela imaginação, deixei-me invadir por espanto insensato. Conselho continuava calmo. Ned rugia.

Nesse momento, ouvimos ruído fora da cela. Ressoaram passos sobre o pavimento de metal. Rangeram as fechaduras, a porta abriu-se e o taifeiro apareceu.

Antes que eu pudesse fazer qualquer movimento para impedi-lo, o canadense precipitou-se sobre o infeliz, derrubou-o e apertou-lhe a garganta.

Conselho tentava já arrancar a vítima meio sufocada das mãos do arpoador e eu ia juntar meus esforços aos dele, quando, subitamente, me senti imobilizado por estas palavras ditas em francês:

— Acalme-se, mestre Land, e o senhor, professor, tenha a bondade de ouvir-me.

10

O homem das águas

Era o comandante que assim falava.

Àquela ordem, Ned Land ergueu-se imediatamente. O taifeiro, quase estrangulado, saiu cambaleante, a um sinal de seu chefe, mas tal era o império do comandante a bordo que nem um simples gesto fez que traísse o ressentimento que certamente teria do canadense. Conselho, interessado, malgrado seu, e eu, estupefato, esperávamos em silêncio o desfecho daquela cena.

O comandante, apoiado a um canto da mesa, braços cruzados, fitava-nos com profunda atenção. Hesitaria em falar? Estaria arrependido das palavras que acabara de pronunciar em francês? Era o que parecia.

Após alguns instantes de silêncio, que nenhum de nós se atreveu a interromper, falou com voz clara e penetrante:

— Senhores, falo igualmente francês, inglês, alemão e latim. Poderia, portanto, ter-lhes respondido por ocasião de nossa entrevista. Entretanto, primeiro queria conhecê-los e ter tempo para refletir. A quádrupla narração que fizeram, inteiramente semelhante quanto ao fundo, deu-me a certeza da identidade dos senhores. Sei, agora, que o acaso trouxe à minha presença o senhor Pedro Aronnax, professor de história natural, no Museu de Paris, e encarregado de missão científica no estrangeiro, o seu criado Conselho e Ned Land, de origem canadense, arpoador a bordo da fragata *Abraão Lincoln,* da marinha de guerra dos Estados Unidos da América.

Inclinei-me em um gesto de assentimento. O comandante nada me perguntara, portanto nada havia a responder. Aquele homem expressava-se com grande facilidade e sem qualquer sotaque. A sua frase era clara, os termos precisos e a alocução notável. Apesar de tudo isso, não senti nele um compatriota.

Prosseguiu nos seguintes termos:

— Sem dúvida, o senhor achou demasiada a minha demora em vir fazer-lhe esta segunda visita. É que, conhecida a sua identidade, quis pesar maduramente a resolução que deveria adotar. Hesitei muito. As mais desagradáveis circunstâncias puseram-no em presença de um homem que rompeu relações com a humanidade. O senhor veio perturbar a minha existência...

— Involuntariamente — disse eu.

— Involuntariamente?! — retrucou-me, forçando um pouco a voz. Foi involuntariamente que a *Abraão Lincoln* me perseguiu por todos os mares? Foi involuntariamente que o senhor embarcou nessa fragata? Foi involuntariamente que mestre Land lançou o seu arpão contra o meu barco?

Pareceu-me surpreender nestas palavras uma irritação a custo contida. Mas eu tinha resposta para estas recriminações e dei-a com naturalidade:

— O senhor ignora certamente as discussões que provocou a seu respeito na América e na Europa. O senhor não sabe que os diversos acidentes, que o seu aparelho submarino ocasionou por abalroamento, agitaram a opinião pública nos dois continentes. Não vou cansá-lo com a repetição das inúmeras hipóteses por meio das quais os sábios procuraram explicar o inexplicável fenômeno de que somente o senhor possui o segredo. Fique certo, contudo, de que a *Abraão Lincoln*, perseguindo-o nos recessos do oceano Pacífico, julgava dar caça a possante monstro marinho, do qual era necessário, a qualquer preço, livrar o oceano.

Os lábios do comandante entreabriram-se em leve sorriso e acrescentou em tom mais calmo:

— Professor Aronnax, o senhor ousaria afirmar que a sua fragata não teria perseguido e bombardeado um barco submarino, com o mesmo encarniçamento com que perseguiria um monstro?

Essa pergunta deixou-me embaraçado porque, evidentemente, o comandante Farragut não teria hesitado em fazê-lo. Ele julgaria seu dever destruir um aparelho daquele gênero, tanto quanto se se tratasse de narval gigantesco.

— O senhor há de admitir, pois — concluiu ele — que tenho o direito de tratá-los como inimigos.

É claro que nada respondi. Para que discutir proposição semelhante, quando a força pode destruir os melhores argumentos?

O comandante prosseguiu:

— Hesitei, pois, durante muito tempo. Nada me obrigava a dar-lhes hospitalidade. Se tinha de desfazer-me dos senhores, não havia interesse algum em revê-los. Mandaria recolocá-los sobre a plataforma de meu navio, que lhes havia servido de refúgio! Mergulharia e esqueceria que algum dia tinham existido. Não era meu direito?

— Era, talvez, o direito de um selvagem. De um homem civilizado, não.

— Senhor professor — replicou com vivacidade — eu não sou aquilo a que o senhor chama um homem civilizado! Rompi relações com toda a sociedade por razões que só eu tenho o direito de julgar. Não devo, portanto, obediência às regras da sociedade e espero que nunca mais torne a invocar tais regras diante de mim.

Estas palavras foram claramente pronunciadas. A cólera e o desdém haviam incendiado os olhos do desconhecido com o fulgor do relâmpago e entrevi um passado formidável na vida daquele homem. Não somente se colocara fora das leis humanas, mas tornara-se independente, livre na mais rigorosa acepção do termo, fora do alcance de quem quer que fosse. Quem ousaria persegui-lo no fundo dos mares se, na superfície, frustraram todas as perseguições? Que navio resistiria ao choque de seu cruzador submarino? Que couraça, por mais espessa que fosse, suportaria os golpes de seu esporão? Não havia entre os homens quem lhe pudesse pedir contas de seus atos! Deus, se acreditasse Nele, e sua consciência, se tivesse, eram os seus únicos juízes.

Estas reflexões atravessaram-me rapidamente o espírito, enquanto aquele estranho personagem calava-se, absorto e como entregue a tumulto interior. Eu o contemplava com pavor misto de curiosidade, decerto sentindo emoção análoga à que sofreu Édipo ao fitar a Esfinge.

Depois de longo silêncio, o comandante continuou a falar.

— Eis por que hesitei. Contudo, concluí que o meu interesse podia conciliar-se com a natural compaixão a que todo ser humano tem direito. Os senhores permanecerão a bordo de meu navio, já que a fatalidade aqui os lançou. Ficarão livres mas, em troca desta liberdade, muito relativa aliás, eu lhes imporei uma condição. É uma só e devem dar-me a sua palavra de que a ela se submeterão.

— Fale, senhor. Suponho que a condição que nos vai impor é daquelas que um homem de bem pode aceitar...

— Naturalmente. Ei-la! É possível que acontecimentos imprevistos me obriguem a confiná-los em suas cabinas por algumas horas, ou por alguns dias, segundo os casos. Não desejando empregar violência, espero dos senhores, em tais oportunidades, obediência passiva. Assim agindo, eximo-os de responsabilidade e desobrigo-os completamente, porque a mim compete reduzi-los à impossibilidade de verem o que não deve ser visto. Aceitam a condição?

Passavam-se, portanto, a bordo, coisas, na melhor das hipóteses, singulares e que não deviam ser presenciadas por pessoas que não se houvessem colocado fora das leis sociais. Entre as surpresas que o futuro me reservava esta não devia ser a menor.

— Nós aceitamos — respondi. Contudo, peço-lhe permissão para fazer-lhe uma pergunta, uma só.

— Pode perguntar.

— O senhor disse que ficaríamos livres a bordo?

— Completamente livres.

— Que entende o comandante por essa liberdade?

— A liberdade de ir, vir, ver e até observar tudo quanto se passa aqui — salvo em raras circunstâncias — enfim, a liberdade que nós próprios, meus companheiros e eu gozamos.

Era evidente que não nos entendíamos.

— Perdão, senhor — repliquei — mas esta é a liberdade que tem todo prisioneiro de percorrer a prisão! Tal liberdade não nos pode bastar.

— Será necessário que com ela se contentem.

— Quê! Devemos, então, renunciar ao direito de tornar a rever nossa pátria, nossos amigos, nossos parentes?

— Sim, senhor. Contudo, renunciar a regressar ao jugo insuportável da terra, não é talvez coisa tão penosa quanto supõe.

— Essa é boa! — exclamou Ned Land. Nunca darei minha palavra de que não tentarei fugir.

— Não lhe pedi a sua palavra, mestre Land — retorquiu friamente o comandante.

— O senhor abusa da situação em que estamos — disse eu, sentindo-me irritado, apesar de meus esforços para permanecer calmo. E isso é uma crueldade!

— Não, não é crueldade, é clemência! Os senhores são meus prisioneiros, aprisionados em combate. Eu os conservo, quando poderia, com simples palavra, devolvê-los aos abismos do oceano! Foram os senhores que me atacaram! Os senhores vieram descobrir um segredo que ninguém no mundo deve conhecer, o segredo de toda a minha existência. Acreditam os senhores que vou devolvê-los a esta terra que nunca mais deve ter notícias minhas? Nunca! Retendo-os, apenas garanto a minha sobrevivência.

Essas palavras denotavam, da parte do comandante, decisão contra a qual não prevaleceria qualquer argumento.

— Neste caso, senhor, temos apenas a escolha entre a vida e a morte?

— Exatamente.

— Meus amigos — disse eu — a uma pergunta dessas nada temos a responder. Nenhum compromisso, entretanto, nos liga ao senhor do navio.

— Nenhum, professor.

E com voz mais branda continuou:

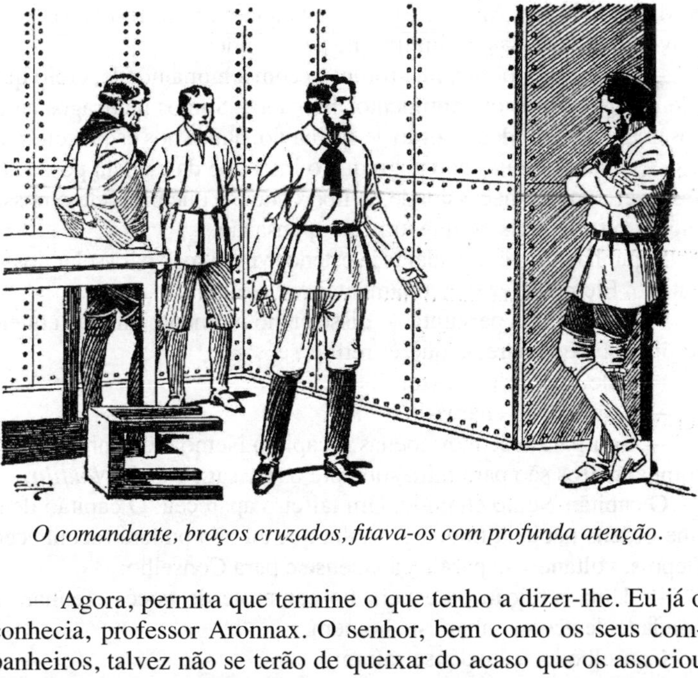

O comandante, braços cruzados, fitava-os com profunda atenção.

— Agora, permita que termine o que tenho a dizer-lhe. Eu já o conhecia, professor Aronnax. O senhor, bem como os seus companheiros, talvez não se terão de queixar do acaso que os associou ao meu destino. O senhor encontrará entre os livros que constituem os meus estudos prediletos a obra que escreveu sobre o fundo do mar. Eu a tenho lido constantemente. O senhor levou a sua obra tão longe quanto lhe permitia a ciência terrestre. No entanto, o senhor não sabe tudo, porque ainda não viu tudo. Permita-me dizer-lhe que não lamentará o tempo passado em meu navio. O senhor vai viajar pelo país das maravilhas. O espanto e a estupefação serão provavelmente o estado habitual de seu espírito. O senhor não se fartará tão cedo do espetáculo que vai ser constantemente oferecido à sua vista. Vou rever, em nova volta ao mundo submarino — talvez a última — tudo quanto pude estudar do fundo desses mares que tantas vezes percorri, e o senhor será meu companheiro de estudos. De hoje em diante, o senhor entrará em novo elemento e vai ver o que nenhum homem viu — porque eu e meus companheiros não contamos mais — e nosso planeta, graças a mim, vai revelar-lhe os seus últimos segredos.

Não posso negá-lo. Essas palavras produziram em mim enorme efeito. Ele havia descoberto o meu fraco. Esqueci por um instante que a contemplação daquelas coisas sublimes não poderia valer a minha perdida liberdade. Além disso, contava que o futuro resolveria esse grave problema. Assim, limitei-me a responder:

— Senhor, embora tenha rompido com a humanidade, creio que não renegou todos os sentimentos humanos. Somos náufragos caridosamente recolhidos a bordo de seu navio, nunca nos esqueceremos disso. Quanto a mim, não nego que o interesse da ciência possa até absorver a minha necessidade de liberdade e o que promete o nosso encontro seria mais do que uma compensação.

Supunha que o comandante ia estender-me a mão para selar nosso tratado. Ele nada fez e eu o lamentei por ele.

— Uma última pergunta — disse eu no momento em que aquele ser inexplicável parecia querer retirar-se.

— Fale, senhor professor.

— Como devo chamá-lo?

— Sou para o senhor apenas o capitão Nemo e o senhor e seus companheiros são para mim somente os passageiros do *Náutilo*.

O capitão Nemo chamou. Um taifeiro apareceu. O capitão deu-lhe ordens naquela língua estranha que eu não pudera reconhecer. Depois, voltando-se para o canadense e para Conselho:

— Uma refeição os espera no camarote de vocês. Tenham a bondade de acompanhar este homem.

Conselho e o canadense saíram.

— E agora, senhor Aronnax, nosso almoço está à nossa espera. Permita-me precedê-lo.

— Às suas ordens, capitão.

— Sente-se e coma com o apetite de um homem que deve estar morrendo de fome.

Segui o capitão Nemo e, mal franqueei a porta, encontrei-me em estreito corredor iluminado eletricamente e semelhante ao passadiço de um navio. Depois de andar uma dezena de metros, segunda porta abriu-se diante de mim. Entrei, então, na sala de jantar, decorada e mobiliada com gosto sóbrio. Aparadores de carvalho com incrustações de ébano elevavam-se em suas duas extremidades e, sobre as prateleiras de frisos ondeados, reluziam faianças, porcelanas e cristais de preço incalculável. A baixela de prata resplandecia sob os raios que caíam do teto luminoso, cujo brilho era abrandado por finas pinturas. Ao centro da sala estava a mesa ricamente servida. O capitão indicou-me o lugar.

— Sente-se e coma com o apetite de um homem que deve estar morrendo de fome.

O almoço compunha-se de certo número de pratos de que o mar fora o exclusivo fornecedor e de algumas iguarias cuja natureza e proveniência eu ignorava. Confessarei que eram muito saborosas, embora tivessem gosto que eu nunca experimentara. Logo, porém, a ele me habituei. Os diversos alimentos me pareceram ricos em fósforo e daí deduzi que deviam ser de origem marinha.

O capitão Nemo olhava para mim. Eu nada lhe perguntei, mas ele adivinhou meus pensamentos e espontaneamente respondeu-me às perguntas que eu estava ansioso por fazer-lhe.

— A maior parte destas iguarias lhe é desconhecida. Contudo, pode comê-las sem temor. São saudáveis e nutritivas. Há muito renunciei aos alimentos terrestres e não passo pior por isso. Minha tripulação, que é vigorosa, alimenta-se do mesmo modo que eu.

— Todos estes alimentos são produtos do mar?

— Sim. O mar satisfaz todas as minhas necessidades. Algumas vezes deito as minhas redes de arrastão e só as colho quando já estão quase para rebentar. Outras vezes vou caçar no meio desse elemento que parece inacessível ao homem e forço a sair do esconderijo a caça que mora em minhas florestas submarinas. Meus rebanhos, como os do velho pastor Netuno, pastam sem temor nas grandes pradarias do oceano, onde tenho vasta propriedade, que eu mesmo exploro, e é continuamente semeada pelas próprias mãos do Criador.

Encarei o capitão Nemo com certo espanto e respondi-lhe:

— Compreendo perfeitamente que as suas redes lhe forneçam excelente peixe para a mesa. O que já não entendo tão claramente é que o senhor persiga a caça aquática nas florestas submarinas. Mas o que não posso compreender de modo algum é que pedaços de carne possam figurar no seu cardápio.

— Mas eu, professor, nunca faço uso da carne de animais terrestres.

— Então, que é isto? — interroguei, designando uma travessa em que havia algumas fatias de lombo.

— Isto que o professor julga ser carne de porco não passa de lombo de tartaruga marinha. Aqui estão também alguns fígados de delfim e que o senhor poderia pensar que fosse guisado de porco. Tenho excelente cozinheiro que possui habilidade especial para conservar estes produtos do oceano. Prove de todos estes quitutes.

Ele ia oferecendo e eu ia comendo mais por curiosidade do que por gulodice, e o capitão continuava a encantar-me com as suas histórias inverossímeis.

— Mas este mar, esta nutriz prodigiosa e inesgotável, não só me alimenta como me veste. Estes tecidos que agora o vestem são feito do bisso de alguns moluscos, tingidos com a púrpura dos antigos e matizados com a violeta que extraio das aplísias do Mediterrâneo. Os perfumes que encontrará no toucador de seu camarote são produzidos pela destilação de plantas marinhas. O seu colchão foi estofado com a zostera mais macia do oceano. Sua pena será uma barba de baleia, e sua tinta, um licor secretado pela siba ou pelo espadarte. Tudo vem do mar e tudo a ele voltará um dia.

— O senhor adora o mar, capitão!

— Se adoro! O mar é tudo! Cobre sete décimos do globo terrestre. O seu ar é puro e salubre. É um imenso deserto em que o homem jamais está sozinho, porque sempre sente o frêmito da vida em volta de si. O mar não é apenas o veículo de uma existência prodigiosa e sobrenatural. Não é apenas movimento e amor. É o infinito vivo, como disse um de seus poetas. Realmente, professor, a natureza nele se manifesta pelos três reinos — mineral, vegetal e animal. Este último é largamente nele representado por seus quatro grupos de zoófitos, por suas três classes de articulados, cinco classes de moluscos, três de vertebrados — os mamíferos, os répteis e essas inumeráveis legiões de peixes, ordem infinita de animais, que conta mais de treze mil espécies, das quais apenas um décimo pertence à água doce. O mar é o vasto reservatório da natureza. Por assim dizer, foi pelo mar que o globo começou e quem sabe se não acabará por ele! Nele reina a suprema tranquilidade. O mar não pertence aos déspotas. À sua superfície podem ainda eles exercer os seus iníquos direitos, entrecombaterem-se, entredevorarem-se, nele amontoar todos os horrores terrestres. Mas a dez metros abaixo da superfície cessa o poder deles, extingue-se a sua influência, desaparece o seu poderio! Ah! Professor! Viva, viva no seio dos mares! Somente aqui há independência. Aqui não reconheço senhores. Aqui sou livre!

O capitão Nemo calou-se subitamente em meio a este entusiasmo em que lhe transbordava a alma. Ter-se-ia deixado arrastar além de sua reserva habitual? Teria falado demais? Durante alguns instantes ficou muito agitado. Depois, seus nervos acalmaram-se, a fisionomia retomou a impassibilidade habitual e, voltando-se para mim, disse:

— Agora, se quiser visitar o *Náutilo*, estou à sua disposição.

11

O *Náutilo*

O capitão Nemo ergueu-se. Eu o segui. No fundo do salão havia uma porta dupla pela qual passamos, entrando em sala de dimensões iguais às daquela de que saíramos. Estávamos em uma biblioteca. Grandes estantes de jacarandá preto, com incrustações de cobre, continham, em amplas prateleiras, grande número de livros uniformemente encadernados. Seguiam o contorno da sala e terminavam na parte inferior por largos divãs estofados de couro marrom, que ofereciam curvas confortáveis. Carteiras portáteis que se podiam afastar ou aproximar à vontade, ali estavam para repousar o livro que se quisesse ler. No centro da sala, havia vasta mesa coberta de brochuras, entre as quais encontravam-se alguns jornais já antigos. A luz elétrica inundava aquele harmonioso conjunto, projetando-se de quatro globos foscos meio embutidos nas volutas do teto. Sem poder crer em meus olhos, senti-me empolgado pela admiração, diante daquela sala tão engenhosamente disposta.

— Capitão Nemo — disse eu ao meu hospedeiro, que acabara de estender-se sobre um dos divãs — eis uma biblioteca que honraria qualquer palácio e sinto-me realmente maravilhado, quando penso que ela pode acompanhá-lo ao fundo dos mares.

— Onde gozaríamos de solidão mais completa e de silêncio mais tranquilo, senhor professor? O seu gabinete no Museu oferece-lhe repouso igual?

— Não, senhor, e devo acrescentar que é bem pobre, em comparação com o seu. Calculo haver aqui seis ou sete mil volumes...

— Doze mil, professor. São os únicos vínculos que ainda me prendem à terra. Para mim, o mundo acabou no dia em que o *Náutilo* mergulhou pela primeira vez. Nesse dia comprei os meus últimos

... e continuei a passar em revista as curiosidades que enriqueciam o salão.

volumes, as minhas últimas brochuras, os meus últimos jornais e desde então, para mim, é como se a humanidade não tivesse mais escrito, nem pensado nada. Aliás, estes livros estão à sua disposição e o senhor poderá usá-los livremente.

Entre aqueles livros, notei as obras-primas dos mestres antigos e modernos, tudo que a humanidade produziu de melhor na história, na poesia, no romance, na ciência, desde Homero até Victor Hugo, desde Xenofonte até Michelet, desde Rabelais até George Sand. O maior número de volumes, porém, era de livros científicos. A mecânica, a balística, a hidrografia, a meteorologia, a geografia ali ocupavam lugar tão importante quanto o da história natural, e pude, assim, concluir que tais assuntos constituíam o principal estudo do capitão. Ao lado desses livros, das memórias da Academia de Ciências, dos boletins das diversas sociedades de geografia, em lugar de destaque, vi os dois volumes que me haviam valido o acolhimento relativamente benévolo do capitão Nemo. Entre as obras de José Bertrand, o seu livro intitulado os *Fundadores da Astronomia* proporcionou-me data de referência porque como eu sabia que ele fora publicado em 1865, pude concluir que o lançamento do *Náutilo* não datava de época anterior. Assim, pois, o capitão Nemo começara a sua vida submarina, no máximo, há três anos. Aliás, eu esperava que obras mais recentes me permitissem a exata fixação da data, mas tinha tempo para fazer essa pesquisa e não queria atrasar o nosso passeio através das maravilhas do *Náutilo*.

— Capitão, agradeço-lhe muito o ter posto esta biblioteca à minha disposição e tudo farei para aproveitar os tesouros científicos que contém.

— Aqui não venho apenas ler, também venho fumar.

— Fumar? A bordo é possível fumar?

— Sem dúvida!

— Neste caso estou certo de que conservou relações com Havana.

— Absolutamente, não. Mas fume este charuto e, embora não venha de Havana, se é fumante, certamente há de apreciá-lo.

Recebi o charuto que me era oferecido. Parecia fabricado com folhas de ouro. Acendi-o em um braseirinho que ardia sobre elegante tripé de bronze e gozei as primeiras baforadas com a volúpia do fumante, privado de fumo há dois dias.

— É excelente, embora não seja de fumo.

— Realmente, esse fumo não me vem nem de Havana, nem do Oriente. É uma espécie de alga rica em nicotina, que o mar me fornece com bastante parcimônia. Tem saudades dos havanas, professor?

— Detesto-os, a partir de hoje.

— Fume, pois, à vontade e sem discutir a origem desses charutos. Nenhum monopólio estatal os controlou; mas nem por isso são piores, estou certo.

— Ao contrário, são melhores.

Naquele momento o capitão Nemo abriu uma porta fronteira àquela pela qual penetráramos na biblioteca e entramos em um salão imenso e profusamente iluminado. Era um vasto quadrilátero, com dez metros de comprimento, seis de largura e cinco de altura. O teto luminoso, decorado por delicados arabescos, distribuía luz clara e suave sobre as maravilhas amontoadas naquele museu. Realmente, embora fosse extraordinário, estávamos em um museu, em que mão pródiga e inteligente reunira todos os tesouros da natureza e da arte, nessa desordem artística que caracteriza estúdio de pintor.

Trinta quadros de mestres, de molduras iguais, separados por cintilantes panóplias, ornavam as paredes recobertas de tapeçarias de desenho sóbrio. Ali, apreciei telas de elevado valor e que na maioria eu já havia visto nas coleções particulares da Europa e em exposições de pintura. Nos cantos daquele magnífico museu, sobre pedestais, dominavam reduções admiráveis de estátuas de mármore e bronze, copiadas dos mais famosos modelos da antiguidade. O estado de estupefação que me predissera o comandante do *Náutilo* começava a dominar-me.

— O professor há de perdoar-me recebê-lo assim tão à vontade na desordem que reina neste salão — desculpou-se aquele homem extraordinário.

— Capitão, sem preocupar-me com a sua identidade, agora estou certo de encontrar-me em presença de um artista.

— No máximo, um amador. Outrora, gostei de colecionar estas belas obras criadas pela mão do homem. Fui pesquisador ávido, farejador infatigável e pude, assim, reunir alguns objetos de grande valor. São as últimas lembranças dessa terra, para mim, já morta. A meus olhos, os artistas modernos já são antigos, têm dois ou três mil anos de existência e confundo em meu espírito antigos e modernos. Os verdadeiros mestres são de todos os tempos.

— E estes músicos? — perguntei, mostrando-lhe diversas partituras espalhadas sobre grande órgão; que ocupava um dos painéis do salão.

— Esses músicos são contemporâneos de Orfeu, porque na memória dos mortos apagam-se as diferenças cronológicas e eu estou morto, tão morto quanto qualquer dos seus amigos que repousem neste momento a sete palmos abaixo do chão.

O capitão Nemo calou-se e pareceu perder-se em profundos devaneios. Eu o contemplava com crescente emoção, analisando em silêncio a singularidade de sua fisionomia. Com os cotovelos apoiados sobre preciosa mesa de mosaico, ele não me via mais, esquecera a minha presença.

Respeitei aquela abstração e continuei a passar em revista as curiosidades que enriqueciam o salão.

Ao lado das obras de arte, as raridades naturais ocupavam lugar muito importante. Ali estavam principalmente plantas, conchas e outros produtos do oceano, que deviam ser descobrimentos pessoais do capitão Nemo. No meio do salão, um repuxo, iluminado eletricamente, caía em grande bacia feita de uma tridacna. Esta concha, produzida pelo maior dos moluscos acéfalos, media nas bordas, delicadamente rendilhadas, circunferência de cerca de seis metros. Em volta do chafariz e dentro de elegantes vitrinas fixadas por armações de cobre, classificados cada um com a sua etiqueta, exibiam-se os mais preciosos produtos do mar jamais vistos pelos olhos de naturalista. É fácil imaginar a minha alegria de professor.

O ramo dos zoófitos era representado por espécimes curiosíssimas tanto do grupo dos pólipos como do grupo dos equinodermos. Um conquiliologista um pouco nervoso teria desmaiado diante de outras vitrinas ainda mais numerosas, em que estavam classificados os exemplares do ramo dos moluscos.

Separados em compartimentos especiais, refletiam a luz elétrica colares de pérolas de encantadora beleza — pérolas cor-de-rosa, extraídas das pinhas bivalves do Mar Vermelho, pérolas amarelas, azuis, negras, curiosos produtos dos diferentes moluscos de todos os oceanos e de certos mexilhões dos rios nórdicos e várias amostras de incalculável valor, desfilados pelas mais raras ostras perlíferas. Algumas daquelas pérolas eram maiores do que ovo de pombo. Era praticamente impossível calcular o valor daquela coleção. O capitão deveria ter gasto bilhões para adquirir aqueles exemplares raros e eu indagava aos meus botões em que fonte teria ele ido buscar quantias tão astronômicas para satisfazer seus caprichos de colecionador, quando meu devaneio foi interrompido por estas palavras:

— Está observando as minhas conchas, professor? Realmente, são dignas de interessar um naturalista mas, para mim, têm especial valor, porque foram todas apanhadas com as minhas próprias mãos e não há mar no globo que tenha escapado a minhas pesquisas.

— Compreendo, capitão. Compreendo a alegria de estar no meio dc tais preciosidades. O senhor pertence ao número dos que construíram com as próprias mãos o tesouro que possuem. Nenhum museu europeu possui coleção igual à sua. Mas se eu esgotar minha admiração na contemplação dela, que sobrará para o navio que a transportará? Não quero descobrir segredos que lhe pertencem. Entretanto, confesso que esse *Náutilo*, a sua força propulsora, os aparelhos que permitem manejá-lo, o seu poderoso agente motriz, tudo aguça ao máximo a minha curiosidade. Suspensos às paredes deste salão vieram alguns instrumentos, cuja utilidade ignoro. Poderia conhecê-los?

— Professor Aronnax, eu lhe disse que o senhor desfrutaria de liberdade a bordo do meu navio, por conseguinte nenhum compartimento do *Náutilo* lhe está interditado. Pode, portanto, visitá-lo minuciosamente e para mim será grande prazer servir-lhe de guia.

— Não sei como agradecer-lhe, capitão, mas não abusarei de sua bondade. Perguntarei apenas para que servem estes instrumentos de física...

— Professor, os mesmos instrumentos encontram-se no meu camarote e lá é que terei o prazer de explicar-lhe a utilidade deles.

Antes, porém, vamos ver o camarote que lhe foi destinado. É preciso que o senhor saiba como ficará alojado a bordo do *Náutilo*.

Segui o capitão Nemo, que por uma das portas laterais do salão entrou nos passadiços do navio, dirigindo-se à proa. Ali encontrei não um camarote, mas um quarto elegante, com cama, penteadeira e outros móveis. Não pude deixar de agradecer-lhe.

— O seu quarto é pegado ao meu — disse-me, abrindo uma porta — e o meu comunica-se com o salão de onde acabamos de sair.

Entrei no quarto do capitão. O aspecto era sóbrio, quase cenobítico. Um beliche de ferro, uma escrivaninha e poucos móveis. O conjunto era iluminado a meia-luz. Apenas o estritamente necessário, sem preocupação de conforto.

O capitão Nemo ofereceu-me cadeira, convidou-me a sentar e deu-me as explicações do capítulo seguinte.

❖

12

A eletricidade reina

— Professor — disse o capitão Nemo, apontando os instrumentos pendurados nas paredes do aposento — aqui estão os aparelhos necessários para a navegação do *Náutilo*. Tanto aqui quanto no salão, eu os tenho sempre diante dos olhos e eles me informam a posição e a direção exata no meio do oceano. Alguns são seus conhecidos, como o termômetro, que mede a temperatura interior do *Náutilo*; o barômetro, que pesa a densidade do ar e prediz as mudanças de tempo; o higrômetro, que mede o grau de umidade da atmosfera; o *storm-glass*, cuja mistura, decompondo-se, anuncia as tempestades; a bússola, que orienta a minha rota; o sextante, que me permite medir a altura do sol, para determinar a latitude; os cronômetros, que me permitem calcular a longitude e, enfim, óculos de alcance diurnos e noturnos, que servem para sondar o horizonte, quando o *Náutilo* sobe à superfície.

— Esses são os instrumentos habituais dos navegantes — observei — e cujo emprego conheço. Mas aqui estão outros que certamente são exigidos pela natureza especial do submarino. Esse mostrador em que gira um ponteiro móvel não é um manômetro?

— Exatamente. Está em comunicação com a água, cuja pressão exterior indica, revelando-me assim, a profundidade a que se encontra o *Náutilo*.

— E estas sondas?

— São ondas termométricas que registram a temperatura das diferentes camadas de água.

— E esses outros instrumentos, cuja finalidade nem ao menos sou capaz de adivinhar?

— Professor, chegamos a um ponto em que serei obrigado a dar-lhe algumas explicações. Tenha a bondade de ouvir-me.

Conservou-se calado durante alguns instantes, expondo, depois, o seguinte:

— Há um agente poderoso, obediente, veloz, de fácil manejo, que se amolda a todos os usos e que reina como senhor absoluto a bordo do *Náutilo*. Ele, aqui, tudo faz. Ilumina, aquece, é vida e alma de meus aparelhos mecânicos. Este agente onímodo é a eletricidade.

— A eletricidade?!... exclamei, espantado.

— Perfeitamente.

— Contudo, capitão, a velocidade de que dispõe não combina bem com o poder da eletricidade, cuja potência dinâmica, até hoje, tem sido muito restrita e produziu apenas força diminuta.

— Só posso dizer-lhe que a minha eletricidade não é a que todo mundo conhece.

— Não serei indiscreto, embora o resultado obtido me cause profundo espanto. Quero fazer-lhe apenas uma pergunta, a que o senhor dará resposta se lhe convier. Os elementos que emprega para produzir eletricidade devem gastar-se rapidamente. Por exemplo, como substituir o zinco, se não mantém qualquer ligação com a terra?

— A sua pergunta terá resposta. Em primeiro lugar devo dizer-lhe que, no fundo do mar, existem minas de zinco, ferro, prata e ouro, cuja exploração seria possível. Contudo, não emprego esses metais terrestres e só ao mar peço os meios para produzir a minha eletricidade.

— Ao mar?!...

— Ao próprio mar, e poderia obtê-la por vários meios. De fato, poderia ter obtido eletricidade estabelecendo circuito entre fios mergulhados a profundidades diversas, gerando-a, assim, graças à diversidade de temperatura. Preferi, porém, empregar sistema mais prático. O senhor conhece a composição da água do mar. Em cada mil gramas existem noventa e seis centésimos e meio de água, dois centésimos e quase dois terços de cloreto de sódio, fora o cloreto de potássio, e cloreto de magnésio, o brometo de magnésio, o sulfato de magnésio e o sulfato e o carbonato de cálcio, que também são encontrados em pequenas quantidades. Vemos, pois, que o cloreto de sódio entra em notável proporção na composição da água do mar. Ora, é exatamente este sódio que eu extraio e com ele abasteço as minhas pilhas.

— Com sódio?

— Exatamente. Misturado ao mercúrio, forma amálgama que substitui o zinco. O mercúrio nunca se gasta. Só o sódio é consumido e este me é fornecido pelo próprio mar. Além disso, devo dizer-lhe que as pilhas de sódio geram mais energia e a sua força eletromotriz é o dobro da gerada pelas pilhas de zinco.

— Compreendo, perfeitamente, a excelência do sódio, nas condições em que o senhor se encontra. O mar o contém. Muito bem. Mas é preciso extraí-lo. Como consegue o senhor obtê-lo? As pilhas poderiam, naturalmente, servir para a extração. Mas, se não me engano, a quantidade de sódio que gastaria com o processo seria maior que a quantidade extraída. Portanto, assim procedendo, o senhor consumiria mais sódio que o produzido.

— Por isso mesmo é que não emprego as pilhas para extraí-los. Uso apenas o calor do carvão de pedra.

— De pedra?! — insisti, admirado.

— Ou de mar, se assim podemos dizer.

— O senhor pode explorar minas de hulhas submarinas?

— O senhor verá fazê-lo. Só lhe peço um pouco de paciência. Lembre-se somente disso: tudo devo ao oceano. Ele produz a eletricidade e esta dá ao *Náutilo* calor, luz e movimento, em uma palavra — a vida.

— Mas não dá o ar que o senhor respira!

— Ah! Poderia fabricar o ar necessário ao meu consumo, mas não é preciso, porquanto posso subir à tona sempre que o desejar. Entretanto, se a eletricidade não me fornece o ar respirável, pelo menos aciona as poderosas bombas que o armazenam em conservatórios especiais, o que me permite prolongar, em caso de necessidade, tanto quanto quiser, a minha permanência nas camadas mais profundas.

— Contento-me em admirar. O capitão descobriu o que os homens certamente descobrirão algum dia: a verdadeira potência dinâmica da eletricidade.

Não sei se eles a descobrirão — respondeu friamente o capitão Nemo. Seja como for, já conhece o senhor a primeira aplicação que fiz desse precioso agente. É ele que nos ilumina com regularidade e continuidade que não possui a luz do sol. Agora, veja este relógio. É elétrico e anda com tal precisão que desafia a dos melhores cronômetros. Dividi o seu mostrador em vinte e quatro horas, como nos relógios italianos, porque para mim não existe noite, nem sol, nem lua, mas somente esta luz artificial que me segue até o fundo dos mares! Repare, são duas horas da madrugada, agora.

— Exatamente.

— Eis outra aplicação da eletricidade. Este mostrador, suspenso em frente a nossos olhos, serve para indicar a velocidade do *Náutilo*.

A sala de máquinas.

Um fio elétrico o põe em comunicação com a hélice da barquilha e o ponteiro indica a velocidade real do navio. Veja, neste momento navegamos com a velocidade moderada de quinze milhas por hora.

— Maravilhoso! Vejo que teve inteira razão ao escolher esta força, que está destinada a substituir o vento, a água e o vapor.

— Ainda não terminamos, senhor Aronnax — disse o capitão, levantando-se. Se quiser ter a bondade de seguir-me, visitaremos agora a parte traseira do barco.

De fato, eu já conhecia toda a parte dianteira do *Náutilo*, assim dividida, a partir do centro para o esporão: a sala de jantar com cinco metros, separada da biblioteca por divisão estanque, isto é, que não podia ser atravessada pela água; a biblioteca com cinco metros; o salão de dez metros; outra divisão estanque; o quarto do capitão, com cinco metros; o meu camarote, com dois metros e cinquenta centímetros e, finalmente, um reservatório de ar, de sete metros estanques. Havia portas hermeticamente fechadas por meio de obturadores de borracha e garantiam, assim, inteira segurança a bordo do *Náutilo*, em caso de invasão de águas.

Segui o capitão Nemo através dos passadiços próximos e alcancei o centro da embarcação. Ali abria-se uma espécie de poço entre duas divisões estanques. Uma escada de ferro, fixada à parede por meio de grampos, levava à extremidade superior. Perguntei ao capitão para que servia aquela escada.

— Para entrar na lancha, informou ele.

— O senhor tem lancha? — perguntei bastante espantado.

— É claro. Uma excelente embarcação, leve e insubmersível, ótima para passear e pescar.

— Então, para embarcar nela, o senhor é obrigado a emergir.

— Absolutamente, não. A lancha adere à parte superior do casco do *Náutilo* e ocupa cavidade destinada a alojá-la. Ela é inteiramente coberta, absolutamente estanque e presa por cavilhas. Esta escada leva a uma escotilha no casco do *Náutilo* e que corresponde a uma abertura igual, existente em um dos lados da lancha. É por essa dupla abertura que entro na embarcação. Um de meus tripulantes fecha a abertura do *Náutilo*, eu fecho a da lancha por meio de um parafuso de pressão. Desatarraxo as cavilhas e a lancha sobe à superfície com prodigiosa velocidade. Abro, então, o alçapão da coberta, cuidadosamente fechado até aquele momento, levanto o mastro, iço a vela, ou empunho os remos e passeio.

— Mas como consegue voltar para bordo?

— Não sou eu que volto, senhor Aronnax, é o *Náutilo* que se dirige a mim.

— Mas como?

— Obedecendo minhas ordens. Um fio elétrico mantém minha ligação com ele. Passo um telegrama e sou imediatamente atendido.

— Realmente, nada mais simples! — exclamei, assombrado com aquelas maravilhas.

Depois de ultrapassar a caixa da escada que levava à plataforma, vi um camarote de dois metros de comprimento, no qual Conselho e Ned, encantados com o cardápio, devoravam sua comida com apetite. Em seguida, uma porta abriu-se para a cozinha de três metros de comprimento, situada entre as enormes despensas de bordo.

Ali, era a eletricidade, mais forte e obediente do que o próprio gás, que cozinhava os alimentos. Os fios, ligados aos fogões, comunicavam às esponjas de platina o calor que se conservava e distribuía uniformemente. Aquecia igualmente os alambiques, que pela vaporização forneciam excelente água potável. Ao lado da cozinha, abria-se banheiro confortavelmente instalado, cujas torneiras forneciam água fria ou quente, à discrição.

A cozinha era seguida pelo alojamento da tripulação, com cinco metros de comprimento. A porta dele estava fechada, o que me impediu de ver a sua arrumação. Não pude, pois, calcular de quantos homens se compunha a equipagem do *Náutilo*.

Ao fundo, erguia-se uma quarta divisão estanque, que separava o alojamento da sala de máquinas. Aberta a porta de comunicação, entrei no compartimento em que o capitão Nemo — indubitavelmente engenheiro de primeira ordem — havia instalado os seus aparelhos motrizes. A sala, muito bem iluminada, media vinte metros de comprimento e estava dividida em duas partes: a primeira continha as pilhas que geravam a eletricidade, e a segunda, o mecanismo que transmitia movimento à hélice.

A princípio fiquei surpreso com o cheiro *sui generis* que enchia aquele compartimento. O capitão Nemo percebeu a minha perplexidade e explicou:

— São gases liberados pelo sódio, mas não passam de um inconveniente insignificante. Para corrigi-lo, todas as manhãs purificamos o barco, ventilando-o ao ar livre.

Enquanto isso, observava com interesse fácil de conceber a máquina do *Náutilo*.

— A eletricidade aqui produzida — explicou-me o capitão Nemo — escoa-se para ré, onde atua por meio de eletroímãs de grandes dimensões sobre sistema especial de alavancas e engrenagens que movimentam o eixo da hélice. Esta, cujo diâmetro é de seis metros e cujo passo é de sete metros e meio, pode dar até vinte voltas por segundo.

— E que velocidade alcança, então, o senhor?

— Cinquenta milhas por hora.

Ali havia um mistério, mas eu não insisti em desvendá-lo. Como poderia a eletricidade atuar com tal potência? Onde se originava essa força ilimitada?

— Capitão, vejo os resultados, mas não procuro explicá-los. Vi o *Náutilo* manobrar frente a *Abraão Lincoln* e sei a velocidade de que é dotado. Mas andar não é o suficiente. É necessário enxergar o caminho! É preciso poder dirigir-se para a direita, para a esquerda, para cima ou para baixo! Como consegue o senhor alcançar as grandes profundidades, onde encontra resistência crescente, que se calcula em centenas de atmosferas? Como retorna à superfície do oceano? Finalmente, como pode conservar-se na profundidade que lhe convém? Serei indiscreto fazendo-lhe estas perguntas?

Depois de breve hesitação, respondeu-me:

— Absolutamente, não, uma vez que nunca mais abandonará este barco submarino. Passemos para o salão, que é o nosso verdadeiro gabinete de trabalho. Lá, eu lhe revelarei tudo quanto deve saber sobre o *Náutilo*.

❖

13

Alguns dados numéricos

No instante seguinte, estávamos sentados em um divã do salão, saboreando um charuto. O capitão exibiu-me uma épura em que estavam desenhados o plano, o corte e o alçado do *Náutilo*. A seguir, começou a descrição do submarino nos seguintes termos:

— Aqui estão as diversas dimensões do barco que nos transporta. Tem a forma de comprido cilindro de extremidades cônicas. É sensivelmente parecido com um charuto, forma adotada em Londres para várias embarcações da mesma espécie. O comprimento deste cilindro, de ponta a ponta, é exatamente de setenta metros, e a viga da coberta, na maior largura, mede oito metros. Não obedeceu, portanto, à proporção de um para dez, como os vapores mais velozes, mas as suas linhas são suficientemente alongadas e a curva da querena bastante extensa para que a água deslocada escape facilmente e não oponha obstáculos ao deslocamento.

Estas dimensões permitem, mediante simples cálculo, conhecer a superfície e o volume do *Náutilo*. A superfície mede mil e onze metros e quarenta centímetros quadrados. O volume é de mil e quinhentos metros e dois decímetros cúbicos. Vale dizer que completamente submerso desloca mil e quinhentos metros cúbicos, ou pesa mil e quinhentas toneladas.

Quando planejei este submarino, desejei que, em equilíbrio dentro d'água, ele mergulhasse nove décimas partes e emergisse somente uma décima parte. Por conseguinte, devia deslocar, nestas condições, apenas nove décimos de seu volume, isto é, mil e trezentos e cinquenta e seis metros e quarenta e oito centímetros cúbicos e, portanto, pesar apenas o mesmo número de toneladas. Consegui construí-lo dentro deste limite de peso, obedecendo às dimensões citadas.

O *Náutilo* possui dois cascos, um interior e outro exterior, ligados entre si por barras de aço em T, que lhe dão rigidez insuperável. Realmente, graças a essa disposição, resiste como se fora um só bloco, como se fora maciço. A sua bordagem não pode ceder, porque adere por si mesma e não pela pressão de rebites, e a homogeneidade, devida à perfeita ligação dos materiais, permite-lhe desafiar os mares mais tempestuosos.

Estes dois cascos são de chapas de aço. O primeiro tem cinco centímetros de espessura e pesa trezentas e noventa e quatro toneladas e novecentos e sessenta quilos. O casco exterior envolve a quilha, que tem cinquenta centímetros de espessura e vinte e cinco de largura, pesando, só ela, sessenta e duas toneladas. A máquina, o lastro, os diversos acessórios e instalações, as divisões estanques e armações interiores têm o peso de novecentos e sessenta e uma toneladas e seiscentos e vinte quilos que adicionadas às trezentas e noventa e quatro toneladas e novecentos e sessenta quilos somam o total necessário de mil e trezentas e seis toneladas e quatrocentos e oitenta quilos. Compreendeu?

— Compreendi.

— Portanto — continuou o capitão — quando o *Náutilo* flutua nestas condições, apenas a sua décima parte emerge. Ora, se eu dispuser de reservatórios, cuja capacidade seja igual a este décimo, isto é, que possam conter cento e cinquenta toneladas e setecentos e vinte quilos e, se eu os encher de água, o barco, passando a deslocar mil e quinhentas e sete toneladas, fica completamente submerso. É exatamente o que acontece. Na parte inferior do *Náutilo*, pelo lado de fora, existem esses reservatórios. Abro as torneiras, os reservatórios enchem-se e o barco, imergindo, fica à flor da água.

— Que possa aflorar a superfície do oceano, compreendo. Mas, para mergulhar abaixo da superfície, certamente o submarino sofrerá pressão de baixo para cima e esta deve ser avaliada em uma atmosfera por dez metros d'água, ou seja, cerca de um quilograma por centímetro quadrado.

— Perfeitamente, professor.

— Portanto, a não ser enchendo completamente o *Náutilo*, não vejo como fazê-lo imergir no seio da massa líquida.

— Para evitar erros graves é preciso não confundir a estática com a dinâmica. A força necessária para as regiões profundas do oceano é ínfima, porque todos os corpos têm a tendência de se tornarem fusíveis. Siga atentamente o meu raciocínio. Quando calculei o aumento

O Náutilo.

de peso necessário para imergir, preocupei-me apenas em pesquisar a redução de volume que sofre a água do mar, à proporção que as camadas são mais profundas.

— É evidente, observei.

— Ora, se a água não é inteiramente incompreensível, é, pelo menos, muito pouco compreensível. Com efeito, segundo os cálculos mais recentes, essa redução por atmosfera, ou seja por dez metros de profundidade, é apenas de quatrocentos e trinta décimos-milésimos. Se quiser imergir mil metros, tenho de levar em conta a redução de volume sob a pressão de coluna-d'água de mil metros, ou sejam, cem atmosferas. A redução será, nesta hipótese, de quatrocentos e trinta e seis milésimos. Devo, portanto, aumentar o peso de modo a atingir mil quinhentas e treze toneladas e setecentos e setenta quilos, em vez de mil e quinhentas e sete toneladas e duzentos quilos. O acréscimo será apenas de seis toneladas e quinhentos e setenta quilos.

— Tão pouco?

— Nada mais. E o cálculo é fácil de ser controlado. Ora, disponho de reservatórios suplementares, capazes de receber cem toneladas. Posso descer, portanto, a muito mais de mil metros. Quando quero voltar à superfície, aflorando-a, basta-me expelir essa água. Se desejo que o *Náutilo* se eleve o correspondente a um décimo de sua capacidade total, esvazio completamente os reservatórios.

Nada tinha eu a opor a tais raciocínios, baseados em números.

— Aceito os seus cálculos, capitão, e seria teimosia contestá-los, já que a experiência os confirma diariamente. Encontro-me, porém, em presença de séria dificuldade.

— Qual é, professor?

— Quando o senhor alcança mil metros de profundidade, as paredes do *Náutilo* suportam pressão de cem atmosferas. Logo, para esvaziar os reservatórios suplementares, aliviando o barco, para emergir, é preciso que as bombas vençam essa pressão de cem atmosferas, isto é, pressão de cem quilogramas por centímetro quadrado. Daí uma potência...

— Que somente a eletricidade me podia dar — apressou-se em explicar o capitão Nemo. Repito-lhe, professor, que o poder dinâmico de minhas máquinas é quase infinito. As bombas do *Náutilo* possuem força prodigiosa, que o senhor conheceu quando os seus jatos de água varreram a *Abraão Lincoln*, como o faria uma torrente. Aliás, para poupar meus aparelhos, só me sirvo dos reservatórios suplementares, quando quero descer a profundidades médias de mil e quinhentos a dois mil metros. Por isso, quando me dá vontade de visitar as profundezas do oceano, a duas ou três léguas abaixo de sua superfície, emprego manobras, mais longas e igualmente infalíveis.

— Que manobras, capitão?

— Isso me obriga, naturalmente, a explicar-lhe como se manobra o *Náutilo*.

— Estou curioso por receber essa explicação.

— Para dirigir este barco para bombordo, para estibordo, em uma palavra, para governá-lo no plano horizontal, sirvo-me de leme comum de grande safrão, cravado atrás do cadaste e que movimento por meio de roda e de talhas. Entretanto, também posso movimentar o *Náutilo* em plano vertical, de baixo para cima e de cima para baixo, mediante dois planos inclinados presos ao costado à altura do centro de flutuação e que são móveis, podendo tomar todas as posições, sendo manobrados do interior do submarino, por meio de poderosas alavancas. Quando esses planos são conservados paralelos ao barco, este se desloca horizontalmente. Quando inclinados, o *Náutilo*, de acordo com a inclinação e sob o impulso da hélice, desce ou sobe, segundo a diagonal que me convenha. E quando quero voltar mais rapidamente à superfície, paro a hélice e a pressão da água faz o submarino subir como balão cheio de hidrogênio que se elevasse velozmente na atmosfera.

— Magnífico! — exclamei. Mas como pode o timoneiro seguir no seio das águas a rota que o senhor traçou?

— O timoneiro fica em uma cabina envidraçada, saliente da parte superior do casco e equipada com vidros lenticulares.

— Vidros capazes de resistir a tais pressões?

— Perfeitamente. O cristal, embora frágil para o choque, oferece, entretanto, considerável resistência. Nas experiências de pesca à luz elétrica, feitas em 1864, no meio dos mares do Norte, lâminas de cristal de apenas sete milímetros de espessura resistiram à pressão de dezesseis atmosferas, deixando-se atravessar por poderosos raios caloríficos, que distribuíam sobre elas o calor de modo irregular. Ora, os vidros que emprego têm pelo menos vinte e um centímetros, no centro, isto é, trinta vezes aquela espessura.

— Reconheço essa possibilidade, contudo para enxergar é indispensável que a luz desfaça as trevas e não entendo como é que no meio da escuridão das águas...

— Por trás da cabina do piloto está fixado um poderoso refletor elétrico, cujos raios iluminam o mar até meia milha de distância.

— Bravo, três vezes 'bravo!' capitão. Achei a explicação para a fosforescência do pseudonarval, que tanto excitou a curiosidade dos cientistas! A propósito, quero perguntar-lhe se o abalroamento entre o *Náutilo* e o *Escócia* e que causou tão grande repercussão foi choque fortuito.

— Inteiramente fortuito. Eu navegava dois metros abaixo da superfície, quando se deu o choque. Aliás, logo verifiquei que não resultara nada grave.

— Realmente. E quanto ao seu encontro com a *Abraão Lincoln*?

— Professor, sinto-o por um dos melhores navios da brava marinha americana, mas atacavam-me e tive de defender-me. Contudo, contentei-me em pôr a fragata em estado de não me poder prejudicar e ela não terá dificuldade em reparar as suas avarias no porto mais próximo.

— Capitão — exclamei com entusiasmo — é realmente um barco maravilhoso este seu *Náutilo*!

— É verdade, professor — respondeu-me comovido o capitão Nemo. Quero-lhe como se fosse a minha própria carne! Se tudo é perigo nos navios sujeitos aos azares do oceano, se sobre o mar a primeira sensação é impressão de abismo, por baixo dele, a bordo do *Náutilo*, nada mais tem a temer o coração do homem. Impossível sofrer deformações, porque o duplo casco deste barco tem a rigidez do aço. Impossível cansar-se a mastreação pelo jogo ou pela arfagem do navio. Não há velas que o vento possa arrancar. Não há caldeiras que corram o risco de explodir. Não temos temor de incêndio, pois o barco é inteiramente feito de chapas de aço e não de madeira. Não nos preocupamos com o abastecimento de carvão, pois o barco é movido a eletricidade. Não tememos abalroamentos, pois navegamos nas águas profundas. Somos indiferentes às tempestades, pois poucos metros abaixo da superfície gozamos de completa tranquilidade. Aí está, professor! Esta é a embarcação por excelência. Se o engenheiro tem mais confiança no barco do que o construtor e o construtor mais do que o próprio capitão, imagine a confiança que me merece o *Náutilo*, do qual sou ao mesmo tempo engenheiro, construtor e capitão!

O capitão Nemo falava com eloquência arrebatadora. O olhar em fogo, o gesto apaixonado transfiguravam-no. Era evidente. Amava o seu barco com o mesmo carinho com que um pai ama o próprio filho.

Uma pergunta indiscreta impunha-se e eu não pude deixar de fazê-la.

— Então, o senhor é engenheiro?

— Sim. Estudei em Paris, Londres e Nova Iorque, no tempo em que era habitante da terra.

— Como conseguiu construir em segredo este maravilhoso submarino?

— Cada uma de suas partes veio de um ponto diferente do globo e com endereço diferente do verdadeiro. E todos os fornecedores receberam a encomenda e as especificações sob nomes supostos.

— Mas, recebidas essas partes assim fabricadas, foi preciso montá-las e ajustá-las.

— Construí o meu estaleiro em uma ilha deserta, em pleno oceano. Lá os meus operários e eu, isto é, eu e meus corajosos companheiros, a quem instruí e formei, concluímos o nosso *Náutilo*. Depois, acabada a construção, o fogo destruiu todos os vestígios de nossa passagem por aquela ilhota, que teria feito explodir, se tivesse possibilidade de fazê-lo.

— Neste caso, o custo desse barco foi astronômico.

— Quatro ou cinco milhões de francos, incluindo as suas instalações, as obras de arte e as coleções que contém.

— Uma última pergunta, capitão.

— Pode fazê-la.

— O senhor é, então, extraordinariamente rico?

— Infinitamente rico, professor. E, se me desse na veneta, poderia, folgadamente, pagar os dez bilhões de dívidas da França!

Olhei fixamente aquele homem estranho que assim me falava.

Estaria zombando de minha credulidade? Só o futuro poderia esclarecer-me.

❖

14

O rio Negro

A parte do globo terrestre ocupada pelas águas é calculada em três milhões, oitocentos e trinta e dois mil quinhentos e cinquenta e oito miriâmetros quadrados, isto é, mais de trinta e oito milhões de hectares. Essa massa líquida monta a dois bilhões e duzentos e cinquenta milhões de milhas cúbicas e formaria esfera com o diâmetro de sessenta léguas, cujo peso alcançaria três quintilhões de toneladas. Para fazermos ideia desse número é bom lembrarmos que o quintilhão está para o bilhão assim como este está para a unidade, isto é, há tantos bilhões em um quintilhão quantas são as unidades de um bilhão. Ora, essa massa líquida é aproximadamente igual à quantidade de água que verteriam todos os rios da terra em um período de quarenta mil anos.

No transcurso das épocas geológicas, ao período do fogo sucedeu o período da água. Inicialmente, o oceano cobriu todo o universo. Em seguida, pouco a pouco, na era siluriana, apareceram picos de montanhas, emergiram ilhas, estas foram cobertas por dilúvios parciais, reapareceram, soldaram-se entre si, formando continentes e, afinal, as terras fixaram-se geograficamente sob o aspecto atual. O elemento sólido acabou por conquistar sobre o elemento líquido trinta e sete milhões, seiscentos e cinquenta e sete milhas quadradas, ou sejam, doze bilhões, novecentos e dezesseis milhões de hectares. A configuração dos continentes permite a divisão das águas em cinco grandes porções: o oceano Glacial Ártico, o oceano Glacial Antártico, o oceano Índico, o oceano Atlântico e o oceano Pacífico.

O oceano Pacífico está limitado ao norte e ao sul pelos dois círculos polares, a oeste, pela Ásia, e a leste, pela América, em uma extensão de cento e quarenta e cinco graus de longitude. É o mais calmo dos mares. As suas correntes são largas e lentas. As marés, medíocres. As chuvas, abundantes. Assim é o oceano que o destino me chamou a percorrer nas mais estranhas condições.

— Professor — disse-me o capitão Nemo — se dá licença, vamos determinar com exatidão a nossa posição e marcar o ponto de partida de nossa viagem. É um quarto para o meio-dia. Vamos voltar à superfície das águas.

Em seguida, apertou três vezes o botão de uma campainha elétrica. As bombas começaram a expelir a água dos reservatórios. O ponteiro do manômetro indicou por diferentes pressões o movimento ascensional do *Náutilo*. Por fim, parou.

— Chegamos, disse o capitão.

Dirigi-me à escada central, que levava à plataforma. Subi os degraus de metal e, pela escotilha aberta, alcancei a parte superior do submarino. A plataforma emergia apenas oitenta centímetros. A proa e a popa do *Náutilo* tinham a disposição fusiforme que o tornava parecido com um comprido charuto. Notei que as chapas do casco, levemente imbricadas, pareciam-se com as escamas que revestiam o corpo dos grandes répteis terrestres. Percebi, então, por que, apesar dos melhores óculos, aquele barco sempre fora confundido com animal marinho.

Mais ou menos no meio da plataforma, a lancha, meio embutida no casco da nave, formava pequena saliência. Tanto na proa como na ré erguiam-se duas cabinas de altura mediana, de paredes inclinadas, em parte fechadas por grossos vidros lenticulares. Uma era destinada ao timoneiro, que dirigia o *Náutilo*. Na outra, brilhava possante farol elétrico, que iluminava a rota.

O mar estava sereno; o céu, sem uma nuvem. O comprido barco mal acusava as ondulações do oceano. Leve brisa de leste enrugava as águas. O horizonte sem nuvens prestava-se a observações perfeitas.

Nada havia à vista. Nem uma ilhota, nem sequer simples cachopo. Singrávamos a imensidade deserta.

O capitão Nemo tomou a altura do sol com um sextante que lhe daria a latitude. Esperou durante alguns minutos que o astro viesse tocar a linha do horizonte. Durante a observação, não tremeu um só de seus músculos. O instrumento não permaneceria mais imóvel em uma mão de mármore.

— Meio-dia! — exclamou. Professor, quando quiser...

Lancei um último olhar sobre aquele mar amarelento dos arredores do Japão e desci para o salão.

Lá, o capitão fez o ponto e calculou cronometricamente a longitude, que comparou com observações anteriores dos ângulos horários. Depois, disse-me:

— Estamos a cento e trinta e sete graus e quinze minutos de longitude oeste...

— De que meridiano? — perguntei imediatamente, esperando que a resposta, talvez, me indicasse a nacionalidade dele.

— Tenho vários cronômetros regulados pelos meridianos de Paris, Greenwich e Washington. Mas, em sua honra, servir-me-ei do meridiano de Paris.

Esta resposta não me adiantava nada. Curvei-me e o capitão continuou:

— Trinta e sete graus e quinze minutos de longitude, a oeste do meridiano de Paris, e trinta graus e sete minutos de latitude norte, isto é, a cerca de trezentas milhas das costas do Japão. Hoje, oito de novembro, ao meio-dia, começa a nossa viagem de exploração submarina.

— Deus nos proteja!

— E, agora, senhor professor, deixo-o entregar-se aos seus estudos. Estabeleci a rota em direção és-nordeste a cinquenta metros de profundidade. Eis os mapas em escala grande pelos quais pode acompanhar a nossa rota. Este salão está à sua disposição e eu lhe peço licença para retirar-me.

Cumprimentou-me e saiu. Eu fiquei sozinho, absorto em meus pensamentos. Todos eles convergiam para o capitão. Viria eu a saber algum dia a que nação pertencia aquele homem estranho, que se gabava de não pertencer a nenhuma? Quem teria provocado aquele ódio que ele votava à humanidade e parecia andar à cata de vinganças terríveis? Seria Nemo algum sábio desconhecido, moderno Galileu, ou seria algum cientista, cuja carreira a política cortara? Nada podia afirmar. A mim, que o acaso lançara a bordo, a mim, cuja vida tinha entre as mãos, acolhera-me fria, mas hospitaleiramente. Apenas nunca apertara a mão que eu lhe estendia, nem tampouco me estendera a sua.

Uma hora inteira fiquei mergulhado nessas reflexões, procurando desvendar aquele mistério tão interessante para mim. Depois, meus olhos se voltaram para o enorme planisfério aberto sobre a mesa e pus o dedo exatamente onde se cruzavam a latitude e a longitude observadas.

O mar, da mesma forma que os continentes, também tem seus rios. São correntes especiais, reconhecíveis pela temperatura e pela cor, a mais notável das quais é a Corrente do Golfo, chamada em inglês

O Capitão Nemo tomou a altura do sol...

Gulf-Stream. A ciência determinou a direção das cinco correntes principais: a primeira, no Atlântico norte, a segunda, no Atlântico sul, a terceira, no Pacífico norte, a quarta, no Pacífico sul e a quinta ao sul do oceano Índico. É mesmo provável que tenha existido antigamente sexta corrente ao norte do oceano Índico, na época em que os mares Cáspio e Aral, unidos ainda aos grandes lagos da Ásia central, formavam um só oceano.

Ora, no ponto indicado pelo capitão no planisfério, fluía uma dessas correntes, o rio Negro, que, saindo do golfo de Bengala, onde a aquecem os raios perpendiculares do sol dos trópicos, atravessa o estreito de Malaca, perlonga o litoral da Ásia, descreve curva no Pacífico norte e alcança as ilhas Aleutas, arrastando troncos de canforeiras e outros produtos indígenas e cortando com o azul imaculado de suas águas cálidas as ondas do oceano. Era esta a corrente que o *Náutilo* estava percorrendo. Eu a segui com o olhar, sobre o planisfério, vendo-a perder-se na imensidão do Pacífico e sentia-me arrastado por ela, quando Ned Land e Conselho surgiram na porta do salão.

Os meus bons companheiros ficaram estatelados, diante das maravilhas ali amontoadas.

— Onde estamos? Onde estamos? — exclamou o canadense. No Museu de Quebec?

— Com sua licença — replicou Conselho — parece que estamos no Museu de Paris!

— Meus amigos — respondi, convidando-os a entrar — vocês nem estão no Canadá, nem na França, mas a bordo do *Náutilo* e a cinquenta metros abaixo do nível do mar.

— Acredito, porque é o senhor quem o afirma — replicou Conselho. Mas, francamente, este salão é capaz de provocar assombro até em um flamengo, como eu.

— Assombra-te à vontade e observa, porque um classificador, como tu, tem muito trabalho aqui.

Não era preciso incitar Conselho. O bom rapaz, debruçado sobre as vitrinas, já sussurrava alguns termos da língua dos naturalistas: classe dos gastrópodes, família dos bucinoides, gênero das porcelanas, espécie...

Durante esse tempo, Ned Land, que nada tinha de conquiliólogo, interrogava-me sobre a minha entrevista com o capitão Nemo. Tinha eu descoberto quem era ele? Aonde ia? A que profundidade nos arrastava? Enfim, mil perguntas a que eu não tinha sequer tempo de responder.

Contei-lhe o que sabia, ou melhor, o que não sabia e perguntei-lhe o que tinha visto ou ouvido.

— Nada vi e nada ouvi. Nem ao menos a tripulação. Será que também ela é elétrica?

— Elétrica!...

— Se não é, parece. Mas, professor — perguntou Ned, que continuava apegado à sua ideia de fuga — não pode o senhor informar-me quantos homens existem a bordo? Dez, vinte, cinquenta, cem?

— Não sei responder, mestre Land. O melhor, porém, no momento é abandonar essa ideia de apoderar-se do *Náutilo* ou de fugir. Este barco é uma das obras-primas da indústria moderna e eu lamentaria não tê-lo visto. Muita gente aceitaria de bom grado a nossa situação, nem que fosse apenas para passear através dessas maravilhas. Portanto, sossegue e tratemos de observar o que se passa em volta de nós.

— Ver! Nesta prisão de aço nada se verá. Nós andamos, nós navegamos às cegas...

Ned pronunciava estas últimas palavras, quando, subitamente, mergulhamos em absoluta escuridão. O teto luminoso apagou-se tão repentinamente que meus olhos sofreram sensação dolorosa, semelhante à que se produz no caso contrário, quando passamos de trevas profundas a claridade intensa.

Permanecemos mudos e imóveis, sem saber que surpresa, agradável ou desagradável, nos esperava. Um deslizamento se fez ouvir. Dir-se-ia que estavam abrindo alguma escotilha dos lados do *Náutilo*.

— Chegamos ao fim! — disse o canadense.

— Ordem das hidromedusas! — murmurou Conselho.

De repente, a luz jorrou de cada lado do salão, através de duas aberturas ovais. As massas líquidas surgiram fartamente iluminadas por efluências elétricas. Duas placas de cristal nos separavam do mar. A princípio, estremeci ao considerar que aquelas frágeis paredes podiam partir-se, mas logo descobri que fortes suportes de cobre as protegiam e davam-lhes resistência quase infinita.

Descortinava-se distintamente o mar, em um raio de dois mil metros em volta do *Náutilo*. Que espetáculo! Que pena poderia descrevê-lo! Quem seria capaz de pintar os efeitos da luz através daquelas massas transparentes e a suavidade de suas sucessivas gradações até as camadas inferiores e as camadas superiores do oceano?

Todos conhecem a diafaneidade do mar. Todos sabem que a sua transparência ultrapassa a da água de fonte. As próprias substâncias minerais e orgânicas que ela tem em suspensão aumentam-lhe a transparência. Em certas regiões do oceano, cento e quarenta e cinco metros d'água deixam ver a areia do fundo com nitidez surpreendente, e a força de penetração dos raios solares só parece cessar à profundidade de trezentos metros. No meio fluido que percorria o *Náutilo,* entretanto, o clarão elétrico produzia-se no próprio seio das ondas. Já não era água luminosa, era luz líquida. A escuridão do salão realçava a claridade exterior e nós contemplávamos o mar, como se aquele cristal puríssimo fosse a vidraça de imenso aquário.

O *Náutilo* parecia imóvel, porque faltavam pontos de referência. Às vezes, entretanto, as esteiras líquidas, traçadas pelo esporão, corriam diante de nossos olhos, com velocidade fantástica.

Deslumbrados, apoiávamo-nos sobre os cotovelos em frente àquelas vitrinas e nenhum rompera ainda aquele silêncio de estupefação, quando Conselho observou:

— O amigo Ned queria ver. Pois bem, agora está vendo.

— Espantoso! Espantoso! — gaguejava o canadense que, esquecendo o seu rancor e os seus projetos de evasão, sofria os efeitos daquela atração irresistível. Viria até de mais longe, só para apreciar semelhante espetáculo!

— Agora compreendo a vida desse homem! — exclamei, externando o meu entusiasmo. Criou ele, só para si, um mundo que lhe pertence e para ele reserva as mais espantosas maravilhas!

— Mas onde andam os peixes? — observou o canadense. Não vejo peixe algum.

— Que lhe importa isso, amigo Ned, se você não os conhece — gracejou Conselho.

— Eu? Um pescador?

Sobre o assunto, travou-se discussão entre os dois amigos, porque ambos conheciam os peixes, mas cada qual a seu modo. Todos sabem que os peixes constituem a quarta e última classe do ramo dos vertebrados e foram assim definidos: "vertebrados de dupla circulação e sangue frio, que vivem na água e respiram por meio de guelras". Compreendem duas séries distintas: a dos peixes ósseos, cuja espinha dorsal é formada por vértebras ósseas, e a dos peixes cartilaginosos, aqueles cuja espinha dorsal é constituída por vértebras cartilaginosas.

Talvez o canadense conhecesse essa distinção, mas o conhecimento de Conselho era bastante mais extenso e, agora, que se tornara amigo de Ned, não podia admitir que este fosse menos instruído do que ele.

— Amigo Ned, você é um destruidor de peixes, um ótimo pescador. Já pescou grande números desses interessantes animais. Mas sou capaz de apostar que você ignora como se classificam.

— Ao contrário — respondeu o arpoador — conheço perfeitamente a classificação dos peixes. Dividem-se em peixes comestíveis e não comestíveis.

— Eis uma classificação de guloso. Diga-me, porém, se conhece a distinção entre peixes ósseos e peixes cartilaginosos.

— Talvez conheça...

— E a subdivisão dessas duas grandes classes?

— Nem sei se existe.

— Pois bem, escute e aprenda. Os peixes ósseos subdividem-se em seis ordens: primeira, a dos acantopterígios, cuja mandíbula superior é inteiriça, móvel, e cujas brânquias são parecidas com um pente. Esta ordem compreende quinze famílias, isto é, as três quartas partes dos peixes conhecidos. Tipo: a *perca* comum.

— Muito boa para comer — comentou o canadense.

— Segunda, os abdominais, que têm as barbatanas ventrais presas por baixo do abdômen e atrás das peitorais, sem ficarem presas aos ossos da espádua. Esta ordem compreende cinco famílias, que abrangem a maior parte dos peixes de água doce. Tipo: a *carpa*, o *lúcio*.

— Qual! — exclamou Ned Land com algum desdém — Peixes de água doce!

— Terceira — continuou Conselho — os sub-raquianos, cujas barbatanas ventrais são presas por baixo dos peitorais e suspensas aos ossos da espádua. Esta ordem compreende quatro famílias. Tipo: *solhas*, *linguados*, *rodovalhos*.

— Excelente! Excelente! — gritava o arpoador, que teimava em só considerar os peixes do ponto de vista alimentar.

— Quarta — prosseguiu Conselho, sem encabular-se — os ápodes, de corpo alongado, desprovidos de barbatanas ventrais e recobertos com pele grossa, muitas vezes pegajosa — ordem que se compõem apenas de uma família. Tipo: a *enguia*, o *guimnoto*.

— Medíocre! Medíocre! — sentenciou Ned.

— Quinta, os lofobrânquios, que têm mandíbulas inteiriças e livres, mas cujas guelras são formadas por pequenas borlas dispostas aos pares, ao longo dos arcos bronquiais. Também esta ordem conta apenas com uma família. Tipo: os *hipocampos*.

— Mau! Mau! — careteou o arpoador.

— Sexta, enfim, os plectógnatos, cujo osso maxilar encontra-se firmemente encravado no lado do intermaxilar que forma a mandíbula e cuja arcada palatina insere-se por sutura no crânio, o que o torna imóvel — ordem a que faltam verdadeiras ventrais e se compõem de duas famílias. Tipo: *tetraodontes* e os *peixes-lua*.

— Bons para desonrar uma panela! — bradou o canadense.

— Compreendeu, amigo Ned?

— Não entendi absolutamente nada. Entretanto, pode continuar, porque acho isso muito divertido.

— Quanto aos peixes cartilaginosos — continuou imperturbável Conselho — compreendem apenas três ordens.

— Tanto melhor.

— Primeiro, os ciclóstomos, cujas mandíbulas se soldam, formando anel móvel e cujas guelras se abrem em numerosos orifícios. A ordem compreende apenas uma família. Tipo: a *lampreia*.

— Só para os que gostam — comentou Land.

— Segundo, os seláquios, com guelras semelhantes às dos ciclóstomos, mas cuja mandíbula inferior é móvel. Esta ordem, que é a mais importante da classe, abrange duas famílias. Tipo: a *raia* e os *esqualos*.

— Essa, não! — protestou Ned. Raias e tubarões na mesma ordem? Pois bem, amigo Conselho, para bem das raias, não o aconselho a aproximar uma família da outra.

— Terceiro, os esturnídeos, cujas brânquias são abertas ordinariamente por uma só fenda, protegida por um opérculo. A ordem compreende quatro gêneros. Tipo: o *esturjão*.

— Ah! O amigo Conselho guardou o melhor para o fim, pelo menos na minha opinião. Acabou?

— Quanto às ordens, sim. Mas note que ainda não sabemos nada, quando conhecemos apenas isso, porque as famílias se subdividem em gêneros, subgêneros, espécies, variedades...

— Pois bem, amigo Conselho — disse o canadense, inclinando-se para a vidraça, eis as variedades que passam!

— É verdade. Peixes! Parece que estamos em frente a um aquário!

— Isso não — observei — porque o aquário é uma gaiola e os peixes que vemos estão livres como os pássaros no ar.

— Muito bem, Conselho, agora, diga o nome dos peixes que vê! — incitava Ned Land.

— Não sou capaz de reconhecê-los. Mas meu patrão não terá dificuldade em fazê-lo.

Efetivamente, meu criado, embora tivesse a mania das classificações, não era um naturalista e, talvez, não fosse capaz de distinguir um *atum* de um *bonito*. Em uma palavra, era o contrário do canadense, que reconhecia todos aqueles peixes, sem qualquer hesitação.

Se Ned e Conselho somassem os seus conhecimentos, formariam um competente naturalista.

Naquele momento, um cardume de balistas, de corpo achatado, pele granulosa, armados de aguilhão dorsal, divertiam-se em redor do *Náutilo* e agitavam as quatro fileiras de espinhos que lhes eriçavam cada lado da cauda. A pele daqueles animais era admirável, dorso cinzento, barriga branca, com manchas douradas que cintilavam no escuro remoinho das vagas. Entre elas ondulavam raias, como toalhas açoitadas pelo vento. Para grande alegria minha, descobri uma raia chinesa, de dorso amarelado, rosa-claro na barriga e provida de três aguilhões por trás dos olhos.

Durante duas horas, um verdadeiro exército aquático escoltou o *Náutilo*. No meio de suas brincadeiras e saltos, rivalizando em beleza, brilho e velocidade, pude distinguir as espécies mais raras e mais esplêndidas. Nossa admiração não tinha limite. As interjeições não se acabavam mais. Ned dizia nome dos peixes, Conselho classificava-

-os e eu me extasiava diante da vivacidade de seus movimentos e da beleza de suas formas. Nunca, antes, me fora dado observar aqueles animais assim: vivos e livres, no seu próprio elemento.

De repente, reacendeu-se a luz do salão. As escotilhas de aço fecharam-se. A visão encantadora desapareceu. Durante muito tempo, porém, ali fiquei sonhando, até que meus olhos perceberam os instrumentos pendurados nas paredes. A bússola indicava a direção nor-nordeste, o manômetro acusava pressão de cinco atmosferas, correspondente à profundidade de cinquenta metros, a barquinha elétrica registrava a velocidade de quinze milhas por hora.

Esperava rever o capitão Nemo, mas ele não reapareceu. O relógio marcava cinco horas. Ned Land e Conselho voltaram para o camarote deles. Eu retornei ao meu. Lá, o jantar esperava por mim. Compunha-se de sopa de tartaruga marinha, salmonete de carne branca, cujo fígado, preparado separadamente, era iguaria deliciosa, e de filés de um peixe para mim desconhecido, mas cuja carne me pareceu superior à do salmão.

Passei a noite lendo, escrevendo e pensando. Depois de vencido pelo sono, adormeci profundamente, enquanto o *Náutilo* singrava através da rápida corrente do rio Negro.

❖

15

Convite por escrito

No dia seguinte, nove de novembro, só acordei depois de doze horas de sono. Conselho, como era de seu costume, veio perguntar-me "como havia passado a noite" e oferecer-me seus préstimos. Deixara o amigo canadense dormindo, como homem que durante toda a vida não tivesse feito outra coisa.

Deixei-o tagarelar à vontade, embora quase não lhe respondesse. A ausência do capitão Nemo durante a sessão da véspera preocupava-me e esperava vê-lo naquele dia. Em um instante, vesti a minha roupa de bisso e dirigi-me ao salão. Este estava deserto.

Mergulhei no estudo dos tesouros de conquililogia, amontoados nas vitrinas. Revolvi também os enormes herbários, repletos das mais raras plantas marinhas que, embora secas, conservavam ainda as suas admiráveis cores. E assim passou-se o dia, sem que eu recebesse a honra da visita do capitão Nemo. As escotilhas do salão conservaram-se fechadas. Talvez não nos quisessem entediar com a vista daquelas coisas encantadoras... A rota do *Náutilo* manteve-se para és-nordeste, à velocidade de doze milhas e a uma profundidade entre cinquenta e sessenta metros.

No dia seguinte, dez de novembro, mesmo abandono, mesma solidão. Não vi ninguém da tripulação. Ned e Conselho passaram a maior parte do dia comigo. A inexplicável ausência do capitão causava-lhes espécie. Estaria doente? Teria alterado os seus projetos a nosso respeito?

Fora isso, gozávamos de inteira liberdade e éramos delicada e abundantemente alimentados. Nosso hospedeiro cumpria os termos de seu tratado. Não nos podíamos queixar e, além disso, a própria singularidade de nosso destino nos dera boas compensações. Ainda não tínhamos o direito de acusá-lo.

Naquele dia, comecei a escrever o diário destas aventuras, o que me permitiu contá-las com a mais escrupulosa exatidão e, pormenor curioso, escrevi-as em papel fabricado com zostera marinha.

A onze de novembro, de manhã bem cedo, o ar fresco espalhado no interior do *Náutilo* deu-me a conhecer que voltáramos à superfície, para renovar a provisão de oxigênio. Encaminhei-me para a escada central e subi à plataforma.

Eram seis da manhã. O tempo estava enfarruscado, o mar, cinzento, mas calmo. Apenas leve marulho. Esperava encontrar o capitão Nemo na plataforma. Mas vi apenas o timoneiro em sua câmara de vidro. Sentado sobre a saliência produzida pelo casco da lancha, aspirei com prazer as emanações salinas. Pouco a pouco, a névoa dissipou-se sob a ação dos raios solares. O astro radioso despontava no oriente. O mar, como rastilho de pólvora, incendiou-se sob o seu olhar. As nuvens, esparsas pelo céu, coloriram-se de tons vivos, admiravelmente matizados, e inúmeras nuvenzinhas, alvas e recortadas, anunciaram-me vento o dia inteiro. Mas que importava o vento a esse *Náutilo* que as tempestades não amedrontavam?

Admirava eu aquele alegre nascer do sol, quando ouvi os passos de alguém subindo a escada para a plataforma. Eu já me preparava para cumprimentar o capitão Nemo, mas foi o imediato — que eu conhecera quando da primeira visita do capitão — quem apareceu. Percorreu a plataforma, como se não se tivesse apercebido de minha presença. Servindo-se de poderoso óculo de alcance, com ele perscrutou todos os pontos do horizonte. Terminado o exame, aproximou-se da escotilha e pronunciou uma frase que retive, porque todas as manhãs a repetia em condições idênticas. As palavras eram exatamente as seguintes:

— *Nautron respoc lorni virch.*

Não sei o que queria dizer. Proferidas tais palavras, o imediato desceu. Concluí que o *Náutilo* ia continuar a sua viagem submarina. Pela escotilha e pelos passadiços voltei a meu camarote.

Cinco dias assim decorreram, sem que a nossa situação se modificasse. Todas as manhãs, subia à plataforma. A mesma frase era pronunciada pelo mesmo indivíduo. O capitão Nemo continuava ausente.

Eu já supunha que não o veria mais, quando, a dezesseis de novembro, entrando em meu camarote, acompanhado de Conselho e Ned Land, encontrei sobre a mesa um bilhete endereçado a mim.

Eu o abri com mão ansiosa. A letra era franca e clara, mas um pouco gótica, fazendo lembrar os tipos alemães. Estava concebido nos seguintes termos:

"Ao senhor professor Aronnax
a bordo do Náutilo.

16 de novembro de 1867

O capitão Nemo convida o professor Aronnax para uma caçada, que se realizará amanhã de manhã, nas suas florestas da ilha Crespo. Espera que nada impedirá o senhor professor de comparecer e receberá com prazer a presença de seus dois companheiros.

O comandante do Náutilo.

Capitão Nemo"

— Uma caçada! — exclamou Ned.

— E nas suas florestas da ilha Crespo! — acrescentou Conselho.

— Então, o nosso homem vai a terra? — estranhou Ned Land.

— Isso me parece claramente indicado — respondi, relendo o bilhete.

— Muito bem! Devemos aceitar — replicou Ned. Uma vez em terra firme, veremos o que havemos de fazer. Além disso, não me desagradaria comer algumas postas de caça ainda fresca.

Sem tentar conciliar o que havia de contraditório entre o horror ostensivo do capitão Nemo pelos continentes e ilhas e aquele convite para caçar em uma floresta, limitei-me a responder:

— Vejamos primeiro o que vem a ser a ilha Crespo.

Consultei o planisfério e descobri, a trinta e dois graus e quarenta minutos de latitude norte, e cento e sessenta e sete graus e cinquenta minutos de longitude oeste, uma ilhota, explorada em 1801 pelo capitão Crespo e que os antigos mapas espanhóis chamavam Rochedo de Prata. Estávamos, pois, a cerca de mil e oitocentas milhas de nosso ponto de partida e a rota do *Náutilo*, levemente alterada, levava-nos para o sudeste.

Mostrei a meus companheiros o pequeno penhasco perdido no meio do Pacífico setentrional e comentei:

— Se o capitão Nemo vai às vezes à terra, pelo menos ele escolhe ilhas completamente desertas!

Ned Land abanou a cabeça, mas ficou calado, retirando-se em companhia de Conselho. Depois da ceia, embora um pouco preocupado, adormeci.

No dia seguinte, dezessete de novembro, ao acordar, senti que o *Náutilo* estava completamente imóvel. Vesti-me rapidamente e dirigi-me ao salão. O capitão Nemo estava já à minha espera. Levantou-se, cumprimentou-me e perguntou-me se estava disposto a acompanhá-lo. Como não fizesse alusão àquela ausência de oito dias, abstive-me de falar sobre tal fato e limitei-me a responder-lhe que meus companheiros e eu estávamos prontos a segui-lo.

— Entretanto — observei eu — quero pedir licença para fazer-lhe uma pergunta.

— Pode perguntar, senhor Aronnax, e, se puder responder, responderei.

— Como explicar que o senhor, que rompeu todas as relações com a terra firme, possua florestas na ilha Crespo?

— Senhor professor — respondeu-me o capitão — as florestas que possuo não pedem ao sol nem luz, nem calor. Não são percorridas nem por tigres, nem por leões, nem por panteras, nem por quadrúpede algum. Só eu as conheço. Crescem exclusivamente para mim. Enfim, não são florestas terrestres. São florestas submarinas.

— Florestas submarinas! — exclamei.

— Sim.

— E o senhor quer levar-me lá?

— Exatamente.

— A pé?

— E mesmo a pé enxuto.

— Para caçar?

— Para caçar.

— Armado de fuzil?

— Armado de fuzil.

Fitei o capitão Nemo com expressão certamente nada lisonjeira para ele. Decididamente, pensei, o homem está maluco. Teve um acesso de loucura que durou oito dias e ainda continua. Que pena! Preferia que continuasse esquisito a que tivesse enlouquecido.

O meu pensamento deveria estar estampado em meu rosto, mas

o capitão Nemo limitou-se a convidar-me para segui-lo e eu o segui com a resignação de homem decidido a tudo. Na sala de refeições estava servido copioso almoço.

— Senhor Aronnax — disse-me o capitão — peço-lhe que coma sem cerimônia. Durante o almoço, conversaremos. Prometi levá-lo a um passeio na floresta, mas não me comprometi a fazê-lo encontrar lá um restaurante. Almoce, pois, como quem só vai jantar muito tarde.

Não esperei segundo convite. A refeição compunha-se de diversos peixes. A bebida era água límpida, à qual, seguindo o exemplo do capitão, juntei algumas gotas de licor fermentado, extraído de uma alga.

O capitão Nemo comeu a princípio em completo silêncio. Depois falou-me:

— Quando o convidei para caçar em minhas florestas da ilha Crespo, o senhor supôs haver-me surpreendido em contradição comigo mesmo. Quando eu lhe disse que se tratava de florestas submarinas, o senhor pensou que eu estivesse doido. Professor, não devemos julgar os outros com leviandade.

— Mas, acredite que...

— Ouça-me primeiro e depois verá se deve acusar-me de loucura ou de contradição.

— Escutá-lo-ei com o respeito que merece.

— O senhor sabe tão bem como eu que o homem pode viver debaixo d'água, com a condição de levar consigo a sua provisão de ar respirável. Nos trabalhos submarinos, o mergulhador, usando roupa impermeável e com a cabeça protegida por cápsula de metal, recebe o ar do exterior por meio de bombas prementes e o expele por meio de reguladores de escoamento.

— É o escafandro — observei.

— Exato. Mas nessas condições o homem não é livre. Está preso à bomba que fornece o ar por meio de um tubo de borracha, verdadeira cadeia que o acorrenta à terra e, se nós ficássemos igualmente dependentes do *Náutilo*, não poderíamos ir longe.

— Por que meio ficaremos livres?

— Empregando um aparelho inventado por dois patrícios seus, Rouquayrol e Denayrouze, que eu aperfeiçoei para meu uso e que lhe permitirá arriscar-se no meio aquático, sem que os seus órgãos sintam qualquer diferença. Compõe-se este aparelho de um reservatório de chapa grossa, no qual se armazena o ar sob pressão de cinquenta atmosferas. Este reservatório é preso às costas por meio de suspensório, como mochila de soldado. A parte superior dele é constituída por uma caixa, na qual um aparelho regulador controla a saída do ar em pressão normal. No aparelho de Rouquayrol usual, dois tubos de borracha ligam a caixa a uma espécie de pavilhão que cobre a boca e o nariz. Um dos tubos serve para aduzir o ar inspirado, o outro, para escoamento do ar expirado, e o operador, de acordo com suas necessidades, fecha um ou outro com a língua. Eu, porém, que afronto pressões consideráveis no fundo dos mares, tive que proteger minha cabeça como os escafandristas, com esfera de cobre, e é nesta esfera que se abrem os dois tubos.

— Perfeitamente, mas o ar que o senhor transporta deve gastar-se rapidamente!

— Correto. Mas como lhe disse, as bombas do *Náutilo* permitem-me armazenar o ar sob pressão formidável e, nestas condições, o aparelho pode fornecer ar respirável durante nove ou dez horas.

— Não tenho mais objeção alguma a fazer. Queria apenas saber como consegue iluminar o seu caminho no fundo do mar.

— Com uma pilha especial, presa à cintura, acionada com sódio. Uma bobina de indução recolhe a eletricidade produzida e leva-a a uma lanterna. Nessa lanterna encontra-se serpentina de vidro, que contém apenas resíduos de gás carbônico. Quando o aparelho funciona, o gás torna-se luminoso, fornecendo luz alvacenta e contínua. Assim equipado, posso ver e respirar.

— A todas as minhas objeções, o senhor dá respostas tão esmagadoras que já não me atrevo a duvidar. Contudo, embora sabendo que poderei ver e respirar, não posso entender como usarei o fuzil com que irei armado.

— Ora! Não é arma carregada com pólvora!

— Ah! É espingarda a ar comprimido?

— Precisamente. E de ar comprimido a alta pressão, que as bombas do *Náutilo* fornecem em abundância.

— Mas esse ar deve gastar-se rapidamente.

— E para que tenho eu o reservatório no meu escafandro que me pode fornecer a quantidade de que preciso? Além disso, o senhor verá com os próprios olhos que nas caçadas submarinas não fazemos grande dispêndio nem de ar nem de balas.

— Contudo, parece-me que nesta semiescuridão e em meio líquido de densidade tão grande, em relação à atmosfera, os tiros não terão grande alcance e dificilmente serão mortais.

— Muito ao contrário. Com este fuzil, os tiros são sempre mortais e, quando um animal é atingido, por mais levemente que seja, cai fulminado.

— Por quê?

— Porque este fuzil não dispara balas comuns. Seus projéteis são pequenas cápsulas de vidro. O vidro é revestido por capa de aço e uma calota de chumbo assegura-lhe o peso necessário. São verdadeiras granadas, nas quais a eletricidade se encontra comprimida a alta tensão. O mais leve choque provoca a descarga, e o animal, por mais forte que seja, cai morto. É importante esclarecer que a cápsula em questão é do tamanho de um grão de chumbo número quatro e que a carga de cada fuzil é de dez projéteis.

— Não discuto mais — concluí, levantando-me da mesa. Agora, só me falta empunhar um fuzil. Onde o senhor for, também irei eu.

O capitão Nemo levou-me para a popa do *Náutilo* e ao passar pelo camarote de Ned e Conselho chamei os dois companheiros que nos seguiram imediatamente. Depois, alcançamos um camarote situado a bombordo, ao lado da casa das máquinas, no qual devíamos vestir as roupas do passeio.

❖

16

A pé pela planície submarina

O compartimento em que entráramos era o arsenal e o vestiário do *Náutilo*. Uma dúzia de escafandros pendurados nas paredes aguardavam os caçadores. Ned Land, quando os viu, manifestou evidente repugnância em vestir aquilo.

— Mas, meu caro Ned, as florestas de Crespo são submarinas.

— Essa é boa! — comentou desapontado o arpoador, que via desvanecerem-se os seus sonhos de comer carne fresca. E o senhor vai meter-se nessas roupas?

— É indispensável.

— O senhor é livre de fazer o que entender — disse-me, encolhendo os ombros — quanto a mim, porém, só à força vestirei isso.

— Ninguém o forçará — observou-lhe o capitão Nemo.

— E você, Conselho? — perguntou Ned.

— Onde for o meu patrão, também irei eu.

Atendendo ao chamado do capitão, dois tripulantes vieram ajudar-nos a vestir aqueles pesados impermeáveis feitos de borracha sem costura e preparados para suportar elevadas pressões. Dir-se-ia uma armadura ao mesmo tempo flexível e resistente. Compunha-se de calça e blusão. A calça terminava por grossos sapatos equipados com pesados solados de chumbo. O tecido do blusão era armado por pequenas lâminas de cobre que protegiam o peito contra a pressão das águas, permitindo o livre funcionamento dos pulmões. As mangas terminavam em forma de luvas extremamente flexíveis que não impediam nenhum dos movimentos da mão. Em suma, eram escafandros aperfeiçoadíssimos. O capitão Nemo e um de seus companheiros

— espécie de Hércules que devia ter força prodigiosa —, Conselho e eu vestimos rapidamente aquelas roupas. Faltava apenas encaixar a nossa cabeça na esfera metálica. Antes disso, porém, pedi licença para examinar os fuzis que íamos usar.

Um dos tripulantes mostrou-me um deles. Era arma simples cuja coronha de aço era oca e grande, servindo de reservatório para o ar comprimido, que passava para o cano mediante válvula acionada por gatilho. Um depósito talhado na coronha continha cerca de vinte balas elétricas que se introduziam diretamente na câmara do fuzil, por meio de mola especial. Disparado um tiro, outro ficava pronto para disparar.

— Capitão — disse-lhe eu — esta arma é perfeita e de fácil manejo. Já estou ansioso por experimentá-la. Mas como alcançaremos o fundo do mar?

— Professor, o *Náutilo* está repousando a dez metros de profundidade e só nos falta partir.

— Mas como sairemos daqui?

— O senhor vai ver.

O capitão Nemo enfiou a calota esférica na cabeça. Conselho e eu o imitamos. A parte superior de nossa roupa terminava por gola de cobre com orifícios nos quais se aparafusava o capacete. Três aberturas, protegidas por lentes espessas, permitiam olhar em todas as direções com simples movimento de cabeça, dentro da esfera metálica. Assim que ela se encaixou, os aparelhos para a respiração, colocados às nossas costas, começaram a funcionar. Com a lâmpada elétrica pendurada na cintura e o fuzil na mão, eu estava pronto para a partida. Todavia, para falar francamente, prisioneiro daquelas pesadas roupas e pregado ao convés pelas solas de chumbo, ser-me-ia impossível andar. O caso, porém, fora previsto, porque senti que me empurravam para pequeno compartimento contíguo ao vestiário. Meus companheiros, igualmente rebocados, seguiam-me. Ouvi fechar-se uma porta equipada com obturadores e profunda escuridão envolveu-nos. Minutos depois, um silvo forte chegou ao meu ouvido e senti uma espécie de frio que se elevava dos pés para o tronco. Era claro que haviam aberto uma válvula e a água exterior invadia o compartimento em que nos encontrávamos. Uma segunda porta, situada no costado do *Náutilo*, abriu-se, então. Uma claridade tênue surgiu. No instante seguinte nossos pés calcavam o fundo do mar.

Como poderia agora rememorar as impressões que experimentei naquele passeio sob as águas? A palavra é impotente para descrever tais maravilhas!

O capitão Nemo caminhava à frente e seu companheiro seguia a alguns passos atrás de nós. Conselho e eu íamos um ao lado do outro, como se pudéssemos falar através de nossas carapuças metálicas. Eu não sentia mais o peso da roupa, do calçado, do reservatório de ar, nem da espessa esfera, dentro da qual minha cabeça estava alojada, como a amêndoa em sua casca. Todos estes objetos, mergulhados na água, perdiam parte do peso igual à do líquido que deslocavam e esta lei, descoberta por Arquimedes, causava-me grande satisfação. Eu já não era massa inerte e gozava de liberdade de movimentos relativamente grande.

A intensidade da luz que iluminava o fundo até dez metros abaixo da superfície causou-me admiração. Os raios solares atravessavam facilmente a massa líquida e venciam a sua coloração. Eu distinguia claramente os objetos até distância de cem metros. A partir daí, o solo matizava-se com delicadas gradações de azul ultramar. Mais longe tornava-se azul-marinho e perdia-se na escuridão indecisa. Na verdade, a água que me cercava era apenas uma espécie de ar mais denso do que a atmosfera terrestre, mas de transparência quase igual. Por cima de mim divisava a calma superfície do mar.

Caminhávamos sobre areia fina, compacta, sem as dobras deixadas na areia das praias pelas ondas. Aquele tapete resplandecente, verdadeiro refletor, reverberava os raios do sol com surpreendente intensidade. Esse fato explicava a forte reverberação que impregnava todas as moléculas líquidas. Não sei se vão acreditar no que digo, mas naquela profundidade de dez metros eu enxergava como em plena luz do dia.

Durante quinze minutos pisei aquela areia ardente misturada a impalpável poeira de conchas. O casco do *Náutilo*, desenhando-se como longo escolho, desaparecia poupo a pouco, mas o seu farol, quando a noite invadisse o seio das águas, devia facilitar nossa volta a bordo, projetando os seu raios com limpidez perfeita. Efeito difícil de compreender para quem só sobre a terra viu o lençol alvacento dos faróis. Em terra, a poeira de que o ar está saturado dá ao farol a aparência de nevoeiro luminoso. Mas sobre ou sob o mar os raios elétricos transmitem-se com incomparável pureza.

Entretanto, caminhávamos sempre e a planície de areia parecia interminável. Eu afastava com a mão a cortina líquida que se fechava atrás de mim e os vestígios de meus passos apagavam-se imediatamente sob a pressão da água. Em breve, algumas formas de objetos, apenas esboçados na distância, tomaram forma a meus olhos. Re-

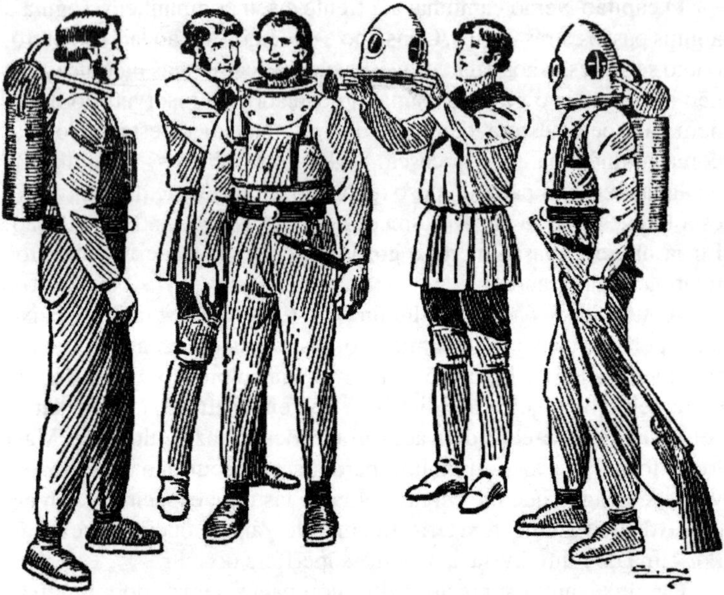

... dois tripulantes vieram ajudar-nos a vestir aqueles pesados impermeáveis...

conheci magníficas penedias, atapetadas de zoófitos encantadores e fiquei impressionado com os efeitos próprios do meio líquido.

Eram dez horas da manhã. Os raios do sol atingiam a superfície das ondas em um ângulo bastante oblíquo e, ao contato de sua luz, decomposta pela refração, como prisma, flores, rochedos, plântulas, mariscos, pólipos, matizavam-se com as sete cores de espectro solar. Era autêntica maravilha e festa para os olhos aquela mistura de tons, um verdadeiro caleidoscópio — verde, amarelo, alaranjado, violeta, anil, azul — em uma palavra, a paleta completa de um colorista maníaco! E eu sem poder comunicar a Conselho as sensações fortes que me subiam à cabeça e rivalizar com ele em interjeições entusiásticas! Como lamentei não poder, como o capitão Nemo e seu companheiro, falar por meio de sinais!... Por isso, não podendo fazer coisa melhor, falava a mim mesmo, gritava dentro da caixa de cobre que protegia minha cabeça, gastando, talvez, mais ar do que seria conveniente.

Diante daquele esplêndido espetáculo, Conselho parara e também eu. Evidentemente, o bom rapaz, diante daqueles exemplares de zoófitos e de moluscos, classificava, classificava sem parar. Pólipos e equinodermos juncavam o solo. As ísis variadas, as cornulárias que vivem isoladamente, moitas de oculinas virgens, outrora conhecidas como coral-branco, madréporas ouriçadas em forma de cogumelos, anêmonas aderentes por seu disco muscular, pareciam canteiros de flores, esmaltados de porpitas enfeitadas com golilhas de tentáculos azulados. Estrelas-do-mar constelavam a areia e astérias verrugosas, finas rendas, bordadas pelas mãos das náiades, balançavam-se como festões com as fracas ondulações produzidas por nossos passos. Sentia sincero desgosto por estar esmagando sob os pés os reluzentes exemplares de moluscos de que o solo estava juncado. Mas era preciso andar e nós seguíamos em frente, enquanto, por cima de nossas cabeças, grupos de fisálias deslizavam, deixando seus tentáculos flutuarem atrás. Também vagavam medusas, cuja umbela opalina ou rosa pálido, afestoada com listrão azul, nos abrigava dos raios solares.

Todas essas maravilhosas entrevi no espaço de meio quilômetro, mal parando, porque o capitão Nemo constantemente me acenava, evitando paradas. Pouco depois, a natureza do solo mudou. À planície de areia seguiu-se camada de iodo viscoso, composto apenas de conchas silicosas ou calcárias. Depois, percorremos um campo de algas, plantas pelágicas que as águas ainda não haviam arrancado e cuja vegetação era luxuriante. Entretanto, ao mesmo tempo em que a verdura se exibia sob nossos passos, não abandonava nossas cabeças. Plantas marinhas, pertencentes à exuberante família das algas, que conta mais de mil espécies conhecidas, entrecruzavam-se à superfície das águas, formando delicado caramanchão. Observei que as plantas verdes se mantinham mais perto da superfície do mar, enquanto as vermelhas ocupavam profundidade média, deixando às hidrófitas negras ou marrons o encargo de formar os jardins e os canteiros das camadas mais profundas do oceano.

As algas são verdadeiramente um prodígio da Criação, uma das maravilhas da flora universal. Esta família produz ao mesmo tempo os menores e os maiores vegetais do globo. Já se chegou a contar quarenta mil dessas imperceptíveis plântulas em um espaço de cinco milímetros quadrados e ao mesmo tempo já foram encontrados fucos de mais de quinhentos metros de comprimento.

Tínhamos saído do *Náutilo* há cerca de hora e meia. Devia ser quase meio-dia. Percebi isso devido à perpendicularidade dos raios solares que já não se refratavam mais. A magia das cores desaparecera pouco a pouco e os matizes de esmeralda e safira desapareceram de nosso firmamento. Caminhávamos com passo cadenciado, que ressoava no solo com intensidade espantosa. Os menores ruídos eram transmitidos com velocidade a que o ouvido não está habituado na terra. Com efeito, a água é para o som muito melhor condutor do que o ar, propagando-se nela com velocidade quatro vezes maior.

O solo começou, então, a descer em declive bem pronunciado. A luz tomou coloração uniforme. Atingimos cem metros de profundidade, suportando, assim, pressão de dez atmosferas. O meu escafandro, porém, fora confeccionado de maneira a que eu nem percebia tal pressão. Sentia apenas certo embaraço na articulação dos dedos e até este mal-estar não tardou a desaparecer. Quanto à fadiga que devia produzir aquele passeio de duas horas, sob equipamento a que eu não estava habituado, era nula. Meus movimentos, auxiliados pela água, eram feitos com surpreendente facilidade.

Chegados àquela profundidade de cem metros, percebia ainda os raios solares, todavia muito fracos. Ao seu brilho intenso sucedera crepúsculo avermelhado, meio-termo entre o dia e a noite. Entretanto, ainda enxergávamos o bastante e ainda não era necessário pôr em funcionamento a lâmpada. Neste momento, o capitão Nemo parou. Esperou que eu o alcançasse e mostrou-me algumas massas escuras que se viam na sombra, a pequena distância. Era a floresta da ilha Crespo.

❖

17

A floresta submarina

Chegáramos finalmente à orla daquela floresta, indubitavelmente uma das mais belas do imenso domínio do capitão Nemo. Ele a considerava sua e atribuía-se sobre ela os mesmos direitos de que gozavam os homens primitivos nos primeiros dias do mundo. Além disso, quem lhe disputaria a posse daquela propriedade submarina? Que outro pioneiro mais ousado viria, machado em punho, desbravar aquela mata sombria? Altas plantas arborescentes formavam aquela floresta e, mal penetramos sob suas vastas arcadas, meu olhar foi atraído para a singular disposição de seus galhos e que até então nunca vira.

Nenhuma das ervas que atapetavam o solo, nenhum dos galhos dos arbustos rastejava, ou se curvava, ou se estendia em plano horizontal. Todos subiam em direção à superfície do oceano. Não havia um só filamento, uma só liana, por mais delgada que fosse, que não se conservasse reta como barra de ferro. Os fucos e as lianas desenvolviam-se obedecendo à linha rígida e perpendicular, imposta pela densidade do elemento que as havia produzido. Imóveis, quando eu as desviava com a mão, retomavam em pouco a sua posição primitiva. Estávamos no reino da verticalidade.

Logo me habituei àquela disposição bizarra, bem como à relativa escuridão que nos envolvia. O solo da floresta estava repleto de pedras agudas, difíceis de evitar. A flora submarina pareceu-me completa ali, mesmo mais rica do que nas zonas árticas e na zona tropical, em que os seus produtos são menos numerosos. Contudo, durante alguns minutos confundi involuntariamente os reinos entre si, tomando os zoófitos por hidrófitos, animais por plantas. E quem não se enganaria? A fauna e a flora são tão parecidas naquele mundo submarino!

Observei que todas as produções do reino vegetal aderiam ao solo apenas por base superficial. Desprovidas de raízes, indiferentes ao corpo sólido, areia, concha ou seixo, que as suporta, pedem-lhe apenas um ponto de apoio, mas não a vitalidade. Estas plantas obram por si mesmas e o princípio de sua existência está na água que as sustém e nutre. Na maior parte, em lugar de folhas, cresciam lamelas de formas caprichosas e limitadas a uma gama restrita de cores, abrangendo apenas o rosa, o carmim, o verde, o azeitonado, o fulvo e o pardo. Entre os diversos arbustos, abrigadas por sua sombra úmida, amontoavam-se verdadeiras moitas de flores vivas, cercas de zoófitos, sobre as quais desabrochavam as meandrinas zebradas de tortuosos sulcos, cariófilas amareladas de tentáculos diáfanos, moitas gramadas de zoantários — e, para completar a ilusão, voavam de ramo em ramo os peixes-moscas, como enxame de beija-flores, lepisacantos, de mandíbula eriçada e escamas agudas, dactilópteos e monocentros erguiam-se sob nossos pés, como faria um bando de narcejas.

Por volta de uma hora, o capitão Nemo deu o sinal de parada. Quanto a mim, o descanso causou grande satisfação e deitamos sob caramanchão de alarias, cujas longas e delgadas correias erguiam-se como flechas. Aquele momento de repouso pareceu-me delicioso. Só nos faltava o encanto da conversação. Mas impossível falar, impossível responder. Aproximei a minha cabeçorra de cobre da cabeça de Conselho. Vi os olhos dele brilharem de contentamento e, em sinal de satisfação, agitou-se dentro do escafandro com o ar mais cômico deste mundo.

Depois de quatro horas daquele passeio, fiquei admiradíssimo de não sentir violenta necessidade de comer. De que se originava aquela disposição do estômago, não o saberia dizer. Mas, em compensação, experimentava invencível desejo de dormir, como acontece com todos os mergulhadores. Por isso, meus olhos logo se fecharam por trás do espesso vidro e fui dominado pela sonolência que fora combatida até então apenas pelo movimento da caminhada. O capitão Nemo e seu robusto companheiro, estendidos naquele límpido cristal, davam-nos o exemplo do sono.

Quanto tempo dormi não posso avaliar mas, quando acordei, pareceu-me que o sol baixava no horizonte. O capitão Nemo já se erguera e eu começava a espreguiçar-me, quando aparição inesperada me fez levantar imediatamente. A poucos passos de nós, monstruosa aranha marinha, de um metro de altura, fitava-me com seus olhos vesgos, pronta para atirar-se a mim. Embora minha roupa de escafandrista fosse bastante grossa para defender-me das picadas do animal, não pude reprimir movimento de horror. Conselho e o marinheiro acordaram naquele momento. O capitão Nemo apontou a seu companheiro o hediondo crustáceo, que uma coronhada liquidou imediatamente e eu vi as horrorosas patas do monstro contorcerem-se em convulsões terríveis. Este encontro sugeriu-me outros animais mais terríveis, que deviam frequentar aquelas profundidades escuras e de cujo ataque o meu escafandro era insuficiente para defender-me. Não havia pensado em tal até aquele momento e resolvi ficar de sobreaviso. Além disso, supus que aquele descanso marcasse o fim de nosso passeio, mas enganava-me e, em vez de regressar ao *Náutilo,* o capitão Nemo prosseguiu em sua audaciosa excursão.

O solo baixava cada vez mais, e seu declive, acentuando-se, levou-nos a maior profundidade. Devia ser mais ou menos três horas, quando chegamos a um vale estreito, cavado entre altas muralhas a pique e situado a uns cento e cinqüenta metros de profundidade. Graças à perfeição de nossos aparelhos, ultrapassamos assim de noventa metros o limite que a natureza até então parecia haver imposto às excursões submarinas do homem. Escrevo cento e cinquenta metros, embora nenhum instrumento me permitisse avaliar tal profundidade. Mas eu sabia que, mesmo nos mares mais límpidos, os raios solares não podiam penetrar além de cento e cinquenta metros. Ora, a escuridão tornara-se profunda. Nenhum objeto era visível a dez passos de distância. Eu caminhava tateando, quando vi brilhar uma luz branca bastante intensa. O capitão Nemo acabava de pôr sua lâmpada elétrica em funcionamento. O companheiro dele imitou-o. Conselho e eu seguimos o exemplo. Torcendo um parafuso, estabeleci a comunicação entre a bobina e a serpentina de vidro, e o mar, iluminado pelas quatro lanternas, clareou-se em um raio de vinte e cinco metros.

O capitão Nemo continuou a entranhar-se nos recessos da floresta, cujos arbustos rareavam cada vez mais. Notei que a vida vegetal desaparecia mais rapidamente do que a vida animal. As plantas pelágicas já haviam abandonado o solo, que se tornara árido e, não obstante, número prodigioso de animais, zoófitos, articulados, moluscos, peixes ainda pululavam ali.

Enquanto andava, ia pensando que naturalmente nossa lâmpada não podia deixar de atrair alguns habitantes daquelas sombrias camadas. Mas se se aproximaram, conservaram-se pelo menos a distância

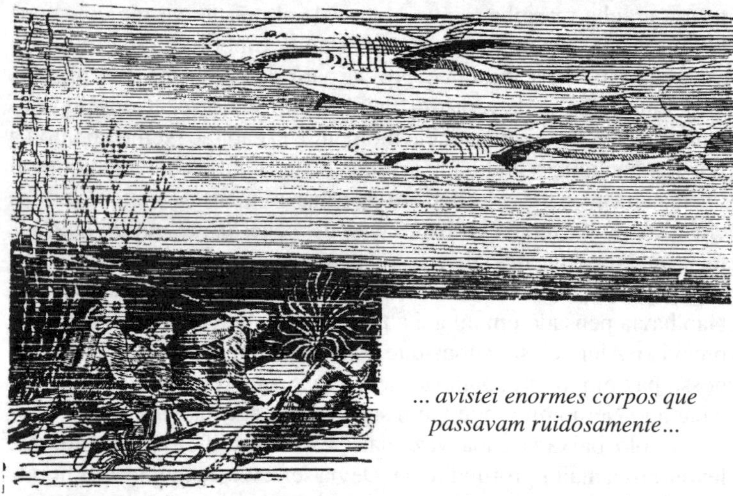

... avistei enormes corpos que passavam ruidosamente...

inatingível para os caçadores. Várias vezes vi o capitão Nemo parar e apontar o fuzil. Em seguida, após alguns instantes de observação, ele se erguia e continuava a andar.

Finalmente, por volta de quatro horas, terminou aquela maravilhosa excursão. Muralha de soberbos rochedos e de imponente massa ergueu-se diante de nós. Era amontoado de blocos gigantescos, enorme penhasco de granito, penetrado de cavernas escuras, mas que não apresentava nenhuma rampa praticável. Eram as escarpas da ilha Crespo. Era a terra.

O capitão Nemo parou subitamente. Com um gesto, ordenou a parada e por mais desejoso que eu estivesse de atravessar aquela muralha, fui obrigado a obedecer. Ali terminavam os domínios do capitão Nemo. Ele não queria ultrapassá-los. Além, era a parte do globo que ele não devia mais pisar.

O regresso começou. O capitão Nemo pusera-se à frente da pequena tropa, dirigindo-nos sem hesitação. Pareceu-me que não seguíamos o mesmo caminho para voltar. Aquele novo caminho muito íngreme e por isso mesmo muito mais penoso aproximou-nos rapidamente da superfície do mar. Rapidamente a luz reapareceu e aumentou. Como o sol já se aproximava do horizonte, a refração rodeou novamente os objetos com anel espectral.

A dez metros de profundidade, caminhávamos em meio de um cardume de peixinhos de variadas espécies, mais numeroso que os pássaros no ar, mais ágeis também, mas nenhuma caça aquática, digno de um tiro de fuzil oferecera-se aos nossos olhos. Nesse momento, vi a arma do capitão rapidamente apontada seguir entre as moitas um objeto móvel. O tiro partiu, ouvi um fraco silvo e o animal caiu fulminado a alguns passos.

Era magnífica lontra marinha, o único quadrúpede que vive exclusivamente no mar. Media um metro e cinquenta de comprimento e devia ter enorme valor. A sua pele, castanho-escuro no dorso e prateada no ventre, devia dar peliça admirável e alcançar elevado preço nos mercados russos e chineses. Achei encantador aquele curioso mamífero de cabeça arredondada, ornado de orelhas curtas, olhos redondos, bigodes brancos semelhantes aos de um gato, pés espalmados e unguiculados e cauda coberta de pelos abundantes. Este precioso carnívoro, caçado e acuado pelos pescadores, torna-se extremamente raro e foi refugiar-se principalmente nas regiões boreais do Pacífico, onde certamente não demorará a extinguir-se a sua espécie.

O marinheiro apanhou a caça, colocou-a sobre as costas e continuamos a nossa caminhada.

Durante uma hora, planície de areia estendeu-se diante de nossos passos. Muitas vezes elevava-se a menos de dois metros da superfície do mar. Eu via, então, nossa imagem, nitidamente refletida, desenhar-se em sentido inverso e por cima de nós surgia grupo idêntico, reproduzindo os nossos gestos os nossos movimentos, apenas com uma diferença: eles andavam de cabeça para baixo e pernas para o ar.

Outro efeito digno de nota era a passagem de densas nuvens que se formavam e desfaziam rapidamente. Refletindo sobre o fato, compreendi que as tais nuvens eram resultantes apenas da espessura variável das enormes ondas de profundidade e percebi até os vagalhões espumantes, cuja crista, ao quebrar-se, multiplicava-se sobre as águas. Distingui até a sombra dos grandes pássaros que voavam sobre as nossas cabeças, quando afloravam a superfície das ondas. Testemunhei, então, um dos mais belos tiros que algum dia provocaram o estremecimento das fibras de um caçador. Grande pássaro de ampla envergadura, distintamente visível, aproximava-se planando. Quando chegou apenas a alguns metros das vagas, o marinheiro apontou e disparou. A ave caiu fulminada e sua queda levou a ao alcance do hábil caçador que a recolheu. Era um magnífico albatroz, admirável espécime das aves pelágicas.

O incidente nem ao menos interrompera nossa marcha. Durante duas horas, tanto trilhamos planícies arenosas quanto campos de vareques de penosa travessia. Confesso com franqueza que já não aguentava mais, quando avistei vaga claridade que cortava a escuridão das águas, a cerca de meia milha de distância. Era o fanal do *Náutilo*. Em menos de vinte minutos estaríamos a bordo e lá eu respiraria à vontade, porque já me parecia que o meu reservatório só me fornecia ar bastante pobre de oxigênio. Mas eu não contava com encontro que ocasionou leve atraso em nossa chegada.

Ficaram vinte passos para trás, quando vi o capitão Nemo voltar rapidamente em minha direção. Com sua mão vigorosa, obrigou-me a deitar, enquanto o companheiro dele procedia da mesma forma com Conselho. A princípio não entendi aquela súbita agressão, mas tranquilizei-me, vendo que o capitão deitava-se ao meu lado e permanecia imóvel. Estava eu, assim, deitado sobre o solo e abrigado pela moita de vareques, quando, levantando a cabeça, avistei corpos que passavam ruidosamente sobre mim, lançando clarões fosforecentes.

O sangue galou-se em minhas veias! Reconhecera os formidáveis esquelos que nos ameaçavam. Era um casal de tintureiros, terríveis tubarões de enorme cauda, olhar baço e vítreo, que segregam matéria fosforecente por orifícios situados em torno do focinho. Monstruosos vaga-lumes que trituram um homem inteiro com suas mandíbulas de ferro! Não sei se Conselho se lembrou de classificá-los. Quanto a mim, observava o seu ventre prateado, suas fauces formidáveis, eriçadas de dentes, de um ponto de vista muito pouco científico, mais como vítima do que como naturalista.

Felizmente esses vorazes animais enxergam pouco. Passaram sem ver-nos roçando-nos com suas barbatanas cor de castanha e, assim, escapamos, como por milagre, àquele perigo seguramente maior do que o encontro de um tigre em plena floresta.

Meia hora depois, guiados pelo rastilho elétrico, alcançamos o Náutilo. A porta exterior permanecera aberta e o capitão Nemo fechou-a, assim que entramos na primeira célula. Em seguida, apertou um botão. Ouvi as bombas funcionarem no interior do submarino e senti a água baixar em torno de mim e em poucos instantes o compartimento estava inteiramente esgotado. A porta interior abriu-se e passamos para o vestiário.

Ali, não sem dificuldade, tiraram-nos os escafandros. Completamente extenuado, caindo de sono e de inanição, voltei ao meu camarote, maravilhado com aquela surpreendente excursão ao fundo dos mares.

❖

18

Quatro mil milhas sob as águas do Pacífico

No dia seguinte pela manhã, dezoito de novembro, inteiramente refeito das fadigas da véspera, subi à plataforma, no momento em que o imediato do *Náutilo* pronunciava a sua frase diária. Veio-me então ao espírito que ela se devia referir ao estado do mar, ou antes que devia significar: *Nada está à vista*. E, de fato, o oceano estava deserto. Nem uma vela no horizonte. As elevações da ilha Crespo haviam desaparecido durante a noite. O mar, absorvendo as cores do prisma, exceção feita dos raios azuis, refletia estes em todas as direções e ostentava admirável cor de anil. Um chamalote de longas riscas desenhava-se regularmente sobre o ondear das vagas.

Eu admirava esse magnífico aspecto do oceano, quando o capitão Nemo apareceu. Não deu mostras de perceber a minha presença e começou uma série de observações astronômicas. Terminada a operação, foi debruçar-se, apoiado nos cotovelos, sobre a caixa do fanal e seu olhar perdeu-se na contemplação do mar.

Enquanto isso, cerca de vinte marinheiros, todos vigorosos e bem constituídos, haviam subido para a plataforma. Vinham retirar as redes de arrastão que haviam sido postas à sirga durante a noite. Aqueles marinheiros eram evidentemente originários de nações diversas, embora o tipo europeu estivesse caracterizado em todos eles. Reconheci, sem sombra de dúvida, irlandeses, franceses, alguns eslavos, um grego ou candiota. Aliás, aqueles homens eram avaros de palavras e empregavam entre si o esquisito idioma, de que eu não podia sequer suspeitar a origem. Por isso, desisti de interrogá-los.

As redes foram içadas para bordo. Eram uma espécie de arrastão, grandes bolsos que uma verga flutuante e uma cadeia presa nas malhas inferiores mantêm entreabertas. Os bolsões, assim arrastados por cabos de aço, varriam o fundo do oceano e recolhiam todos os produtos que encontravam em seu caminho. Naquele dia, trouxeram curiosos exemplares daquelas paragens piscosas. A pescaria devia ter rendido mais de quinhentos quilos de peixe. O resultado era excelente, mas não surpreendente. De fato, boiando à sirga durante várias horas, aquelas redes colhiam em sua prisão de fio verdadeira multidão aquática. Não nos faltariam, pois, víveres de excelente qualidade que a velocidade do *Náutilo* e a atração da luz elétrica permitiam renovar constantemente.

Terminada a pesca, renovada a provisão de ar, supus que o *Náutilo* fosse continuar a sua excursão submarina e já me preparava para regressar ao meu camarote, quando, voltando-se para mim, o capitão Nemo me disse sem mais preâmbulo:

— Observe este oceano, professor, não é dotado de verdadeira vida? Não tem as suas cóleras e as suas ternuras? Ontem, adormeceu como nós e agora desperta depois de noite tranquila!

Nem bom dia, nem boa tarde!... Dir-se-ia que continuava comigo conversação já entabulada...

— Olhe — continuou ele — como acorda sob as carícias do sol! Vai viver a sua existência diurna. Observar o funcionamento de seu organismo é um estudo constante. Possui pulso, artérias, sofre espasmos e tem circulação tão real quanto a circulação sanguínea nos animais.

Era pacífico que o capitão Nemo não esperava de mim resposta alguma. Por isso, pareceu-me inútil interrompê-lo com os *é claro*, *certamente*, *tem razão*. Falava talvez para si mesmo, com longos intervalos entre as frases. Era evidentemente meditação em voz alta.

— Sim — prosseguiu — o oceano possui verdadeira circulação e para provocá-la basta ao Criador multiplicar o calórico, o sal e os animálculos. O calórico, realmente, cria densidades diferentes, que acarretam as correntes e as contracorrentes. A evaporação, nula nas regiões hiperbóreas, ativíssima na zona equatorial, origina troca permanente entre as águas tropicais e as águas polares. Além disso, surpreendi correntes de cima para baixo e de baixo para cima, que constituem a verdadeira respiração do oceano. Vi a molécula de água do mar, aquecida na superfície, voltar à superfície. O senhor verá nos polos consequências deste fenômeno e compreenderá por que, em virtude dessa lei da previdente natureza, a congelação só se pode verificar na superfície das águas.

Durante o tempo em que o capitão Nemo falava, eu dizia a meus botões: "O polo! Será que este audacioso pretende levar-nos até o polo!"

Entretanto, o capitão calara-se e contemplava aquele elemento tão completo e incessantemente estudado por ele. Depois continuou:

— Os sais existem em tal proporção no mar que se extraíssemos todos os que estão nele conseguiríamos massa de quatro milhões e meio de léguas cúbicas, a qual, se fosse espalhada sobre o globo, formaria camada de dez metros de altura. E a presença desses sais não é devida a um capricho da natureza. Eles tornam as águas marinhas menos evaporáveis e impedem os ventos de carregarem maior quantidade de vapores que, quando se condensassem, submergiriam as zonas temperadas. Papel imprescindível, papel de ponderador na economia geral do globo!

O capitão Nemo calou-se, ergueu-se, deu alguns passos na plataforma e continuou em minha direção:

— Quanto aos infusórios, quanto a esses milhões de animais microscópicos, que existem aos milhares em uma gota-d'água e dos quais oitocentos mil pesam um miligrama, o seu papel não é menos importante. Absorvem os sais marinhos, assimilam os elementos sólidos da água e, verdadeiros construtores de continentes calcários, produzem corais e madréporas! E a gota-d'água, privada de seu elemento mineral, mais leve, volta à superfície, absorvendo, então, os sais residuais da evaporação. Torna-se, outra vez, mais pesada e volta a levar aos animálculos novos elementos para que eles os absorvam. Assim se forma duplo movimento ascendente e descendente. Movimento perene, vida constante! Vida mais intensa que nos continentes, mais exuberante, infinita, expandindo-se por todo o oceano. Princípio de morte para o homem, conforme disse alguém. Princípio de vida para miríades de animais — e para mim!

Enquanto falava, o capitão Nemo foi ficando transfigurado e provocou em mim profunda emoção.

— Por isso — acrescentou — aqui está a verdadeira existência. Por isso, admito que se venham a fundar cidades náuticas, formadas pela reunião de casas submarinas que, como o *Náutilo,* venham todas as manhãs respirar na superfície dos mares. Cidades inteiramente livres, cidades independentes! E, mesmo assim, quem sabe se algum déspota...

Em um gesto violento concluiu a última frase. Depois, dirigindo-se diretamente a mim, como quem quisesse fugir de terrível pensamento:

Levantei-me, fui até a vidraça e olhei.

— Senhor Aronnax, sabe qual é a profundidade do oceano?

— Sei, pelo menos, o que as principais sondagens nos revelaram.

— Diga-me o que sabe e, se for preciso, farei as retificações necessárias.

— Assim de memória, se não me engano, encontraram a profundidade de oito mil e duzentos metros no Atlântico norte e de dois mil e quinhentos metros no Mediterrâneo. As mais notáveis sondagens foram feitas no Atlântico sul, nas proximidades do grau trinta e cinco e registraram doze mil metros, catorze mil e noventa e um metros, e quinze mil, cento e quarenta e nove metros. Em suma, calcula-se que, se o fundo do mar fosse nivelado, a sua profundidade média seria de cerca de sete mil metros.

— Muito bem, professor. Espero mostrar-lhe, mais e melhor. Quanto à profundidade média desta região do Pacífico, pode estar certo de que é de quatro mil metros apenas.

Feita esta afirmação, o capitão Nemo dirigiu-se à escotilha e desceu a escada. Eu o imitei, voltando ao salão. A hélice foi posta em movimento e a barquilha indicou vinte milhas por hora.

Durante as semanas seguintes, poucas vezes vi o capitão Nemo. As suas aparições eram espaçadas. O imediato calculava regularmente a posição, que eu encontrava assinalada no mapa, podendo assim seguir com exatidão a rota do *Náutilo*. Conselho e Ned passavam muitas horas em minha companhia. Conselho contara ao amigo as maravilhas de nosso passeio e o canadense arrependeu-se de não nos haver acompanhado. Contudo, eu estava certo de que outras ocasiões surgiriam e ainda visitaríamos outras florestas oceânicas.

Quase todos os dias, durante algumas horas, abriam-se as escotilhas do salão e nossos olhos não se cansavam de contemplar os mistérios do mundo submarino.

O *Náutilo* seguia o rumo geral sudeste conservando-se à profundidade de cem a cento e cinquenta metros. Um dia, contudo, não sei por que capricho, levado diagonalmente por meio dos seus planos inclinados, desceu às camadas da água que ficam a dois mil metros. O termômetro marcava quatro graus centígrados, temperatura que parece ser comum a todas as latitudes, em tal profundidade.

A vinte e seis de novembro, às três da madrugada, o *Náutilo* atravessou o trópico de Câncer, a cento e setenta e dois graus de longitude. No dia vinte e sete, estava à vista das Sandwich, nas quais o famoso Cook encontrou a morte, a catorze de fevereiro de 1779. Navegáramos quatro mil, oitocentas e sessenta léguas desde o nosso ponto de partida. Na manhã seguinte, quando cheguei à plataforma, avistei Havaí, cerca de duas milhas a sotavento, a mais importante das sete ilhas que formam o arquipélago do mesmo nome. Distingui perfeitamente a faixa costeira cultivada, as diversas cadeias de montanhas que correm paralelas ao litoral e vulcões, entre os quais avulta o Muna-Rea, cinco mil metros acima do nível do mar. Entre outros exemplares, as redes colheram flabelárias-pavonadas e pólipos compactos de linhas graciosas, peculiares daquela região do Pacífico.

O rumo do *Náutilo* conservou-se na direção sudeste. A primeiro de dezembro atravessamos o equador e, a quatro do mesmo mês, em uma travessia sem incidentes, surgimos ao largo das Marquesas. A três milhas, avistei a ponta Martim, de Nouca-Iva, ilha mais importante daquele arquipélago, pertencente à França. Dela apenas pude ver as montanhas cobertas de florestas, porque o capitão Nemo não gostava da proximidade de terra firme.

Depois de deixar para trás estas ilhas encantadoras, de quatro a onze de dezembro percorreu o *Náutilo* cerca de duas mil milhas. Nosso percurso foi, então, assinalado pelo encontro de enorme cardume de lulas, curiosos moluscos, muito parecidos com a siba. Pertencem à classe dos cefalópodes e à família dos dibrânquios, que compreende ainda as sibas e os argonautas. O encontro do cardume deu-se na noite de nove para dez de dezembro, porque estes moluscos são noturnos. Poder-se-iam contar milhões. Emigravam das zonas temperadas para zonas mais quentes, seguindo o itinerário dos arenques e das sardinhas. Nós os contemplávamos através das grossas vidraças de cristal, nadando aos recuos com extraordinária rapidez, movendo-se por meio de tubo locomotor, perseguindo peixes e moluscos, comendo os menores, sendo devorados pelos maiores e agitando, em confusão indescritível, os dez pés que a natureza lhes implantou na cabeça, como se fossem cabeleiras de serpentes pneumáticas. O *Náutilo*, malgrado sua velocidade, navegou durante várias horas no meio do cardume e suas redes colheram grande quantidade deles.

Como vemos, o mar prodigalizava-nos magníficos espetáculos, durante aquela travessia. Ele os variava ao infinito. Mudava o cenário, alterava a encenação e, para alegria de nossos olhos, éramos chamados não só a contemplar as obras do Criador no seio do elemento líquido, mas ainda a desvendar os mais temíveis mistérios do oceano.

No correr do dia onze de dezembro, eu lia no salão. Ned Land e Conselho observavam as águas luminosas pelas escotilhas entreabertas. O *Náutilo* estava parado. Com os reservatórios cheios, mantinha-se a mil metros de profundidade. Inesperadamente, fui interrompido em minha leitura por Conselho.

— O senhor pode fazer o favor de vir até aqui por um instante? — perguntou-me com um tom de voz esquisito.

— Que está acontecendo, Conselho?

— Por favor, venha ver.

Levantei-me, fui até a vidraça e olhei.

Iluminada pelo jato de luz elétrica, enorme massa escura, imóvel, mantinha-se suspensa no seio das águas. Observei atentamente, procurando reconhecer a que espécie pertencia aquele gigantesco cetáceo. Mas uma ideia atravessou-me de súbito o espírito.

— Um navio! — exclamei.

— Exatamente — confirmou Ned — é um navio desarvorado que foi a pique.

Ned Land não se enganava. Estávamos diante de um navio, cujos ovéns cortados pendiam ainda das respectivas cadeias. O casco parecia em bom estado e o naufrágio certamente se dera há poucas horas. Três pedaços de mastros indicavam que o navio, perseguido pela tempestade, vira-se obrigado a sacrificar a mastreação. Mas deitado sobre o flanco, enchera-se e ali estava ainda inclinado para bombordo. Triste espetáculo o daquela carcaça perdida sob as ondas. Porém, mais triste ainda, era a vista do convés, onde ainda jaziam alguns cadáveres amarrados com cordas... Contei quatro — quatro homens, dos quais um permanecia de pé junto ao leme — e, além, um de mulher com meio corpo fora da claraboia do tombadilho, segurando uma criança nos braços. Era ainda muito jovem. A atitude dos quatro marinheiros pareceu-me aterradora, retorcidos como estavam pelos movimentos convulsivos que haviam feito para romperem as cordas que os amarravam ao navio. Apenas o timoneiro, mais tranquilo, o semblante sisudo, os cabelos grisalhos colados à testa, a mão crispada na roda do leme, parecia continuar a dirigir o seu navio, através das profundezas do oceano.

Que espetáculo! Emudecêramos, o coração palpitante, frente ao flagrante daquela tragédia, por assim dizer fotografada no último instante! E eu via, já, avançarem, olhar incandescente, enormes esqualos, atraídos por aquela isca de carne humana!

Entretanto, o *Náutilo*, manobrando, contornou o navio submerso e durante um momento pude ler a ré: FLÓRIDA — SUNDERLAND.

❖

19

Vanicoro

Aquele terrível espetáculo iniciava a série de catástrofes marítimas que o *Náutilo* iria encontrar em sua rota. Desde que começou a percorrer mares mais frequentados, avistamos constantemente cascos naufragados que apodreciam entre duas águas e, a maior profundidade, canhões, granadas, âncoras, correntes e milhares de outros objetos de ferro que a ferrugem devorava.

Entretanto, levados por aquele submarino, a bordo do qual vivíamos quase isolados, a onze de dezembro, avistamos o arquipélago Pomotu, que se estende por cerca de cento e cinquenta léguas de és-sudeste para oeste-nordeste, da ilha Ducie até a ilha Lazarefe e que cobre superfície de trezentas e setenta léguas quadradas e compreende cerca de sessenta grupos de ilhas coralígenas. A elevação do solo, lenta, mas contínua, provocada pelo trabalho dos pólipos, acabará por reuni-los algum dia. Esta nova ilha irá soldar-se mais tarde aos arquipélagos vizinhos e um sexto continente estender-se-á da Nova Zelândia e da Nova Caledônia até as Marquesas.

No dia em que expus esta teoria ao capitão Nemo, ele me respondeu secamente:

— A terra não precisa de novos continentes, mas de novos homens!

Os azares da navegação haviam levado o *Náutilo* exatamente em direção à ilha de Clermonta Trovão, uma das mais curiosas do grupo, descoberta pelo capitão Bell, em 1822. Ali pude estudar o sistema madrepórico de que se originam as ilhas daquele oceano.

As madréporas, que não devemos confundir com os corais, são revestidas por crosta calcária. O polipeiro é segregado pelos bilhões de animaizinhos que vivem no interior de suas células. São os seus depósitos calcários que se convertem em rochedos, recifes, ilhotas, ilhas. Ora formam anel circular, tingindo uma laguna que se comunica com o mar por alguma brecha, ora erguem penedias semelhantes às que existem no litoral da Nova Caledônia e em várias ilhas do arquipélago de Pomotu. Noutros lugares, como nas ilhas de Reunião e Maurícia, constroem recifes rendilhados, altas muralhas a pique, na proximidade das quais o oceano atinge profundidades excepcionais.

Ao longo das escarpadas costas de Clermonta Trovão, pude admirar a obra gigantesca realizada por esses operários microscópicos. Aquelas muralhas eram obra dos madreporários conhecidos pelo nome de milíporas, poritos, astreias e meandrinas. Pólipos que vivem de preferência nas camadas agitadas da superfície do mar, ali construindo alicerces que vão afundando pouco a pouco com os restos das secreções que os sustêm.

Consegui observar de bem perto essas interessantes muralhas, porque junto a elas a sonda acusou mais de trezentos metros de profundidade e nossos faróis elétricos faziam cintilar o seu brilhante calcário. Respondendo a pergunta de Conselho, causei-lhe enorme espanto, ao dizer que os cientistas avaliam em um oitavo de polegada por século o crescimento daqueles diques formidáveis. Ele não se conteve:

— Portanto... para erguer esta muralha, foram precisos...

— Cento e noventa e dois mil anos, meu caro Conselho, o que torna bem mais longos os dias bíblicos. Aliás, a formação da hulha, isto é, da mineralização das florestas inundadas pela lama dos dilúvios, exigiu lapso de tempo ainda maior. Quero, entretanto, acrescentar que os dias na *Bíblia* são épocas e não o intervalo compreendido entre dois nascimentos consecutivos do sol, mesmo porque, segundo a *Bíblia*, o sol não foi criado no primeiro dia da criação.

Quando o *Náutilo* voltou à superfície, pude descortinar a ilha de Clermonta Trovão em toda a sua extensão, baixa e coberta de matas. As rochas madrepáricas foram certamente fertilizadas pelas trombas-d'água e pelas tempestades. Certo dia, alguma semente, roubada às terras próximas pelo furação, caiu sobre as camadas calcárias, misturadas aos detritos em decomposição dos peixes e das plantas marinhas que se haviam transformado em húmus vegetal. Um coco, levado pelas vagas, foi arrojado ao novo litoral. A semente germinou e ganhou raízes. A árvore, crescendo, fixou o vapor-d'água. O regato nasceu. A vegetação conquistou-a pouco a pouco. Alguns animaizinhos, vermes, insetos, aportaram em troncos arrancados das ilhas vizinhas pelo vento. As tartarugas vieram pôr os seus ovos. As aves fizeram ninhos nas novas árvores. Assim se desenvolveu a vida animal e, atraído pela verdura e pela fertilidade, surgiu o homem. Essa é a história daquelas ilhas, obra imensa de animais microscópicos.

Ao cair da tarde, Clermonta Trovão apagou-se na distância e a rota do *Náutilo* sofreu sensível modificação. Depois de tocar o trópico de Capricórnio pela altura de cento e trinta e cinco graus de longitude, embicou para oeste-noroeste, voltando a cortar toda a zona intertropical. Embora o sol de verão não economizasse os seus raios, nada sofremos com o calor, porque a trinta ou quarenta metros abaixo da superfície a temperatura não se elevava a mais de dez ou doze graus centígrados.

A quinze de dezembro, deixamos a leste o sedutor arquipélago de Sociedade e a graciosa Taiti, rainha do Pacífico. Pela manhã, avistei a algumas milhas a sotavento os elevados picos dessa ilha. Suas águas forneceram ao cardápio de bordo excelentes peixes.

O *Náutilo* já percorrera oito mil e cem milhas. Nove mil e setecentas e vinte milhas registrava a barquilha, quando passamos entre os arquipélagos de Tonga Tabu e dos Navegantes. A seguir, avistamos o arquipélago de Viti, descoberto por Tasman, em 1643, exatamente no mesmo ano em que Torriceli inventava o barômetro. Pouco mais tarde, o *Náutilo* aproximou-se da baía de Nailea, teatro das terríveis aventuras do capitão Dillon, primeiro a lançar alguma luz sobre o mistério do naufrágio de La Pérouse.

Essa baía, dragada repetidas vezes pelas redes de arrasto, forneceu-nos enorme quantidade de excelentes ostras. Nós as comemos a fartar, depois de as abrirmos em nossa própria mesa, segundo o conselho de Sêneca.

Se mestre Land não se arrependeu de sua glutoneria naquela ocasião, foi porque a ostra é a única iguaria que não provoca indigestão. Realmente, são necessárias pelo menos dezesseis dúzias desses moluscos acéfalos para produzir as trezentas e quinze gramas de substância azotada de que precisa por dia um homem.

A vinte e cinco de dezembro, o *Náutilo* navegava através do arquipélago das Novas Hébridas, que Queirós descobriu em 1606, Bougainville explorou em 1768 e a que Cook deu o nome atual em 1773. O grupo compõe-se principalmente de nove grandes ilhas e forma faixa de cento e vinte léguas de nor-nordeste a su-sudeste. Passamos bem perto da ilha de Aurou que, na hora da observação,

La Pérouse e seu imediato...

ao meio-dia, pareceu-me massa de bosques verdes, coroada por um pico de grande altura.

Era dia de Natal e Ned Land deu mostras de lamentar sentidamente a sua ausência na celebração desta festa de família. Há oito dias não via o capitão Nemo, quando ele entrou no salão com ar de quem dali se houvesse ausentado apenas há cinco minutos. Eu procurava seguir no planisfério a rota do *Náutilo*. O capitão aproximou-se, apontou com o dedo certo ponto do mapa e disse apenas esta palavra:

— Vanicoro.

O efeito foi mágico. Era o nome das ilhotas entre as quais se haviam perdido os navios de La Pérouse. Ergui-me imediatamente e perguntei:

— O *Náutilo* leva-nos a Vanicoro?

— Sim, senhor professor.

— E poderei visitar as célebres ilhas, onde se despedaçaram a *Bússola* e a *Astrolábio*?

— Se o desejar.

— Quando chegaremos a Vanicoro?

— Já chegamos.

Seguido pelo capitão subi à plataforma e de lá meus olhos percorreram o horizonte com avidez. A nordeste emergiam duas ilhas vulcânicas de tamanho desigual, rodeadas por recife de coral de quarenta milhas de circunferência. Estávamos frente à ilha Vanicoro propriamente dita, a que Dumont d'Urville impusera o nome de ilha da Busca. As terras pareciam cobertas de verdura desde a praia até os picos interiores, cujo ponto culminante é o monte Capogo, a mil metros acima do nível do mar. O *Náutilo*, depois de ultrapassar a cintura exterior por barra estreitíssima, viu-se no interior do quebra-mar, onde a profundidade era de sessenta a oitenta metros. Sob a verdejante sombra dos mangues, avistei alguns selvagens, que não conseguiram encobrir a enorme surpresa que lhe causava nossa aproximação. Naquele comprido corpo escuro, que avançava à tona, certamente veriam algum descomunal cetáceo que deviam temer.

Naquele momento, perguntou-me o capitão Nemo que é que eu sabia sobre o naufrágio de La Pérouse.

— O que todos sabem — respondi-lhe.

— E o senhor poderia dizer-me o que é que todos sabem? — perguntou com leve ironia na voz.

— Perfeitamente.

Contei-lhe, então, as conclusões a que chegara Dumont d'Urville em seu último trabalho e que passo a resumir sucintamente:

"La Pérouse e seu imediato, o capitão Langle, foram designados por Luís XVI, em 1785, para realizar viagem de circunavegação. Partiram nas corvetas *Bússola* e *Astrolábio*, que nunca mais regressaram. Em 1791, o governo francês, preocupado com a sorte das duas corvetas, armou duas grandes fustas, a *Busca* e a *Esperança*, que saíram de Bresta a vinte e oito de setembro, sob o comando de Bruni d'Entrecasteaux. Dois meses depois, o depoimento de um tal Bowen dava a conhecer ao comandante da *Albermale* que destroços de navios franceses naufragados haviam sido vistos no litoral da Nova Geórgia. Mas Entrecasteaux, que ignorava esta notícia, aliás muito incerta, dirigiu-se às ilhas do Almirantado, designadas em um relatório do capitão Hunter como local do naufrágio de La Pérouse.

As suas pesquisas foram infrutíferas. A *Esperança* e a *Busca* chegaram a passar ao largo del Vanicoro, sem ao menos tocarem na ilha. Enfim, a viagem foi infelicíssima, porque custou a vida de Entrecasteaux, de seus dois imediatos e de vários marinheiros. Foi um velho conhecedor do Pacífico, o capitão Dillon, quem primeiro encontrou vestígios indiscutíveis dos náufragos. A quinze de maio de 1824, o seu navio, o *São Patrício*, passou nas proximidades da ilha de Ticópia, uma das Novas Hebraicas. Ali, um indígena, abordando-o em uma piroga, vendeu-lhe o punho de uma espada de prata que ainda tinha vestígios de caracteres gravados a buril. O mesmo indígena afirmou ainda que seis anos antes, durante sua estada em

Vanicoro, vira dois europeus que pertenciam a navios encalhados há muitos anos nos recifes da ilha.

Dillon adivinhou que se tratava do navio de La Pérouse, cujo desaparecimento comovera o mundo inteiro. Tentou dirigir-se a Vanicoro, onde, segundo o indígena, encontravam-se ainda muitos destroços do naufrágio. Os ventos e as correntes impediram-no de realizar o intento. Dillon voltou a Calcutá. Lá conseguiu despertar o interesse da Sociedade Asiática e da Companhia das Índias para sua descoberta. Um navio a que também deram o nome de *Busca* foi posto à sua disposição e ele partiu a vinte e sete de janeiro de 1827, acompanhado de um policial francês. O *Busca*, depois de arribar em vários portos do Pacífico, fundeou frente a Vanicoro em sete de julho de 1827. Ali, Dillon recolheu numerosos restos do naufrágio, utensílios de ferro, âncoras, suportes de polias, uma granada, restos de instrumentos de astronomia, roda da proa e um sino de bronze. Não era mais possível duvidar. Dillon, para completar as suas investigações, permaneceu no local do sinistro até o mês de outubro. Em seguida, partiu de Vanicoro, dirigiu-se para a Nova Zelândia e fundeou em Calcutá a sete de abril de 1828, e regressou à França, onde foi muito bem acolhido por Carlos X.

Naquela data, porém, Dumont d'Urville, que nada sabia dos trabalhos de Dillon, já partira para procurar em outro ponto o teatro do naufrágio. Realmente, o relatório de um baleeiro dera a conhecer que medalhas e uma cruz de São Luís se encontravam entre as mãos de selvagem da Luisiana e da Nova Caledônia.

Dumont d'Urville, comandando a *Astrolábio,* fizera-se ao mar e dois meses depois que Dillon partira de Vanicoro, fundeava ele frente a Hobart-Town, onde soube dos resultados alcançados por Dillon. Além disso, também foi informado de que um tal Jaime Hobbs, imediato da *União*, de Calcutá, havendo aportado em uma ilha a oito graus e dezoito minutos de latitude sul e cento e cinquenta e seis graus e trinta minutos de longitude leste, notara barras de ferro e tecidos vermelhos de que se serviam os naturais da ilha. Dumont d'Urville, bastante perplexo, e sem saber se devia acreditar nesses fatos relatados por jornais pouco dignos de confiança, decidiu-se, contudo, a seguir as pegadas de Dillon. A dez de fevereiro de 1828, a *Astrolábio* surgiu diante de Ticópia, conseguiu como guia e intérprete um desertor que se estabelecera nesta ilha e dirigiu-se a Vanicoro; avistando-a a doze de fevereiro. Bordejou os seus recifes até o dia catorze e somente a vinte conseguiu vencer a barreira de coral e fundear no porto de Vanu.

A vinte e três, alguns oficiais percorreram a ilha e encontraram alguns destroços pouco importantes. Os indígenas, adotando procedimento de evasivas e negaças, recusavam-se a mostrar-lhes o local do sinistro. Esse procedimento equívoco deu a entender que eles haviam maltratado os náufragos e temiam que Dumont d'Urville os tivesse vindo vingar. Todavia, a vinte e seis, levados por presentes e percebendo que nenhuma represália tinham a temer, guiaram o imediato Jacquinot ao local do naufrágio. Lá, a uma profundidade de seis ou oito metros, entre os recifes Pacu e Vanu, jaziam âncoras, canhões, barras de ferro e chumbo, misturados nas concreções calcárias. A chalupa e a baleeira da *Astrolábio* dirigiram-se imediatamente àquele ponto e seus tripulantes a muito custo conseguiram retirar uma âncora de novecentos quilos de peso, um canhão de oito polegadas, uma barra de chumbo e outros objetos. Dumont d'Urville, interrogando os naturais, conseguiu saber que La Pérouse, depois de perder os seus dois navios nos recifes da ilha, construíra outro menor, para ir perder-se pela segunda vez... Onde? Ninguém sabia. O comandante da *Astrolábio* mandou, então, construir sob a copa de rizóferas um cenotáfio dedicado à memória do célebre navegante e de seus companheiros. O monumento consistia em simples pirâmide quadrangular, repousando sobre base de corais em que não entrou qualquer espécie de ferragem que pudesse tentar a cobiça dos nativos. Em seguida, Dumont d'Urville desejou partir. Sua tripulação, porém, estava combalida pelas febres daquelas costas insalubres e ele próprio estava gravemente enfermo, de modo que só a dezessete de março pôde aparelhar. Nesse ínterim, o governo francês, temendo que Dumont d'Urville ignorasse os trabalhos de Dillon, enviara a Vanicoro a corveta *Baionesa*, comandada por Legearan de Tremelin, que estava estacionada na costa ocidental dos Estados Unidos. A *Baionesa* fundeou diante de Vanicoro, alguns meses depois da partida da *Astrolábio*, e não encontrou novos documentos, mas verificou que os selvagens haviam respeitado o mausoléu de La Pérouse".

Tal, em resumo, a narração que fiz ao capitão Nemo.

— Então — perguntou-me ele — não se sabe ainda onde foi perder-se o terceiro navio construído pelos náufragos da ilha de Vanicoro?

— Ninguém sabe.

O capitão Nemo nada disse, mas fez-me sinal, convidando-me a segui-lo ao salão. O *Náutilo* imergiu alguns metros e as escotilhas abriram-se. Precipitei-me em direção à vidraça e sob revestimentos de corais, entre miríades de peixes, descobri destroços que as redes não haviam conseguido arrancar: estribos de ferro, âncoras, canhões, granadas, uma guarnição de cabrestante, uma roda de proa, restos dos navios naufragados, agora cobertos de flores vivas.

Enquanto eu contemplava aquelas ruínas desoladoras, o capitão Nemo, com voz grave, contou-me o seguinte:

— O comandante La Pérouse partiu a sete de dezembro de 1785, com sua corveta *Bússola*, que ia à frente e encalhou na costa meridional. A *Astrolábio* foi socorrê-la e acabou encalhada também. A primeira destruiu-se quase imediatamente. A segunda, encalhada a sotavento, resistiu por alguns dias. Os indígenas receberam bem os náufragos. Estes instalaram-se na ilha e construíram embarcação menor com os destroços das duas outras. Alguns marinheiros ficaram voluntariamente em Vanicoro. Outros, debilitados e doentes, partiram com La Pérouse. Dirigiram-se às ilhas Salomão e lá se perderam completamente, na costa ocidental da ilha principal do grupo, entre os cabos Decepção e Satisfação.

— Como conseguiu sabê-lo, capitão?

— Eis o que achei, exatamente no local do último naufrágio!

Mostrou-me, então, uma lata de folha de flandres, selada com as armas da França e completamente corroída pela água salgada. Abriu-a e dentro dela vi um maço de papéis amarelados, mas ainda legíveis. Eram instruções do Ministro da Marinha ao comandante La Pérouse, anotadas à margem pelo próprio punho de Luís XVI...

— Que bela morte para um marinheiro! — exclamou o capitão Nemo. Mais tranquila que a sua tumba de coral, nenhuma outra existe! Oxalá possamos, meus companheiros e eu, repousar em uma igual!

❖

20

O estreito de Torres

Durante a noite de vinte e sete para vinte e oito de dezembro, o *Náutilo* abandonou as paragens de Vanicoro em grande velocidade. Seguia em direção a sudoeste e, em três dias, percorreu as setecentas e cinquenta léguas que separam o grupo de La Pérouse da ponta sudoeste da Papuásia.

A primeiro de janeiro de 1863, bem cedinho, Conselho veio a meu encontro na plataforma:

— Peço licença ao senhor para desejar-lhe feliz ano-novo.

— Ora essa, Conselho... parece que estás no meu gabinete do Jardim Botânico, em Paris!... Aceito os teus votos e os retribuo. Apenas... gostaria de saber que é que julgas *feliz ano-novo*, nas circunstâncias em que nos encontramos. Será feliz o ano que traga o fim de nosso cativeiro, ou aquele que permita a continuação dessa esquisita viagem?

— Palavra de honra que não sei como escolher. A verdade é que nestes dois meses vimos coisas extraordinárias e não nos podemos queixar de ter tido um só minuto de tédio. A última maravilha é sempre a mais espantosa e, se esta progressão continuar, não sei como isto irá acabar. Sou de opinião que nunca mais teremos ocasião semelhante.

— É evidente que não.

— Além disso, o senhor Nemo, que justifica perfeitamente o seu nome latino, constrange-nos tão pouco que é como se não existisse.

— Isso é verdade.

— Portanto, acho que um feliz ano-novo seria o que nos permitisse tudo ver...

— Ver tudo, Conselho?... Talvez seja pedir muito. Qual a opinião de Ned Land?

— Exatamente o contrário da minha. Ele é um espírito objetivo e um estômago exigente. Ver os peixes e comê-los todos os dias não é suficiente para ele. A falta do pão, carne e vinho não é bom para um saxão acostumado aos bifes e a quem o gim e a aguardente não metem medo.

— De minha parte, não é isso que me faz falta e me dou muito bem com o regime de bordo.

— Eu também. Por isso, tenho tanta vontade de ficar quanto Ned Land de fugir. Portanto, se o ano que hoje começa não for bom para mim, será bom para ele e vice-versa. Assim um de nós dois ficará satisfeito. Enfim, desejo ao senhor tudo quanto lhe possa causar satisfação.

— Muito obrigado, Conselho. Somente peço-te que deixes para depois o presente de ano-novo e o substitua, por hoje, por um bom aperto de mão. E a única coisa de que disponho.

— Nunca o senhor foi mais generoso.

E, assim falando, retirou-se.

A dois de janeiro, tínhamos percorrido onze mil, trezentas e quarenta milhas, isto é, cinco mil e duzentas e cinquenta léguas, a contar de nosso ponto de partida no mar do Japão. Diante do esporão do *Náutilo* estendiam-se as perigosas paragens do mar de Coral, na costa nordeste da Austrália. Nosso barco perlongava, à distância de algumas milhas, o temível banco, onde os navios de Cook quase se perderam a dez de junho de 1770. O barco que Cook comandava chocou-se contra um rochedo e se não soçobrou foi apenas graças ao fato de ter o pedaço de coral, arrancado pelo choque, ficado encravado no casco.

Eu tinha grande vontade de visitar aquele recife de trezentas e sessenta léguas de comprimento, contra o qual o mar sempre revolto se quebrava com formidável violência, comparável aos ribombos do trovão. Entretanto, os planos inclinados do *Náutilo* levaram-nos a grande profundidade, e nada pude ver daquelas altas muralhas coralígenas. Fui obrigado a contentar-me com alguns exemplares de peixes, apanhados pelas redes, e com a visão de belas algas flutuantes.

Dois dias depois da travessia do mar de Coral, avistamos a Papuásia. O capitão Nemo informou-me, então, que sua intenção era alcançar o oceano Índico, passando pelo estreito de Torres. A comunicação limitou-se a isso. Ned viu com satisfação que tal reta o aproximava dos mares europeus.

O estreito de Torres, considerado perigoso não só pelos abrolhos que eriçam as suas águas, como pelos selvagens que habitam nas costas, separa a Nova Holanda da grande ilha da Papuásia, também conhecida como Nova Guiné.

A Papuásia tem quatrocentas léguas de comprimento por cento e trinta de largura e superfície de quarenta mil léguas geográficas. Ao meio-dia, enquanto o imediato tomava a altura do sol, avistei os cumes dos montes Arfals, erguendo-se em platôs sucessivos e culminando em picos agudos. Esta ilha, descoberta em 1511 pelo português Francisco Serrano, foi sucessivamente visitada por José de Meneses em 1956, por Grijalva em 1527, pelo general espanhol Alvear de Saavedra em 1528, por Inigo Ortez em 1545, pelo holandês Shouten em 1616, por Nicolau Aruik em 1723, por Tasman e por muitos outros.

O *Náutilo* alcançou a entrada do mais perigoso estreito do mundo. Os navegantes mais audaciosos mal pensam em atravessá-lo. O próprio *Náutilo*, indiferente a todos os perigos do mar, iria ali, entretanto, travar conhecimento com os recifes de coral.

O estreito de Torres mede quase trinta e quatro léguas de comprimento, mas é atravancado por enorme quantidade de ilhas, ilhotas, cachopos, abrolhos, que tornam a navegação quase impraticável. Por isso, o capitão Nemo tomou todas as precauções necessárias para vencê-lo. O submarino, flutuante à tona, navegava a velocidade reduzida. A hélice, como cauda de cetáceo, batia as ondas vagarosamente. Aproveitando-nos desse fato, meus dois companheiros e eu havíamos subido para a plataforma deserta. Diante de nós elevava-se a cabina do timoneiro e tive quase certeza de que era o próprio capitão Nemo que dirigia pessoalmente o seu *Náutilo*.

Em redor do submarino, o mar escacheava enfurecido. A corrente marítima ia quebrar-se nos bancos de coral, cujas cristas emergiam de vez em quando.

— Péssimo mar — disse-me Ned Land.

— Realmente detestável e muito pouco propício a uma embarcação como o *Náutilo*.

— É preciso que esse maldito capitão conheça minuciosamente a sua rota, porque ali adiante vejo recifes de coral que reduziriam o nosso casco a frangalhos, se chegassem apenas a roçar neles.

De fato, a situação era perigosa, mas o *Náutilo* parecia deslizar, como por magia, por entre aqueles ameaçadores recifes. Não seguia exatamente a rota da *Astrolábio* e da *Zelosa* que foi fatal a Dumont d'Urville. Tomou rota mais ao norte, costeou a ilha Murray e voltou-se para o sudoeste, em direção à passagem de Cumberlândia. Pensei que ele fosse penetrar nela quando, subindo para noroeste, dirigiu-se através de grande quantidade de ilhas e ilhotas pouco conhecidas, rumo à ilha Tound e o canal Mau. Perguntei a meus botões se o capitão Nemo, imprudente até à loucura, queria arriscar o seu navio naquele canal em que encalharam as duas corvetas de Dumont d'Urville quando, modificando pela segunda vez a rota e cortando em linha reta para oeste, dirigiu-se rumo à ilha Gueborear.

– *Nunca o senhor foi mais generoso.*

Eram três horas da tarde. A vaga se quebrava, a maré estava quase cheia. O *Náutilo* aproximou-se de Gueborear, cuja praia ainda me parece estar vendo. Nós a costeávamos a menos de duas milhas. De repente, um choque atirou-me à plataforma. O submarino batera em um recife e permaneceu imóvel, com pequena inclinação para bombordo.

Quando me ergui, vi na plataforma o capitão Nemo e o imediato. Examinavam a posição do navio e trocavam algumas palavras em seu incompreensível idioma.

Eis a nossa situação. A duas milhas a estibordo, avistava-se a ilha de Gueborear, cujas costas arredondavam do norte para oeste, como enorme braço. Em direção ao sul e a leste já se viam alguns cachopos que a maré vazante deixava a descoberto. Tínhamos encalhado em cheio, em um mar em que as marés são diminutas, circunstância desfavorável ao desencalhe. Apesar disso, o casco submarino era tão sólido que nada sofrera. Mas se não podia ir a pique, nem despedaçar-se, estava bem arriscado a ficar para sempre encalhado naqueles bancos.

Eram essas as minhas reflexões, quando o capitão, com toda a calma, inteiramente senhor de si, não parecendo nem ao menos contrariado, aproximou-se.

— Um acidente? — perguntei-lhe.

— Não, apenas um incidente.

— Entretanto, um incidente que, talvez, o obrigue a habitar de novo esta terra que tanto odeia.

O capitão Nemo encarou-me de modo bastante singular e fez um gesto negativo. Era o bastante para dizer-me que nada o obrigaria a repor os pés sobre um continente. Depois falou:

— Aliás, senhor Aronnax, o *Náutilo* não está correndo qualquer risco. Ele o levará ainda ao seio das maravilhas do oceano. A nossa viagem apenas começou e não desejo privar-me tão cedo de sua companhia.

— Contudo — respondi sem dar importância ao tom irônico da resposta do capitão Nemo — o *Náutilo* encalhou no momento da preamar. Ora, as marés não são fortes no Pacífico e, se o senhor não puder alijar lastro — o que me parece impossível — não vejo como poderá safar-se.

— O senhor tem razão, as marés não são fortes no Pacífico, mas no estreito de Torres ainda há diferença de um metro entre as marés altas e as baixas. Hoje é quatro de janeiro, logo, daqui a cinco dias será lua cheia. Ora, eu ficaria muito admirado, se o nosso bondoso satélite não atraísse massa de água suficiente para prestar-me favor que desejo dever apenas a ele.

Acabando de falar, o capitão Nemo, seguido do imediato, voltou ao interior do submarino. Quanto ao navio, nem se mexia, como se os pólipos coralígenos já o houvessem incorporado ao seu indestrutível cimento.

— E agora, senhor Aronnax? — perguntou-me Ned Land, assim que o capitão se ausentou.

— Agora, amigo Ned, esperaremos tranquilamente o dia nove, quando a lua terá a bondade de fazer-nos flutuar.

— Apenas isso?

... o bote encalhava sobre a areia da praia...

— Apenas isso.

— O capitão não vai fundear as âncoras ao largo, engrenar a máquina na corrente delas e empregar todos os esforços possíveis para desencalhar?

— Mas se a maré é suficiente! — interveio Conselho.

O canadense fitou o criado, depois deu de ombros. Em seguida, disse-me:

— Pode crer no que lhe digo, professor. Esse pedaço de ferro nunca mais navegará nem por cima, nem por baixo das águas. Só serve para ser vendido como sucata. Acho, portanto, que chegou o momento de abandonar o capitão Nemo.

— Amigo Ned, não desespero, como você, da capacidade deste poderoso *Náutilo* e em quatro dias saberemos o que pensar das marés do Pacífico. Aliás, a fuga poderia ser oportuna se estivéssemos à vista do litoral inglês ou das costas da Provença, mas na Papuásia a coisa muda muito de figura e será sempre tempo de recorrer a esse extremo, se o submarino não tornar a flutuar, e que eu consideraria como fato da maior gravidade.

— Não haveremos nem de pisar o terreno? Ali está uma ilha. Naquela ilha há árvores. Debaixo daquelas árvores devem existir animais terrestres, portadores de bifes e costeletas em que daria de bom grado umas boas dentadas.

— Nisso o amigo Ned tem razão — disse Conselho — e eu sou da mesma opinião. O senhor poderia pedir ao seu amigo capitão para nos mandar levar à terra, nem que fosse só para perder o hábito de pisar as partes sólidas de nosso planeta.

— Pedir posso, mas certamente ele recusará.

— Corra o risco da recusa e logo nós ficaremos sabendo o que pensar da amabilidade do capitão.

Com grande surpresa minha, o capitão Nemo concedeu-me a permissão que pedi e fê-lo com gentileza e solicitude, sem ao menos exigir de mim a promessa de que voltaria para bordo. Contudo, uma fuga através da Nova Guiné seria tão perigosa que não aconselharia Ned a tentá-la. Mais valia ser prisioneiro a bordo do *Náutilo*, do que cair nas mãos dos papuas.

A lancha foi posta à nossa disposição na manhã seguinte. Não perguntei se o capitão Nemo iria conosco. Pensei mesmo que nenhum tripulante nos seria dado e que sobre Ned recairia o encargo de dirigir sozinho a embarcação. Aliás, a terra estava a apenas duas milhas, no máximo, e seria um brinquedo para o canadense guiar aquela leve lancha por entre os bancos de recifes tão fatais aos grandes navios.

No dia seguinte, cinco de janeiro, o bote foi retirado de seu alvéolo e lançado do alto da plataforma ao mar. Dois homens bastaram para esta operação. Os remos estavam na embarcação e só nos faltava embarcar.

Às oito horas, armados de fuzis e de machados, largamos do *Náutilo*. O mar estava bastante calmo. Leve brisa soprava da terra. Conselho e eu remamos com toda a nossa força, enquanto Ned governava o barco por entre os estreitos canais que os cachopos deixavam entre si. O bote era de fácil manejo e deslizava velozmente. Ned não cabia em si de contente. Era prisioneiro escapo da prisão, que nem se lembrava que para ela teria de voltar.

— Carne! — exclamava. Vamos comer carne e que carne! De caça de verdade! Só nos falta pão! Não digo que peixe não seja gostoso, mas é preciso não abusar dele e um naco de carne fresca, grelhada sobre brasas, variará saborosamente nossa alimentação habitual.

— Guloso! — caçoava Conselho. Estou com a boca cheia de água.

— Resta saber se há caça nestas florestas, ou se a caça aqui é de tal tamanho que seja ela quem cace os caçadores...

— Bom, senhor Aronnax, sou capaz de comer lombo de tigre, se não houver outro quadrúpede nesta ilha — respondeu-me o canadense, cujos dentes pareciam afiados como gume de machado.

— O amigo Ned mete medo na gente — brincou Conselho.

— Qualquer que seja, animal de quatro patas sem penas, ou de duas patas com penas será saudado com meu primeiro tiro.

— Bom! Já recomeça mestre Land com suas imprudências! — ponderei.

— Nada tema, senhor Aronnax, e reme firme! Daqui a vinte e cinco minutos espero poder oferecer-lhe um de meus petiscos.

Às oito e meia, o bote do *Náutilo* encalhava sobre a areia da praia, depois de haver transposto sem dificuldade o anel coralígeno que cerca a ilha de Gueborear.

❖

21

Na floresta tropical

Fiquei profundamente comovido, ao tocar em terra. Ned Land experimentou o solo com o pé, como quem toma posse. E havia apenas dois meses que éramos, segundo o eufemismo do capitão Nemo, passageiros do *Náutilo*, isto é, prisioneiros de seu comandante.

Em instantes, estávamos afastados da costa. O solo era quase inteiramente madrepórico. Contudo, alguns leitos secos de torrentes semeadas de restos graníticos demonstravam que a ilha resultara de formação primordial. O horizonte escondia-se por trás de admirável cortina de florestas. Árvores enormes, que chegavam a atingir sessenta metros de altura, ligavam-se entre si por grinaldas de lianas, verdadeiras redes naturais, balançadas pela leve brisa. Eram mimosas, fícus, casuarinas, tecas, hibiscos, palmeiras misturadas com profusão e, sob o abrigo da abóbada verdejante, ao pé do estipe gigantesco, cresciam as orquídeas, as leguminosas e os fetos.

Sem se importar com os belos exemplares da flora papua, o canadense abandonou o agradável pelo útil. Avistou um coqueiro, derrubou alguns cocos, quebrou-os e bebemos a água e comemos a polpa, com satisfação que protestava contra a alimentação habitual do *Náutilo*.

— Excelente! — exclamava Ned Land.

— Saboroso! — asseverava Conselho.

— Espero que o capitão Nemo não se oponha a que levemos para bordo um carregamento de cocos.

— Acho que não se oporá. Todavia estou certo de que não quererá experimentá-los.

— Pior para ele! — chacoteou Conselho.

— Melhor para nós! — caçoou Land.

— Escute, mestre Land — disse eu ao arpoador, que se dispunha a devastar outro coqueiro. O coco é fruto saboroso, mas antes de enchermos o barco com eles, seria prudente explorar a ilha para verificar se, por acaso, não encontraremos outra coisa útil. Legumes frescos seriam bem recebidos a bordo.

— O senhor tem razão — respondeu Conselho — e podíamos reservar em nosso barco três partes: uma para os frutos, outra para os legumes e a terceira para a caça, de que aliás ainda não vi nem amostra.

— Ainda não é hora de desesperar — observou o canadense.

— Continuemos, então, a nossa excursão — propus, com olho vivo. Embora a ilha pareça deserta, bem pode ser que seja habitada por alguém bem menos exigente do que nós quanto à natureza da caça.

— Ah! Oh! — exclamou Ned, fazendo movimento de maxilares bem significativo.

— Que é isso? — perguntou Conselho.

— Palavra que começo a compreender os encantos da antropofagia — respondeu o canadense.

— Ned! Ned! Que loucura é essa! Antropófago! Então, não estarei mais em segurança no mesmo camarote com você! Será que vou despertar um dia já meio devorado?

— Conselho, gosto muito de você, mas não a ponto de devorá-lo sem necessidade.

— Nada. Já perdi a confiança. Vamos à caçada. É preciso, seja lá como for, encontrar caça para satisfazer este canibal, senão qualquer dia desses o professor só encontrará os restos do criado, para servi-lo.

Enquanto conversávamos assim, penetrávamos sob as sombrias arcadas da floresta, que percorremos em todos os sentidos por cerca de duas horas.

O acaso favoreceu nosso desejo de encontrar vegetais comestíveis. Um dos mais úteis produtos da zona tropical forneceu-nos alimento precioso que nos faltava a bordo. Refiro-me à fruta-pão, muito abundante na ilha de Gueborear, principalmente da espécie sem grãos, que os malaios chamam *rima*.

Esta árvore distinguia-se das outras pelo tronco reto e de doze metros de altura. A copa, graciosamente arredondada e formada por grandes folhas multilobadas, descobria aos olhos do naturalista o artocarpo. Por entre aquela massa de verdura destacavam-se os frutos redondos de um decímetro de diâmetro e cobertos por fora por rugas hexagonais. Útil vegetal com que a natureza dotou as regiões a que falta o trigo.

Ned Land também conhecia aqueles frutos. Já comera deles em suas numerosas viagens e sabia como prepará-los. A vista da fruta-pão aguçou o seu apetite e não pôde conter-se por mais tempo.

— Professor, sou capaz de morrer se não saborear imediatamente a pasta desta fruta-pão.

— Coma quanto quiser. Aqui estamos para fazer experiências, vamos a elas!

— Não demorará muito — disse Ned.

E, servindo-se de uma lente, acendeu fogo com galhos secos, o qual logo crepitou alegremente. Nesse ínterim, Conselho e eu escolhíamos os melhores frutos do artocarpo. Alguns ainda não estavam maduros e a casca grossa cobria a polpa branca, mas pouco fibrosa. Muitos outros, amarelados e gelatinosos, só esperavam o momento de ser colhidos.

Aqueles frutos não tinham caroço. Conselho levou uma dúzia a Ned Land que, depois de cortá-los em fatias, assou-os sobre as brasas, repetindo constantemente:

— O professor vai ver como este pão é excelente!

— Principalmente para quem está privado de pão há muito tempo — gracejou Conselho.

— Não é pão. É bolo delicioso. Nunca comeu disso, professor?

— Não, Ned.

— Então, prepare-se para saborear um alimento suculento. Se o senhor não repetir, deixarei de ser o rei dos arpoadores. Em poucos minutos o lado das fatias exposto ao fogo estava completamente carbonizado. Mas no interior delas formara-se uma pasta branca, espécie de miolo de pão, cujo gosto lembrava o sabor da alcachofra.

Confesso que o tal pão era excelente e eu o comi com o maior prazer.

— Infelizmente — observei — esta pasta não se pode conservar fresca e parece-me inútil levá-la em grande quantidade para bordo.

— Não, professor. O senhor fala como naturalista, mas eu vou agir como padeiro. Conselho, faça uma boa colheita desses frutos para nós os levarmos, quando voltarmos.

— E como vai conservá-los? — perguntei ao canadense.

— Fabricando com a polpa massa fermentada que se conservará indefinidamente, sem apodrecer. Quando a quisermos comer, mandaremos cozê-la na cozinha de bordo e, apesar do sabor um pouco azedo, ainda assim será excelente.

— Então, nada falta a este pão!...

... gastamos em vão grande parte de nossas munições.

— Falta, sim, professor. Alguns, frutos, ou pelo menos alguns legumes, para acompanhá-lo.

— Procuremos os frutos e os legumes.

Terminada a colheita, pusemo-nos a caminho para completar aquele jantar *terrestre*.

Nossa busca foi bem-sucedida e, por volta do meio-dia, tínhamos conseguido grande provisão de bananas, mangas saborosas e ananases de tamanho incrível.

— Enfim — perguntou Conselho — não lhe falta mais nada, amigo Ned?

— Hum! — resmungou o canadense.

— Quê?! Ainda se queixa?

— Todos esses vegetais não dão uma refeição completa. Isto é para o fim, é a sobremesa. Mas... e a sopa? E o assado?

— Realmente — observei — Ned nos prometeu costeletas, que me parecem muito problemáticas.

— Professor, a caçada ainda não acabou, porque nem sequer a começamos. Tenha paciência. Acabaremos por encontrar algum animal de pena ou de pelo e se não for aqui, será adiante...

— E, se não for hoje, será amanhã — caçoou Conselho — porque não podemos ir muito longe. Proponho até que voltemos, já, para o bote.

— Quê? Já? — protestou Ned.

— Devemos estar de volta antes do anoitecer — ponderei.

— Mas... que horas são? — indagou o canadense.

— Pelo menos duas da tarde.

— Como o tempo passa depressa em terra firme! — lamentou Ned, dando um suspiro de pesar.

— Voltamos, pois, através da floresta e completamos nossa colheita, fazendo verdadeira razia nos palmitos, colhidos nas palmeiras, feijão miúdo e inhames de ótima qualidade. Estávamos sobrecarregados quando alcançamos o bote. Entretanto, Ned Land não achava suficiente a provisão que fizéramos. Mas a sorte favoreceu-o. No momento de embarcar avistou umas palmeiras da altura de dez a quinze metros. Tão pródigas quanto a fruta-pão, são consideradas entre os mais úteis produtos da Malásia. Tratava-se de sagueiros, vegetais que crescem sem cultura e reproduzem-se como as amoreiras, por meio de sementes e rebentos. Ned sabia como se haver com os sagueiros. Empunhou o machado e, manejando-o vigorosamente, em pouco abatera dois ou três, cuja maturidade se conhecia pelo pó branco que lhes polvilhava as palmas. Começou por arrancar de cada estirpe uma tira de casca, de mais ou menos uma polegada de espessura. Por baixo, um feixe de fibras compridas, formando nós complicados, calafetados por uma espécie de farinha pegajosa. Era o sagu, farinha comestível, base da alimentação das populações melanésias. Ned Land contentou-se em cortar os troncos em toras, como se fossem lenha, deixando para extrair o sagu mais tarde, quando o passaria em uma peneira, o separaria das fibras e o secaria ao sol, deixando-o endurecer dentro de fôrmas.

Finalmente, às cinco da tarde, carregados com todas aquelas riquezas, deixamos a praia da ilha e meia hora depois atracávamos no *Náutilo*. Ninguém presenciou nossa chegada. O enorme cilindro de aço parecia deserto. Embarcadas as provisões, desci para o meu camarote. Lá estava servida a minha ceia. Comi e adormeci.

No dia seguinte, seis de janeiro, nada de novo aconteceu a bordo. Nem um ruído, nem o mais leve sinal de vida. O bote continuava no lugar em que o amarráramos. Resolvemos, pois, voltar a Gueborear. Ned Land esperava ser mais feliz do que na véspera e queria visitar o outro lado da floresta. Ao amanhecer, estávamos a caminho. A embarcação empurrada pela maré enchente em poucos minutos abicava na praia. Desembarcamos e, achando que o melhor era confiar no instinto do canadense, seguimos Ned, cujas pernas enormes ameaçavam deixar-nos para trás.

Ned Land subiu a costa rumo a oeste e, depois de passar a vau algumas torrentes, alcançou o planalto coberto de verdejante floresta. Martins-pescadores erravam sobre os cursos d'água, mas não deixavam que nos aproximássemos deles. Esta prudência tornou evidente para mim que aqueles pássaros conheciam a capacidade de agressão dos bípedes de nossa espécie e daí concluí que, se a ilha não fosse habitada, pelo menos era frequentada por seres humanos.

Depois de atravessar grande campo, chegamos à orla de um capão, em que voavam e cantavam pássaros em grande número.

— São simples pássaros — comentou Conselho.

— Alguns são comestíveis — afirmou Ned.

— Qual o quê. Só vejo papagaios.

— Amigo Conselho — respondeu com seriedade o canadense — o papagaio é o faisão dos que não dispõem de outro manjar.

— Realmente — observei — esta ave convenientemente preparada é uma iguaria.

De fato, sob a espessa folhagem do bosque, enorme quantidade de papagaios esvoaçava de ramo em ramo, esperando apenas a domesticação para falar a língua humana. Por enquanto, tagarelavam em companhia de araras multicoloridas e graves cacatuas que pareciam estar meditando sobre algum problema filosófico, enquanto lóris de um vermelho brilhante deslizavam, como fragmentos de estames arrastados pelo vento, em meio ao voo ruidoso dos calaus e das papuas coloridas, de delicados matizes de azul, e de enorme variedade de aves encantadoras, mas pouco comestíveis.

Atravessáramos mata rala e encontráramos uma planície atravancada de espinheiros. Vi, então, levantarem voo pássaros magníficos, cujas longas penas os obrigavam a voar contra o vento. O seu voo ondulante, a graça de suas curvas aéreas, o cintilar de suas cores atraíam e encantavam o olhar. Não tive dificuldade em reconhecê-los.

— Aves-do-paraíso! — exclamei.

— Ordem dos pássaros, seção dos canirrostros — aduziu Conselho.

— Família das perdizes? — zombou Ned.

— Acho que não. Entretanto, conto com sua habilidade para agarrar um exemplar desse formoso pássaro tropical.

— Tentaremos, professor, embora esteja eu mais habituado a manejar o arpão do que a espingarda.

Os malaios, que fazem grande comércio dessas aves com os chineses, usam vários modos de aprisioná-las, mas nós não podíamos empregá-los. Ora armam laços no alto das árvores em que as aves-do-paraíso se aninham, ora prendem-nas com visgo que paralisa o movimento delas, ou chegam até a envenenar as fontes em que vão habitualmente beber. Quanto a nós, estávamos reduzidos a atingi-las em voo, o que diminuía muito as nossas probabilidades. De fato, gastamos em vão grande parte de nossas munições.

Por volta de onze horas da manhã, tínhamos vencido o platô central da ilha, sem nada haver matado. A fome nos aguilhoava. Os caçadores se haviam fiado no produto da caçada e nada haviam conseguido. Felizmente, Conselho, com grande admiração para ele próprio, acertou duas vezes, assegurando nosso almoço. Abateu um pombo branco e uma pomba-rola, que imediatamente depenados e enfiados em um espeto foram assados em um alegre fogo de galhos secos. Enquanto as aves assavam, Ned preparou frutas-pães. Tudo foi rapidamente devorado e declarado excelente. A noz-moscada de que se alimentam perfumava-lhes a carne e as transformava em manjar delicioso.

— E agora, Ned, que lhe falta? — perguntei.

— Uma caça de quatro patas, senhor Aronnax. Todos esses pombos não passam de aperitivos e passatempo. Por isso, enquanto não matar um animal que dê costeletas, não ficarei satisfeito.

— Nem eu — disse — se não apanhar uma ave-do-paraíso.

— Então, continuemos a caçada — propôs Conselho. Mas andando em direção ao mar. Estamos no sopé das montanhas e acho que será melhor voltarmos para as matas.

Era um alvitre sensato e nós o aceitamos. Após uma hora de caminhada, havíamos descoberto verdadeira floresta de sagueiros. Sob nossos pés fugiam algumas serpentes inofensivas. As aves-do-paraíso, porém, fugiam mal aparecíamos e já desesperava de alcançar alguma, quando Conselho, que ia à frente, baixou-se de repente e, dando um grito de triunfo, trouxe-me um exemplar magnífico.

— Obrigado. Bravos, Conselho!

— O senhor é muito bondoso, aplaudindo tanto...

— Não, filho. Tu deste um golpe de mestre. Agarrar com as próprias mãos um pássaro vivo.

— Se o senhor o examinar de perto, verá que não fiz nada de mais.

— Por que, Conselho?

— Porque este pássaro está bêbedo como uma codorniz...

— Bêbedo?

— Sim, senhor, embriagado com a noz-moscada que devorava à

sombra da moscadeira, onde o apanhei. Veja, amigo Ned, contemple os monstruosos efeitos da intemperança!

— Com mil demônios! — retrucou o canadense. Pelo gim que bebi de dois meses para cá, não vale a pena censurar-me.

Enquanto isso, examinava o curioso pássaro. Conselho não se enganara. A ave-do-paraíso, embriagada pelo suco capitoso, estava reduzida à impotência. Não podia voar. Mal andava. Isso pouco me preocupou e eu deixei-a cozinhar a bebedeira.

Pertencia à mais bela das oito espécies que existem na Papuásia e ilhas vizinhas. Era a esmeralda-magna, uma das mais raras. Media três decímetros de comprimento. A cabeça era relativamente pequena, os olhos, situados perto da abertura do bico, eram também pequenos. Contudo, oferecia admirável associação de cores — o bico amarelo, os pés e as unhas cinzentas, asas cor de avelã, avermelhadas nas extremidades, amarelo-claro na cabeça e parte superior do pescoço, o papo cor de esmeralda e o peito e o ventre castanho-escuro. Dois filetes córneos e penugentos que se elevavam da cauda, prolongada por longas e leves penas de admirável delicadeza, completavam o conjunto daquela maravilhosa ave, a que os indígenas chamam poeticamente pássaro-sol.

Meu grande desejo era levar vivo para Paris aquele soberbo exemplar.

— Isto é tão raro assim? — perguntou-me o canadense, em um tom de caçador para quem a caça pouco vale sob o ponto de vista artístico.

— Raríssimo, meu caro, e sobretudo dificílimo de apanhar vivo. Mesmo mortos esses pássaros são objeto de importante comércio. Por isso, os indígenas inventaram maneira de fabricá-los, como se fabricam pérolas, ou diamantes.

— E o senhor conhece o processo dos indígenas? — perguntou Conselho.

— Perfeitamente. As aves-do-paraíso, durante a monção de leste, perdem essas magníficas penas da cauda, chamadas pelos naturalistas penas sualares. Estas penas são recolhidas pelos falsificadores que as adaptam com enorme habilidade a qualquer arara previamente mutilada. Depois tingem a sutura, envernizam o pássaro e remetem para os museus da Europa e para os colecionadores esses produtos de sua singular indústria.

— Ora — disse Land — se não é o pássaro, em todo caso são as suas penas e, já que a coisa não é para ser comida, não vejo nenhum mal nisso.

Mas se o meu desejo estava satisfeito com a posse da ave-do-paraíso, os do caçador canadense ainda não estavam. Felizmente, por volta de duas horas, Ned Land matou um porco-do-mato. O animal chegou na hora exata para fornecer-nos verdadeira carne de quadrúpede e foi muito bem recebido. Ned mostrava-se orgulhoso de seu tiro.

Esfolou-o e limpou-o cuidadosamente, depois de haver cortado meia dúzia de costeletas para assar para o jantar. Então, recomeçamos a caçada. Ned e Conselho, batendo as moitas, levantaram um bando de cangurus, que fugiram, saltando sobre as suas patas elásticas. Mas não com tanta velocidade que as cápsulas elétricas não os alcançassem em sua carreira.

— Ah! professor — gritou-me Ned empolgado pela caçada — que delicioso petisco, principalmente assado no forno! Que abastecimento para o *Náutilo*! Dois! Três! Cinco! Caíram cinco!... E quando penso que só nós comeremos dessa carne e aqueles imbecis de bordo não provarão ao menos migalhas!...

Acho que, se dominado pela alegria, o canadense não houvesse falado tanto, teria exterminado todo o bando. Eram de pequeno porte. Da espécie dos cangurus-coelhos que moram ordinariamente no oco das árvores e cuja velocidade é assombrosa. Entretanto, se são pequenos, a sua carne é saborosíssima. Estávamos muito contentes com o resultado de nossa caçada. O alegre Ned já projetava voltar no dia seguinte àquela ilha encantada, que ele pretendia despovoar de todos os quadrúpedes comestíveis. Não contava, porém, com os acontecimentos que se seguiriam.

Às seis da tarde estávamos de volta à praia. Nosso bote estava encalhado no lugar em que o deixáramos. O *Náutilo*, semelhante a um comprido cachopo, emergia das ondas a duas milhas do litoral.

Ned Land sem mais delongas entregou-se ao importante trabalho de preparar o jantar. Era excelente cozinheiro. As costeletas de porco-do-mato, grelhadas sobre brasas, em pouco exalavam cheiro delicioso, que perfumou a atmosfera.

Percebo agora que também eu ia nas pegadas do canadense. Estava em êxtase diante de uma fritada de porco!... Perdoem a mim, como perdoei a mestre Land, e pelos mesmos motivos. Em uma palavra, o jantar foi excelente. Duas pombas-rolas completaram aquele cardápio magnífico. A massa de sagu, a fruta-pão, algumas mangas, meia dúzia de ananases e o licor de coco fermentado nos proporcionaram satisfação integral. Creio mesmo que as ideias de meus dois companheiros, depois do licor, já não eram tão claras como seria de desejar.

— E se não voltássemos hoje à noite para o *Náutilo* — sugeriu Conselho.

— E se nunca mais puséssemos nossos pés nele? — corroborou Ned Land.

Exatamente naquele momento, veio cair a nossos pés uma pedra que cortou cerce a proposta do arpoador.

❖

22

O raio do capitão Nemo

Olhamos para a floresta, sem nos levantarmos, a mão parada a meio caminho da boca, salva a de Ned, que continuou a comer.

— Uma pedra não cai do céu, a não ser que se chame aerólito — gracejou Conselho.

Uma segunda pedra, cuidadosamente arredondada e que arrancou da mão de Conselho uma saborosa coxa de pombo, deu ainda maior peso àquela observação.

Erguemo-nos imediatamente empunhando os fuzis, prontos para rebater qualquer ataque.

— Seriam os macacos? — perguntou Ned.

— Quase — respondeu Conselho. São selvagens.

— Para o bote! — gritei, correndo para o mar.

De fato, era forçoso bater em retirada, porque uns vinte nativos armados de arcos e fundas, surgiam na orla de um capão, que encobria o horizonte à nossa direita, à distância de apenas cem passos.

O bote estava a vinte metros de nós. Os selvagens aproximavam-se sem correr, mas prodigalizavam demonstrações de hostilidade. As pedras e as flechas choviam.

Em dois minutos alcançamos o mar. Embarcar provisões e armas, empurrar o bote, armar os remos foi obra de um instante. Não nos afastáramos trezentos metros e cem selvagens uivando e gesticulando entravam na água até a cintura. Observei o *Náutilo*, para ver se o aparecimento dos nativos atraíra alguém à plataforma. Mas ninguém apareceu. O enorme engenho, deitado ao largo, permaneceu absolutamente deserto.

Vinte minutos depois subíamos a bordo. Dirigi-me ao salão, de onde escapavam alguns acordes. O capitão Nemo estava lá curvado sobre o órgão e mergulhado em êxtase musical.

— Capitão! — chamei.

Ele não me escutou.

— Capitão! — repeti, tocando-o com a mão.

Ele estremeceu e voltando-se:

— Ah! É o senhor, professor? Muito bem. Caçou muito? Apanhou plantas interessantes?

— Sim, capitão. Mas infelizmente levantamos também um bando de bípedes, cuja vizinhança me parece inquietadora!

— Que espécie de bípedes?

— Selvagens.

— Selvagens? — retrucou o capitão, em tom irônico. E o senhor admira-se que, tendo posto o pé sobre a terra firme, ali tenha encontrado selvagens? Em que lugar do mundo não há selvagens? Aliás, serão piores do que os outros, esses a quem o senhor chama de selvagens?

— Mas, capitão...

— Pelo menos eu sempre encontrei selvagens em toda a parte.

— Pois bem, se o senhor não quiser receber alguns a bordo, fará bem em tomar algumas precauções.

— Tranquilize-se, professor. Não há motivos para preocupações.

— Mas os nativos são numerosos.

— Quantos contou?

— Pelo menos cem.

— Senhor Aronnax — respondeu o capitão Nemo, pousando os dedos sobre as teclas do órgão — ainda mesmo que todos os indígenas da Papuásia estivessem reunidos naquela praia o *Náutilo* nada teria a temer de seus ataques.

Os dedos do capitão corriam sobre o teclado e eu notei que só feriam as teclas negras, o que dava a suas melodias uma cor essencialmente escocesa. Em pouco, esquecera minha presença e mergulhara em devaneio que não tentei perturbar.

Voltei à plataforma. A noite descera. Só confusamente avistei Gueborear. Contudo, numerosas fogueiras na praia atestavam que os nativos não se dispunham a abandoná-la. Permaneci sozinho assim durante várias horas, ora pensando naqueles nativos, ora esquecendo-os, para admirar os esplendores daquela noite tropical. Por volta de meia-noite, vendo tudo sereno, não só sobre as ondas escuras como sob os arvoredos da praia, voltei ao meu camarote e adormeci tranquilamente.

A noite decorreu sem novidades. Os papuas deviam evidentemente estar aterrorizados somente com o aspecto do monstro encalhado na baía, porque as escotilhas que permaneceram abertas lhes teriam dado fácil acesso ao interior do submarino.

Às seis da manhã do dia oito de janeiro, tornei a subir para a plataforma. As sombras da madrugada esmaeciam. Dali a pouco a ilha mostrou-se por entre as brumas que se dissipavam, primeiro as praias, depois os cumes.

Os indígenas continuavam firmes, mais numerosos, porém, que na véspera — talvez quinhentos ou seiscentos. Alguns, aproveitando a baixa-mar, tinham avançado até os recifes de coral, a quatrocentos metros do *Náutilo*. Eu os distinguia perfeitamente. Eram na verdade papuas, de estatura atlética, belos tipos raciais, testa larga e espaçosa, nariz grosso, mas não achatado, dentes alvíssimos. O cabelo encarapinhado, pintado de vermelho, destacava o corpo negro luzidio como os dos habitantes da Núbia. Do lobo da orelha, cortado e distendido, pendiam rosários de ossos. Estavam quase todos nus. Entre eles notei algumas mulheres vestidas das ancas ao joelho com verdadeira crinolina de ervas, amarrada por cinto vegetal. Alguns chefes traziam ao pescoço, como enfeite, lua crescente e colares de miçangas vermelhas e brancas. Quase todos armados de arco, flecha e escudo, traziam ao ombro uma espécie de sacola cheia de pedras arredondadas que sua funda lança com muita habilidade. Um dos chefes, bastante perto do submarino, o examinava com atenção. Devia ser um chefe de elevada categoria, porque se cobria com esteiras de folhas de bananeira, rendada nas pontas e pintada de cores brilhantes.

Durante a baixa-mar aqueles nativos erraram em redor do *Náutilo*, mas não se mostraram ruidosos. Escutei-os repetir constantemente a palavra *assai* e por seus gestos compreendi que me convidavam a ir à terra, convite que preferi não aceitar. Naquele dia, o canadense dedicou todo o seu tempo ao preparo da carne e da farinha que trouxera para bordo. Quanto aos selvagens, por volta das onze da manhã, assim como os cachopos, começaram a desaparecer sob a maré montante e voltaram à praia. Lá, porém, notei que o seu número aumentava consideravelmente. Era provável que tivessem vindo das ilhas vizinhas, ou da Papuásia propriamente dita. Todavia, eu não avistara uma só piroga indígena.

Como não tivesse melhor ocupação, resolvi lançar as redes de arrasto àquelas encantadoras e límpidas águas, que deixavam ver conchas em profusão, zoófitos e plantas pelágicas. Além disso, aquele seria o último dia que o *Náutilo* passaria naquelas paragens, se é que iria flutuar na preamar do dia seguinte, como prometera o capitão Nemo.

Os indígenas continuavam firmes, mais numerosos, porém...

Chamei Conselho, que me trouxe uma leve rede de arrasto, mais ou menos semelhante às usadas para pescar ostras.

— E os selvagens? — perguntou-me. Não desfazendo do senhor, eles não me parecem maus.

— Entretanto, são antropófagos.

— Pode-se ser antropófago e boa pessoa ao mesmo tempo — retrucou Conselho. Da mesma forma que alguém pode ser guloso e homem de bem. Uma coisa não exclui a outra.

— Bom! Concedo que sejam antropófagos virtuosos e que devorem honestamente os seus prisioneiros. Entretanto, como não faço questão de ser devorado, mesmo honestamente, fico de sobreaviso, porque o capitão Nemo não parece tomar qualquer precaução. E agora, mãos à obra!

Durante duas horas pescamos afanosamente, mas sem achar qualquer raridade. Mas no momento que menos esperava, pus a mão em verdadeira maravilha. Talvez fosse preferível dizer em deformidade natural raríssima. Conselho dera um lanço de rede e esta subia carregada de diversas conchas bastante comuns quando, de repente, enfiei o braço na rede, retirei uma concha e dei um grito de conquiliologista, isto é, o grito mais penetrante que possa produzir a garganta humana.

— Que foi, patrão? — perguntou Conselho espantadíssimo. O senhor foi mordido?

— Não, meu filho e, contudo, daria de bom grado um dedo por minha descoberta.

— Que descoberta?

— Esta concha — respondi-lhe, mostrando em triunfo o meu achado.

— Mas isso é apenas uma oliva porfíria...

— Sim, Conselho. Mas em vez de ser espiralada da direita para a esquerda, a sua espira é da esquerda para a direita.

— Será possível!

— É sim. É uma concha sinistra!

— Uma concha sinistra! — repetiu Conselho, emocionado.

— Repara nesta espira.

— Ah! professor — disse Conselho, segurando com mão trêmula a preciosa concha — acredite que nunca senti emoção igual!

Havia realmente motivo para emoção. Como sabemos e os naturalistas afirmam, a desteridade é a lei da natureza. Os astros e seus satélites, tanto no seu movimento de translação quanto no de rotação, movem-se da direita para a esquerda. O homem serve-se com maior frequência da mão direita do que da mão esquerda e, consequentemente, os seus instrumentos e aparelhos, escadas, fechaduras, cordas de relógio e muitos outros são planejados de modo a funcionarem da direita para a esquerda. Ora, a natureza geralmente seguiu esta lei no espiralamento das conchas. Todas elas são destras, com raras exceções e, quando por acaso, a sua espira é sinistra, os colecionadores as pagam a peso de ouro.

Conselho e eu estávamos absortos na contemplação de nosso tesouro, com o qual eu pretendia enriquecer o Museu de Paris, quando uma pedra, desastradamente atirada por um indígena, veio esmigalhar, na mão de Conselho, o precioso objeto.

Dei um grito de desespero! Conselho pegou o fuzil e apontou-o para o selvagem que ainda balançava a funda a dez metros de nós. Quis detê-lo, mas o tiro partiu e foi quebrar o bracelete de amuletos que pendia do braço do selvagem.

— Conselho! — gritei.

— Qual! O senhor não vê que aquele canibal começou o ataque?

— Uma concha não vale a vida de um homem — retruquei.

— Ah! O desgraçado! Preferia mil vezes que me houvesse quebrado a clavícula.

Conselho era sincero, mas eu não era da mesma opinião. Entretanto, a situação mudara, sem que tivéssemos notado. Cerca de vinte pirogas cercavam o *Náutilo*. Eram cavadas em troncos de árvores, compridas e estreitas, equilibradas por meio de dupla maromba de bambu, que flutuava à superfície das ondas. Estavam tripuladas por hábeis remadores seminus e foi com extremo temor que os vi aproximarem-se.

Era evidente que aqueles papilas já haviam entrado em relação com europeus e conheciam suas embarcações. Mas que pensariam daquele comprido cilindro de ferro, fixado no porto, sem mastros e sem chaminé? Certamente nada de bom, porque a princípio conservaram-se a respeitosa distância. Entretanto, vendo-o imóvel, readquiriram pouco a pouco a confiança e procuraram familiarizar-se com ele. Nossas armas, a que faltava o ruído da detonação, só podiam fazer sobre aqueles indígenas efeito muito reduzido porque só as armas ruidosas lhes merecem respeito. O raio sem o ribombo do trovão não amedrontaria os homens, embora o perigo esteja no relâmpago, e não no trovão.

Naquele momento, as pirogas chegaram mais perto do *Náutilo* e uma nuvem de flechas abateu-se sobre ele.

— Puxa! Que saraivada! — exclamou Conselho — e talvez o granizo esteja envenenado.

— É preciso avisar o capitão Nemo — falei, descendo pela escotilha.

Dirigi-me ao salão. Lá não encontrei ninguém. Ousei bater à porta do camarote do capitão. Um *entre* respondeu-me. Entrei e fui dar com o capitão Nemo absorto em cálculos complicados.

— Vim incomodá-lo? — perguntei com polidez.

— Realmente, senhor Aronnax. Mas suponho que deve ter motivos sérios para assim proceder.

— Muito importantes. As pirogas dos nativos nos cercam e certamente em poucos minutos seremos assaltados por várias centenas de selvagens.

— Ah! — exclamou tranquilamente o capitão Nemo. Então vieram em pirogas?!

— Sim, senhor.

— Neste caso basta fechar as escotilhas.

— Exatamente, eu lhe vinha dizer...

— Nada mais fácil.

E, apertando um botão, transmitiu ordem à tripulação.

— Está tudo resolvido, professor. O bote está no lugar e as escotilhas fechadas. Creio que não vai temer que os selvagens arrombem este casco que as granadas de sua fragata foram incapazes de romper!

— Não, capitão. Mas existe outro perigo.

— Qual é?

— É que amanhã, a esta mesma hora, terá de reabrir as escotilhas para renovar o ar do *Náutilo*...

— É evidente, professor, já que nosso barco respira como os cetáceos...

— Ora, nesse momento, se os papuas estiverem ocupando a plataforma, não vejo como poderá impedi-los de entrar.

— Então, o senhor supõe que eles subirão a bordo?

— Estou certo disto.

— Pois bem, eles que tentem. Não vejo nenhuma razão para impedi-los. No fundo, esses papuas são uns pobres-diabos e não quero que a minha visita a Gueborear custe a vida a um só desses infelizes.

Ia retirar-me, mas o capitão reteve-me e convidou-me a sentar perto dele. Interrogou-me atenciosamente sobre nossas excursões terrestres, sobre nossas caçadas e pareceu não compreender aquela necessidade de carne que atormentava o canadense. Depois, a conversação aflorou vários assuntos e, sem tornar-se comunicativo, o capitão Nemo mostrou-se muito amável.

Entre outras coisas, falamos da situação do *Náutilo,* encalhado exatamente naquele estreito, em que Dumont d'Urville esteve em risco de perder-se. Sobre ele assim opinou o capitão:

— Foi um dos grandes marinheiros da França, um dos seus mais inteligentes navegantes. Foi o capitão Cook dos franceses. Pobre sábio! Depois de afrontar os bancos de gelo do polo sul, os corais da Oceania e os canibais do Pacífico, perecer miseravelmente em um desastre de trem!... Se esse homem enérgico pôde refletir nos últimos momentos de sua existência, podemos imaginar qual foi o seu desespero!...

Assim falando, o capitão Nemo pareceu-me comovido. E eu levo essa emoção ao seu ativo.

Depois, de mapa nas mãos, revivemos os trabalhos do navegador francês, as suas viagens de circunavegação, a sua dupla tentativa no polo sul, que ensejou o descobrimento das terras Adélia e Luís Felippe e, finalmente, o levantamento hidrográfico das principais ilhas da Oceania.

— O que Dumont d'Urville fez na superfície dos mares, eu o

fiz por baixo do oceano e com muito maior facilidade do que ele. A *Astrolábio* e a *Zelosa* constantemente açoitadas pelas borrascas não se podem comparar ao *Náutilo,* tranquilo gabinete de trabalho, verdadeiramente estável no meio das águas.

— Entretanto, capitão, há um ponto de semelhança entre as corvetas de Dumont d'Urville e o *Náutilo*.

— Qual é, professor?

— É que o *Náutilo* está encalhado como as corvetas.

— Mas ele não está encalhado — respondeu-me friamente o capitão. O *Náutilo* foi feito para pousar no leito dos mares e os penosos trabalhos, as manobras impostas a Dumont d'Urville, para conseguir que as suas corvetas tornassem a flutuar, são absolutamente desnecessárias no meu caso. A *Astrolábio* e a *Zelosa* quase soçobraram. O meu barco não corre qualquer perigo. Amanhã, no dia e hora que marquei, o mar levantá-lo-á brandamente e continuaremos a navegar através dos mares.

— Capitão, não duvido...

— Amanhã, às duas e quarenta da tarde, o Náutilo flutuará e deixará o estreito de Torres, sem ter sofrido avaria.

Dizendo secamente estas palavras, o capitão inclinou-se de modo quase imperceptível. Era despedir-me. Voltei ao meu camarote. Lá encontrei Conselho, que queria conhecer o resultado de minha entrevista com o capitão. Resumi:

— Meu filho, quando viu que eu temia que o *Náutilo* estivesse ameaçado pelos nativos da Papuásia, respondeu-me ironicamente. Portanto, só te posso dizer uma coisa: confia nele e vai dormir em paz.

— O senhor tem necessidade de meus préstimos?

— Não, meu amigo. Que está fazendo Ned?

— Está ocupado em assar um pastelão de canguru, que será uma delícia.

Fiquei sozinho, deitei-me, mas dormi muito mal. Escutava o ruído produzido pelo pisotear dos selvagens na plataforma e por seus gritos ensurdecedores. Assim se passou a noite, sem que a tripulação saísse de sua inércia habitual. Ela se preocupava tanto com a presença daqueles canibais quanto com os soldados de um forte blindado com as formigas que passeiam sobre a blindagem.

Às seis da manhã, levantei-me. As escotilhas continuavam fechadas. O ar interior não foi renovado, mas os reservatórios funcionaram, lançando alguns metros cúbicos de oxigênio na atmosfera empobrecida do *Náutilo*.

Trabalhei em meu camarote até ao meio-dia, sem ver por um instante que fosse o capitão Nemo. A bordo não parecia haver qualquer preparativo de partida.

Esperei ainda durante algum tempo e dirigi-me para o salão. O relógio marcava duas e meia. Dentro de dez minutos a maré deveria alcançar o máximo de altura e o *Náutilo* flutuaria imediatamente, se o capitão Nemo não tivesse feito promessa temerária. Caso contrário, muitos meses passariam antes que o submarino pudesse abandonar o seu leito de coral. Entretanto, começava-se a sentir o casco estremecer e ouvi rangerem sobre a sua bordagem as asperezas calcárias do fundo de coral.

Às duas e trinta e cinco o capitão Nemo apareceu no salão e anunciou-me:

— Vamos partir!

— Ah!

— Já dei ordem para abrirem as escotilhas.

— E os papuas?

— Os papuas? — disse, encolhendo os ombros.

— Não irão invadir o *Náutilo*?

— De que modo?

— Entrando pelas escotilhas.

— Senhor Aronnax, ninguém entra pelas escotilhas do *Náutilo*, mesmo quando estão abertas.

Encarei o capitão.

— O senhor não entende? — perguntou-me.

— Absolutamente, não.

— Pois bem. Venha e verá.

Dirigi-me para a escada central. Ali, Ned e Conselho, muito espantados, olhavam alguns tripulantes que abriam as escotilhas, enquanto gritos de raiva e terríveis vociferações ressoavam do lado de fora.

Mal as portas abriram-se, vinte caras medonhas apareceram. Mas o primeiro daqueles indígenas que pôs a mão sobre a rampa da escada foi lançado para trás por força invisível e fugiu dando gritos aterradores e saltos funambulescos. Dez nativos sucederam o primeiro. Os dez tiveram igual sorte.

Conselho estava boquiaberto. Ned Land, levado por seu gênio violento, lançou-se sobre a escada. Mas, assim que nela apoiou as duas mãos, foi derrubado também.

— Com mil demônios! — gritou. Estou fulminado!

Esta palavra explicou-me tudo. Aquilo não era mais uma rampa, transformara-se em um condutor metálico, carregado com a eletricidade de bordo que eletrizara a plataforma. Quem o tocasse receberia tremendo choque, que poderia ser mortal, se o capitão Nemo tivesse feito passar pelo condutor a força máxima de seus aparelhos! Poder-se-ia dizer se estendera entre os assaltantes e nós uma rede elétrica, que ninguém transporia impunemente.

Entretanto, os papuas, aterrorizados, haviam batido em retirada, loucos de medo. Nós, meio risonhos, consolávamos e friccionávamos o infeliz Ned Land, que praguejava, como possesso.

Mas, naquele momento, o *Náutilo*, levantado pelas últimas ondulações da maré, deixou o seu leito de coral, exatamente no quadragésimo minuto, como fixara o capitão. A sua hélice bateu as águas com majestosa lentidão. A sua velocidade aumentou pouco a pouco e, navegando à superfície do oceano, abandonou são e salvo os perigosos canais do estreito de Torres.

❖

23

Sono aflito

No dia seguinte, dez de janeiro, o *Náutilo* recomeçou a sua navegação submarina, com a extraordinária velocidade de cerca de trinta milhas por hora. A hélice batia com tal rapidez que eu não conseguia acompanhar, nem contar as suas voltas.

Seguíamos rumo ao oeste e, a onze de janeiro, dobramos o cabo Wessel, que forma a ponta oriental do golfo de Carpentária. Os recifes ainda eram numerosos, porém menos compactos e assinalados no mapa com extrema precisão, o que fez com que o *Náutilo* os evitasse facilmente. A treze de janeiro, o capitão Nemo, tendo chegado ao mar de Timor, avistara a ilha do mesmo nome. A sua superfície é de mil e seiscentas e vinte e cinco léguas quadradas, sendo governada por rajás. Estes príncipes creem-se filhos de crocodilos, isto é, descendentes da mais elevada origem a que possa aspirar um ser humano. Por isso, os seus antepassados cobertos de escamas pululam nos rios da ilha e são objeto de especial veneração. São protegidos, mimados, adulados, alimentados, moças encantadoras são oferecidas, para que eles as devorem e ai dos estrangeiros que se atrevam a erguer a mão contra os sáurios sagrados. O *Náutilo*, porém, não foi obrigado a enfrentar esses horripilantes animais. Timor foi visível em nosso horizonte apenas por momento, ao meio-dia, enquanto o imediato calculava nossa posição. Igualmente, apenas entrevi a ilha Rota, que faz parte do grupo e cujas mulheres possuem sólida reputação de beleza nos mercados malaios.

A partir daquele ponto, a direção do *Náutilo* infletiu para sudoeste, rumando, assim, para o oceano Índico. Onde nos levaria a fantasia do capitão Nemo? Subiria rumo às costas asiáticas? Aproximar-se-ia das praias europeias? Era pouco provável da parte de um homem que fugia dos continentes habitados. Desceria, então, rumo ao sul? Iria dobrar o cabo da Boa Esperança, depois o cabo Horn e seguir em frente até o polo antártico? Ou voltaria para os mares do Pacífico, onde o *Náutilo* encontrava campo para navegação mais fácil e livre? Só o futuro no-lo poderia revelar.

A velocidade do *Náutilo* diminuiu visivelmente e, adotando comportimento caprichoso, ora nadava no seio das águas, ora flutuava à superfície delas. Durante esse período da viagem, o capitão Nemo fez interessantes experiências sobre a temperatura das águas do mar a diferentes profundidades. Em condições ordinárias, essas observações são conseguidas por meio de instrumentos muito complicados, cujos dados são, na melhor das hipóteses, duvidosos, quer sejam obtidos por meio de sondas elétricas, cujos vidros muitas vezes se quebram sob a pressão da água, quer por meio de aparelhos baseados na variação da resistência dos metais às correntes elétricas. Os resultados assim obtidos não podem ser suficientemente controlados. O mesmo não se podia dar com o capitão Nemo, que ia em pessoa tomar a temperatura nas profundezas do mar, e seu termômetro, posto em comunicação com as diversas camadas líquidas, fornecia imediatamente, e com segurança, o dado procurado.

Foi assim que, fosse enchendo os reservatórios, fosse descendo obliquamente por meio dos planos inclinados, o *Náutilo* atingiu sucessivamente profundidades de três, quatro, cinco, sete, nove e dez mil metros. O resultado definitivo dessas experiências foi verificar que o mar goza de temperatura permanente de quatro graus e meio, à profundidade de mil metros, em todas as latitudes.

Eu seguia estas experiências com o maior interesse. O capitão Nemo dedicava-se a elas com paixão. Indagava com os meus botões qual a finalidade delas. Seria em proveito de seus semelhantes? Não era provável, porque, mais cedo ou mais tarde, seus trabalhos deviam perder-se com ele em algum mar ignorado! A menos que ele destinasse a mim o resultado de suas experiências. Isto, porém, seria admitir que a minha estranha viagem viesse a ter um termo e esse termo eu não o percebia ainda.

O capitão Nemo revelou-me alguns números obtidos por ele e que estabeleciam a relação das densidades da água nos diversos mares do globo. Dessa revelação tirei conhecimento pessoal que nada tinha de científico.

Estávamos na manhã de quinze de janeiro. O capitão, em cuja companhia eu passeava na plataforma, perguntou-me se conhecia as diferentes densidades que apresentam as águas do mar. Respondi-lhe negativamente, e acrescentei que a ciência carecia de observações rigorosas sobre tal assunto.

— Eu fiz essas observações e posso garantir a exatidão delas.

— Bem — observei — mas o *Náutilo* é um mundo à parte e os segredos de seus sábios não chegam à terra.

— O senhor tem razão — concluiu o capitão, depois de longo silêncio. Contudo, já que o acaso ligou nossas existências, quero comunicar-lhe o resultado de minhas observações.

— Muito obrigado, capitão.

— O senhor sabe que a água do mar é mais densa do que a água doce, mas essa densidade não é uniforme. Com efeito, se representarmos por *um* a densidade da água doce, encontraremos um e vinte e oito milésimos para as águas do Atlântico, um e vinte e seis milésimos para as águas do Pacífico, um e trinta milésimos para as do Mediterrâneo, um e dezoito milésimos para o mar Jônio, e um e vinte e nove milésimos para as águas do Adriático.

Era evidente, pois, que o *Náutilo* não evitava os mares frequentados da Europa, donde concluí que, talvez, em pouco, ele nos levaria de volta a continentes mais civilizados. Logo veio-me à cabeça a satisfação com que Ned Land receberia essa notícia.

Durante vários dias, nosso tempo foi dedicado a experiências variadas, que tinham por objeto o grau de salinidade das águas a diferentes profundidades, a sua eletrização, a sua coloração, a sua transparência e em todas as circunstâncias o capitão Nemo desenvolveu habilidade só igualada pela cortesia com que me tratou. Depois, durante alguns dias, não o tornei a ver e fiquei novamente como que isolado a bordo.

A dezesseis de janeiro, o *Náutilo* parecia adormecer, apenas a alguns metros abaixo da superfície das ondas. Os aparelhos elétricos pararam e a hélice imóvel deixava-o vogar à mercê das correntes. Supus que a tripulação estivesse entregue a reparações internas, exigidas pela violência dos movimentos mecânicos da máquina. Meus companheiros e eu presenciamos, então, curioso espetáculo. As escotilhas do salão estavam abertas e, como o farol do barco estivesse apagado, vaga obscuridade reinava no seio das águas. O céu tempestuoso, coberto de densas nuvens, iluminava as camadas superiores do oceano com claridade apenas suficiente. Eu observava o estado do mar naquelas condições e os maiores peixes pareciam-me apenas sombras esboçadas, quando o *Náutilo* mergulhou em plena luz. A princípio, pensei que o farol tivesse sido aceso e tivesse projetado o seu clarão elétrico na mesma massa líquida. Depois de rápida observação, reconheci que me enganava.

O capitão estava diante de mim, mas irreconhecível.

Na verdade, o *Náutilo* flutuava em meio a uma camada fosforescente, que naquela obscuridade tornava-se ofuscante. Era produzida por bilhões de animaizinhos luminosos, cujas cintilações aumentavam, quando eles deslizavam sobre o casco metálico do aparelho. Eu surpreendia, então, relâmpagos no meio daquelas camadas luminosas, como se fossem esguichos de chumbo em fornalha ardente, ou massas metálicas superaquecidas. A impressão era tão forte que, por oposição, certas porções luminosas faziam sombra naquele meio ígneo, do qual a sombra deverá ter sido banida. Não era mais a irradiação serena de nossa iluminação habitual. Havia ali vigor e movimento insólitos! Aquela luz era evidentemente viva!

Com efeito, resultava de infinita aglomeração de infusórios pelágicos, de noctilúcios miliários, dotados de tentáculo fuliforme e dos quais já se contou até vinte e cinco mil em trinta centímetros cúbicos de água. A luz deles era, além disto, duplicada pelas luzes originadas pelas medusas, astérias, aurélias, fóladas e outros zoófitos fosforescentes, impregnados pela gordura das matérias orgânicas decompostas pelo mar e talvez do muco segregado pelos peixes.

Durante várias horas, o *Náutilo* flutuou naquelas ondas brilhantes e nossa admiração aumentou ao vermos os grandes animais marinhos brincarem como salamandras. Vi ali, no meio daquele fogo que não queima, golfinhos elegantes e velozes, infatigáveis histriões marinhos, espadartes de três metros de comprimento, inteligentes precursores dos furacões, cuja formidável serra às vezes vinha chocar-se na vidraça do salão. Depois surgiram peixes menores. Balistas variadas, escombroides-saltadores, nasões-lobo e cem outros cortavam em sua carreira a luminosa atmosfera. Talvez alguma condição atmosférica estivesse aumentando a intensidade do fenômeno. Talvez alguma tempestade se houvesse desencadeado à superfície das ondas! Todavia, à profundidade de alguns metros, o *Náutilo* era insensível ao seu furor e balançava serenamente no seio das águas tranquilas.

A dezoito de janeiro, o tempo estava ameaçador, o mar, picado e revolto. O vento soprava de leste em grandes rajadas. O barômetro, que baixava há vários dias, anunciava tempestade. Subi à plataforma no momento em que o imediato media os ângulos horários. Esperava que, segundo o costume, fosse pronunciada a frase habitual. Mas, naquele dia, ela foi substituída por outra não menos incompreensível. Quase imediatamente apareceu o capitão Nemo, cujos olhos, armados de óculo de alcance, dirigiram-se para o horizonte.

Durante alguns minutos, o capitão permaneceu imóvel, sem desviar o campo da objetiva. Depois baixou o óculo e trocou uma dezena de palavras com o imediato. Este parecia preso de emoção que procurava conter em vão. O capitão Nemo, com maior autodomínio, conservava a sua frieza habitual. Além disso, parecia fazer algumas objeções, a que o imediato respondia com afirmativas formais. Pelo menos foi o que deduzi, pela diferença de tom e de gestos.

Quanto a mim, olhara cuidadosamente na direção observada e nada avistara. O céu e o mar confundiam-se sobre a linha do horizonte perfeitamente nítida.

Entretanto, o capitão Nemo andava de uma extremidade à outra da plataforma, sem olhar-me, talvez sem ver-me. Seu passo era firme, mas menos regular que de costume. De vez em quando, parava e, com os braços cruzados sobre o peito, observava o mar. Que procuraria ele sobre aquele imenso espaço? O *Náutilo* encontrava-se naquele momento a centenas de milhas da costa mais próxima.

O imediato retomara o óculo e observava obstinadamente o horizonte, indo e vindo, batendo o pé, em agitação que contrastava com a calma de seu chefe. Em certo momento, tornou a chamar a atenção do capitão Nemo. Este parou o passeio e dirigiu o óculo para o ponto indicado. A observação foi longa.

Seriamente intrigado, desci ao salão e trouxe de lá excelente óculo de alcance, que costumava usar. Depois, encostando-o à caixa do farol, que se erguia na parte dianteira da plataforma, dispus-me a percorrer com a vista o horizonte. Meu olho, porém, nem se aplicara ainda à ocular, quando o instrumento me foi arrancado, bruscamente, das mãos. Voltei-me. O capitão estava diante de mim, mas irreconhecível. O semblante dele estava transtornado. Seu olhar brilhava com ardor sombrio e ocultava-se sob as sobrancelhas franzidas. O corpo rígido, os punhos fechados, a cabeça enterrada entre os ombros eram manifestações visíveis do violento ódio que irradiava de sua pessoa. Ficara imóvel. O óculo que caíra de suas mãos, rolara a seus pés.

Teria eu, involuntariamente, provocado aquele ímpeto de cólera? Pensaria aquela incompreensível personagem que eu surpreendera algum segredo proibido aos hóspedes do *Náutilo*?

Não! Aquele ódio não havia sido provocado por mim, porque ele nem ao menos me olhava, o seu olhar continuava obstinadamente fixo no impenetrável horizonte.

Finalmente, o capitão Nemo dominou-se. A sua fisionomia, tão profundamente alterada, recuperou a calma habitual. Dirigiu ao imediato algumas palavras naquela estranha língua e, voltando-se para mim, em um tom imperioso:

— Senhor Aronnax, reclamo-lhe cumprimento de um dos compromissos que assumiu comigo.

— De que se trata, capitão?

— É indispensável que o senhor e seus companheiros se deixem aprisionar, até o momento em que eu julgue conveniente restituir-lhes a liberdade.

— O senhor é quem manda a bordo — respondi, encarando-o com firmeza. Posso, entretanto, fazer-lhe uma pergunta?

— Nenhuma.

Depois desta resposta, nada mais havia a discutir. Só restava obedecer.

Desci até a cabina ocupada por Ned e Conselho e comuniquei-lhes a resolução do capitão. Imagine-se como a recebeu o canadense. Aliás, não houve tempo para qualquer explicação. Quatro tripulantes já estavam à nossa espera e levaram-nos para a mesma cela em que havíamos passado a primeira noite a bordo. Ned quis protestar, mas a única resposta foi a porta fechando-se atrás dele.

— O senhor poderá explicar-me a significação disto? — perguntou-me Conselho.

Contei aos meus companheiros o que se passara. Eles ficaram tão espantados quanto eu e não puderam entender. Estava incapaz de associar duas ideias lógicas e emaranhava-me em hipóteses cada qual mais absurda, quando fui arrancado daquela contensão mental por estas palavras de Ned Land:

— Olhem só! O almoço foi servido.

Com efeito, a mesa estava posta. Era evidente que o capitão Nemo dera aquela ordem, ao mesmo tempo em que mandara aumentar a velocidade do *Náutilo*.

— O senhor dá licença, para que lhe faça uma recomendação? — perguntou Conselho.

— Sim, filho.

— Então é melhor almoçar, porque não sabemos o que poderá acontecer.

— Tens razão.

— Infelizmente — observou Ned Land — só nos trouxeram o trivial de bordo.

— E que diria o amigo, se não houvesse almoço algum? — retrucou-lhe Conselho.

Pusemo-nos à mesa. A refeição foi comida silenciosamente. Terminado o almoço, cada um aninhou-se em seu canto. Naquele momento, o globo, que iluminava a cela, apagou-se e deixou-nos na mais completa escuridão. Ned não tardou a adormecer. Conselho abandonou-se também à pesada sonolência. Eu perguntava aos meus botões qual seria a origem daquela imperiosa necessidade de dormir, quando senti meu cérebro dominado por forte entorpecimento. Meus olhos, que lutava por conservar abertos, fechavam-se contra a minha vontade. Fui presa de alucinação dolorosa. Era evidente que haviam adicionado substância soporífera aos alimentos que acabávamos de ingerir. A prisão era, portanto, pouco para ocultar-nos os projetos do capitão Nemo. Era necessário acrescentar-lhe o sono.

Ouvi fecharem-se as escotilhas. As ondulações do mar, que imprimiam ao navio leve balanço, cessaram. Teria o *Náutilo* abandonado a superfície do oceano? Teria voltado ao seio imóvel das águas?

Quis resistir ao sono. Foi-me impossível. A minha respiração tornou-se lenta. Um frio mortal gelou-me os membros, que se tornaram pesados e aparentemente paralisados. As pálpebras, verdadeiras calotas de chumbo, caíram sobre os olhos. Não pude erguê-las. Um sono mórbido, cheio de pesadelos, apoderou-se de meu ser. Depois, as visões desapareceram, deixando-me completamente aniquilado.

❖

24

O reino de coral

No dia seguinte, acordei com a cabeça completamente desembaraçada. Para grande surpresa minha, estava em meu camarote. Meus companheiros, naturalmente, deveriam também ter sido levados para o camarote deles, sem que tivessem conseguido saber mais do que eu. O que se passara durante aquela noite, eles o ignoravam tanto quanto eu e para desvendar aquele mistério, eu contava apenas com o acaso.

Lembrei-me de sair do camarote. Estaria de novo livre, ou continuaria prisioneiro? Completamente livre. Abri a porta, andei pelos passadiços, subi a escada central. As escotilhas fechadas na véspera estavam abertas. Alcancei a plataforma. Ned Land e Conselho já me esperavam lá. Eu os interroguei. Nada sabiam. Dominados por pesado sono, que não lhes deixara recordações, haviam ficado admiradíssimos, ao acordarem em seu próprio camarote.

Quanto ao *Náutilo*, pareceu-nos sereno e misterioso como sempre. Flutuava à superfície das ondas, em marcha moderada. Nada parecia mudado a bordo. Ned Land observou o mar, com seu olhar penetrante. Tudo deserto. O canadense não avistou no horizonte nem vela, nem terra. O vento do oeste soprava ruidosamente e compridas ondas, rebentadas pelo vento, faziam o *Náutilo* jogar bastante.

Depois da renovação do ar, o navio conservou-se à profundidade média de quinze metros, de modo a poder voltar rapidamente à superfície, operação que, contra os hábitos, foi realizada várias vezes, durante o dia dezenove de janeiro. O imediato subiu, então, à plataforma, fazendo ressoar a frase habitual no interior do navio. Quanto ao capitão Nemo, não apareceu. Da tripulação só vi o impassível taifeiro, que me serviu com a correção e o mutismo costumeiros.

Por volta das duas da tarde, eu estava no salão quando o capitão abriu a porta e entrou. Eu o cumprimentei. Respondeu-me com saudação quase imperceptível, sem dirigir-me a palavra. Continuei meu trabalho, na esperança de que, talvez, me desse explicações sobre os acontecimentos da noite anterior. Ele nada disse. Fitei-o. Seu rosto pareceu-me fatigado. Tinha os olhos vermelhos de quem não dormira e sua fisionomia exprimia profunda tristeza, dor real. Andava de um lado para outro, sentava-se, levantava-se, pegava um livro ao acaso, largava-o logo, consultava os instrumentos sem tomar as notas de costume e parecia não poder ficar quieto um só momento.

Finalmente veio a mim e disse-me:

— O senhor é médico, professor Aronnax?

Eu esperava tão pouco por aquela pergunta que fiquei olhando para ele sem responder. Repetiu:

— O senhor é médico? Vários de seus colegas do jardim Botânico estudavam medicina.

— Realmente, sou médico e ex-interno de hospital. Cliniquei vários anos, antes de entrar para o Museu.

— Muito bem.

Era evidente que a minha resposta causara-lhe satisfação. Contudo, não sabendo onde queria chegar, esperei novas perguntas, para responder de acordo com as circunstâncias.

— Senhor Aronnax, o senhor trataria um de meus tripulantes?

— Há algum doente?

— Sim.

— Estou às suas ordens.

— Venha.

Confesso que meu coração batia forte. Não sei por que, via certa conexão entre aquela doença e os acontecimentos da véspera e o mistério preocupava-me pelo menos tanto quanto o doente.

O capitão Nemo levou-me à popa e fez-me entrar em um camarote. Em uma cama repousava um homem de cerca de quarenta anos, rosto enérgico, verdadeiro tipo de anglo-saxão.

Inclinei-me sobre ele. Não era simplesmente um enfermo, era um ferido. A cabeça, enfaixada em ataduras ensanguentadas, descansava sobre dois travesseiros. Afrouxei as ataduras e o ferido, fitando-me com olhos imóveis, deixou-me fazê-lo, sem proferir qualquer queixa. O ferimento era horrível. O crânio, esfacelado por instrumento contundente, deixava descoberto o cérebro e a substância cerebral havia sofrido profunda depressão. Coágulos sanguíneos haviam-se formado na massa difluente, que se apresentava cor de vinho. Houvera, ao mesmo tempo, contusão e comoção cerebral. A respiração do enfermo era lenta e alguns movimentos espasmódicos dos músculos agitavam-lhe a face. A flegmasia cerebral era completa, acarretando a paralisia do sentimento e do movimento. Tomei o pulso do ferido. Estava intermitente. As extremidades do corpo já começavam a esfriar e reconheci que a morte aproximava-se, sem que fosse possível detê-la. Depois de haver feito curativo, repus as ataduras e voltando-me para o capitão Nemo:

— Qual a origem desse ferimento?

— Que importa? — respondeu-me evasivamente. Um choque do *Náutilo* quebrou uma das alavancas da máquina e esta o feriu. Mas qual a sua opinião sobre o estado dele?

Eu hesitava em falar.

— Pode responder, ele não sabe francês.

Fitei outra vez o ferido e respondi:

— Estará morto dentro de duas horas.

— Nada poderá salvá-lo?

— Nada.

A mão do capitão Nemo crispou-se e algumas lágrimas correram dos seus olhos, que eu não julgara capazes de chorar.

Durante alguns instantes, observei ainda o moribundo, cuja vida se esvaía pouco a pouco. A sua palidez aumentava com a luz elétrica, que banhava o seu leito de morte. Eu contemplava aquela cabeça inteligente, sulcada de rugas prematuras, talvez devidas à desgraça, e à miséria. Procurava surpreender o segredo de sua vida nas últimas palavras que lhe fugissem dos lábios.

— O senhor pode retirar-se — ordenou-me o capitão.

Deixei a cabina do moribundo e voltei a meu camarote, muito comovido com aquela cena. Durante todo o dia, sinistros pensamentos agitaram-me. À noite, dormi mal e, por entre meus sonhos, frequentemente interrompidos, pareceu-me ouvir suspiros longínquos e uma espécie de ladainha fúnebre. Seria a oração dos mortos sussurrada naquela língua, que eu não conseguira compreender?

No dia seguinte, pela manhã, subi ao convés. O capitão Nemo já estava ali.

— Senhor professor, seria de seu agrado fazer uma excursão submarina?

— Com meus companheiros?

— Se for do gosto deles...

— Estamos às suas ordens, capitão.

— Então façam o favor de ir vestir os escafandros.

De doente, ou de morto, não se falou. Fui ao encontro de Ned e Conselho. Dei-lhes conhecimento do convite do capitão. Conselho apressou-se a aceitá-lo e o canadense, desta vez, mostrou-se disposto a seguir-nos.

Eram oito horas da manhã. Às oito e meia, estávamos vestidos para o novo passeio e equipados com os aparelhos de iluminação e de respiração. A dupla porta abriu-se e, acompanhados pelo capitão e por uma dúzia de tripulantes, tomamos pé a uma profundidade de dez metros, sobre o solo firme em que repousava o *Náutilo*.

Uma ladeira suave terminava em fundo acidentado a cerca de quinze braças de profundidade. Aquele solo diferia completamente do que eu visitara na primeira excursão sob as águas do Pacífico. Ali, nenhuma areia, nem campos submarinos, nem florestas pelágicas. Reconheci imediatamente a região maravilhosa da qual o capitão Nemo nos fazia as honras naquele dia. Estávamos no Reino do Coral.

No ramo dos zoófitos e na classe dos alcionários, encontra-se a ordem dos gorgonários, que compreende três grupos: as gorgônias, as isídias e as coralinas. É a este último que pertence o coral, substância curiosa que já foi alternadamente classificada nos três reinos da natureza. Remédio entre os antigos, joia para os contemporâneos, só em 1694 o marselhês Peisonel o classificou definitivamente no reino animal. O coral é reunião de animálculos, aglomerados sobre um polipeiro de natureza pétrea e quebradiça. Esses pólipos têm um único gerador que os produz por germinação e possuem existência própria, embora participem da vida comum. É, pois, uma espécie de socialismo natural.

Acesas nossas lâmpadas, seguimos um banco de coral em formação que, com a ajuda do tempo, há de fechar um dia aquela região do oceano Índico. O caminho era orlado de inatas inextricáveis, formadas pelo emaranhamento de arbustos que se cobriam de pequenas flores de raios brancos. Somente, ao contrário das plantas terrestres, toda aquela arborização, aderente às rochas do solo, crescia de cima para baixo.

A luz produzia mil efeitos encantadores, brincando em meio àquelas ramagens tão vivamente coloridas. Parecia-me ver aqueles tubos membranosos e cilíndricos tremerem com as ondulações da água. Sentia-me tentado a colher suas frescas corolas ornadas de delicados tentáculos, umas recém-desabrochadas, outras, simples

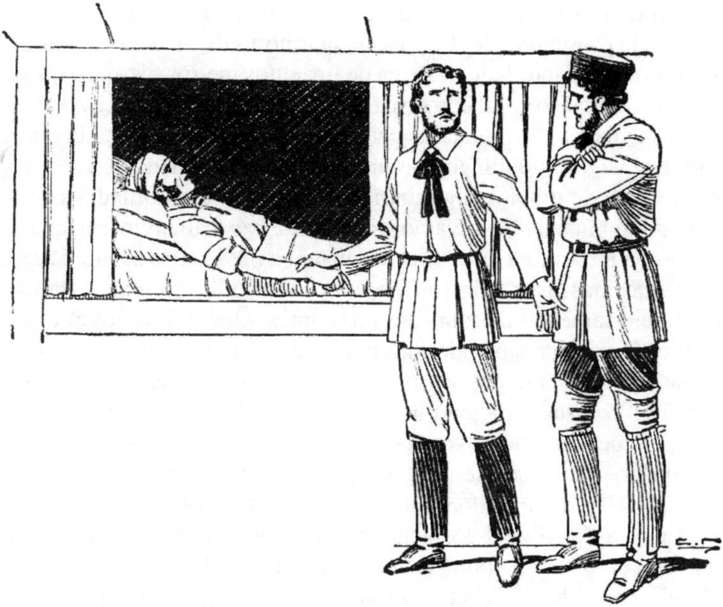

— Estará morto dentro de duas horas.

brotos, enquanto rápidos peixes de velozes barbatanas roçavam nelas ao passarem, como revoadas de pássaros. Se a mão se aproximava, porém, daquelas flores vivas, daquelas sensitivas, o sinal de alerta percorria a colônia inteira. As corolas brancas recolhiam-se aos seus estojos vermelhos, as flores esvaneciam-se sob o olhar e a mata convertia-se em um bloco de pedra.

O acaso colocara-me em presença dos mais preciosos exemplares daquele zoófito. Só aquele coral valia tanto quanto o que se pesca no Mediterrâneo, na costa da França, da Itália e da Barbária. Justificava pelo colorido vivo os nomes poéticos de flor-de-sangue e espuma-de-sangue que o comércio dá aos seus mais valiosos exemplares. O coral chega a valer quinhentos francos por quilo e, ali, as camadas líquidas cobriam a fortuna de todo um mundo de pescadores do coral.

Em pouco, as moitas tornaram-se mais densas, o arvoredo cresceu. Verdadeiras matas petrificadas e longas balaustradas de arquitetura fantasista abriram-se diante de nossos passos. O capitão Nemo penetrou em escura galeria de declive suave, que nos levou a cem metros de profundidade. Depois de duas horas de marcha, havíamos atingido a profundidade de cerca de trezentos metros, isto é, o limite extremo em que o coral começa a formar-se. Mas, ali, não havia mais moitas isoladas, nem mata de pequena altura. Era a floresta imensa, a grande vegetação mineral, as enormes árvores petrificadas, unidas por festões de graciosas plumárias, lianas do mar adornadas de reflexos cambiantes. Passávamos livremente sob a alta ramaria, que ia perder-se na sombra das ondas, enquanto a nossos pés as tubulárias, as meandrinas, as astreias, as fongites, as cariófilas formavam tapete de flores, semeado de joias deslumbrantes. Que indescritível espetáculo! Que pena não podermos comunicar uns aos outros as nossas sensações! Por que éramos prisioneiros daquela máscara de metal e vidro? Por que a palavra nos era proibida? Quem nos dera viver como os peixes, que povoam o líquido elemento, ou melhor, como os anfíbios, que durante muitas horas podem percorrer, à mercê de seu capricho, o duplo domínio da terra e das águas!

Entretanto, o capitão Nemo parara. Meus companheiros e eu também paramos e, voltando-me, vi que os tripulantes faziam semicírculo em redor do chefe. Observando com mais atenção, vi que quatro deles levavam sobre os ombros um objeto de forma oblonga.

Estávamos no centro de vasta clareira, rodeada de altas árvores da floresta submarina. Nossas lâmpadas projetavam sobre aquele espaço uma espécie de claridade crepuscular, que alongava desmesuradamente as sombras sobre o solo. Na orla da clareira, a escuridão tornava-se profunda e refletia apenas diminutas cintilações, oriundas das arestas vivas do coral.

Ned Land e Conselho estavam ao meu lado. Observamos e veio-me ao pensamento que íamos assistir a uma estranha cena. Olhando atentamente para o solo, notei que o mesmo se intumescia em certos lugares e as pequenas elevações estavam incrustadas de depósitos calcários e dispostas com regularidade que traía a mão do homem. No centro da clareira, sobre pedestal de pedras grosseiramente amontoadas, erguia-se uma cruz de coral, abrindo longos braços, que pareciam feitos de sangue petrificado.

A um sinal do capitão Nemo, um dos homens adiantou-se e começou a cavar, a alguns pés da cruz, com picareta que tirou do cinto.

Compreendi tudo! Aquela clareira era um cemitério, aquele buraco, uma cova, e o objeto oblongo, o cadáver do homem que morrera durante a noite. O capitão Nemo e a sua tripulação vinham enterrar o companheiro naquela morada comum, no fundo inacessível do oceano!

Nunca meu espírito sofreu comoção tão profunda. Nunca ideias mais impressionantes invadiram-me o cérebro! Não desejava ver o que contemplavam meus olhos.

Entretanto, a tumba era lentamente cavada. Os peixes fugiam por todos os lados de seu retiro invadido. Eu escutava ressoar sobre o solo calcário o ferro da picareta que cintilava às vezes, chocando-se com algum sílex perdido no seio das águas. A cova alongava-se, alargava-se e em breve foi bastante profunda para receber o corpo. Então, os que o transportavam aproximaram-se. O cadáver, envolto em mortalha de bisso branco, desceu à sua única sepultura. O capitão Nemo, com os braços cruzados sobre o peito, e todos os amigos do que se fora ajoelharam-se. Meus dois companheiros e eu fizemos uma reverência religiosa.

A tumba foi, então, recoberta com os restos arrancados do solo, que formaram pequena elevação

Quando tudo terminou, o capitão Nemo e seus companheiros ergueram-se. Depois, aproximando-se do túmulo, todos dobraram ainda uma vez o joelho e lhe estenderam a mão em sinal de adeus...

O cortejo fúnebre retomou o caminho do *Náutilo*, tornando a passar sob os arcos da floresta, em meio às matas, ao longo das moitas de coral, subindo sempre. Afinal, apareceram as luzes de bordo. O rastilho luminoso guiou-nos até o submarino. À uma hora da tarde estávamos de volta.

Assim que mudamos de roupa, subi à plataforma e, dominado por terrível obsessão, fui sentar-me junto ao farol. O capitão Nemo veio reunir-se a mim. Levantei-me e disse-lhe:

— Então, conforme previra, aquele homem morreu durante a noite?

— Sim, senhor Aronnax.

— E descansa agora ao lado dos companheiros, no cemitério de coral?

— Sim. Esquecido por todos, mas lembrado por nós. Nós cavamos a cova e os pólipos encarregam-se de marcá-la com o selo da eternidade.

E, escondendo o rosto nas mãos, o capitão tentou em vão sufocar um soluço. Por fim acrescentou:

— Lá é o nosso tranquilo cemitério, algumas centenas de metros abaixo da superfície das ondas!...

— Pelo menos seus mortos ali dormem tranquilos, fora do alcance dos tubarões.

— Sim, senhor. Dos tubarões e dos homens!...

❖

Segunda parte

25

Oceano Índico

A comovente cena do cemitério de coral, que me causou tão profunda impressão, marcou o fim da primeira parte de nossa viagem submarina. Agora, começaremos a narrar a segunda parte dela.

A vida do capitão Nemo transcorria inteiramente no seio daquele mar imenso e até a própria sepultura ele preparara no mais impenetrável de seus abismos. Lá, nenhum dos monstros do oceano iria perturbar o último sono dos habitantes do *Náutilo,* daqueles amigos acorrentados entre si, tanto na morte quanto na vida.

Quanto a mim, já não me contentava com as hipóteses que satisfaziam Conselho. O pobre rapaz continuava a enxergar no capitão Nemo apenas um sábio incompreendido, que retribuía à humanidade o desprezo com a indiferença. Para ele, o capitão era um gênio cansado das incompreensões e decepções, que se refugiara naquele meio inacessível, em que sua capacidade se expandia livremente. Em minha opinião, porém, tal hipótese explicava apenas uma das facetas do capitão Nemo.

Realmente, o mistério daquela última noite em que fôramos imobilizados pela dupla cadeia do enclausuramento e do sono, a precaução do capitão, arrancando-me violentamente das mãos o óculo de alcance, que me permitiria devassar o horizonte, o ferimento mortal daquele homem, devido a inexplicável abalroamento do *Náutilo*, tudo me impelia a nova interpretação. Não! O capitão Nemo não se limitava a fugir dos homens. Seu formidável aparelho não servia apenas à sua ânsia de liberdade. Era, talvez, o instrumento de misteriosas e terríveis represálias.

No momento em que escrevo, nada é ainda evidente, mal diviso vagos clarões nessas trevas e devo, portanto, limitar-me a relatar, por assim dizer, sob ditado dos acontecimentos.

Aliás, nada nos prende ao capitão Nemo. Ele sabe que fugir do *Náutilo* é impossível. Nem ao menos somos prisioneiros sob palavra. Nenhum compromisso de honra nos encadeia. Somos apenas cativos, prisioneiros disfarçados sob o nome de hóspedes, por simulacro de cortesia. Contudo, Ned Land não perdeu a esperança de recobrar a liberdade. É indubitável que aproveitará a primeira ocasião que o acaso lhe ofereça. Eu, naturalmente, procederei como ele. Entretanto, não será sem certo remorso que levarei comigo aquilo que a generosidade do capitão nos deixou conhecer dos mistérios do *Náutilo*! Afinal, fico indeciso: devo odiar ou admirar esse homem? É ele vítima ou carrasco? Além disso, para ser franco, gostaria, antes de abandoná-lo para sempre, de completar esta viagem em redor do mundo submarino, cujo começo foi tão empolgante. Gostaria de poder observar a série completa das maravilhas acumuladas sob os mares do globo. Gostaria de ver o que homem algum viu até hoje, ainda que tivesse de pagar com a vida minha insaciável sede de saber! Que consegui descobrir até hoje? Nada, ou quase nada, pois só percorremos seis mil léguas através do Pacífico.

Contudo, sei perfeitamente que o submarino se aproxima de terras habitadas e que, se aparecer alguma probabilidade de salvação, seria sacrificar meus companheiros à minha paixão pelo desconhecido. Serei obrigado a segui-los, talvez até a guiá-los. Mas tal ocasião aparecerá algum dia? O homem, privado de seu livre-arbítrio pela força, anseia por ela. Todavia, o sábio, o curioso, a teme.

Quando o *Náutilo* se aprestou para recomeçar a navegação submarina, desci ao salão. As escotilhas fecharam-se e a derrota do barco foi diretamente para oeste.

Sulcávamos, então, as ondas do oceano Índico, vasta planície líquida de quinhentos e cinquenta milhões de hectares e cujas águas são tão transparentes que provocam vertigens em quem se debruça sobre elas. O *Náutilo* flutuava geralmente entre cem e duzentos metros de profundidade. Isto durou cinco dias. Para qualquer um que não fosse eu, que dedico imenso amor ao mar, as horas pareceriam longas e monótonas. Contudo, meus passeios diários à plataforma, onde me retemperava com o ar vivificante do oceano, o espetáculo daquelas ricas águas, através das vidraças do salão, a leitura dos livros da biblioteca, a redação de minhas memórias ocupavam todo o meu tempo e não me deixavam um só momento de lazer ou de tédio.

Durante alguns dias encontramos grande número de aves aquáticas, palmípedes, gaivotas e alcatrazes. Algumas delas foram mortas pelos caçadores e preparadas com tal artifício que forneceram manjar marinho bem aceitável. As redes de bordo colheram várias espécies de tartarugas marinhas do gênero *careta*, de dorso arqueado e cujo casco é muito apreciado. Sua carne era em geral medíocre, mas os seus ovos constituíam excelente iguaria. Os peixes provocavam nossa constante admiração, quando através das escotilhas abertas surpreendíamos os segredos de sua vida aquática.

De vinte e um a vinte e três de janeiro, navegamos duzentas e cinquenta léguas em cada vinte e quatro horas. No dia vinte e quatro pela manhã avistamos a ilha Quelingue, elevação madrepórica plantada de magníficos coqueiros. O *Náutilo* costeou, a pequena distância, as escarpas daquela ilha deserta. As redes colheram numerosos exemplares de pólipos e de equinodermos e algumas conchas curiosas do ramo dos moluscos. Alguns produtos raros das delfínulas enriqueceram o tesouro do capitão Nemo. Em pouco, a ilha desaparecia no horizonte e a rota dirigia-se para noroeste, em direção à extremidade da península indostânica.

— Terras civilizadas — disse-me naquele dia Ned Land. Sempre é melhor do que as ilhas da Papuásia, onde os selvagens são mais numerosos do que cabritos-monteses. No Indostão, professor, há estradas carroçáveis, estradas de ferro, cidades inglesas, francesas e hindus. Não se andam lá dez quilômetros sem que se encontre um compatriota. Será que chegou o momento de abandonar o capitão Nemo, sem mais despedidas?

— Não — respondi em tom decidido. O *Náutilo* aproxima-se de continentes habitados. Dirige-se para a Europa, deixemos que ele nos transporte. Uma vez chegados a nossos mares, veremos o que nos aconselha a prudência.

A partir da ilha Quelingue, nossa velocidade diminuiu sensivelmente. O *Náutilo* tornou-se caprichoso, atingindo muitas vezes grandes profundidades. Chegamos a atingir dois ou três quilômetros, mas sem verificar a profundidade do oceano Índico, cujo fundo sondas de treze mil metros não conseguiram alcançar. Quanto à temperatura das camadas inferiores, o termômetro indicou invariavelmente quatro graus acima de zero. Observei apenas que nos lençóis superiores a água era sempre mais fria nas grandes profundidades do que à beira-mar.

A vinte e cinco de janeiro, estando o oceano completamente deserto, o submarino passou o dia à superfície, batendo as ondas com sua possante hélice e fazendo-as esguichar a grande altura. Naquelas condições, como não confundi-lo com cetáceo gigantesco? Passei três quartas partes daquele dia na plataforma. Contemplava o mar. Nada no horizonte, a não ser comprido navio que por volta das quatro da tarde passou para o oeste, em sentido contrário ao que seguíamos. Por um momento, a sua mastreação foi visível, mas ele não podia perceber o *Náutilo*, demasiado baixo, quase ao nível do mar.

Às cinco da tarde, antes do rápido crepúsculo que liga o dia à noite nas zonas tropicais, curioso espetáculo maravilhou tanto a Conselho quanto a mim. Existe um encantador animal cujo encontro, segundo os antigos, pressagia boa sorte. Aristóteles e Plínio estudaram-lhe os hábitos e esgotaram a seu respeito a poética dos sábios da Grécia e da Itália. Chamaram-no *nautilus* e *pompilius*. Contudo, a ciência moderna não ratificou tal designação e esse molusco é agora conhecido pelo nome de argonauta.

Era exatamente um cardume de argonautas que viajava, naquele momento, pela superfície do oceano. Podíamos contá-los às centenas. Pertenciam à espécie dos argonautas tuberculados, próprios do oceano Índico.

Aqueles graciosos moluscos moviam-se aos recuos, por meio de seu tubo locomotor, expulsando por este a água que haviam aspirado. De seus oito tentáculos, seis longos e finos flutuavam sobre a água, enquanto que os dois outros, arredondados como folhas de palmeiras, enfunavam-se ao vento, como pequenas velas. Distinguia-se perfeitamente a sua concha espiraliforme e ondulada, semelhante a bela canoa. Verdadeiro barco, de fato. Transporta o animal que a segregou, sem aderência alguma com ele.

— O argonauta tem liberdade para abandonar livremente a sua concha, mas nunca a deixa.

— É como o capitão Nemo — comentou Conselho. Ele teria andado mais acertado, se houvesse dado ao seu barco o nome de *Argonauta*.

Durante cerca de uma hora, o *Náutilo* navegou no meio daquele cardume de moluscos. De repente, não sei que terror se apoderou deles. Como se obedecessem a um sinal, todas as velas baixaram. Os braços encolheram-se, os corpos contraíram-se, as conchas, invertendo-se, mudaram o centro de gravidade e toda a flotilha desapareceu sob as águas. Foi instantâneo e nunca os navios de uma esquadra manobraram com igual precisão.

Naquele momento, caiu subitamente a noite, e as vagas, apenas enrugadas pela brisa, escoaram-se calmamente sob as precintas do

Náutilo. No dia seguinte, vinte e seis de janeiro cortávamos o equador no meridiano oitenta e dois, voltando assim ao hemisfério norte.

Durante aquele dia, formidável cardume de tubarões acompanhou o submarino, formando cortejo. Terríveis animais, que pululam naqueles mares e os tornam perigosíssimos. Muitas vezes, aqueles vigorosos animais chocavam-se contra as vidraças do salão com violência pouco tranquilizadora. Ned Land não se continha mais. Ansiava por subir à superfície e arpoar aqueles monstros. Em pouco, o submarino, aumentando a velocidade, deixou facilmente para trás até os mais velozes daqueles esqualos.

A vinte e sete de janeiro, na entrada do golfo de Bengala, fomos, repetidas vezes, de encontro a um espetáculo sinistro: cadáveres flutuavam à superfície das ondas. Eram os mortos das cidades hindus, arrastados pelo Ganges até ao alto-mar e que os abutres, únicos coveiros do país, não tinham conseguido acabar de devorar. Os tubarões, porém, estavam ali, para auxiliá-los em sua fúnebre tarefa.

Por volta das sete da noite, o *Náutilo*, meio imerso, navegou através de um mar que parecia de leite. Seria efeito dos raios lunares? Não, porque a lua nova tinha dois dias e estava ainda perdida, abaixo do horizonte, nos raios solares. Todo o céu, embora iluminado pela irradiação sideral, parecia negro em contraste com a alvura das águas. Conselho não podia acreditar no que via e interrogou-me sobre as causas daquele singular fenômeno. Felizmente eu era capaz de satisfazer a curiosidade dele, explicando-lhe:

— É o que se chama de mar de leite, grande extensão de ondas brancas, frequente não só nesta região como nas ilhas Moluscas. Esse alvor, que causa admiração, é devido à presença de miríades de infusórios, semelhantes a pequenos vermes luminosos, de aspecto gelatinoso e incolor, de espessura de um cabelo e cujo comprimento não excede um quinto de milímetro. Estes animaizinhos aderem uns aos outros, cobrindo assim superfície de léguas.

— De léguas?

— Sim, e não tentes calcular o número desses infusórios! Não o conseguirias porque, se não me engano, alguns navegantes sulcaram esses mares de leite em distância superior a quarenta milhas.

Não sei se Conselho levou em consideração o que eu dissera, mas pareceu abstrair-se em profundas reflexões, tentando, sem dúvida, avaliar quantos quintos de milímetro são necessários para cobrir quarenta milhas quadradas. Quanto a mim, continuei a observar aquele fenômeno.

Cerca de meia-noite, o mar readquiriu, repentinamente, a sua coloração ordinária, mas atrás de nós, até as raias do horizonte, o céu, refletindo a alvura das ondas, pareceu por muito tempo iluminado por vagos clarões de aurora boreal.

❖

26

Novo convite do capitão Nemo

No meio-dia de vinte e oito de janeiro, quando o *Náutilo* voltou à superfície, estava à vista de terra à distância de oito milhas a oeste. Inicialmente, observei aglomeração de montanhas. Depois de verificada a situação, voltei ao salão e, quando o ponto foi marcado no mapa, verifiquei que estávamos em frente a Ceilão, pérola pendente do lobo inferior da península indostânica.

O capitão Nemo e o imediato apareceram naquele momento. O capitão olhou o mapa. Depois, voltando-se para mim:

— A ilha de Ceilão é célebre por suas pescarias de pérolas. O senhor Aronnax gostaria de visitar uma pesqueira?

— É claro que sim, capitão.

— Bom, é coisa facílima, embora não possamos ver os pescadores. A pesca anual ainda não começou. Pouco importa. Vou dar ordem para aproarmos em direção a golfo de Manar, onde chegaremos hoje à noite.

O capitão disse algumas palavras ao imediato, que foi cumprir a ordem. Pouco depois, o *Náutilo* imergiu e o manômetro indicou que ele se mantinha a dez metros de profundidade. Com o mapa diante dos olhos, procurei localizar o golfo de Manar. Encontrei-o na costa noroeste de Ceilão. Era formado por uma linha que se prolongava da pequena ilha de Manar. Para alcançá-lo era preciso costear todo o litoral ocidental de Ceilão. O capitão Nemo disse-me:

— Senhor professor, pescam-se pérolas no golfo de Bengala, no mar das Índias, nos mares da China e do Japão, nos mares do sul da América, no golfo do Panamá, no golfo da Califórnia. Mas os melhores resultados são obtidos em Ceilão. É verdade que chegamos um pouco cedo. Os pescadores só se reúnem no golfo de Manar durante o mês de março e lá, por espaço de trinta dias, trezentos barcos empregam-se nessa lucrativa exploração dos tesouros do mar. Cada barco é tripulado por dez pescadores e dez mergulhadores. Estes, divididos em dois grupos, mergulham alternadamente e descem à profundidade de doze metros, por meio de pesada pedra que prendem entre os pés e que está presa ao barco por uma corda.

— Parece-me que o escanfandro, como o senhor o emprega, seria muito mais eficiente para tal pescaria.

— Sim, porque os pobres pescadores não podem demorar muito tempo debaixo d'água. Sei que alguns mergulhadores conseguem permanecer até cinquenta e sete segundos e os mais hábeis até oitenta e sete. Contudo, são raros e, quando regressam a bordo, esses infelizes expelem pelo nariz e pelos ouvidos água misturada com sangue. Creio que a média que os pescadores podem suportar é de trinta segundos, durante os quais se apressam em amontoar em uma pequena sacola todas as ostras perlíferas que conseguem arrancar. Em geral não chegam à velhice. A vista enfraquece. Ulcerações surgem em seus olhos e chagas cobrem-lhes o corpo e muitas vezes são fulminados pela apoplexia, no fundo do mar.

— Que triste profissão! E serve apenas para satisfazer o capricho de poucos! Mas, capitão, que quantidade de ostras pode pescar cada barco por dia?

— Cerca de quarenta a cinquenta mil.

— Esses pescadores são ao menos bem remunerados?

— Miseravelmente, professor. No Panamá ganham apenas um dólar por semana. Comumente, um soldo por ostra que contenha pérola!

— Um soldo por pérola a esses pobres-diabos que enriquecem os patrões! Que indignidade!

— Pois bem, professor, o senhor e seus companheiros visitarão o banco de Manar e, se por acaso algum pescador mais apressado já estiver lá, nós o veremos operar.

— Combinado, capitão.

— Por falar nisso, o senhor não tem medo de tubarões?

— De tubarões?! — exclamei.

— Sim.

— Confessarei que ainda não estou muito familiarizado com esse gênero de peixes.

— Estamos nós e, com o tempo, também o senhor se habituará. Aliás, estaremos armados e pelo caminho talvez consigamos caçar algum esqualo. É uma caçada interessante. Portanto, até amanhã de madrugada, professor.

Dito isto em tom despreocupado, o capitão Nemo deixou o salão.

— A ilha de Ceilão é célebre por suas pescarias de pérolas.

Se nos convidassem para caçar ursos nas montanhas suíças, responderíamos: "Muito bem! Amanhã iremos caçar ursos". Se nos convidassem para caçar leões nas planícies do Atlas, ou tigres na jângal da Índia, diríamos: "Ah! Ah! Parece que vamos caçar tigres ou leões!". Mas, ao nos convidarem para caçar tubarões em seu elemento natural, pediríamos talvez tempo para refletir, antes de aceitar o convite. Passei a mão na testa, onde perlavam algumas gotas de suor frio.

E eis-me sonhando com tubarões, pensando em suas enormes mandíbulas armadas com múltiplas fileiras de dentes, capazes de dividir um homem ao meio. Cheguei a sentir certa dor em volta dos rins. Além disso, não podia engolir a despreocupação com que o capitão Nemo me fizera aquele convite! Parecia que se tratava de acuar, em um bosque, alguma raposa inofensiva.

— "Bem — ponderei — Conselho nem pensará em aceitar tal convite e isto me dispensará de acompanhar o capitão". Quanto a Ned Land, confesso que não estava tão confiante em sua prudência. Um perigo, por maior que fosse, tinha sempre atrativo para seu gênio violento.

Dentro em pouco, entraram Conselho e o canadense com ar sereno e alegre. Não sabiam o que os esperava. Ned foi falando:

— Palavra de honra, professor, o seu capitão Nemo — que o diabo o carregue — acaba de fazer-nos convite amabilíssimo.

— Ah! Então já sabem...

— Com perdão do senhor — interveio Conselho — o capitão Nemo convidou-nos para visitar amanhã as magníficas pesqueiras de Ceilão. Fê-lo em termos delicados e portou-se como verdadeiro cavalheiro.

— E não acrescentou mais nada?

— Nada, professor — respondeu o canadense — a não ser que já lhe havia falado desse passeiozinho.

— Realmente. Não acrescentou os pormenores...

— Nenhum. O senhor nos acompanhará?

— Eu... sem dúvida! Vejo que mestre Land se está habituando a isso.

— Oh! É interessante, muito interessante.

— Talvez, arriscado! — acrescentei de maneira significativa.

— Arriscada — retrucou Land — simples excursão em um banco de ostras?

Decididamente, o capitão Nemo julgara inútil despertar a ideia de tubarões no espírito de meus companheiros. Eu os olhava com olhos baços, como se já lhes faltasse algum membro. Deveria preveni-los? Era claro que sim, mas não atinava com o modo de fazê-lo.

— O senhor poderia dar-nos alguns pormenores sobre a pesca de pérolas? — pediu-me Conselho.

— Sobre a própria pesca, ou sobre os incidentes que...

— Sobre a pesca — respondeu o canadense. Antes de pisarmos o terreno é bom conhecê-lo.

— Pois bem! Sentem-se, meus amigos, e eu vou ensinar-lhes o pouco que sei.

Ned e Conselho sentaram-se em um divã e, para começar, o canadense perguntou:

... as pesquisas de Ceilão são arrendadas pela soma de três milhões de esqualos.

— Professor, que é uma pérola?

— Meu bom Ned, para o poeta, a pérola é lágrima do mar; para os orientais, é gota de orvalho solidificada; para as mulheres, é joia de forma oval, de brilho hialino de matéria nacarada, que usam no dedo, no pescoço ou na orelha; para o químico, é mistura de fosfata e de carbono de cal, com um pouco de gelatina; finalmente, para os naturalistas, é simples secreção doentia do órgão que produz o nácar em certos bivalves.

— Ramo dos moluscos, classe de acéfalos, ordem dos testáceos — classificou Conselho.

— Exatamente, sapiente Conselho. Ora, entre esses testáceos, a orelha-do-mar, a íris, a tridacna, a pinha-marinha, em uma palavra, todos os que segregam o nácar, isto é, essa substância azul, azulada, violeta ou branca que reveste o interior das valvas, são suscetíveis de produzir pérolas.

— Os mexilhões também? — perguntou o canadense.

— Perfeitamente! Os mexilhões de certos rios da Escócia, do País de Gales, da Irlanda, da Saxônia, da Boêmia, da França...

— Bem, de hoje em diante prestarei atenção — comentou o canadense.

— Mas — prossegui — o molusco por excelência que destila a pérola é a ostra perlífera, a *meleagrina margaritífera*, a preciosa pintadina. A pérola é apenas uma concreção nacarada que se deposita sob a forma globular. Ou ela adere à concha da ostra, ou se incrusta nas dobras do animal. Nos dois casos, porém, seu núcleo é um corpo duro, seja um óculo estéril, seja um grão de areia, em torno do qual a matéria nacarada se deposita durante anos, em finas camadas sucessivas e concêntricas.

— Encontram-se várias pérolas na mesma ostra? — indagou Conselho.

— Sim. Algumas pintadinas são verdadeiro escrínio. Dizem que já houve uma ostra, mas duvido disso, que continha cento e cinquenta tubarões.

— Cento e cinquenta tubarões? — chacoteou Ned.

— Eu disse tubarões? — exclamei com vivacidade. Quero dizer cento e cinquenta pérolas. Tubarões seria disparate.

— Certamente, professor — interveio Conselho. Explique-nos, agora, como se extraem as pérolas.

— Há diversos processos e quando as pérolas aderem às conchas, os pescadores as arrancam com pinças. Comumente, porém, as ostras são estendidas sobre esteiras que cobrem a praia. Assim expostas ao ar livre morrem e, ao cabo de dez dias, atingem estado conveniente de putrefação. São mergulhadas, então, em grandes reservatórios de água do mar, depois abertas e lavadas. Começa o duplo trabalho dos catadores. Primeiro separam as placas de nácar. Depois retiram o parênquima da ostra, põem-no para ferver e passam-no em peneira fina para extrair dele até as menores pérolas.

— O preço das pérolas varia conforme o tamanho? — perguntou Conselho.

— Não só segundo o tamanho, mas ainda de acordo com a forma, a *água*, isto é, a cor, e o *oriente*, isto é, o brilho cambiante e matizado que as torna tão encantadoras. As pérolas mais belas são chamadas virgens e formam-se isoladamente nas carnes do molusco: são brancas, muitas vezes opacas, embora algumas vezes de transparência opalina e quase sempre esféricas ou piriformes. As esféricas são empregadas em braceletes. As piriformes, em colares e, sendo as mais preciosas, são vendidas isoladamente. As que aderem à concha, sendo irregulares, são vendidas a peso. Finalmente, ainda inferiores são as pérolas pequeninas, conhecidas pelo nome de sementes. Vendem-se por medida e servem principalmente para bordados nos paramentos eclesiásticos.

— O trabalho de separação das pérolas segundo o tamanho deve ser demorado e difícil — observou o canadense.

— Não, meu amigo. O trabalho é feito por meio de onze peneiras que têm número variável de furos. As pérolas que ficam nas peneiras que têm de vinte a oitenta furos são de primeira ordem. As que passam nas peneiras de cem a oitenta furos são de segunda ordem. Enfim, as pérolas para as quais são empregadas peneiras de novecentos a mil furos são as inferiores.

— É engenhoso — comentou Conselho. Vejo que a divisão e a classificação das pérolas operam-se mecanicamente. O senhor poderá dizer-nos quanto rende a exploração dos bancos de ostras perlíferas?

— Segundo certos autores, as pesqueiras de Ceilão são arrendadas pela soma de três milhões de esqualos.

— De francos, senhor — corrigiu Conselho.

— Sim, de francos! Três milhões de francos. Contudo, acho que essas pesqueiras já não produzem tanto quanto antigamente. O mesmo acontece com as pesqueiras americanas que, durante o reinado de Carlos V, produziam quatro milhões. Hoje estão reduzidas a dois terços. Em suma, podemos avaliar em nove milhões de francos o rendimento total da exploração de pérolas.

— Mas — insistiu Conselho — ouvi citar algumas pérolas célebres que valeram preço elevadíssimo...

— Sim, filho. Conta-se que César ofereceu a Servília uma pérola que valia vinte mil francos.

— Ouvi contar — disse o canadense — que certa dama antiga bebia pérolas em seu vinagre.

— Cleópatra — retrucou Conselho.

— O gosto devia ser péssimo — acrescentou Land.

— Detestável, amigo Ned.

— Lamento não ter casado com essa dama — disse o canadense, movendo o braço de maneira significativa.

— Ned Land, marido de Cleópatra! — zombou Conselho.

— Mas eu ia casar, Conselho — respondeu com seriedade o canadense — e não é culpa minha se o ato não se efetivou. Havia até comprado um colar de pérolas para minha noiva Catarina Tender que, aliás, casou com outro. Pois bem, esse colar custara-me um dólar e meio, e contudo — espero que o professor acredite — as pérolas que o compunham não teriam passado na peneira de vinte furos.

— Meu bom Ned — respondi rindo — eram pérolas artificiais, simples glóbulos de vidro, pintados por dentro com essência do oriente.

— Oh! Essência do oriente deve custar caro.

— É quase de graça. É apenas a substância prateada das escamas do mugem, recolhida na água e conservada em amoníaco. Não tem valor algum.

— Foi talvez por isso que Catarina Tender casou com outro — filosofou mestre Land.

— Mas — continuei — para voltarmos às pérolas de grande valor, creio que nunca houve rei que possuísse alguma de valor superior ao das que possui o capitão Nemo.

— Esta! — falou Conselho — apontando magnífica joia guardada na vitrina.

— Certamente, não exagero, avaliando-a em dois milhões de francos. E é indubitável que ao capitão custou apenas o trabalho de apanhá-la.

— Muito bem! — interrompeu Ned Land — e quem nos diz que amanhã, durante o nosso passeio, não encontraremos outra igual?

— Ora! — retorquiu Conselho!

— Que se arrisca nessa profissão — interrompeu Ned — a não ser a engolir alguns goles de águas salgada?

— Tem razão, Ned. A propósito — acrescentei, tentando tomar o mesmo tom despreocupado, do capitão Nemo — o meu caro Ned tem medo de tubarões?

— Eu? Um arpoador profissional! Minha profissão é divertir-me com eles.

— Não se trata de pescá-los com anzol, içá-los para o convés, cortar-lhes a cauda com machado, abrir-lhes o ventre, arrancar-lhes o coração e jogá-los ao mar...

— Trata-se, então...

— Exatamente, na água.

— Palavra, com um bom arpão! O senhor sabe que os esqualos são muito desajeitados. Precisam virar-se sobre a barriga, para *abocanhar* e durante esse tempo...

A maneira por que Ned Land pronunciava a palavra *abocanhar*, dava-me uma sensação de frio nas costas.

— Muito bem. E tu, Conselho, que pensas desses esqualos?
— Se o senhor afronta os tubarões, não vejo razão para que o seu fiel criado não os afronte em sua companhia!

❖

27

Uma pérola de dez milhões

Anoiteceu. Deitei-me. Dormi muito mal. Os esqualos tiveram papel importante em meus sonhos. No dia seguinte, às quatro da manhã, fui acordado pelo taifeiro que o capitão Nemo designara para servir-me. Levantei-me imediatamente, vesti-me e dirigi-me ao salão.

O capitão Nemo já estava lá à minha espera. Perguntou-me:

— O senhor está preparado para a partida?

— Estou às suas ordens.

— Faça o favor de seguir-me.

— E meus companheiros?

— Já foram avisados e estão à nossa espera.

— Vamos vestir os escafandros?

— Ainda não. Não deixei o *Náutilo* aproximar-se demasiado da costa e estamos ainda ao largo do banco de Manar. Mandei, porém, preparar o bote que nos levará ao ponto exato do desembarque, poupando-nos longo trajeto. Os escafandros estão no bote e nós os vestiremos no momento em que começar a nossa exploração submarina.

O capitão Nemo levou-me à escada central, cujos degraus terminavam na plataforma. Ned e Conselho já estavam lá. Cinco marinheiros, de remos armados, esperavam-nos no bote. Ainda era noite escura. Nuvens corriam pelo céu e só raras estrelas brilhavam esparsas. Dirigi a vista para o lado da terra, mas apenas divisei uma linha sombria que encobria três quartas partes do horizonte de sudoeste a noroeste. O *Náutilo*, tendo costeado durante a noite o litoral ocidental de Ceilão, fundeara a oeste da baía, ou antes do golfo, formado entre aquela terra e a ilha Manar. Lá, sob as águas escuras, estendia-se o banco de pintadinas, inesgotável campo de pérolas, cujo comprimento ultrapassa vinte milhas.

O capitão Nemo, Conselho, Ned Land e eu nos instalamos na parte traseira do bote. O patrão da embarcação empunhou o leme e seus quatro companheiros empunharam os remos. O cabo foi desatado e partimos.

O bote rumou para o sul. Os remadores não se apressavam. Observei que as remadas, vigorosamente forçadas sob a água, sucediam-se com o espaço de dez segundos, conforme o método usual das marinhas de guerra. Enquanto a embarcação deslizava, impelida pelo impulso adquirido, gotinhas líquidas feriam, crepitando, o fundo negro das vagas, como rebarbas de chumbo fundido. Pequena marola, vinda do largo, balançava levemente o bote e cristas de ondas quebravam-se à sua frente.

Seguíamos em silêncio. Por volta das cinco e meia, as primeiras sombras do horizonte assinalaram a linha superior do litoral. Baixo, a leste, elevava-se um pouco para o sul. Cinco milhas ainda o separavam de nós e a praia confundia-se com as águas brumosas. Entre ela e nós o mar estava deserto. Nem um barco, nem um mergulhador. A solidão era profunda naquele ponto de reunião dos pescadores de pérolas. Como o capitão Nemo me avisara, chegávamos um mês antes da estação de pesca.

Às seis horas, amanheceu de súbito, com a rapidez própria das regiões tropicais, que desconhecem a aurora e o crepúsculo. Os raios solares romperam a cortina de nuvens, acumuladas no horizonte oriental, e o astro radioso ergueu-se rapidamente.

Vi distintamente a terra, com árvores esparsas aqui e além.

O bote dirigiu-se para a ilha de Manar, que se arredondava ao sul. O capitão Nemo levantara-se de seu banco e observava o mar. A um sinal dele, a âncora foi fundeada. A corrente mal correu, porque o fundo não estava a mais de um metro e formava naquele lugar um dos pontos mais elevados do banco das pintadinas. O bote sofreu logo o empuxo da maré vazante que o arrastava para o largo.

— Chegamos — disse-me o capitão. Observe esta baía apertada. Nela se reunirão dentro de um mês numerosos barcos de pesca e são estas as águas que os mergulhadores irão audaciosamente remexer. A baía é muito bem disposta para tal espécie de pesca. Abrigada dos ventos mais fortes, aqui o mar nunca fica agitado, circunstância muito favorável ao trabalho dos mergulhadores. Vamos vestir nossos escafandros e começar nosso passeio.

Nada respondi e, auxiliado pelos marinheiros do bote, comecei a vestir o meu pesado escafandro. O capitão Nemo e meus dois companheiros também se preparavam. Nenhum tripulante do *Náutilo* devia acompanhar-nos naquela excursão.

Em breve, estávamos aprisionados até o pescoço naquela roupa de borracha e os suspensórios fixaram em nossas costas os aparelhos de ar. Antes de enfiar a cabeça na cápsula de cobre perguntei ao capitão:

— E nossas armas? Os fuzis?

— Fuzis! Para que fuzis? Os montanheses não atacam o urso armado de punhal e o aço não é mais seguro do que o chumbo? Aqui está uma lâmina resistente. Prenda-a no cinto e partamos.

Olhei para os companheiros. Estavam armados como nós e Ned Land brandia enorme arpão. Pouco depois, os marinheiros começaram a desembarcar cada um de nós por sua vez e a um metro e meio de profundidade tomávamos pé. O capitão Nemo chamou-nos com sinal de mão. Nós o seguimos e, por declive suave, desaparecemos sob as ondas. Ali, as ideias que me obcecavam abandonaram-me. Readquiri completa calma. A facilidade de movimentos aumentou minha confiança e a singularidade do espetáculo cativou minha imaginação. O sol já insinuava sob as águas claridade suficiente. Os menores objetos eram perceptíveis. Depois de dez minutos de marcha, estávamos a cinco metros de profundidade e o terreno tornara-se quase plano.

A nossos passos, como bandos de narcejas em um brejo, levantavam-se revoadas de peixes curiosos. A elevação progressiva do sol tornava cada vez mais clara a massa d'água. O solo mudava pouco a pouco. A areia fina era seguida por verdadeira pavimentação de seixos arredondados, cobertos por tapetes de moluscos e zoófitos. Em meio a característica flora submarina corriam desajeitadas legiões de articulados, principalmente raninas desdentadas, cujas carapaças assemelham-se a triângulo, um pouco arredondado, partênopes horrorosas, de aspecto repugnante. Animais não menos horripilantes, que encontrei várias vezes, foram caranguejos enormes, aos quais a natureza deu o instinto e a força necessários para alimentarem-se de cocos. Sobem nos coqueiros da praia, derrubam os cocos que se racham com a queda e os abrem com as suas possantes pinças. Ali, sob as águas límpidas, aquela espécie de caranguejos corria com agilidade inigualável, enquanto quelônios deslocavam-se lentamente por entre as rochas abaladas.

Por volta de sete horas, pisávamos finalmente o banco das pintadinas, no qual as ostras perlíferas se reproduzem aos milhões. Esses preciosos moluscos aderem aos rochedos e a eles ficam presos por bissos marrons que os impedem de se deslocarem. A pintadina *meleagrina*, a madrepérola, cujas valvas são quase iguais, tem a forma de concha arredondada, de paredes espessas, muito rugosas por fora. Algumas daquelas conchas eram folhadas e sulcadas de faixas esverdeadas que se irradiavam de sua extremidade. Pertenciam às ostras novas. As outras, de superfície áspera e negra, com dez ou mais anos, mediam até quinze centímetros de largura.

Todavia, não podíamos parar. Era preciso seguir o capitão Nemo, que parecia percorrer veredas só por ele conhecidas. O solo elevara-se sensivelmente e, às vezes, eu erguia o braço, que ultrapassava a superfície do mar. Depois, o nível do banco descia, caprichosamente. Muitas vezes contornávamos rochedos afilados como topos de pirâmides. De escuras anfractuosidades, grandes crustáceos, apoiados nas altas patas, tais máquinas de guerra, fitavam-nos com seus olhos imóveis e por baixo de nossos pés rastejavam mirianas, glicérias, anelídeos que estendiam desmesuradamente as antenas e os tentáculos.

Abriu-se, então, a nossa frente, vasta gruta, cavada no pitoresco amontoamento de rochedos, atapetados por todas as riquezas da flora submarina. A princípio, aquela gruta pareceu-me escura. Os raios solares pareciam extinguir-se ali por gradações sucessivas. A vaga transparência deles assemelhava-se a uma luz afogada. O capitão Nemo penetrou na gruta. Nós o seguimos. Meus olhos habituaram-se facilmente àquelas trevas relativas. Distingui a base do caprichoso contorno da abóboda, sustentada por pilares naturais, firmemente apoiados sobre a base granítica, com pesadas colunas da arquitetura toscana. Por que nosso incompreensível guia nos arrastava ao fundo daquela cripta submarina?

Depois de descer ladeira bastante íngreme, nossos pés calcaram o fundo de uma espécie de poço circular. Ali, o capitão Nemo parou e com a mão indicou um objeto que eu ainda não percebera. Era uma ostra de extraordinárias dimensões, uma tridacna gigantesca. Era uma pia que poderia conter um lago de água benta, taça cuja largura ultrapassava dois metros, por conseguinte maior do que aquela que ornamentava o salão do *Náutilo*.

Aproximei-me daquele molusco fenomenal. Aderia por meio do bisso a uma mesa de granito e ali se desenvolvia isoladamente, nas águas serenas da gruta. Avaliei o peso daquela tridacna em trezentos quilos. Ora, tal ostra contém quinze quilos de carne e seria preciso o estômago de um Gargântua para absorver algumas.

Era evidente que o capitão Nemo conhecia a existência daquele bivalve. Não era a primeira vez que visitava o local e supus que levando-nos até ali queria somente mostrar-nos uma curiosidade natural. Enganava-me. O capitão Nemo tinha interesse pessoal em verificar o atual estado daquela tridacna. As duas valvas do molusco estavam entreabertas. O capitão aproximou-se e introduziu o punhal entre as conchas para impedi-las de se fecharem. Depois, com a mão, ergueu a túnica membranosa e rendilhada nas bordas, que constitui o manto do animal. Lá, entre as dobras feliáceas, vi uma pérola livre do tamanho de um coco. A forma globular, a limpidez perfeita, o oriente admirável faziam daquela pérola uma joia de incalculável preço. Levado pela curiosidade, quis pegá-la, sopesá-la, palpá-la! O capitão deteve-me, fez sinal negativo e, retirando o punhal com movimento rápido, deixou as duas valvas fecharem-se imediatamente.

Compreendi, então, os desígnios do capitão Nemo. Deixando aquela pérola encoberta pelo manto da tridacna, permitia que continuasse o seu insensível crescimento. Todos os anos a secreção do molusco acrescentava-lhe novas camadas concêntricas. Apenas o capitão conhecia a gruta em que amadurecia aquele admirável fruto da natureza. Somente ele a criava, por assim dizer, para transportá-la um dia para o seu museu. Talvez, seguindo o exemplo dos chineses e dos hindus, houvesse até provocado a produção daquela pérola, introduzindo sob as dobras do molusco um pedaço de vidro ou de metal, que pouco a pouco se cobrira com a matéria nacarada. Contudo, comparando aquela pérola com as que eu já conhecia, com as que brilhavam na coleção do capitão, avaliei o valor dela, pelo menos, em dez milhões de francos. Soberba curiosidade natural e não joia de luxo, porque certamente nenhuma orelha de mulher poderia suportar tamanho peso.

A visita à opulenta tridacna terminara. O capitão Nemo deixou a gruta e de novo subimos ao banco das pintadinas, em meio àquelas águas límpidas, que ainda não turvava o trabalho dos mergulhadores.

Caminhávamos isoladamente, como verdadeiros ociosos que quisessem matar o tempo. Parávamos, andávamos, segundo a nossa fantasia. Esquecera os perigos que a minha imaginação exagerara tão ridiculamente. O solo aproximava-se sensivelmente da superfície do mar, e em pouco minha cabeça ultrapassava o nível da água. Como aquele platô elevado só media alguns metros, logo depois voltáramos ao nosso elemento. Creio ter agora o direito de qualificá-lo assim.

Alguns minutos depois, o capitão Nemo parava repentinamente. Julguei que parara para retroceder. Mas não era. Com um gesto, ordenou que nos agachássemos perto dele, em uma grande depressão. Sua mão indicou um ponto na massa líquida e eu olhei atentamente, A cinco metros de mim, surgiu uma sombra que se baixou até o solo. A inquietadora ideia dos tubarões atravessou meu espírito. Mas, ainda uma vez, enganava-me, não tínhamos de enfrentar os monstros do oceano. Era um homem vivo, um hindu, um pescador, um pobre-diabo, decerto, que vinha respigar antes da colheita. Distinguira o fundo de sua canoa, fundeada alguns metros acima da cabeça dele. Mergulhava e emergia sucessivamente. Uma pedra cônica que ele apertava com o pé, presa por corda ao barco, ajudava-o a alcançar mais rapidamente o fundo do mar. Essa era a sua única ferramenta. Atingido o solo, mais ou menos à profundidade de cinco metros, ajoelhava-se e enchia o saco com pintadinas apanhadas ao acaso. Depois emergia, esvaziava o saco, içava a pedra e recomeçava a operação que não durava mais de trinta segundos.

O mergulhador não nos via. A sombra do rochedo ocultava-nos de seu olhar. Aliás, como poderia aquele pobre hindu vir a supor que homens, seres semelhantes a ele, estivessem ali, sob as águas, obervando-lhe os movimentos, sem perder qualquer minúcia de sua pesca?

Por várias vezes emergiu e tornou a mergulhar. Não conseguia mais de uma dezena de pintadinas em cada mergulho, porque era preciso arrancá-las do banco, a que elas se fixavam por seu forte bisso. E quantas daquelas ostras, pelas quais arriscava a vida, conteriam pérolas?

Eu o observava com profunda atenção. O seu trabalho era feito com regularidade e durante meia hora nenhum perigo pareceu ameaçá-lo. Eu já me familiarizava, pois, com aquele espetáculo interessante, quando, de repente, no momento em que o hindu ajoelhara-se, eu o vi fazer um gesto de terror, erguer-se e tomar impulso para subir à superfície.

Compreendi o seu pavor. Uma sombra gigantesca aparecia por cima do infeliz mergulhador. Era um enorme tubarão que avançava diagonalmente, olhos em brasa e mandíbulas escancaradas.

O horror emudecera-me e tolhera-me os movimentos.

O voraz animal, com movimento de barbatana, lançou-se em direção ao hindu, que se deitou de lado, evitando a dentada do tubarão, mas não o choque de sua cauda que, atingindo-o no peito, o atirou ao solo.

Aquela cena durara apenas alguns segundos. O tubarão voltou e, virando-se sobre as costas, preparava-se para cortar o hindu em dois, quando senti o capitão Nemo, que estava ao meu lado, levantar-se imediatamente. Depois, empunhando o punhal, foi direto ao monstro, disposto a lutar com ele corpo a corpo. O esqualo, no momento em que ia abocar o infeliz pescador, percebendo o novo adversário, virou-se outra vez sobre a barriga e dirigiu-se a este.

Vejo ainda a figura do capitão Nemo. Dobrado sobre si, esperava com admirável sangue-frio o formidável esqualo e, quando este se precipitou sobre ele, jogando-se de borco com maravilhosa agilidade, evitou o choque e enterrou-lhe o punhal no ventre. O golpe, porém, não fora mortal. Travou-se terrível combate. O tubarão rugira, por assim dizer. O sangue jorrava de suas feridas. O mar tingia-se de vermelho e nada mais pude ver através daquele líquido opaco. Mais nada, até o momento em que, em uma aberta, percebi o arrojado capitão, agarrado a uma das barbatanas do animal, lutando corpo a corpo com o monstro, rasgando a punhaladas o ventre do inimigo, sem conseguir, entretanto, dar-lhe o golpe decisivo, isto é, atingi-lo no coração. O esqualo, debatendo-se, agitava a massa d'água com tamanha fúria que o redemoinho ameaçava derrubá-lo.

Eu gostaria de correr em socorro do capitão. Mas, petrificado de medo, não podia nem mexer-me. Olhava desvairado. Via as fases da luta modificarem-se. O capitão caiu ao solo, derrubado pela enorme massa que pesava sobre ele. Depois, as mandíbulas do tubarão abriram-se desmesuradamente como um tesourão de metalúrgico e Nemo estaria liquidado se, rápido como o pensamento, Ned Land não se houvesse precipitado sobre o tubarão, atingindo com certeiro golpe o coração do monstro.

As ondas impregnaram-se de sangue. Agitaram-se com o movimento do esqualo que as açoitava com indescritível furor. Ferido no coração, debatia-se em espasmos medonhos.

Entretanto, Ned Land libertara o capitão. Este, erguendo-se sem ferimentos, foi direto ao hindu, cortou rapidamente a corda que o amarrava à pedra, tomou-o nos braços e com vigoroso impulso de calcanhar, subiu à tona. Nós três o seguimos e em poucos instantes, miraculosamente salvos, alcançávamos a embarcação do pescador.

O primeiro cuidado do capitão foi chamar à vida aquele infeliz. Não podia saber se ele conseguiria êxito. Todavia tinha esperanças, porque a imersão daquele coitado não fora demorada. Mas a pancada da cauda do tubarão poderia tê-lo ferido de morte. Felizmente, à custa de fricções, o afogado recuperava os sentidos. Abriu os olhos. Qual

... se não houvesse precipitado sobre o tubarão,
atingido com certeiro golpe o coração do monstro.

não deve ter sido a sua surpresa, talvez o seu terror, ao ver aquelas quatro grandes cabeças de cobre inclinadas sobre ele? E, principalmente, o que não deve ter pensado quando o capitão Nemo, tirando do bolso um saquinho de pérolas, o meteu em sua mão? Aquela magnífica esmola do homem das águas ao pobre hindu foi recebida por este com mão trêmula. Seu olhar assombrado indicava, aliás, que ele não sabia a que seres sobre-humanos devia ao mesmo tempo a vida e a fortuna.

A um sinal do capitão, voltamos ao banco das pintadinas e, seguindo o caminho pelo qual viéramos depois de meia hora de caminhada, encontramos o bote. Uma vez embarcados, cada um de nós, com o auxílio dos marinheiros, livrou-se da pesada carapaça do cobre.

A primeira palavra do capitão Nemo foi para o canadense:

— Obrigado, Land.

— Foi uma desforra, capitão. Tinha uma dívida, paguei-a.

Um pálido sorriso aflorou aos lábios do capitão Nemo. Nada mais.

— Para o *Náutilo* — ordenou ele.

A embarcação voou sobre as ondas. Alguns minutos mais tarde encontraríamos o cadáver do tubarão que flutuava. Pela cor negra da extremidade das barbatanas, reconheci o terrível melanóptero do mar das Índias, da espécie dos carcarídeos. O comprimento era superior a oito metros. A enorme boca cobria-lhe um terço do corpo. Era um adulto, como se podia verificar pelas seis fileiras de dentes dispostas em triângulos isósceles na mandíbula superior.

Enquanto eu considerava aquela massa inerte, uma dúzia daqueles vorazes melanópteros apareceu em volta da canoa mas, sem se preocuparem conosco, lançaram-se sobre o cadáver, disputando-lhe os pedaços.

Às oito e meia estávamos de volta ao *Náutilo*. Lá, pus-me a refletir sobre os incidentes de nossa excursão ao banco de Manar. Duas conclusões decorriam dela sem sombra de dúvidas. Uma sobre a audácia inigualável de capitão Nemo, outra sobre o seu devotamento a um ser humano, um dos representantes daquela raça da qual fugia por baixo dos mares. Fosse como fosse, aquele homem estranho não conseguira matar inteiramente o próprio coração.

Quando lhe fiz esta observação, respondeu-me em tom levemente comovido:

— Aquele hindu, professor, é um habitante do país dos oprimidos e eu pertenço ainda e pertencerei até a morte a esse país.

28

O mar Vermelho

Durante o dia vinte e nove de janeiro, a ilha de Ceilão desapareceu no horizonte e o *Náutilo*, com a velocidade de vinte milhas por hora, internou-se no labirinto de canais que separam as ilhas Maldivas das Laquedivas. Chegou até a costear Quitan, terra de origem madrepórica, descoberta por Vasco da Gama em 1499.

Tínhamos navegado até ali dezesseis mil e duzentas e vinte milhas, ou sete mil e quinhentas léguas desde nosso ponte de partida no mar do Japão.

No dia seguinte, trinta de janeiro, quando o *Náutilo* voltou à superfície do oceano não havia terra alguma à vista. Seguia para nor-noroeste, em direção ao mar de Omã, situado entre a Arábia e a península indiana servindo de saída para o golfo Pérsico. Navegávamos em um beco sem saída. Aonde nos levava o capitão Nemo? Não era capaz de responder. Isso deixou descontente o canadense, que naquele dia me perguntou para onde íamos.

— Vamos para onde nos leva a fantasia do capitão.

— Esta fantasia não pode levar longe. O golfo Pérsico não tem saída. Se entrarmos nele, não tardaremos a retroceder.

— Pois bem! Retrocederemos, mestre Land, e depois do golfo Pérsico, se o *Náutilo* quiser visitar o mar Vermelho, lá estará o estreito de Bab-el-Mandeb para franquear-lhe a passagem.

— Não lhe direi nada de novo — respondeu o canadense — ponderando-lhe que o mar Vermelho é tão fechado quanto o golfo Pérsico, pois o istmo de Suez ainda não foi cortado e, ainda que já houvesse sido, um barco misterioso como o *Náutilo* não se arriscaria em canais interrompidos por comportas. Portanto, o mar Vermelho não será ainda o caminho que nos levará à Europa.

— Por isso, eu não afirmei que voltaríamos à Europa.

— Qual é, então, a sua opinião?

— Acho que, depois de visitar as interessantes paragens da Arábia e do Egito, o *Náutilo* voltará ao oceano Índico e talvez pelo canal de Moçambique, talvez navegando ao largo das Mascarenhas, alcance o cabo da Boa Esperança.

— E uma vez no cabo da Boa Esperança? — perguntou o canadense com especial insistência.

— Então, penetraremos no Atlântico, que ainda não conhecemos. Ora essa! Essa viagem submarina o aborrece? Já se cansou do espetáculo sempre variado das maravilhas que vemos? Quanto a mim, verei com grande desgosto o fim desta viagem, que tão poucos homens conseguiram fazer.

— Recorda-se o senhor Aronnax que vai fazer três meses que somos prisioneiros a bordo do *Náutilo*?

— Não, Ned. Não me recordo e não me quero lembrar. Não conto as horas, nem os dias. O fim chegará algum dia. Aliás, não depende de nós e não discutamos inutilmente. Se você viesse dizer-me: "Temos uma probabilidade de fuga", eu a discutiria com você. Não é o caso, porém. E, para falar francamente, não acredito que o capitão Nemo se aventure algum dia nos mares europeus.

Esse curto diálogo mostra que o *Náutilo* me fanatizara a tal ponto que já raciocinava como se fora o próprio capitão Nemo. Quanto a Ned Land, terminou a conversação por uma espécie de monólogo: "Tudo é belo e bom, mas em minha opinião, onde há constrangimento não há mais prazer".

Durante quatro dias, até três de fevereiro, o submarino percorreu o mar de Omã variando de velocidade e de profundidade. Parecia navegar ao acaso, como se hesitasse na escolha da rota a seguir, mas sempre sem ultrapassar o trópico de Câncer. Ao deixar aquele mar, passamos à vista de Mascate, cidade mais importante de Omã. Admirei seu aspecto estranho, em meio aos negros rochedos que a rodeiam e sobre os quais se destaca a brancura de suas casas e de seus fortins. Avistei a cúpula arredondada de sua mesquita, a flecha elegante de seus minaretes, seus frescos e verdejantes terraços. Mas foi apenas uma visão, porque o *Náutilo* imergiu logo, sob as ondas daquelas sombrias paragens. A seis de fevereiro, flutuava à vista de Áden, empoleirada em um promontório, ligado ao continente por estreito istmo, espécie de Gibraltar inacessível, cujas fortificações os ingleses reconstruíram, depois de se apoderarem dele, em 1839.

— Não, senhor.

Supunha eu que, chegando àquele ponto, o capitão Nemo retrocederia. Enganava-me e, para grande surpresa minha, ele prosseguiu. No dia seguinte, embocávamos o estreito de Bab-el-Mandeb, que em árabe significa *Porta das Lágrimas*. Com vinte quilômetros de largura, tem apenas cinquenta e dois de comprimento e o *Náutilo,* lançado a toda velocidade, o transpôs em apenas uma hora. Ao meio-dia, cortávamos as ondas do mar Vermelho.

Estávamos no seio do célebre lago das tradições bíblicas, que só raramente é refrescado pelas chuvas, no qual nenhum rio desemboca, que excessiva evaporação reduz constantemente e que perde por ano camada líquida de metro e meio de altura! Singular golfo que, fechado, reduzido às condições de simples lago, já estaria, talvez, completamente seco. Inferior, portanto, a seus vizinhos, o mar Cáspio e o mar de Asfaltite, cujos níveis baixaram, apenas, até o ponto em que a evaporação igualou a quantidade de água que recebem. Tem dois mil e seiscentos quilômetros de comprimento, por largura média de duzentos e quarenta. No tempo dos Ptolomeus e dos imperadores romanos, foi a grande artéria comercial do mundo e o corte de istmo que restituirá a antiga importância que os trilhos de Suez já restabeleceram em parte.

Nem sequer tentei compreender o capricho que decidira o capitão Nemo a arrastar-nos para o golfo. Mas aplaudi sem reservas que o *Náutilo* nele penetrasse. Passou a navegar em velocidade moderada, ora à superfície, ora mergulhando para evitar algum navio. A oito de fevereiro, ao amanhecer, avistamos Moca, cidade agora em ruínas, cujas muralhas desabam apenas com o ribombo do canhão e que abriga algumas tamareiras verdejantes. Outrora, foi cidade importante, que tinha seis mercados públicos, vinte e seis mesquitas e cujos muros, defendidos por quatorze fortes, estendiam-se por três quilômetros.

Depois, o submarino aproximou-se das praias africanas, onde o mar é mais profundo. A nove de fevereiro, flutuava na parte larga do mar Vermelho, compreendida entre Suaquém na costa oeste e Quonfodá na costa leste.

Ao meio-dia, o capitão subiu à plataforma, onde eu me encontrava. Decidi não o deixar sem ao menos sondá-lo acerca de seus projetos futuros. Assim que me avistou, dirigiu-se a mim, ofereceu-me com amabilidade um charuto e perguntou-me:

— Então, professor, gostou do mar Vermelho? Observou à vontade as maravilhas que ele cobre, os peixes, os zoófitos, os canteiros de esponjas e as florestas de coral? Viu as cidades que se erguem em suas praias?

— Sim, capitão, e o *Náutilo* foi o veículo maravilhoso de todo esse estudo. Ah! Que barco! Parece um ser inteligente.

— Sim, inteligente, audacioso e invulnerável! Não teme nem as terríveis tempestades do mar Vermelho, nem suas correntes, nem seus abrolhos.

— Realmente, este é citado entre os piores e, se não me engano, antigamente, sua forma era detestável.

— Horrorosa, senhor Aronnax. Os historiadores gregos e latinos não o poupam e Estrabão afirma que ele é particularmente duro na época das monções e na estação das chuvas. Um escritor árabe conta que os navios naufragavam em grande número em seus bancos de areia e que ninguém se atrevia a navegar nele durante a noite. Segundo ele, é mar sujeito a terríveis furacões, semeado de ilhas inóspitas e que nada oferece de bom, seja à superfície, seja no interior de suas águas.

— Oh! Bem se vê que eles não navegaram a bordo do *Náutilo*.

— Com efeito — respondeu sorridente o capitão Nemo — sobre este ponto os modernos não estão mais adiantados que os antigos. Muitos séculos foram necessários para descobrir o poder mecânico do vapor. Quem sabe se dentro de cem anos se verá um segundo *Náutilo*! O progresso é lento, professor.

— É verdade. Seu barco antecipou-se um século, talvez mais de um, sobre a nossa época. Que pena semelhante segredo perecer com seu inventor!

O capitão Nemo nada respondeu. Depois de alguns minutos de silêncio, disse-me:

— O senhor citava a opinião dos antigos historiadores sobre os perigos que o mar Vermelho oferece à navegação...

— É verdade. Os seus temores eram exagerados?

— Sim e não, professor. O que não é perigoso para um navio moderno, bem aparelhado, solidamente construído, senhor de seus movimentos graças ao vapor, oferecia perigos de toda espécie para os navios antigos. É preciso imaginar esses primeiros navegantes aventurando-se em barcos feitos de tábuas amarradas com cordas de palha de palmeira, calafetados com resina moída e besuntados com gordura de cação. Não possuíam nem ao menos instrumentos para determinar a direção e navegavam a esmo, em meio a correntes que mal conheciam. Nessas condições, os naufrágios eram e deviam ser numerosos. Atualmente, os navios que fazem a ligação de Suez com os mares do Sul nada têm a temer das cóleras deste golfo, apesar das monções contrárias. Os capitães e seus passageiros já não se preparam para a partida por meio de sacrifícios propriciatórios e, na volta, já não vão mais adornados de guirlandas e faixas douradas agradecer aos deuses no templo vizinho.

— Concordo que o vapor parece haver matado o reconhecimento no coração dos marinheiros. Mas, capitão, já que parece haver estudado com carinho este mar, poderia explicar-me a origem de seu nome?

— Existem numerosas explicações. O senhor quer conhecer a opinião de um cronista do século XIV?

— Com prazer.

— Esse fantasista afirma que o nome se originou do afogamento dos exércitos do Faraó, quando Moisés ordenou que as ondas se fechassem, depois da passagem dos israelitas.

Fecha-te! — disse Moisés.
Uniu-se o mar num espelho.
Tanto sangue dos exércitos,
Deu-lhe este nome: Vermelho.

— Explicação de poeta, capitão Nemo, que não nos satisfaz. Qual a sua opinião pessoal?

— Para mim, o nome Vermelho é tradução da palavra hebraica *edrom*, e se os antigos lhe deram tal nome foi por causa da coloração especial de suas águas.

— Até agora, entretanto, só vi águas límpidas e absolutamente incolores.

— É verdade, mas, à proporção que avançarmos para o fundo do golfo, o senhor começará a distinguir esta singular aparência. Lembro-me de já ter visto a baía de Tor completamente vermelha, como se fosse um lago de sangue.

— E essa cor é resultante da presença de uma alga *microscópica*?

— Exatamente. É matéria mucilaginosa purpúrea, produzida por estas minúsculas plantinhas, das quais são necessárias quarenta mil para cobrir um milímetro quadrado. Talvez o senhor as encontre em Tor.

— Então, não é a primeira vez que o senhor percorre o mar Vermelho?

— Não, senhor.

— Há pouco o senhor falou da passagem dos israelitas e da catástrofe dos egípcios. Encontrou sob as águas algum vestígio desse fato histórico?

— Não, senhor professor, e isso por excelente razão.

— Qual?

— É que o lugar exato por onde Moisés passou com todo o seu povo está hoje a tal ponto coberto pela areia que ali mal podem os camelos molhar as pernas. É claro que, nessas condições, não há suficiente profundidade para o *Náutilo*.

— Esse local... fica?

— Fica situado um pouco acima do Suez, em um braço que formava outrora profundo estuário, no tempo em que o mar Vermelho se estendia até os lagos salgados. Que tal passagem tivesse sido miraculosa ou não, o certo é que os israelitas passaram por lá para irem à Terra da Promissão e o exército do faraó perdeu-se exatamente naquele local. Creio, portanto, que fazendo escavações na areia, seria descoberta grande quantidade de armas e de instrumentos de origem egípcia.

— É evidente que tais escavações serão realizadas mais cedo ou mais tarde, quando novas cidades se estabelecerem sobre o istmo, depois da abertura do canal de Suez. Canal, aliás, bem inútil para um barco como o *Náutilo!*

— Sem dúvida, mas útil para o mundo inteiro — afirmou o capitão Nemo. Os antigos haviam percebido perfeitamente a utilidade de uma comunicação entre o Mediterrâneo e o mar Vermelho, para as suas transações comerciais. Contudo, não pensaram na abertura de um canal direto e serviram-se do Nilo como intermediário. Provavelmente o canal que ligava o Nilo ao mar Vermelho foi começado por Sesóstris, se dermos crédito à tradição. É indubitável, porém, que seiscentos e quinze anos antes de Cristo foi empreendida a abertura de um canal, alimentado pelas águas do Nilo, através da planície voltada para a Arábia. Este canal era atravessado em quatro dias e sua largura era tal que duas trirremes podiam navegar lado a lado. Foi provavelmente terminado por Ptolomeu II. Estrabão o conheceu usado pela navegação, mas a pequena inclinação de seu declive entre o seu início e o mar Vermelho só permitia a navegação durante alguns meses por ano. O canal serviu ao comércio até o século dos Antoninos. Abandonado, entupido pela areia, foi restabelecido pelo califa Onar e definitivamente obstruído em setecentos e sessenta e dois pelo califa Almansor, para impedir o abastecimento de víveres a Maomé-bem-Abdalá, que se revoltara contra ele. Durante a expedição do Egito, Bonaparte encontrou os vestígios dessa obra no deserto de Suez e, surpreendido pela maré, esteve em risco de vida, horas antes de chegar a Hadjaró, exatamente no local em que Moisés acampara três mil e trezentos anos antes.

— Pois bem, o que os antigos ousaram empreender, a junção dos dois mares, que encurtará de nove mil quilômetros a viagem entre Cádis e as Índias, fê-lo Lesseps e, em breve, terá transformado a África em imensa ilha.

— Sim, e o senhor tem direito de orgulhar-se de seu patrício. Começou como tantos outros, sofrendo aborrecimentos e incompreensões, mas acabou vencendo porque tem força de vontade. É triste pensar que esta obra, que deveria ser internacional, que seria bastante para ilustrar um reinado, só se realizou graças à energia de um homem excepcional. Honra, pois, a Lesseps!

— Honra ao grande cidadão! — corroborei, bastante surpreendido com o tom com que falara o capitão Nemo.

— Infelizmente, não posso levá-lo pelo canal de Suez, mas o senhor avistará os molhes de Porto Saida depois de amanhã, quando alcançarmos o Mediterrâneo.

— O Mediterrâneo?! ...

— Sim, professor. De que se admira?

— O que me causa admiração é a sua afirmação de que estaremos nele depois de amanhã.

— Isso lhe causa admiração?

— Sim, capitão, embora eu já devesse estar habituado a não me admirar de mais nada, desde que estou em seu barco.

— Mas qual o motivo de surpresa?

— A velocidade vertiginosa que o senhor será obrigado a imprimir ao *Náutilo*, para conseguir levá-lo ao Mediterrâneo até depois de amanhã, após fazer a volta da África e dobrar o cabo da Boa Esperança.

— E quem lhe disse que ele dará volta à África? Quem lhe fala de dobrar o cabo da Boa Esperança?

— Entretanto, a não ser que o *Náutilo* navegue em terra firme e passe por cima do istmo...

— Ou por baixo, senhor Aronnax.

— Por baixo?

— Sim. Há muito tempo a natureza fez por baixo dessa faixa de terra o que os homens executam atualmente em sua superfície.

— Quê!... Existe uma passagem?!...

— Existe, sim. Uma passagem a que chamei Túnel Arábico. Começa por baixo de Suez e termina no golfo de Pelusa.

— Mas o istmo não é formado por areias movediças?

— Até certa profundidade. A cinquenta metros abaixo do solo começa duro e inabalável rochedo.

— Foi por acaso que o senhor descobriu essa passagem? — perguntei, cada vez mais admirado.

— Por acaso e por raciocínio e até mais por raciocínio do que por acaso.

— Capitão, ouço com atenção o que me diz, contudo mal posso acreditar no que estou ouvindo.

— Ah! Ter ouvidos e não escutar é de todos os tempos. Não só existe a passagem, mas eu já a atravessei por várias vezes. Sem ela, eu não me haveria aventurado, agora, no mar Vermelho.

— É indiscrição perguntar-lhe como descobriu esse túnel?

— Professor, não há necessidade de segredos entre pessoas que nunca mais se separarão...

Fiz de conta que não entendera a insinuação e esperei a narrativa do capitão Nemo.

— Professor, foi simples raciocínio de naturalista que me levou a descobrir essa passagem que sou o único a conhecer. Havia notado que no mar Vermelho e no mar Mediterrâneo existia certo número de peixes de espécies absolutamente idênticas. Certo desse fato, perguntei a mim mesmo se não existiria comunicação entre os dois mares. Se tal comunicação existisse, a corrente subterrânea deveria forçosamente dirigir-se do mar Vermelho para o mar Mediterrâneo, em razão da diferença de nível. Pesquei, então, grande quantidade de peixes nos arredores de Suez. Pus um anel de cobre em volta da cauda deles e tornei a jogá-los no mar. Alguns meses mais tarde, nas costas da Síria, recuperei alguns exemplares dos peixes que adornara com o anel indicador. A comunicação entre os dois mares estava demonstrada. Eu a procurei com o *Náutilo*. Descoberta, aventurei-me a atravessá-la e, em breve, também o senhor terá transposto o Túnel Arábico!

❖

29

O Túnel Arábico

No mesmo dia contei a Conselho e a Ned a parte de minha conversa com o capitão que lhes interessava diretamente. Quando lhes disse que dentro de dois dias estaríamos no Mediterrâneo, Conselho bateu palmas, mas o canadense deu de ombros.

— Um túnel submarino! Uma comunicação entre dois mares? Quem ouviu algum dia alguém falar nisso?

— Amigo Ned — retrucou Conselho — algum dia você já ouvira falar do *Náutilo*? Não. No entanto, ele existe. Portanto, não encolha os ombros tão levianamente e não negue crédito a uma coisa sob pretexto de que nunca ouviu falar nela.

— Veremos — retrucou Ned, sacudindo a cabeça. Não desejo senão acreditar na tal passagem, nesse capitão, e que Deus nos leve realmente ao Mediterrâneo.

Naquela mesma tarde, o *Náutilo*, flutuando à superfície do mar, aproximou-se da costa árabe. Avistei Djedá, importante entreposto do Egito, da Síria, da Turquia e das Índias.

No dia seguinte, vários navios conosco se cruzaram. O *Náutilo* voltou à sua viagem submarina, mas, ao meio-dia, estando deserto o mar, subiu até a linha de flutuação. Acompanhado por Ned Land e Conselho fui sentar-me na plataforma. A leste avistava-se massa apenas esboçada no úmido nevoeiro.

Encostados no bote, conversávamos calmamente sem assunto determinado, quando Ned, estendendo a mão para um ponto do mar, perguntou-me:

— O senhor vê alguma coisa ali, professor?

— Nada. Mas você sabe que minha vista não é tão penetrante quanto a sua.

— Olhe com atenção. Lá. A estibordo, quase na altura do fanal! Não vê massa que parece mexer-se?

— Realmente — disse eu depois de longa observação — vejo uma espécie de corpo escuro na superfície das águas.

— Outro *Náutilo*? — brincou Conselho.

— Não — replicou o canadense. Ou estou muito enganado, ou ali está um animal marinho.

— Há baleias no mar Vermelho? — perguntou Conselho.

— Sim — respondi. Às vezes encontram-se algumas.

— Não é baleia — retrucou Land, que não perdia de vista o objeto assinalado. As baleias e eu somos velhos conhecidos e eu não me enganaria com o movimento delas.

— Esperemos. O *Náutilo* navega naquele rumo e daqui a pouco saberemos de que se trata.

De fato, em breve o objeto escuro estava a apenas uma milha de distância. Parecia grande cachopo encalhado no mar. Que seria? Não podia ainda dizer.

— Ah! Ele se movimenta! Mergulha! — gritou Land! Diabo! Que bicho será aquele? Não tem a cauda bifurcada das baleias ou dos cachalotes, suas barbatanas parecem membros mutilados...

— Então... — interrompi.

— Bom! Virou-se de costas, com os peitos para cima.

— É uma sereia, com licença do professor, verdadeira sereia — interveio Conselho.

A palavra sereia desvendou o mistério. Percebi imediatamente que estávamos em presença de animal pertencente àquela espécie de seres marinhos, de que a fábula criou as sereias, metade mulher e metade peixe. Expliquei aos companheiros:

— Não, não é uma sereia, mas sim um animal curioso, de que no mar Vermelho há apenas poucos exemplares. É um leão-marinho.

— Ordem dos sirenídeos, grupos dos pisciformes, subclasse dos monodelfos, classe dos mamíferos, ramo dos vertebrados — classificou Conselho.

Entretanto, Ned Land não parava de olhar. Seus olhos brilhavam de cobiça à vista daquele animal. A sua mão parecia prestes a arpoar. Dir-se-ia que ele aguardava apenas o momento de atirar-se ao mar para atacá-lo em seu próprio elemento.

— Oh! Professor! Nunca matei isso.

Naquele momento, o capitão Nemo apareceu na plataforma. Avistou o leão-marinho. Compreendeu a atitude do canadense e, dirigindo-se diretamente a ele:

— Se tivesse um arpão, será que ele lhe queimaria as mãos?

— Como o senhor diz a verdade!...

— E não lhe desagradaria voltar a ser pescador por mais um dia e acrescentar este cetáceo à lista dos que já arpoou?

— Se gostava!

— Então, pode tentar.

— Obrigado, capitão — respondeu Ned, com os olhos inflamados.

— Apenas — acrescentou o capitão — recomendo-lhe que não erre o alvo e isso no seu próprio interesse.

— É assim tão perigoso atacar um leão-marinho? — perguntei, apesar do encolher de ombros do canadense.

— Algumas vezes é — respondeu o capitão. O animal volta-se contra os atacantes e vira a embarcação. Mas para mestre Land este perigo não é para temer. Tem bom golpe de vista e braço firme. Se eu lhe recomendo que não erre o alvo é porque o leão-marinho é considerado com justiça caça fina e sei que Ned Land não detestava os bons petiscos.

— Ah! Aquele animal ainda por cima se dá ao luxo de ser bom para comer! — suspirou o canadense.

— Sim, Land. A carne dele, carne de verdade, é muito apreciada e em toda a Malásia reservam-na para a mesa dos príncipes. Por isso, caçam este excelente animal com tal encarniçamento que ele se torna cada vez mais raro, como acontece igualmente com seu congênere, o manatim.

— Neste caso, capitão — disse Conselho muito sério — se por acaso aquele que ali está fosse o último de sua raça, não seria conveniente poupá-lo, no interesse da ciência?

— Talvez — replicou o canadense — mas, no interesse da cozinha, o melhor é caçá-lo.

— Pode, então, caçá-lo — concluiu o capitão Nemo.

Naquele momento, sete homens da tripulação, mudos e impassíveis, como sempre, subiram à plataforma. Um trazia um arpão e uma linha, semelhante às que empregam os pescadores de baleias. Desaparafusado o bote, retirado de seu alvéolo e lançado ao mar, seis remadores tomaram lugar nos bancos e o patrão empunhou a barra do leme. Ned, Conselho e eu sentamos à ré.

— O senhor não nos acompanha, capitão? — perguntei.

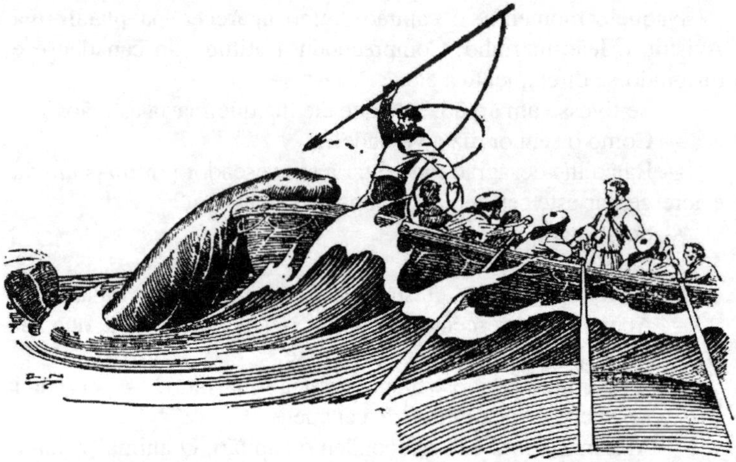

Ned Land, o corpo retesado para trás, brandia o arpão com mão experimentada.

— Não, mas desejo que sejam felizes na caçada.

O bote desatracou e, impelido pelos seis remos, dirigiu-se rapidamente para o leão-marinho, que flutuava, então, a duas milhas do *Náutilo*.

Chegando a pequena distância do cetáceo, o bote diminuiu a velocidade e os remos mergulharam sem ruído nas águas tranquilas. Ned Land, empunhando o arpão, foi colocar-se de pé na proa do barco. O arpão, próprio para pesca da baleia, é preso ordinariamente a uma comprida corda que se desenrola rapidamente quando o animal ferido o arrasta consigo. A corda daquele arpão, porém, media apenas algumas braças e a sua extremidade estava presa a um barrilete que, flutuando, devia indicar o rumo de leão-marinho sob as águas.

Eu me levantara e observava atentamente o adversário do canadense. Era muito parecido com o manatim. O corpo oblongo terminava por comprida barbatana, e as barbatanas laterais, por verdadeiros dedos. A diferença entre ele e o manatim consistia no fato de estar a sua mandíbula superior armada com dois dentes longos e pontiagudos que formavam de cada lado defesas divergentes. Tinha dimensões colossais e seu comprimento era superior a sete metros. Não se movia e parecia dormir à superfície das ondas, circunstância que facilitava a sua captura.

O bote aproximou-se prudentemente até três braças do animal. Os ramos permaneceram suspensos nas forquetas. Fiquei meio levantado. Ned Land, o corpo retesado para trás, brandia o arpão com mão experimentada. De repente, ouviu-se um silvo e o leão-marinho desapareceu. O arpão, lançado com força, ferira apenas a água.

— Raios! — imprecou o canadense. Errei...

— Não — disse eu — o animal está ferido, veja ali o sangue, mas a arma não se cravou no corpo dele.

— Meu arpão! Meu arpão! — gritou, furioso, o canadense.

Os marinheiros remaram novamente e o patrão dirigiu o barco para o barril flutuante. O arpão foi recuperado e o bote lançou-se em perseguição do animal. Este, de vez em quando, vinha à superfície do mar para respirar. O ferimento não o enfraquecera e ele fugia com grande rapidez. A embarcação, impulsionada por braços vigorosos, voava na esteira dele. Várias vezes chegou à distância de poucas braças e o canadense preparava-se para feri-lo, mas o leão-marinho esquivava-se com mergulho repentino e era impossível atingi-lo.

Avalie-se a cólera que superexcitava o impaciente Ned. Rogava ao infeliz animal as pragas mais enérgicas da língua inglesa. Quanto a mim, sentia-me despeitado por ver o leão-marinho frustrar todos os nossos ardis.

Perseguimo-lo sem descanso durante uma hora e eu começava a temer que seria dificílimo apanhá-lo, quando ele teve a desastrada ideia de vingar-se, do que havia de arrepender-se. Voltou-se contra o bote para assaltá-lo por sua vez.

Esta manobra foi percebida pelo canadense.

— Atenção! — gritou.

O patrão disse algumas palavras em sua língua bizarra, sem dúvida prevenindo a tripulação.

O leão-marinho, chegando a poucos metros do bote, parou, sorveu precipitadamente o ar pelas enormes ventas, abertas, não na extremidade, mas na parte superior do focinho. Depois, tomando impulso, precipitou-se sobre nós. O bote não pôde evitar o choque. Meio inclinado, embarcou uma ou duas toneladas de água, que foi preciso esgotar. Mas, graças à perícia do patrão, foi abalroado de viés e não de frente e não virou. Ned Land, agarrado à roda da proa, crivava de arpoadelas o gigantesco animal, que com os dentes cravados na amurada, levantava a embarcação fora d'água, como faz o leão com o cabrito-montês. Nós havíamos caído uns sobre os outros e não sei como acabaria a aventura, se o canadense, encarniçado contra a

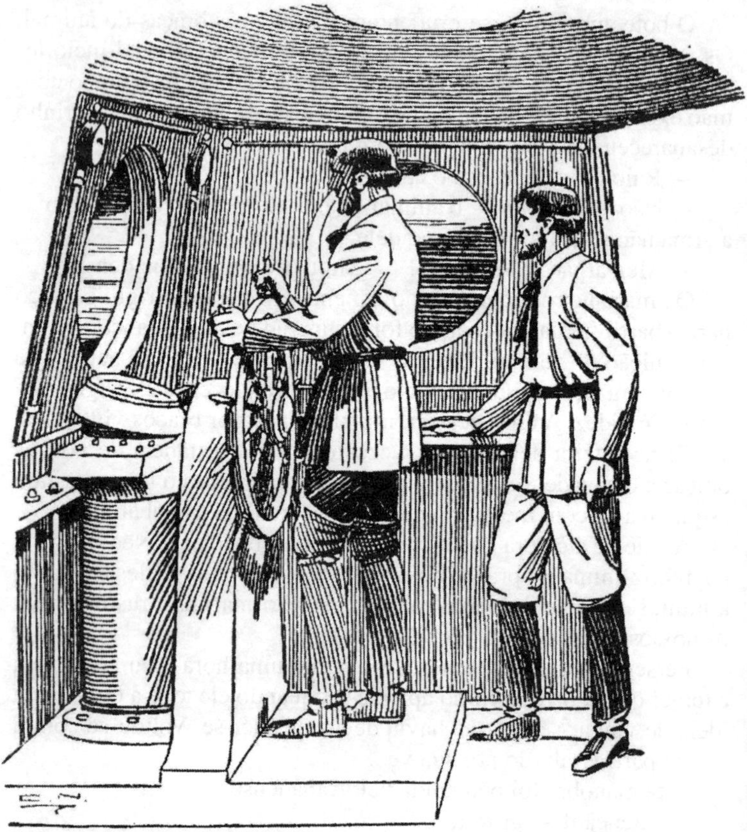

... o próprio Capitão Nemo empunhou as cambas da roda.

fera, não a houvesse afinal atingido no coração. Ouvi o rangido de seus dentes no aço do bote e o leão-marinho desapareceu, arrastando consigo o arpão. Pouco depois, o barril sobrenadou e instantes após apareceu o corpo do animal. O bote aproximou-se dele, pô-lo a reboque e dirigiu-se para o *Náutilo*.

Foi preciso empregar talhas poderosas para içá-lo para a plataforma. Pesava cinco toneladas. Foi esquartejado sob a orientação do canadense, que fez questão de acompanhar todas as minúcias daquela complexa operação. No mesmo dia, o taifeiro serviu-me algumas postas daquela carne habilmente preparada pelo cozinheiro de bordo. Era excelente. Achei-a superior à carne de vitela, ou talvez superior à carne de vaca.

No dia seguinte, a despensa de bordo enriqueceu-se com mais uma caça delicada. Um bando de andorinhas-do-mar baixou sobre o barco. Eram da espécie *sterna nilotica*, própria do Egito, que têm bico negro, cabeça cinzenta e pontilhada, olhos cercados de pontos brancos, o dorso, as asas e a cauda acinzentados, barriga e papo brancos, patas vermelhas. Também caçamos algumas dúzias de patos do Nilo, aves selvagens de excelente sabor, as quais têm o pescoço e cabeça brancos, manchados de preto.

A velocidade do *Náutilo* era, então, moderada. Seguia flanando, por assim dizer. Observei que a água do mar Vermelho tornava-se cada vez menos salgada, à proporção que nos aproximávamos de Suez. Às seis horas, o submarino, ora flutuando, ora submerso, passava ao largo de Tor, situada no fundo de uma baía, cujas águas pareciam pintadas de vermelho. Anoiteceu em meio a pesado silêncio, quebrado apenas de vez em quando pelo grito do pelicano e de algumas aves noturnas e pelo ruído da ressaca, aumentado pelas penedias, ou o gemido longínquo de algum navio, batendo as águas do golfo com suas pás sonoras.

Entre as oito e as nove horas, o *Náutilo* permaneceu alguns metros abaixo da superfície. Devíamos estar muito perto de Suez. Através das escotilhas do salão, eu via o fundo de rochedos fortemente iluminado por nossa luz elétrica. Parecia-me que as margens do estreito aproximavam-se uma da outra progressivamente. Às nove horas e um quarto, o barco voltara à superfície e eu subi à plataforma. Ansioso para atravessar o túnel do capitão Nemo, não conseguia ficar quieto em um lugar e procurava respirar o ar fresco da noite. Pouco depois, na sombra, avistei um fogo descorado, meio encoberto pela bruma, a cerca de uma milha.

— Uma boia flutuante — disseram perto de mim. Voltei-me e dei de cara com o capitão Nemo, que acrescentou:

— É a boia flutuante de Suez. Não demoraremos mais a alcançar o orifício de entrada do túnel.

— Essa entrada não deve ser fácil...

— Não, senhor. Por isso, tenho o hábito de ocupar o lugar do timoneiro e dirigir pessoalmente a manobra. E agora, faça o favor de descer, senhor Aronnax. O *Náutilo* vai imergir e só voltará à superfície depois de haver atravessado o Túnel Arábico.

Acompanhei o capitão. A escotilha fechou-se, os reservatórios encheram-se de água e o aparelho imergiu uma dezena de metros.

No momento em que me dispunha a voltar ao meu camarote, o capitão reteve-me e disse-me:

— Professor, gostaria de acompanhar-me à cabina do piloto?

— Não ousaria pedir-lhe — respondi.

— Venha, então. Poderá ver, assim, tudo quanto se pode ver desta navegação ao mesmo tempo subterrestre e submarina.

O capitão Nemo levou-me à escada central. No meio da rampa, abriu uma porta, seguiu pelos passadiços superiores e chegou à cabina do piloto que, como já sabemos, ficava na extremidade da plataforma. Media ela seis pés de cada lado. No centro havia uma roda disposta verticalmente, engrenada nos cabos do leme, que corriam até a popa. Quatro vigias de vidros lenticulares, implantadas nas paredes da cabina, permitiam ao timoneiro olhar em todas as direções.

A cabina estava às escuras. Em pouco, porém, meus olhos habituaram-se àquela escuridão e vi o piloto, homem vigoroso, com as mãos apoiadas nas cambas da roda. Do lado de fora, descortinava-se o mar fortemente iluminado pelo farol que brilhava na parte traseira da cabina, na outra extremidade da plataforma.

— Agora — disse o capitão — procuremos a passagem.

Fios elétricos ligavam a cabina do timoneiro com a sala das máquinas, o que permitia ao capitão imprimir ao seu barco o movimento e a direção. Apertou um botão de metal e, no mesmo instante, a velocidade da hélice diminuiu.

Eu contemplava em silêncio a muralha alta e escarpada que costeávamos, inabalável base do maciço arenoso da costa. Nós a perlongamos assim durante uma hora, a poucos metros de distância. O capitão Nemo não tirava os olhos da bússola suspensa de dois círculos concêntricos. A simples gesto dele, o timoneiro modificava a cada instante a direção do barco. Eu me postara na vigia de bombordo e admirava as magníficas construções de corais, zoófitos, algas, crustáceos agitando as enormes patas, que se se alongavam para fora das anfractuosidades do rochedo. Às dez e um quarto, o próprio capitão Nemo empunhou as cambas da roda. Galeria larga e profunda abria-se diante de nós. O *Náutilo* engolfou-se nela arrojadamente. Um zumbido insólito zuniu em seus flancos. Eram as águas do mar Vermelho que o declive do túnel precipitava em direção ao Mediterrâneo. O submarino seguia a torrente, veloz como flecha, malgrado os esforços de sua máquina que, para resistir, batia as ondas em marcha à ré. Nas muralhas da estreita passagem, eu só via traços cintilantes, linhas retas, sulcos, de fogo, traçados pela velocidade, tendo como matéria-prima o brilho da eletricidade. Meu coração palpitava e eu o comprimia com a mão.

Às dez horas e trinta e cinco minutos, o capitão Nemo abandonou a roda do leme e voltando-se para mim, anunciou:

— O Mediterrâneo!

Em menos de vinte minutos, o *Náutilo*, arrastado por aquela torrente, atravessara o istmo do Suez!

❖

30

O arquipélago grego

No dia seguinte, doze de fevereiro, ao amanhecer, o *Náutilo* subiu à superfície. Corri à plataforma. A três milhas para o sul, desenhava-se a vaga silhueta de Pelúsio. Uma torrente nos levara de um mar ao outro. Contudo, aquele túnel, fácil de descer, deveria ser impraticável para a subida.

Por volta de sete horas, Ned e Conselho vieram reunir-se a mim. Os dois inseparáveis companheiros haviam dormido tranquilamente.

— Então, senhor naturalista — perguntou-me o canadense em um tom levemente zombeteiro — e o tal Mediterrâneo?

— Flutuamos à sua superfície.

— Hein? — exclamou Conselho. Na noite passada?

— Perfeitamente. Na noite passada. Em poucos minutos atravessamos o istmo intransponível.

— Nessa não acredito eu — replicou o canadense.

— Pois faz mal, mestre Land. Aquela costa baixa, que se arredonda para o sul é a costa egípcia.

— Vá contar essa a outro.

— Mas se o senhor Aronnax afirma — acudiu Conselho — é porque é verdade.

— Aliás, Ned, o capitão Nemo fez-me as honras de seu túnel e eu estava ao lado dele na cabina do timoneiro, enquanto ele dirigia pessoalmente o *Náutilo* através da estreita passagem.

— Ouviu, Ned? — caçoou Conselho.

— E você, que possui vista tão boa — acrescentei — pode avistar daqui o cais do Porto Saida, que avança pelo mar adentro.

O canadense olhou atentamente.

— É verdade!... O senhor tem razão, professor, e o seu capitão é um homem de verdade. Estamos no Mediterrâneo. Bem. Conversemos, então, por favor, sobre nossos negócios particulares, mas de modo que ninguém nos possa escutar.

Vi logo onde o canadense queria chegar. Em todo caso, achei que mais valia conversar, já que ele insistia e fomos sentar-nos perto do farol, onde estávamos menos expostos aos respingos das ondas.

— Pronto, Ned. Nós estamos prontos para escutá-lo. Que tem para comunicar-nos?

— O que eu tenho a dizer-lhes é muito simples. Estamos na Europa e, antes que os caprichos do capitão Nemo nos arrastem ao fundo dos mares polares ou nos levem de volta à Oceania, peço que abandonemos o *Náutilo*.

Confesso que essa discussão com o canadense sempre me embaraçava. De modo algum queria eu tolher a liberdade de meus companheiros e, todavia, não sentia o menor desejo de abandonar o capitão Nemo. Graças a ele, graças ao seu aparelho, eu aperfeiçoava constantemente os meus estudos submarinos e enriquecia a minha obra sobre o fundo do mar com as observações que ia fazendo no próprio meio estudado. Encontraria de novo algum dia igual ocasião de observar as maravilhas do oceano? Certamente, não! Não podia, portanto, conformar-me com essa ideia de abandonar o *Náutilo* antes de completar o ciclo de minhas investigações.

— Amigo Ned, responda-me francamente. Você se aborrece a bordo? Lamenta que o destino o tenha jogado entre as mãos do capitão Nemo?

O canadense demorou a resposta por alguns momentos. Depois, cruzando os braços:

— Francamente, não lamento esta viagem submarina. Sinto-me contente por tê-la realizado. Mas para tê-la realizado é indispensável que ela termine. Essa é a minha opinião.

— Ela terminará, Ned.

— Onde? Quando?

— Onde? Não sei. Quando? Não posso dizê-lo, ou antes, penso que terminará, quando os mares nada mais tenham para nos revelar. Tudo o que começou tem forçosamente fim neste mundo.

— Sou da mesma opinião que o senhor — aprovou Conselho — e é bem possível que depois de haver percorrido todos os mares do globo o capitão Nemo nos dê a liberdade.

— Liberdade! — exclamou o canadense. Talvez nos jogue no mar!

— Não exageremos, mestre Land. Nada temos a temer do capitão, mas não concordo com as ideias de Conselho. Somos conhecedores dos segredos do *Náutilo* e não admito que o seu capitão, para nos restituir a liberdade, se conforme a vê-los espalhados pelo mundo.

— Então, que esperança tem o senhor? — perguntou o canadense.

— Que surgirão circunstâncias das quais poderemos, das quais nos devemos aproveitar, seja agora, seja dentro de seis meses.

— Seis meses? — zombou Land. E onde estaremos daqui a seis meses, senhor naturalista?

— Talvez aqui, talvez na China. Você sabe que o *Náutilo* é veloz andarilho. Atravessa os oceanos como as andorinhas atravessam os ares ou um expresso corta os continentes. Ele não teme os mares frequentados. Quem nos diz que não vai dirigir-se ao litoral da França, da Inglaterra ou da América, locais em que uma fuga poderá ser tentada com tantas probabilidades como aqui?

— Senhor Aronnax — replicou o canadense — os seus argumentos pecam pela base. O senhor fala do futuro: "Nós estaremos ali! Nós estaremos acolá!". Eu falo no presente. "Nós estamos aqui e devemos aproveitar a oportunidade."

Eu me sentia encurralado pela lógica de Ned Land e sentia-me derrotado. Não atinava com que argumentos poderia contar, a meu favor. Land aproveitou a vantagem:

— Professor, suponhamos, por absurdo, que o capitão Nemo nos oferecesse hoje mesmo a liberdade. O senhor aceitaria?

— Não sei — respondi.

— E se ele acrescentasse que o oferecimento feito hoje não seria feito novamente, o senhor aceitaria?

Calei-me.

— Qual a opinião do amigo Conselho?

— O amigo Conselho — retrucou calmamente o bom do rapaz — nada tem a dizer. É absolutamente desinteressado no debate. É celibatário como o seu patrão e o amigo Ned. Nem mulher, nem filhos, nem pais o esperam em sua terra. É criado do senhor Aronnax, pensa como o senhor Aronnax, fala pela mesma boca e, com grande pesar seu, ninguém deve contar com ele para obter maioria. Só há duas pessoas no debate: o professor Aronnax de um lado e Ned Land do outro. Dito isto, o amigo Conselho escuta e está pronto para marcar pontos.

Não pude deixar de sorrir, ao ver Conselho aniquilar tão completamente a sua própria personalidade. No fundo, o canadense devia sentir-se encantado por não tê-lo contra si.

— Então, professor, já que Conselho não existe, discutamos nós dois. Eu falei, o senhor ouviu-me. Que me responde?

Era preciso chegar a uma conclusão e os subterfúgios repugnam-me.

— Amigo Ned — respondi — você tem razão e os meus argumentos não podem prevalecer contra os seus. Não podemos contar com a boa vontade do capitão Nemo. A mais elementar prudência proíbe-lhe pôr-nos em liberdade. Por outro lado, a prudência manda que aproveitemos a primeira ocasião para abandonar o *Náutilo*.

— Bem, senhor Aronnax, vejo que escutou a voz da prudência.

— Quero, apenas, fazer uma observação. É preciso que a ocasião seja séria. É preciso que nossa primeira tentativa seja coroada de êxito porque, se abortar, nunca mais teremos ocasião de repeti-la e o capitão Nemo não nos perdoará.

— Isso é verdade — concordou o canadense. Mas a sua observação aplica-se a qualquer tentativa de fuga, seja dentro de dois anos, seja dentro de dois dias. Portanto, a questão é a seguinte: se se apresentar uma ocasião favorável, é preciso aproveitá-la.

— De acordo. Agora, explique o que é que você entende por ocasião favorável.

— Aquela que, durante uma noite escura, levasse o *Náutilo* a aproximar-se de uma costa europeia.

— E tentaria fugir a nado?

— Sim, se estivéssemos suficientemente perto da praia e o submarino flutuasse. Não, se estivéssemos afastados da praia e ele navegasse submerso.

— Neste caso...

— Neste caso, procuraria apoderar-me do bote. Sei como se manobra. Alcançaríamos o interior dele e retiradas as cavilhas subiríamos à superfície, sem que nem mesmo o timoneiro, postado na proa, desse pela fuga.

— Bom, Ned. Espreite essa ocasião, mas não se esqueça de que um revés nos perderá.

— Não me esquecerei.

— E agora, Ned, quer que diga francamente a minha opinião sobre o seu projeto?

— Com muito prazer.

— Pois bem, penso — não digo que tenho esperança — que a tal ocasião favorável nunca se apresentará.

— Por quê?

— Um homem! Um náufrago!

— Porque o capitão Nemo não se pode iludir a respeito de nossos sentimentos. Ele tem certeza de que não renunciamos à esperança de reconquistar a nossa liberdade e ficará vigilante, principalmente nos mares europeus e na proximidade de suas costas.

— Sou da mesma opinião — corroborou Conselho.

— Havemos de ver — disse Ned, sacudindo resolutamente a cabeça.

— Agora, mestre Land — acrescentei — paremos por aqui. Nem mais uma palavra sobre isso. No dia em que estiver pronto, avise-nos e nós o seguiremos. Confio inteiramente em você.

Desse modo, terminou a conversa que mais tarde deveria ter graves consequências. Devo dizer, porém, que os fatos pareceram confirmar as minhas previsões para grande desespero do canadense. O capitão Nemo desconfiava de nós naqueles mares frequentados, ou queria apenas furtar-se à vista dos numerosos navios de todas as nações que cortavam o Mediterrâneo em todas as direções? Não sei, mas conservou o *Náutilo* quase sempre entre duas águas e ao largo das costas. Ou o emergia, deixando de fora apenas a cabina do timoneiro, ou o descia a grandes profundidades, porque entre o arquipélago grego e a Ásia Menor não alcançávamos fundo a dois mil metros.

Por isso, só tive conhecimento da ilha de Cárpato, uma das Espórades, por este verso de Virgílio que o capitão Nemo citou apontando com o dedo um ponto do planisfério:

> *Esta in Carpathio Neptuni gurgite vates*
> *Coeruleus Proteus...*

Era com efeito a antiga morada de Proteu, o velho pastor dos rebanhos de Netuno, situada entre Rodes e Creta. Contudo, pude ver apenas os embasamentos graníticos, através da vidraça do salão.

No dia seguinte, catorze de fevereiro, resolvi dedicar algumas horas ao estudo dos peixes do arquipélago. Mas, por motivo qualquer, as escotilhas permaneceram hermeticamente fechadas. Calculando a direção do *Náutilo,* observei que ele se dirigia para Cândia, antiga ilha de Creta. No momento em que eu embarcara na *Abraão Lincoln,* aquela ilha acabara de insurgir-se em peso contra o despotismo turco. Mas o que se tornara a insurreição, a partir daquela data, eu ignorava completamente e não seria o capitão Nemo, privado de qualquer comunicação com a terra, que me poderia informar.

Não fiz, portanto, qualquer alusão ao acontecimento, quando, à noite, me encontrei a sós com ele no salão. Pareceu-me taciturno, preocupado. Depois, contra seus hábitos, ordenou a abertura das escotilhas do salão e, andando de um lado para outro, pôs-se a observar atentamente a massa líquida. Com que fim? Não podia adivinhar e de meu lado dediquei meu tempo ao estudo dos peixes que me passavam diante da vista. Mal podia tirar os olhos daquelas maravilhas, quando fui surpreendido por aparição inesperada.

No meio das águas, surgiu um homem, mergulhador, trazendo na cintura uma bolsa de couro. Não era corpo abandonado às ondas. Era homem vivo que nadava com mão vigorosa, desaparecendo de vez em quando, para respirar na superfície, e tornando a mergulhar imediatamente.

Voltei-me para o capitão Nemo, com voz comovida e exclamei:

— Um homem! Um náufrago! É preciso salvá-lo, custe o que custar!

O capitão nada respondeu e foi encostar-se na vidraça. O homem aproximara-se com a face colada à escotilha e contemplava-nos. Para grande espanto meu, o capitão Nemo fez-lhe sinal. O mergulhador respondeu-lhe com a mão, subiu imediatamente para a superfície do mar e não reapareceu mais.

— Não se preocupe — disse-me o capitão. É Nicolau, do cabo Matapã, apelidado o Peixe. É muito conhecido em todas as ilhas Cícladas. Um ousado mergulhador! A água é o seu elemento e nela vive mais tempo do que em terra, indo constantemente de uma ilha para outra, inclusive Creta.

— O senhor o conhece, capitão?

— Por que não, senhor Aronnax?

Acabando de responder-me com esta pergunta, o capitão Nemo dirigiu-se a um móvel colocado junto à escotilha esquerda do salão. Perto deste móvel vi um cofre de ferro, cuja tampa tinha placa de cobre com a marca do *Náutilo*, com sua divisa *Mobilis in mobile*.

Naquele momento, o capitão, sem se preocupar com a minha presença, abriu o móvel, espécie de caixa-forte que continha grande número de barras de ouro. Donde vinha aquele precioso metal, que representava enorme soma? Onde o capitão apanhava aquele ouro e que iria fazer dele?

Eu não disse uma só palavra. Limitei-me olhar. O capitão Nemo começou a arrumar metodicamente, uma a uma, aquelas barras de ouro, em uma arca, até enchê-la inteiramente. Avaliei que o cofre deveria conter mais de cinco mil quilos de ouro. A arca foi solidamente fechada e o capitão escreveu em sua tampa um endereço em caracteres que deveriam pertencer ao grego moderno.

Feito isto, o capitão Nemo apertou um botão, cujo fio o punha em correspondência com a câmara da tripulação. Quatro homens apareceram e com muita dificuldade levaram a arca para fora do salão. Em seguida, ouvi o ruído das talhas, içando todo aquele ouro pela escada de ferro.

Naquele momento, o capitão Nemo voltou-se para mim e perguntou-me:

— O senhor dizia... professor?

— Não dizia nada, capitão.

— Então, com licença. Boa noite.

E, inclinando a cabeça em um gesto de despedida, deixou o salão.

Voltei ao meu camarote intrigadíssimo. Tentei, em vão, conciliar o sono. Procurava uma relação entre a aparição daquele mergulhador e aquela arca repleta de ouro. Pouco depois, senti pelo balanço e pela arpagem que o *Náutilo* abandonara as camadas inferiores e emergira. Depois, escutei ruído de passos na plataforma. Percebi que desatarraxavam o bote e o lançavam ao mar. Duas horas depois, o mesmo ruído, as mesmas idas e vindas repetiram-se. A embarcação, içada para bordo, foi recolocada no seu alvéolo e o *Náutilo* tornou a mergulhar nas ondas.

Portanto, aqueles milhões tinham sido levados a seu destino. Para que ponto do continente? Quem era o correspondente do capitão Nemo?

No dia seguinte, contei a Conselho e ao canadense os acontecimentos daquela noite, os quais superexcitavam a minha curiosidade. Meus companheiros não ficaram menos surpresos do que eu. Ned indagou:

— Onde foi ele buscar esses milhões?

Para isso não havia resposta possível. Depois do almoço fui para o salão e continuei o meu trabalho. Até as cinco da tarde redigi meus apontamentos. Senti, então, calor tão grande que fui obrigado a despir minha roupa de bisso. Seria consequência de alguma predisposição minha? Aquele calorão era incompreensível, porque não estávamos nas proximidades do equador e o *Náutilo*, imerso, como estava, não devia sofrer nenhuma elevação de temperatura. Observei o manômetro. Marcava profundidade de vinte metros, portanto inatingível para o calor atmosférico.

Continuei meu trabalho, mas a temperatura continuou a elevar-se a ponto de tornar-se intolerável. Ia sair do salão quando o capitão Nemo entrou. Aproximou-se do termômetro, leu a temperatura e, voltando-se para mim, disse:

— Quarenta e dois graus.

— Estou sentindo-os, capitão, e por pouco que este calor aumente nós não o poderemos mais suportar.

— Professor, este calor só aumentará se quisermos.

— O senhor pode moderá-lo à vontade?

— Não, mas posso afastar-me da fornalha que o produz.

— Este calor, então, vem de fora?

— Sem dúvida. Flutuamos em uma corrente de água fervente.

— Será possível?

— Veja.

As escotilhas do salão abriram-se e vi o mar, em volta do *Náutilo*, inteiramente branco. Fumaça de vapores sulfurosos impregnava as ondas que ferviam como a água de uma caldeira. Encostei a mão em uma das vidraças, mas o calor era tamanho que a tirei na mesma hora.

— Onde estamos?

— Perto da ilha Santorin, exatamente no canal que separa Nea Cameni de Palea Cameni. Quis proporcionar-lhe o maravilhoso espetáculo de uma erupção submarina.

— Supunha que a formação dessas ilhas novas já houvesse acabado.

— Nada jamais terminou nas regiões vulcânicas e nelas o globo é constantemente reconstruído pelos fogos subterrâneos. Já no ano dezenove de nossa era, segundo Cassidoro e Plínio, uma ilha nova, Teia, a divina, surgiu exatamente no local em que recentemente se formaram essas ilhotas. Depois, afundou-se no abismo para reaparecer no ano sessenta e nove e tornar a submergir. A partir daquela época até nossos dias o trabalho plutônico jamais parou. A três de fevereiro de 1866, nova ilhota, que recebeu a denominação de Jorge, emergiu do meio dos vapores sulfurosos, próximo a Nea Cameni, reunindo-se a esta em seis do mesmo mês. Sete dias depois, surgiu a ilhota Afroessa, ficando entre ela e a Nea Cameni um canal de dez metros. Eu estava nestes mares, quando o fenômeno se verificou e pude observá-lo em todas as suas fases. A ilhota Afroessa de forma arredondada, media cem metros de diâmetro por dez de altura. Compunha-se de lavas negras e vítreas, misturadas com fragmentos feldspáticos. Finalmente, a dez de março, uma ilhota menor, chamada Reca, surgiu perto de Nea Cameni e a partir de então as três ilhas, soldadas entre si, formam apenas uma.

— E o canal que atravessamos neste momento?

— Ei-lo — respondeu-me o capitão mostrando-me mapa do arquipélago. Como se vê, já marquei nele as novas ilhotas.

— Mas este canal há de fechar-se um dia.

— É provável, senhor Aronnax, porque, a partir de 1866, oito ilhéus de lava surgiram diante do porto de São Nicolau, em Palea Cameni. É, portanto, evidente que Nea e Palea se reunirão em breve. Se em meio ao Pacífico são os infusórios que formam os continentes, aqui são as erupções vulcânicas. Veja, professor, o trabalho que se processa sob as ondas.

Voltei à vidraça. O *Náutilo* parara. O calor tornava-se intolerável. De branco que era, o mar transformava-se em vermelho, coloração por causa da presença de sal de ferro. Apesar do fechamento hermético do salão, insuportável cheiro de enxofre invadia tudo e eu via as chamas rubras, cuja irradiação matava o brilho da eletricidade. Eu nadava em suor, sufocava, parecia cozinhar.

— Não podemos aguentar muito tempo no meio desta água fervente — disse o capitão.

— Não seria prudente.

Uma ordem foi dada. O *Náutilo* virou de bordo e afastou-se daquela fornalha que não podia impunemente desafiar. Um quarto de hora mais tarde, respirávamos na superfície das águas.

Ocorreu-me, então, o pensamento de que, se Ned Land houvesse escolhido aquele lugar para efetuar a nossa fuga, não teríamos saído vivos daquele mar de fogo.

No dia seguinte, dezesseis de fevereiro, deixávamos aquela bacia que, entre Rodes e Alexandria, chega a atingir profundidades de três mil metros, e o *Náutilo,* passando ao largo de Cerigo, abandonava o arquipélago grego, depois de dobrar o cabo Matapã.

❖

31

Travessia relâmpago

Mar azul por excelência, grande mar dos hebreus, o *mar* dos gregos, o *mare nostrum* dos romanos, cercado de laranjeiras, de aloés, de cactos, de pinheiros marítimos, embalsamado pelo perfume dos mirtos, emoldurado por ásperas montanhas, saturado de ar puro e transparente, mas incessantemente laborado pelos fogos da terra, é o Mediterrâneo um campo de batalha em que Netuno e Plutão ainda disputam o império do mundo. Nele, em suas praias e em suas águas, o homem revigora-se em um dos melhores climas do mundo.

Contudo, por mais belo que seja, apenas pude ter de sua bacia fugaz percepção. Mal vi aquela superfície de dois milhões de quilômetros quadrados. Até os conhecimentos pessoais do capitão Nemo faltaram-me, porque o enigmático personagem não apareceu nem uma só vez durante aquela travessia a grande velocidade. Calculo em cerca de seiscentas léguas a distância que o *Náutilo* percorreu sob as ondas desse mar, em duas vezes vinte e quatro horas. Partindo dos arredores da Grécia, na manhã de dezesseis de fevereiro, no dia dezoito, ao despontar do sol, já havíamos transposto o estreito de Gibraltar.

Ficou claro, para mim, que o Mediterrâneo, apertado no meio daquelas terras que queria evitar, causava repugnância ao capitão Nemo. As suas ondas e as suas brisas traziam-lhe recordações numerosas demais, quiçá saudades em demasia. Não gozava nele da liberdade de movimentos e da independência de manobras que lhe proporcionavam os oceanos, e o *Náutilo* sentia-se angustiado entre aquelas praias da Europa e da África, demasiado próximas umas das outras.

Por isso, nossa velocidade foi de vinte e cinco milhas por hora, isto é, de doze léguas marítimas de quatro quilômetros. É escusado dizer que Ned Land, com grande pesar, foi obrigado a renunciar aos seus projetos de fuga. Era impossível servir-se do bote, arrastado à razão de doze a treze metros por segundo. Deixar o *Náutilo* nessas condições seria o mesmo que saltar de um trem em igual velocidade. Aliás, nosso aparelho só emergia durante a noite, a fim de renovar a provisão de ar, e dirigia-se segundo as indicações da bússola e a marcação da barquilha.

Do interior do Mediterrâneo, pude ver apenas o que o passageiro de um expresso pode perceber da paisagem que lhe foge diante dos olhos, isto é, os horizontes longínquos e não os primeiros planos, que passam como relâmpagos. Contudo, Conselho e eu pudemos observar alguns peixes que conseguiam manter-se por instantes nas águas do *Náutilo*.

Em meio às massas d'água fortemente iluminadas pelos jatos elétricos serpenteavam algumas lampreias de um metro de comprimento, comuns a quase todos os climas. Oxirrincos, espécies de raias de cinco pés de largura, barriga branca, dorso cinzento claro, manchados, ondulavam com xales levados pela corrente. Outras raias passavam com tal rapidez que eu não podia decidir se mereciam o nome de águias, que lhes deram os gregos, ou os apelativos de rato, sapo e morcego, com que as ridicularizavam os pescadores modernos. Tubarões-lixas de três metros, particularmente temidos pelos mergulhadores, apostavam corrida entre si. Raposas-marinhas, dotadas de faro extremamente sensível, pareciam grandes sombras azuladas. As douradas, do gênero *spares*, algumas medindo até três decímetros, exibiam sua roupagem de prata e azul, cercada de estreitas faixas, que realçavam o tom escuro de suas barbatanas. São peixes consagrados a Vênus e cujo olho é engastado em supercílio de ouro, espécie preciosa, amiga de todas as águas, doces ou salgadas, habitantes dos rios, dos lagos e dos oceanos, vivendo em todos os climas, suportando todas as temperaturas e cuja raça, contemporânea das épocas geológicas da terra, conservou integralmente a beleza de antanho. Esturjões magníficos, de nove e de dez metros de comprimento, dotados de grande velocidade, açoitavam com a cauda potente a vidraça das escotilhas, exibindo o dorso azulado com pequenas manchas pardas. Assemelhavam-se aos esqualos, cuja força não igualam. Encontram-se em todos os mares e, na primavera, gostam de subir os grandes rios, de lutar contra a corrente do Volga, do Danúbio, do Pó, do Reno e alimentam-se de arenques, cavalas, salmões e bacalhau. Embora pertençam à classe dos cartilaginosos, são saborosos. Mas, dos diversos habitantes do Mediterrâneo, os que pude observar melhor quando o *Náutilo* se aproximava da superfície pertenciam ao septuagésimo-terceiro gênero de peixes ósseos. Eram escombros-atuns, de dorso azul-escuro, ventre couraçado de prata e cujas espinhas dorsais irradiam clarões dourados. Gozam da reputação de seguir a marcha dos navios, abrigando-se à sombra fresca que projetam sob os ardores do céu tropical. E confirmaram a fama, acompanhando o *Náutilo*, tal como haviam seguido, outrora, os navios de La Pérouse. Durante muitas horas apostaram corrida com o nosso aparelho. Não me cansava de admirar aqueles animais, verdadeiramente esculpidos para a corrida, cabeça pequena, corpo liso e fusiforme, que em alguns ultrapassava três metros, barbatanas peitorais dotadas de notável vigor e barbatanas caudais bifurcadas. Nadavam em triângulo, como certos bandos de aves, cuja rapidez igualavam, o que levava os antigos a afirmarem que tais peixes conhecem a geometria e a estratégia.

Citarei, apenas de memória, os peixes mediterrâneos que Conselho ou eu vimos somente de relance. Eram gimnotos esbranquiçados que passavam como vapores impalpáveis, moreias-congros, serpentes de três a quatro metros, adornadas de verde, azul e amarelo; cepolastênias, que flutuavam como finas algas; triglos, que os poetas apelidaram peixe-lira, e os marinheiros, peixes-assobiadores, cujo focinho é ornado com duas lâminas triangulares e rendadas; triglos-andorinhas, nadando com a rapidez da ave de que tomam o nome; holocentros-meros de cabeça vermelha, cuja barbatana dorsal é guarnecida de filamentros; sáveis enfeitados com manchas negras, cinzentas, marrons, azuis, amarelas, verdes e sensíveis à voz argentina das sinetas; rodovalhos magníficos, faisões-do-mar, espécie de losangos dotados de barbatanas amarelas, pontilhados de marrom e cujo lado superior, o lado esquerdo, é geralmente marmoreado de marrom e amarelo; finalmente, cardumes de admiráveis ruivos, verdadeiras aves-do-paraíso do oceano, que os romanos pagavam até a dez mil sestércios a cada um e que faziam morrer sobre a mesa para acompanhar com o olhar cruel as suas mudanças de cor, desde o vermelho cúprico da vida até o branco pálido da morte.

Quanto aos mamíferos marinhos, creio haver reconhecido, ao passar pela boca do Adriático, dois ou três cachalotes, dotados de barbatana dorsal, do gênero dos fisetérios, alguns golfinhos, do gênero dos globicéfalos, próprios do Mediterrâneo e cuja parte anterior da cabeça é cortada por pequenas listras claras e também uma dúzia de focas de ventre branco, dorso negro, apelidadas monges, porque têm o aspecto de dominicanos de três metros de comprimento.

... quantos destroços vi, uns já recobertos de corais, outros revestidos apenas por camadas de ferrugem...

Na tarde do dia dezessete, o *Náutilo* diminuiu inesperadamente a sua velocidade.

Navegávamos, então, entre a Sicília e a costa de Túnis. No espaço apertado entre o cabo Bom e o estreito de Messina, o fundo do mar eleva-se quase de súbito. Ali se formou verdadeira crista sobre a qual há apenas dezessete metros de água, enquanto de um lado e de outro a profundidade é de cento e setenta metros. Mostrei a Conselho, no mapa do Mediterrâneo, a zona coberta por esse longo recife.

— Mas, professor — comentou Conselho — parece um verdadeiro istmo, unindo a Europa à África.

— Sim, meu filho, ele intercepta totalmente o estreito da Líbia e sondagens feitas provaram que esses continentes já foram ligados, outrora, entre os cabos Bom e Furina.

— Acredito de bom grado — respondeu Conselho.

— Acrescentarei que uma barreira semelhante que, nas épocas geológicas, fechava completamente o Mediterrâneo, existe entre Gibraltar e Ceuta.

— E se uma erupção vulcânica levantasse um dia essas duas barreiras acima das ondas?

Posso assegurar-te que tal fenômeno não se produzirá. A violência das forças subterrâneas é decrescente. Os vulcões, tão numerosos nos primeiros tempos, extinguem-se pouco a pouco, o calor interno enfraquece, a temperatura das camadas inferiores do globo diminuem de modo apreciável a cada século que passa, em prejuízo de nosso globo, porque este calor é a vida dele.

— Entretanto, o sol...

— O sol é insuficiente, Conselho. Pode ele restituir o calor a um cadáver?

— Que eu saiba, não.

— Pois bem, meu amigo, a terra será um dia cadáver frio. Tornar-se-á inabitável e será desabitada como a lua, que há muito tempo perdeu seu calor vital.

— Em quantos séculos?

— Em algumas centenas de milhares de anos, meu filho.

— Então — gracejou Conselho — teremos tempo suficiente para terminar nossa viagem, se Ned Land não atrapalhar.

E Conselho, assim tranquilizado, voltou ao estudo do baixio que o *Náutilo* atravessava, quase roçando-o, em velocidade moderada. Ali, sobre solo rochoso e vulcânico, desabrochava verdadeira flora viva. Mas não foi, o seu, um estudo metódico e completo, porque o *Náutilo*, tendo ultrapassado o baixio do estreito da Líbia, retornou, em águas mais profundas, à velocidade habitual. A partir deste momento desapareceram moluscos, articulados e zoófitos. Apenas alguns grandes peixes passavam como sombras.

Durante a noite de dezesseis para dezessete de fevereiro alcançamos a segunda bacia do Mediterrâneo, onde as maiores profundidades atingem três mil metros. O *Náutilo*, impulsionado pela hélice, e deslizando em seus planos inclinados, desceu até as camadas inferiores. Lá, na ausência de maravilhas naturais, a massa das águas ofereceu à minha vista cenas comoventes e terríveis. Atravessávamos, então, de ponta a ponta, aquela região do Mediterrâneo tão fecunda em sinistros. Da costa argelina às praias provençais, quantos navios naufragaram, quantas embarcações desapareceram! O Mediterrâneo é apenas um lago, comparado com as vastas planícies líquidas do Pacífico, mas é um lago caprichoso, de ondas inconstantes, agora propício e carinhoso para a frágil tartana que parece flutuar entre o duplo azul das águas e do céu, logo depois colérico, atormentado, revolto, rebentando os mais poderosos navios com suas vagas pequenas que assestam golpes repetidos.

Assim, naquele passeio rápido através das camadas profundas, quantos destroços vi, uns já recobertos de corais, outros revestidos apenas por camada de ferrugem, âncoras, canhões, granadas, guarnições de ferro, ramos de hélice, restos de máquinas, cilindros despedaçados, caldeiras arrebentadas, cascos flutuando entre duas águas, uns voltados para cima, outros emborcados.

Desses navios naufragados, uns haviam perecido por colisão, outros por se terem chocado com escolhos de granito. Vi alguns que tinham ido a pique, com a mastreação completa, aparelho retesado pela água. Pareciam ancorados em imensa enseada, à espera do momento de partida. Quando o *Náutilo* passava entre eles e os envolvia no jato elétrico de seu farol, parecia que aqueles navios iam saudá-lo, abatendo o pavilhão e enviar-lhe o seu número de ordem! Nada disso. O silêncio e a morte reinavam naquele campo de catástrofe!

Observei que o fundo do Mediterrâneo, à proporção que o *Náutilo* se aproximava do estreito de Gibraltar, apresentava-se, cada vez mais, atravancado por aqueles sinistros destroços. As costas da África e da Europa aproximavam-se ali e, naquele estreito espaço, os abalroamentos são frequentes. Ali há numerosas querenas de ferro, fantásticas ruínas de navios, uns deitados, outros de pé, parecendo horrorosos animais. Um daqueles barcos, com os flancos arrombados, a chaminé recurvada, armações das rodas à mostra, leme separado do cadaste, detido apenas por cadeia de ferro, popa roída pelos sais marinhos, apresentava aspecto aterrador. Quantas existências ceifadas apenas por aquele naufrágio! Quantas vítimas arrastadas para o fundo do mar! Teria, acaso, sobrevivido algum marinheiro, para contar aquele terrível desastre ou as ondas guardariam ainda o segredo daquele sinistro? Ah! Que sinistra história poderíamos escrever sobre o fundo do Mediterrâneo, vasto ossuário, onde tantas riquezas se perderam, onde tantas vítimas encontraram a morte! Entretanto, o *Náutilo*, indiferente e veloz, corria a toda força por entre aquelas ruínas. A dezoito de fevereiro, por volta das três horas da manhã, alcançava a entrada do estreito de Gibraltar.

Ali existem duas correntes: uma superior, há muito tempo conhecida, que leva as águas do oceano para a bacia do Mediterrâneo; uma contracorrente inferior, cuja existência está demonstrada pelo raciocínio. Realmente, a quantidade de águas do Mediterrâneo, incessantemente aumentada pelas ondas do Atlântico e pelos rios que nele desembocam, deveria aumentar anualmente o nível desse mar, porque a sua evaporação é insuficiente para restabelecer o equilíbrio. Ora, isto não acontece, e devemos, portanto, admitir a existência da corrente inferior que, pelo estreito de Gibraltar, lance na bacia do Atlântico o excesso do Mediterrâneo.

O raciocínio está certo. Foi dessa contracorrente que o *Náutilo* se aproveitou. Avançou rapidamente pela estreita passagem. Por um instante pude ver de relance as admiráveis ruínas do templo de Hércules, que submergiu, segundo Plínio, com a ilha rasa que o sustinha e, alguns minutos mais tarde, singrávamos as ondas do Atlântico.

❖

32

A baía de Vigo

Atlântico! Vasto lençol de águas, cuja superfície cobre vinte e cinco milhões de milhas quadradas, com o comprimento de nove mil milhas, por largura média de duas mil e setecentas milhas. Importante mar quase ignorado dos antigos, excetuando-se, talvez, os cartagineses, os holandeses da antiguidade, que em suas peregrinações comerciais perlongavam as costas ocidentais da Europa e da África! Oceano cujas praias, de sinuosidades paralelas, abrangem imenso perímetro, recebendo os maiores rios do mundo — o São Lourenço, o Mississipi, o Amazonas, o Prata, o Orenoco, o Níger, o Senegal, o Elba, o Líger, o Reno, que lhe trazem as águas dos países mais civilizados e das regiões mais selvagens! Magnífica planície, incessantemente sulcada pelos navios de todas as nações, onde panejam todos os pavilhões do mundo e que termina em duas terríveis pontas — cabo Horn e cabo das Tormentas!

O *Náutilo* singrava-lhe as águas com o gume de seu esporão, depois de haver navegado perto de dez mil léguas em três meses e meio, percurso superior ao de um dos círculos máximos da terra. Onde iríamos agora e que nos reservaria o futuro?

A nave, ao sair do estreito de Gibraltar, dirigira-se para o mar alto. Voltou à superfície das ondas e assim recuperamos o direito a nossos passeios diários sobre a plataforma. Para ela subi imediatamente, acompanhado de Conselho e de Ned Land. A uma distância de doze milhas avistava-se vagamente o cabo de São Vicente, que forma a parte sudoeste da península ibérica. O vento sul soprava de rijo. O mar picado imprimia violento balanço ao *Náutilo*. Era quase impossível aguentar-nos sobre a plataforma, batida constantemente por vagalhões. Assim, depois de respirar o ar livre do oceano, descemos para o interior do submarino.

Voltei ao meu quarto. Conselho retornou à sua cabina, mas o canadense, com ar de profunda preocupação, seguia-me. Nossa veloz travessia do Mediterrâneo não lhe permitira a execução de seus projetos e ele não escondia o seu desapontamento. Fechando a porta de meu quarto, sentou-se e olhou-me silenciosamente.

— Amigo Ned — disse-lhe — eu compreendo, mas você nada tem a exprobrar-se. Nas condições em que o *Náutilo* navegava, pensar em abandoná-lo seria loucura.

Ned Land nada respondeu. Os seus lábios apertados, as sobrancelhas franzidas indicavam que ele estava dominado pela violenta obsessão de ideia fixa.

— Vejamos — continuei — ainda não há motivo para desesperar. Subimos pela costa de Portugal. A França e a Inglaterra, onde certamente encontraríamos guarida, não ficam longe. Ah! Se o *Náulilo*, saindo do estreito de Gibraltar, se houvesse dirigido para o sul, se nos houvesse arrastado para as regiões em que há continentes, eu partilharia a sua inquietação. Entretanto, sabemos agora que o capitão Nemo não evita os mares civilizados e creio que dentro de alguns dias você poderá agir com alguma segurança.

O canadense olhou-me com maior fixidez ainda e, finalmente, descerrando os lábios, disse:

— É para hoje à noite.

Levantei como se tivesse sido impelido por mola. Confesso que não esperava aquela comunicação. Gostaria de responder ao canadense, mas as palavras faltaram-me. Ned continuou:

— Havíamos combinado esperar ocasião favorável. A ocasião chegou. Hoje à noite estaremos apenas a poucas milhas da costa espanhola. A noite será escura. O vento sopra do largo. Tenho a sua palavra, professor Aronnax, e conto com o senhor.

Como eu continuasse calado, o canadense levantou-se e aproximando-se de mim:

— Hoje à noite, às nove horas. Já avisei Conselho. A essa hora, o capitão Nemo deverá estar fechado em seu quarto e provavelmente deitado. Nem os maquinistas, nem os homens da tripulação podem ver-nos. Conselho e eu alcançaremos a escada central. O senhor permanecerá na biblioteca, a dois passos de nós, esperando um sinal meu. Os remos, o mastro e a vela estão no escaler. Consegui até levar para lá algumas provisões. Obtive chave para desaparafusar as porcas que prendem o escaler ao casco do *Náutilo*. Logo, tudo está pronto. Até a noite.

— O mar está picado — disse eu.

— Concordo — respondeu o canadense — mas é preciso que corramos esse risco. A liberdade vale o sacrifício. Além disso, a embarcação é sólida e algumas milhas com o vento que sopra não são difíceis de navegar. Quem sabe se amanhã não estaremos cem léguas ao largo? Se as circunstâncias nos favorecerem, entre dez e onze horas teremos desembarcado em algum ponto da terra firme ou... estaremos mortos. Confiemos, portanto, na graça de Deus e até a noite!

Acabando de falar, retirou-se, deixando-me quase tonto. Havia pensado que, quando o caso acontecesse, teria tempo para refletir e discutir. O meu obstinado companheiro não o permitira. Que lhe poderia eu ter dito? Ned Land tinha inteira razão. Chegara a ocasião, ele a aproveitava. Poderia eu dar o dito por não dito e comprometer, assim, por meu interesse pessoal, o futuro de meus companheiros? No dia seguinte, não poderia o capitão Nemo arrastar-nos para longe de todas as terras?

Naquele momento, forte silvo deu-me a conhecer que os reservatórios se enchiam e o submarino mergulhava nas ondas do Atlântico.

Permaneci no meu quarto. Queria evitar o capitão para esconder aos seus olhos a emoção que me dominava. Triste dia passei assim, dividido entre o desejo de recuperar meu livre-arbítrio e o pesar de abandonar aquele maravilhoso *Náutilo*, deixando inacabados os meus estudos submarinos! Deixar assim aquele oceano — *meu Atlântico* — como gostava de chamá-lo, sem ter-lhe observado as camadas mais profundas, sem haver-lhe descoberto os segredos que me haviam revelado o mar das Índias e o oceano Pacífico! Meu romance caía-me das mãos no primeiro volume, meu sonho interrompia-se no instante mais encantador!

Por duas vezes fui até o salão. Queria consultar a bússola. Queria certificar-me se a direção do *Náutilo* nos aproximava, realmente, ou nos afastava do litoral. Mas ele continuava em águas portuguesas. Sua proa apontava o norte, perlongando as praias do oceano.

Era imperioso, pois, tomar resolução e preparar-me para fugir. Minha bagagem não era pesada. Só apontamentos e nada mais.

Quanto ao capitão Nemo, perguntei aos meus botões que pensaria ele de nossa evasão, que inquietação, que prejuízos lhe causaria e como procederia fosse ela coroada de êxito ou falhasse! Era evidente que eu não tinha motivo de queixar-me dele, muito pelo contrário. Nunca houve hospitalidade mais espontânea que a dele. Fora com a força dos acontecimentos que contara e não com nossa palavra, para ligar-nos definitivamente a ele. Todavia, a sua pretensão confessada em voz alta de conservar-nos eternamente prisioneiros a bordo justificava todas as tentativas.

Não tornara a ver o capitão desde nossa visita à ilha de Santorim. Haveria o acaso de pôr-me em presença dele antes de nossa partida? Eu o desejava e temia ao mesmo tempo. Pus-me à escuta para ver se não o ouviria andar em seu quarto, que era contíguo ao meu. Nenhum ruído veio ferir-me o ouvido. Aquele quarto devia estar deserto. Então, cheguei a duvidar de que o estranho personagem estivesse a bordo. Desde a noite em que o escaler havia deixado o *Náutilo* para serviço misterioso minhas ideias sobre ele tinham sofrido leve alteração. Pensava, ao contrário do que Nemo afirmava, que ele conservara com a terra certa espécie de relação. Nunca saía? Semanas inteiras se haviam escoado, sem que eu o encontrasse. Que fazia ele durante esse tempo e, enquanto eu o acreditava presa de algum acesso de misantropia, não estaria desempenhando alguma missão secreta, cuja natureza me escapara até aqui?

Essas ideias e mil outras assaltaram-me ao mesmo tempo. Na situação em que nos encontrávamos, o campo das conjecturas não podia deixar de ser infinito. Mal-estar insuportável dominava-me. Aquele dia de expectativa parecia-me interminável. As horas corriam demasiado vagarosas para a minha impaciência. Como sempre, meu jantar foi servido em meu quarto. Comi mal, devido à minha excessiva preocupação. Deixei a mesa às sete horas. Cento e vinte minutos — eu os contava — separavam-me ainda do momento em que devia juntar-me a Ned Land. Minha agitação redobrara. Meu pulso batia com violência. Não podia permanecer imóvel. A ideia de sucumbir em minha temerária empresa era o menos penoso de meus cuidados. A ideia de ver os nossos projetos descobertos antes de poder deixar o *Náutilo*, o pensamento de enfrentar o capitão Nemo irritado ou, o que seria pior, contristado por meu abandono, faziam-me palpitar o coração.

Quis rever o salão pela última vez. Percorri os passadiços e cheguei ao museu em que havia passado tantas horas úteis e agradáveis. Contemplei todas aquelas riquezas, todos aqueles tesouros, como homem às vésperas de eterno exílio, que parte para nunca mais voltar.

Ia abandonar para sempre aquelas maravilhas da natureza, aquelas obras-primas da arte, entre as quais há tantos dias se concentrava a minha vida. Desejaria mergulhar o olhar pela vidraça do salão através das águas do Atlântico, mas os painéis estavam hermeticamente fechados e uma cortina de aço separava-me desse oceano que eu ainda não conhecia.

Percorrendo o salão, aproximei-me da porta, que dava para o quarto do capitão. Para espanto meu, a porta estava entreaberta. Recuei involuntariamente. Se o capitão Nemo estivesse em seu quarto, poderia ver-me. Entretanto, não ouvindo ruído algum, aproximei-me. O quarto estava vazio. Empurrei a porta. Dei alguns passos em seu interior. Sempre o mesmo aspecto severo, cenobítico. Naquele momento, meu olhar caiu sobre algumas águas-fortes penduradas na parede e que não havia notado em minha visita. Eram retratos de personagens históricos, cuja existência foi contínuo devotamento a uma grande ideia humana. Cosciusco, o herói que tombou ao grito de *Finis Poloniae*; Botzaris, o Leônidas da Grécia moderna; O'Connel, o defensor da Irlanda; Washington, o fundador dos Estados Unidos; Manzini, o patriota italiano; Lincoln, morto pela bala de um escravagista e, finalmente, o mártir da libertação da raça negra — João Brown, suspenso de seu patíbulo, tal como o desenhou o terrível lápis de Victor Hugo.

Que vínculo existia entre essas almas heroicas e a alma do capitão Nemo? Poderia eu, finalmente, daquela reunião de retratos deduzir o mistério de sua existência? Seria ele o campeão dos povos oprimidos, o libertador das raças escravizadas? Teria figurado nas últimas comoções políticas ou sociais do século?

De repente, o relógio bateu oito horas. A primeira pancada do martelo sobre o tímpano arrancou-me ao meu devaneio. Estremeci como se olho invisível tivesse podido penetrar no íntimo de meus pensamentos e saí imediatamente do quarto.

Examinei a bússola. Nossa direção continuava rumo ao norte. A barquilha indicava velocidade moderada, o manômetro marcava profundidade de cerca de vinte metros. As circunstâncias favoreciam, pois, os projetos do canadense.

Voltei ao meu quarto. Vesti-me com roupas quentes, botas de mar, boné de lontra, casaco de bisso, forrado de pele de foca. Estava pronto. Esperei. Somente o sussurro da hélice quebrava o silêncio profundo que reinava a bordo. Escutei com a maior atenção. Quem sabe algum tumulto de vozes não me viria, de repente, indicar que Ned

Land acabaria de ver descobertos os seus projetos de evasão? Mortal inquietação dominou-me. Tentei, em vão, recuperar o sangue-frio.

Às nove horas colei o ouvido à porta do capitão Nemo. Silêncio completo. Deixei meu quarto e voltei ao salão que estava mergulhado em semiobscuridade, mas deserto. Abri a porta que dava para a biblioteca. Mesma iluminação insuficiente, mesma solidão. Fui postar-me junto à porta que dava para a escada central. Esperei o sinal de Ned Land. Nesse momento exato, o murmúrio da hélice diminuiu e depois cessou completamente. Por que tal mudança na marcha do *Náutilo*? Tal fato favoreceria ou prejudicaria os intuitos de Ned? Não poderia dizê-lo.

O silêncio só era perturbado pelas pulsações de meu coração. De repente, senti leve choque. Compreendi que o *Náutilo* acabara de pousar no fundo do oceano. Minha inquietação redobrou. O sinal do canadense não veio. Meu desejo era juntar-me a Ned para instar pelo adiamento da tentativa. Sentia que a navegação não estava sendo feita nas condições de rotina.

Exatamente nesse momento abriu-se a porta do salão e o capitão Nemo apareceu. Viu-me e, sem mais preâmbulo, disse-me com amabilidade:

— Ah! Senhor professor, eu o procurava. Conhece a história da Espanha?

Mesmo que alguém conhecesse a fundo a história de seu próprio país, nas condições em que eu me encontrava, espírito perturbado, cabeça perdida, não seria capaz de citar uma só palavra.

— Então? Ouviu minha pergunta? — prosseguiu o capitão Nemo. Conhece a história da Espanha?

— Muito pouco — respondi.

— Eis os sábios — caçoou o capitão. Nada sabem. Sente-se, então, e vou contar-lhe curioso episódio da história desse país.

Deitou-se em um divã e eu, maquinalmente, sentei-me perto dele, na penumbra.

— Professor, ouça com atenção. O episódio que lhe vou contar certamente o interessará, porque lhe permitirá achar solução para um problema que o senhor ainda não conseguiu resolver.

— Eu o estou ouvindo com a maior atenção — respondi, ignorando onde meu interlocutor queria chegar e perguntando a mim mesmo se aquele incidente se relacionava aos nossos projetos de fuga.

— Se o professor permite, recuaremos até 1702. Certamente sabe que nessa época o seu rei Luís XVI, supondo que bastaria um gesto de potentado para fazer os Pireneus esconderem-se terra adentro, havia imposto aos espanhóis, como rei, seu neto, o duque de Anju. Este príncipe, que reinou mais ou menos mal sob o nome de Felipe V, teve que enfrentar sérias lutas no exterior. Com efeito, um ano antes, as casas reais de Holanda, Áustria e Inglaterra haviam firmado em Haia um tratado de aliança com o fito de arrancar a coroa da Espanha a Felipe V, para pô-la na cabeça de um arquiduque a que deram prematuramente o nome de Carlos III. A Espanha foi obrigada a resistir a esta coligação. Entretanto, estava quase sem soldados e sem marinheiros. O dinheiro, porém, não faltava, desde que seus galeões, carregados com o ouro e prata da América, alcançassem os seus portos. Ora, ao terminar 1702, era esperado rico comboio que a França mandara escoltar por esquadra de vinte e cinco navios comandados pelo almirante Chateau Renaud, porque as marinhas coligadas corriam o Atlântico. Esse comboio devia dirigir-se a Cádis, mas o almirante, tendo tido conhecimento de que a esquadra inglesa cruzava naquelas paragens, resolveu dirigir-se a um porto francês. Os comandantes espanhóis protestaram contra tal decisão. Queriam dirigir-se a um porto espanhol. Já que não podia ser Cádis, que fosse Vigo, na costa noroeste e que não estava bloqueado. O almirante Chateau Renaud teve a fraqueza de aceitar tal injunção e os galeões entraram na baía de Vigo. Infelizmente, essa baía é uma enseada aberta, absolutamente indefensável. Era preciso, portanto, acelerar a descarga dos galeões para terminá-la antes da chegada das esquadras coligadas e o tempo seria bastante para a descarga, não fora a miserável questão de rivalidade que surgiu inesperadamente. O senhor está acompanhando o encadeamento dos fatos? — perguntou-me o capitão.

— Perfeitamente — respondi, sem atinar ainda com que fim me estava sendo dada aquela lição de história.

— Prossigo. Eis o que se passou. Os comerciantes de Cádis tinham privilégio, segundo o qual deviam receber todas as mercadorias que viessem das Índias Ocidentais. Ora, desembarcar os lingotes dos galeões no porto de Vigo feria tal direito. Queixaram-se, portanto, em Madri, e o fraco Felipe V decidiu que o comboio, sem proceder à descarga, permaneceria na baía de Vigo até o momento em que as esquadras inimigas se houvessem afastado. Ora, enquanto se tomava tal decisão, a vinte e dois de outubro de 1702, os navios ingleses alcançaram a baía de Vigo. O almirante Chateau Renaud, apesar da inferioridade de suas forças, bateu-se corajosamente. Mas quando viu que as riquezas do comboio iam cair em mãos inimigas, incendiou e afundou os galeões, que submergiam com os seus imensos tesouros.

O capitão Nemo calara-se. Confesso que até aquele momento não via em que tal história podia interessar-me.

— E depois? — perguntei-lhe.

— Pois bem, senhor Aronnax — respondeu-me o capitão — estamos na tal baía de Vigo, e depende apenas do senhor descobrir-lhe os mistérios.

O capitão levantou-se e pediu-me que o seguisse. Como já me acalmara, obedeci. O salão estava às escuras, mas através dos vidros transparentes fulgiam as ondas. Olhei.

Em torno do *Náutilo,* em um raio de meia milha, surgiam as águas impregnadas pela luz elétrica. O fundo arenoso estava limpo e claro. Homens da tripulação, vestidos de escafandros, ocupavam-se em desenterrar tonéis meio apodrecidos, caixas arrombadas, no meio de destroços ainda enegrecidos. Dessas caixas e desses barris jorravam lingotes de ouro e de prata, cascatas de piastras e de joias. Depois, carregados com aquele precioso despojo, os marinheiros voltavam a bordo, descarregavam o fardo e voltavam à sua inesgotável pesca de prata e ouro.

Agora, eu compreendia. Aquele era o teatro da batalha de vinte e dois de outubro de 1702. Ali haviam submergido os galeões destinados ao governo espanhol. Era ali que o capitão Nemo ia buscar, de acordo com as suas necessidades, os milhões que serviam de lastro ao *Náutilo*. Fora para ele, exclusivamente para ele, que a América fornecera aqueles metais preciosos. Era ele o herdeiro direto e sem partilha dos tesouros arrancados aos incas e aos vencidos de Fernando Cortez!

— O senhor sabia, professor — perguntou-me sorridente — que o mar continha tantas riquezas?

— Sabia que se avalia em dois milhões de toneladas a prata mergulhada em suas águas.

— Perfeitamente. Mas para extrair essa prata, as despesas excederiam aos lucros. Aqui, ao contrário, basta apanhar o que os homens perderam e não é apenas nesta baía de Vigo, mas ainda em mil outros teatros de naufrágios, todos eles marcados em minha carta submarina. Compreende, agora, por que a minha riqueza é de bilhões?

— Compreendo, capitão. Permita-me, no entanto, dizer-lhe que, explorando exatamente esta baía de Vigo, o senhor apenas antecipou-se aos trabalhos de uma associação rival.

— Qual?

— Uma associação que recebeu do governo espanhol o privilégio de procurar os galeões submersos. Os acionistas foram seduzidos pela expectativa de enormes lucros, porque o total dessas riquezas é avaliado em quinhentos milhões.

— Quinhentos milhões! — exclamou o capitão Nemo. Eram, não são mais.

— Realmente — observei. Um aviso aos acionistas seria até ato de caridade. Entretanto, talvez não fosse bem recebido. O que os jogadores lamentam principalmente é menos a perda de seu dinheiro, que a de suas loucas esperanças. Tenho mais pena deles ainda, porque esses milhões equitativamente distribuídos aos infelizes teriam muita utilidade. Aqui, permanecerão absolutamente estéreis.

Mal acabara de exprimir tal pesar, senti que devia ter ferido o capitão Nemo.

— Estéreis! — retrucou com indignação. Crê, então, o senhor que essas riquezas estão perdidas porque sou eu que as recolho? Seria, então, para mim, na sua opinião, que me dou ao trabalho de recolher tais tesouros? Será que supõe que eu ignoro que existem seres sofredores, raças oprimidas, infelizes a consolar e vítimas a vingar? Será que o senhor não entendeu?

O capitão Nemo calou-se, lamentando talvez haver falado demais. Contudo, eu adivinhara. Quaisquer que fossem os motivos que o haviam forçado a buscar a sua independência sob os mares, permanecera parte integrante da humanidade. Seu coração palpitava ainda com os sofrimentos humanos e sua imensa caridade destinava-se às raças e aos indivíduos escravizados!

Compreendi, então, a quem eram destinados os milhões expedidos pelo capitão Nemo, quando o *Náutilo* singrava as águas de Creta insurgida.

❖

33

O continente desaparecido

No dia seguinte, dezenove de fevereiro, pela manhã, vi o canadense entrar em meu quarto. Esperava aquela visita. Ele estava completamente desapontado.

— Então, professor? — interpelou-me.

— Muito bem, amigo Ned, o acaso ontem ficou contra nós.

— Sim! Quem suporia que esse maldito capitão pararia exatamente no instante em que íamos fugir de seu barco?

— Pois é, Ned. Ele tinha encontro com o banqueiro dele.

— Com o banqueiro?

— Ou antes, com o banco dele. Refiro-me, naturalmente, ao oceano, onde as suas riquezas estão em maior segurança do que nas caixas-fortes de uma nação.

Contei, então, ao canadense, os incidentes da véspera, na esperança secreta de fazê-lo renunciar à ideia de abandonar o capitão. O resultado obtido por minha narrativa foi apenas provocar-lhe o pesar de não poder ter realizado por sua própria conta um passeio sobre o campo de batalha de Vigo.

— Enfim — concluiu ele — nem tudo está perdido. Foi apenas uma arpoadela que errou o alvo! De outra feita alcançaremos êxito e desde hoje à noite...

— Que direção segue o *Náutilo*? — perguntei.

— Ignoro.

— Pois bem, ao meio-dia verificaremos o ponto.

O canadense voltou para a companhia de Conselho. Apenas vesti-me, dirigi-me ao salão. A bússola não tranquilizava. A rota do submarino tomara a direção su-sudoeste. Dávamos as costas à Europa. Esperei com certa impaciência que o ponto fosse marcado na carta.

Por volta de onze e meia, os reservatórios foram esvaziados e nosso aparelho subiu à superfície do oceano. Corri à plataforma. Ned Land já estava lá. Não havia terras à vista. Apenas a imensidade do mar. Algumas velas bordavam o horizonte. Certamente eram barcos que iam até o cabo de São Roque, em busca de ventos favoráveis, para dobrar o cabo da Boa Esperança. O céu estava encoberto. Preparava--se ventania.

Ned, enfurecido, tentava vencer o horizonte brumoso. Tinha ainda esperança de que, por trás daquele nevoeiro, se estendesse a terra tão desejada.

Ao meio-dia, o sol mostrou-se por instante. O imediato aproveitou aquele momento para calcular o meridiano. Depois, como o mar se tornasse encapelado, tornamos a descer e a escotilha foi fechada. Uma hora depois, quando consultei a carta, vi que o *Náutilo* estava a cento e cinquenta léguas do litoral mais próximo. Nem sequer se podia pensar mais em fuga e pode bem imaginar-se a ira do canadense, quando eu lhe fiz conhecer a nossa situação.

Quanto a mim, não fiquei muito triste. Senti-me até aliviado do peso que me oprimia e pude prosseguir com relativa calma os meus trabalhos habituais.

À noite, por volta das onze horas, recebi a inesperada visita do capitão Nemo. Perguntou-me com a maior amabilidade se eu me sentia cansado por haver permanecido acordado na noite anterior. Respondi negativamente.

— Neste caso, senhor Aronnax, quero convidá-lo para uma interessante excursão.

— Aonde?...

— O senhor só visitou o fundo do mar durante o dia e à luz do sol. Não gostaria de visitá-lo durante uma noite escura?

— Com prazer.

— O passeio será fatigante, aviso-o. Será preciso andar durante muito tempo e galgar uma montanha. Os caminhos não estão bem conservados.

— O que o senhor me diz duplica a minha curiosidade. Estou pronto a segui-lo.

— Acompanhe-me, então. Vamos vestir nossos escafandros.

Chegando ao vestiário, verifiquei que iríamos os dois sozinhos. O capitão Nemo nem ao menos me propusera que convidasse Ned ou Conselho. Em poucos instantes vestimos os nossos aparelhos. Colocaram sobre nossas costas reservatórios abundantemente providos de ar. Mas as lâmpadas elétricas não estavam preparadas. Fi-lo notar ao capitão.

— Elas nos seriam inúteis — respondeu-me.

Julguei ter ouvido mal, mas não pude repetir a observação, porque a cabeça do capitão já havia desaparecido no invólucro metálico. Acabei de equipar-me, senti que me metiam na mão um bastão ferrado e alguns minutos mais tarde, depois da manobra habitual, tomávamos pé no fundo do Atlântico, à profundidade de trezentos metros.

Meia-noite aproximava-se. As águas estavam profundamente escuras, mas o capitão Nemo mostrou-me ao longe um ponto avermelhado, intenso clarão, que brilhava a cerca de duas milhas do *Náutilo*. O que era aquela fogueira, que matérias a alimentavam, por que e como vivificava a massa líquida não teria podido explicar. Em todo caso ela nos iluminava, vagamente, é verdade, mas logo me habituei àquelas trevas especiais. Caminhávamos um ao lado do outro, em direção à fogueira. O solo plano subia insensivelmente. Dávamos largas passadas com o auxílio dos bastões. Todavia, nossa marcha era lenta, porque nossos pés constantemente afundavam em uma espécie de lodo misturado com algas e juncado de pedras lisas. Enquanto avançávamos, ouvia uma espécie de crepitação acima de minha cabeça. O ruído, às vezes, redobrava-se e produzia como um pipocar contínuo. Em pouco compreendi a causa. Era a chuva que caía violentamente à superfície das ondas. Instintivamente, assaltou-me o pensamento de que eu ia ficar encharcado! Não pude deixar de rir de tal ideia. Mas, para falar a verdade, sob o espesso tecido do escafandro, não nos sentimos no elemento líquido e supomos, apenas, estar no seio de atmosfera um pouco mais densa do que a atmosfera terrestre, nada mais.

Após meia hora de caminhada, o solo tornou-se pedregoso. As medusas, os crustáceos microscópios, as penátulas o iluminavam levemente de clarões fosforescentes. Entreviam-se montões de pedras, cobertos por alguns milhões de zoófitos e confusos amontoados de algas. O pé escorregava constantemente sobre aqueles viscosos tapetes de sargaço e sem o meu bastão ferrado teria levado mais de uma queda. Voltando-me, via sempre o farol alvacento do *Náutilo*, que começava a desmaiar ao longe.

Entretanto, o clarão avermelhado, que nos guiava, aumentava, incendiando o horizonte. A presença daquele foco nas águas intrigava-me ao máximo. Seria a manifestação de alguma efluência elétrica? Dirigia-me para algum fenômeno natural ainda desconhecido dos sábios da terra? Ou talvez — porque esse pensamento me atravessou o cérebro — a mão do homem interviera para atear aquela chama! Sopraria aquele incêndio? Iria eu encontrar, naquelas camadas profundas, companheiros, amigos do capitão Nemo, vivendo com ele aquela estranha existência e aos quais ele ia visitar? Encontraria ali uma colônia de exilados que, cansados das misérias da terra, haviam procurado e encontrado a independência nas profundezas do oceano? Todas essas ideias loucas e descabidas perseguiam-me e, nessa disposição de espírito, superexcitado, sem cessar, pela série de maravilhas que desfilavam diante de meus olhos, não ficaria surpreendido se encontrasse no fundo do mar uma dessas cidades submarinas com as quais sonhava o capitão Nemo.

Nosso caminho tornava-se cada vez mais claro. O clarão alvacento irradiava do cume de uma montanha de cerca de duzentos e cinquenta metros de altura. Mas o que eu percebia era apenas a reverberação refletida pelo cristal das camadas d'água. O foco daquele inexplicável clarão ocupava a vertente oposta da montanha.

Pelo meio dos dédalos pedregosos que sulcavam o fundo do Atlântico, o capitão Nemo avançava sem hesitação. Conhecia aquele escuro caminho. Certamente já o percorrera por mais de uma vez e nele não temia perder-se. Eu o seguia com confiança inabalável. Aquele homem era a meus olhos um dos gênios do mar e, quando caminhava diante de mim, a sua elevada estatura, recortada no fundo luminoso do horizonte, provocava a minha admiração.

Era uma hora da madrugada. Alcançáramos as primeiras rampas da montanha. Mas, para atingi-las, fora necessário aventurar-nos pelas difíceis veredas de vasta floresta. Perfeitamente! Floresta de árvores mortas, sem folhas, sem seiva, árvores mineralizadas sob a ação das águas, dominada a espaços por pinheiros gigantescos. Era uma espécie de hulheira ainda de pé, aferrada pelas raízes ao solo revolvido e cuja ramaria, com finos recortes de papel negro, desenhava-se profundamente na abóbada das águas. As veredas estavam atravancadas de algas e bodelhas, entre as quais pululava um mundo de crustáceos. Eu seguia, galgando rochedos, saltando por cima de troncos caídos, quebrando as lianas marinhas que se balançavam de uma árvore para outra, assustando os peixes que voavam de ramo em ramo. Empolgado, não sentia fadiga. Seguia meu infatigável guia.

Que espetáculo! Como descrevê-lo? Como pintar o aspecto daquelas matas e daqueles rochedos no meio líquido, a parte de baixo sombria e selvagem, a parte superior colorida de tons vermelhos, sob

À noite, por volta das onze horas, recebi a inesperada visita do capitão Nemo.

aquela claridade que duplicava o poder de reverberação das águas? Galgávamos rochedos, nos quais, a seguir, se esboroavam muralhas inteiras com o ruído surdo de avalanches. À direita e à esquerda abriam-se tenebrosas galerias, cujo fundo não se avistava. Agora, surgiam vastas clareiras, que pareciam traçadas pela mão do homem e, mais de uma vez, perguntei a mim mesmo se, subitamente, não me iria aparecer algum habitante daquelas regiões submarinas.

Apesar de tudo, o capitão Nemo continuava a subir e eu não queria ficar para trás. Segui-o ousadamente. Meu bastão tornava-se de crescente utilidade. Um passo em falso teria sido desastroso naquelas estreitas gargantas, cavadas no flanco dos abismos. Apesar disso, eu caminhava com passo firme e sem experimentar a embriaguez da vertigem. Ora saltava uma fenda, cuja profundeza me teria feito recuar em meio das geleiras da terra; ora me aventurava sobre troncos vacilantes de árvores lançadas de abismo a outro abismo, sem olhar sob meus pés, tendo olhos apenas para observar a beleza selvática daquela região. Adiante, rochedos monumentais pareciam desafiar as leis do equilíbrio, inclinados sobre bases irregularmente recortadas. E, entre juntas de pedra, cresciam árvores semelhantes a um jato, resultante da terrível pressão, que sustentavam assim os seus próprios sustentáculos. Afinal, torres naturais, largas muralhas talhadas a pique, como cortinas, inclinavam-se sob ângulo que as leis da gravitação teriam desautorizado na superfície da terra. Eu próprio sentia aquela diferença resultante da pressão da água, quando apesar de minhas pesadas roupas, do globo de cobre e de minhas solas de metal, galgava encostas do declive abrupto, atravessando-as por assim dizer com a leveza de uma camurça ou de um cabrito-montês!

Ao narrar essa excursão, sinto perfeitamente que não conseguirei ser verossímil. Sou o historiador de coisas aparentemente impossíveis e, todavia, reais, incontestáveis. Eu não sonhei. Vi e senti!

Duas horas depois de haver deixado o *Náutilo* havíamos ultrapassado a linha das árvores e a trinta metros acima de nossas cabeças erguia-se o pico da montanha, cuja projeção lançava sombra sobre a brilhante irradiação da vertente oposta. Alguns arbustos petrificados surgiam em zigue-zague, sugerindo carrancas. Os peixes erguiam--se aos bandos sob nossos passos, como aves surpreendidas em um matagal. A massa rochosa estava careada de anfractuosidades impenetráveis, grutas profundas, insondáveis. O sangue refluía-me ao coração quando percebia uma antena enorme que me barrava o caminho, ou alguma pinça medonha, fechando-se ruidosamente na sombra das cavidades! Milhares de pontos luminosos brilhavam em meio às trevas. Eram olhos dos crustáceos gigantescos, acoitados em seu covil, lavagantes gigantescas erguendo-se como alabardeiros e remexendo as pastas com tinido de ferragens, caranguejos titânicos, assestados como canhões em suas carretas, e polvos horripilantes entrelaçando os seus tentáculos como sarça viva de serpentes.

Que mundo exorbitante era aquele que não conhecia ainda? A que ordem pertenciam aqueles articulados, para os quais a rocha parecia constituir segunda carapaça? Onde encontrava a natureza o segredo da sua existência vegetativa e há quantos séculos viveriam assim nas últimas camadas do oceano?

Entretanto, eu não podia parar. O capitão Nemo, familiarizado com aqueles animais, não ligava maior importância a eles. Chegáramos ao primeiro platô, onde outras surpresas nos esperavam. Lá se desenham pitorescas ruínas, que denunciavam a mão do homem e não a do Criador. Eram enormes montões de pedras, nos quais se distinguiam formas de castelos, de templos, recobertos por um mundo de zoófitos em flor e aos quais, em vez de hera, as algas e sargaços recobriam com espesso manto vegetal.

Mas... que porção do globo seria aquela, assim engolida pelos cataclismos? Quem havia disposto assim rochas e pedras como monumentos das eras pré-históricas? Para onde me arrastara a fantasia do capitão Nemo? Como gostaria de poder interrogá-lo!... Não podendo fazê-lo, retive-o, segurando-o pelo braço. Ele, entretanto, sacudindo a cabeça e mostrando-me o pico mais elevado da montanha, pareceu incitar-me:

— Sigamos. Continuemos em frente. Caminhemos ainda!

Fazendo um último esforço, continuei a ascensão e, em poucos minutos, conseguira galgar o pico que estava uma dezena de metros acima de toda aquela mole rochosa.

Contemplei o lado que acabáramos de atravessar. A montanha elevava-se a duzentos ou trezentos metros acima do nível da planície. Na vertente oposta, entretanto, a sua altura sobre o fundo do Atlântico era o dobro dessa. A vista alcançava longe e abarcava vasto espaço iluminado por fulguração violenta. Na realidade, estávamos sobre as bordas de um vulcão. Vinte metros abaixo do pico, em meio a uma chuva de pedras e escórias, enorme cratera vomitava torrentes de lavas, que se transformavam em cascatas de fogo no seio da massa líquida. Assim situado, aquele vulcão, como imenso tocheiro, iluminava a planície inferior até os extremos limites do horizonte.

Afirmei que a cratera submarina arrojava lavas, mas não chamas. Realmente, para as chamas, é indispensável o oxigênio do ar, portanto não poderiam formar-se sob as águas. Todavia, as torrentes de lavas, que em si própria têm o princípio de sua incandescência, tomavam a coloração vermelho-alvacenta, lutando vitoriosamente contra o elemento líquido e vaporizando-se ao seu contato. Rápidas correntes arrastavam todos aqueles gases em difusão e as torrentes de lavas deslizavam até o sopé da montanha, como as dejeções do Vesúvio sobre a Torre del Greco. Realmente, ali, sob meus olhos, arruinada, danificada, demolida, surgia uma cidade destruída, tetos desabados, templos desmoronados, arcos desarticulados, colunas caídas pelo chão, nas quais ainda se podiam notar as equilibradas proporções de uma espécie de arquitetura toscana. Adiante, restos de gigantesco aqueduto. Aqui, a elevação maciça de uma acrópole, com as formas flutuantes de um partenão; acolá, vestígios de um cais, como se algum antigo porto ali houvera, outrora, abrigando à beira do oceano navios mercantes e trirremes de guerra; mais longe ainda, extensas linhas de muralhas derrocadas, largas ruas desertas, toda uma Pompeia submersa, que o capitão Nemo ressuscitava a meus olhos...

Onde estava eu? Onde estaria eu?!... Fosse como fosse, a que preço fosse, queria saber. Queria falar, queria arrancar aquela esfera de cobre que me aprisionava a cabeça. Mas o capitão veio em minha direção e pôs fim a minha angústia com um gesto. Baixou-se, apanhou um pedaço de pedra calcária, dirigiu-se a um rochedo de basalto e escreveu essa palavra: *Atlântida*.

Um clarão atravessou meu espírito. A Atlântida, a antiga Merópida de Teopompo, a Atlântida de Platão, o continente negado por Orígenes, Porfírio, Humboldt, que atribuíam a sua desaparição a uma lenda; admitido por Plínio, Amiano Marcelino, Tertuliano, Engel, Buffen, eu o tinha sob os olhos, exibindo ainda as provas irrecusáveis da catástrofe! Era, portanto, aquela região submersa, que existia além dos limites da Europa, da Ásia e da Líbia, para além das colunas de Hércules, onde vivera o poderoso povo dos atlantes, contra o qual se travaram as primeiras guerras da antiga Grécia.

O historiador que consignou em seus livros os altos feitos desses tempos heroicos foi o próprio Platão. E o seu diálogo de Timeu e Crícias foi, por assim dizer, traçado sob a inspiração de Sólon, poeta e legislador.

Um dia, Sólon conversava com alguns velhos sábios de Saís, cidade que já então contava oitocentos anos, como testemunhavam os seus anais gravados sobre as paredes sagradas de seus templos. Um daqueles anciãos contou, então, a história de outra cidade, mil anos mais antiga que Saís. Essa primeira cidade ateniense, de dezenove séculos, havia sido invadida e em parte destruída pelos atlantes. Esses atlantes — dizia o velho — ocupavam continente imenso, maior que a África e a Ásia reunidas e que cobria superfície compreendida entre doze e quarenta graus de latitude ao norte. A dominação dos atlantes estendia-se até o Egito. Quiseram impor seu jugo à Grécia, mas foram obrigados a retirar-se diante da indomável resistência dos helenos. Séculos passaram-se. Sobrevieram cataclismos, inundações, terremotos. Uma noite e um dia bastaram para o aniquilamento daquela Atlântica, cujos picos mais elevados — Madeira, Açores, Canárias, Cabo Verde — ainda emergem das águas do Atlântico.

Tais eram as recordações históricas que a inscrição do capitão

... enorme cratera vomitava torrentes de lavas...

Nemo fizera projetar em meu espírito! Assim, pois, conduzido pelo mais estranho dos destinos, calcava aos pés uma das montanhas daquele perdido continente! Tocava com as mãos ruínas mil vezes seculares e contemporâneas das épocas geológicas! Esmagava, com o solado metálico de meus sapatos, animais dos tempos fabulosos, que aquelas árvores, agora mineralizadas, cobriam outrora com a sua sombra!

Ah! Por que o tempo era tão pouco? Como gostaria de descer os declives abruptos daquela montanha, percorrer completamente aquele continente imenso que sem dúvida ligava a África à América e visitar aquelas enormes cidades antidiluvianas. Ali, talvez, sob minha vista, se estendesse Maquimos, a guerreira, Eusébia, a piedosa, cujos habitantes gigantescos viviam um século e tinham possuído força bastante para amontoar aqueles blocos que ainda resistiam à ação das águas. Quem sabe, algum dia, um fenômeno eruptivo trará novamente à superfície das águas aquelas ruínas submersas! Numerosos vulcões submarinos foram assinalados naquela região do oceano e muitos navios têm registrado abalos formidáveis ao cortarem aquela tormentosa porção do Atlântico! Uns escutaram ruídos surdos que denunciavam a luta profunda dos elementos. Outros recolheram cinzas vulcânicas projetadas acima do mar. Todo aquele fundo até o equador é até hoje trabalhado pelas forças plutônicas. E quem sabe se, algum dia, ainda virão aflorar, avolumados pelas camadas de lavas, os cumes dessas montanhas ignívomas!

Enquanto eu sonhava assim, enquanto procurava fixar na lembrança todas aquelas minúcias, o capitão Nemo, com o cotovelo apoiado sobre estela coberta de musgo, permanecia imóvel e como petrificado por êxtase mudo. Pensaria ele naquelas gerações desaparecidas e indagaria delas o segredo do destino humano? Seria ali, naquele lugar, que aquele homem estranho vinha retemperar-se na lição da história e reviver aquela antiga vida, ele que nada queria da vida moderna? Que não daria eu para conhecer os seus pensamentos, para participar deles, para compreendê-los!

Permanecemos naquele local durante uma hora inteira, contemplando a vasta planície resplandecente ao brilho das lavas que, às vezes, assumia surpreendente intensidade. A ebulição interior provocava leves tremores na crosta da montanha. Ruídos cavos, claramente transmitidos por aquele meio líquido, repercutiam com amplitude majestosa.

Nesse momento, a lua irrompeu um instante através da massa das águas e projetou alguns pálidos raios sobre o continente submerso. Foi apenas um clarão fugaz, mas de indescritível efeito. O capitão ergueu-se, lançou um derradeiro olhar àquela imensa planície, depois me acenou com a mão, convidando-me a segui-lo.

Descemos rapidamente a montanha. Uma vez ultrapassada a floresta mineralizada, avistei o farol do *Náutilo*, que brilhava como estrela. O capitão seguiu em direção a ele e, no momento em que os primeiros albores da aurora iluminavam a superfície do oceano, entramos a bordo.

❖

34

As hulheiras submarinas

No dia seguinte, vinte de fevereiro, acordei muito tarde. As fadigas da noite haviam prolongado meu sono até as onze horas. Vesti-me rapidamente. Tinha pressa de saber a direção do *Náutilo*. Os instrumentos revelaram-me que ele continuava a navegar para o sul, com velocidade de vinte milhas por hora e à profundidade de cem metros.

Conselho entrou. Contei-lhe nossa excursão noturna e, como as escotilhas estivessem abertas, ainda pôde entrever parte do continente submerso. Realmente, o *Náutilo* quase roçava, a somente dez metros do solo, a planície da Atlântida. Deslizava como balão arrastado pelo vento, acima dos prados terrestres. Seria, entretanto, mais verdadeiro dizer que estávamos no salão, como se nos encontrássemos no vagão de trem expresso. Os primeiros planos que fugiam diante de nossos olhos eram formados pelos fantásticos recortes dos rochedos e por florestas que haviam passado do reino vegetal ao reino mineral, cuja silhueta imóvel debuxava-se sob as ondas. Também passavam massas de rochas recobertas por tapetes de axídias e anêmonas, eriçadas de longas hidrófitas verticais. Seguiam-se blocos de lava estranhamente esculpidos, que testemunhavam o terrível furor das expansões plutônicas.

Enquanto aqueles lugares bizarros resplandeciam sob nossas luzes elétricas, eu contava a Conselho a história daqueles atlantes como quem não pode mais duvidar. Contudo, Conselho, distraído, pouca atenção me dava e a sua indiferença a respeito daquele ponto de história logo me foi explicada. Peixes numerosos atraíam o seu olhar e, quando os peixes passavam, Conselho, arrastado ao abismo da classificação, saía do mundo real. Nesse caso, o remédio era acompanhá-lo e continuar, em companhia dele, nossos estudos ictiológicos.

Ao mesmo tempo que observava aqueles diferentes exemplares da fauna marinha, não deixava eu de observar as extensas planícies da Atlântida. Às vezes, caprichosos acidentes do solo obrigavam o *Náutilo* a diminuir a velocidade e, então, deslizava com destreza de cetáceo por entre as estreitas gargantas das colinas. Se o labirinto tornava-se inextricável, o aparelho elevava-se como se fosse balão e, vencido o obstáculo, retornava à sua veloz marcha, alguns metros acima do fundo. Navegação admirável e encantadora, que lembrava as manobras de um passeio em balão, apenas com uma diferença — o *Náutilo* obedecia passivamente à mão do seu timoneiro.

Por volta de quatro horas da tarde, o terreno, quase todo composto por lama espessa, entremeada de ramos mineralizados, modificou-se pouco a pouco. Tornou-se mais pedregoso e pareceu-me semeado de conglomerados basálticos, semeado de lavas e obsidias sulfurosas. Supus que uma região de montanhas fosse em breve suceder às extensas planícies. Realmente, por certas evoluções do *Náutilo*, percebi o horizonte meridional barrado por alta muralha, que parecia impossibilitar qualquer saída. O seu cume ultrapassava claramente o nível do oceano. Aquilo devia ser um continente, ou pelo menos uma ilha, uma das Canárias, ou uma das ilhas de Cabo Verde. Como ainda não houvesse sido calculado o ponto — talvez de propósito — eu ignorava a nossa posição. Em todo caso, pareceu-me que aquela muralha assinalava o fim da Atlântida, da qual, afinal, havíamos percorrido apenas insignificante parte.

A noite interrompeu minhas observações. Ficara sozinho. Conselho voltara à sua cabina. O barco, diminuindo a velocidade, esvoaçava acima das massas confusas do solo, ora quase aflorando-as, como se quisera pousar ali, ora emergindo caprichosamente à superfície das ondas. Eu entrevia, então, algumas brilhantes constelações através do cristal das águas, exatamente cinco ou seis dessas estrelas zodiacais que seguem na cauda de Órion.

Durante muito tempo ainda teria permanecido junto à vidraça, admirando as belezas do céu e da terra, se não houvesse fechado as escotilhas, no exato momento em que o *Náutilo* chegava à altura daquela elevada muralha. Como manobraria ele, não podia eu adivinhar. Voltei para meu quarto. O submarino não se movia mais. Adormeci no firme propósito de despertar após algumas horas de sono. Contudo, no dia seguinte, já eram oito horas, quando voltei ao salão. Consultei o manômetro. Ele me informou de que o *Náutilo* flutuava à superfície do oceano. Aliás, eu ouvia o ruído de passos sobre a plataforma. Contudo, nenhuma arfagem traía a ondulação das camadas superiores.

Subi até a escotilha. Estava aberta. Todavia, em vez da grande claridade que eu esperava, vi-me envolto em profunda escuridão. Onde estaríamos? Ter-me-ia enganado? Seria ainda noite? Não! Nem uma só estrela brilhava e a noite não apresenta, assim, trevas absolutas. Não sabia o que pensar, quando uma voz me perguntou:

— É o senhor, professor?

— Ah! Capitão Nemo — respondi. Onde estamos?

— Sob a terra.

— Sob a terra! — exclamei. E o *Náutilo* continua a flutuar?

— E continuará flutuando.

— Não compreendo...

— Espere um instante. Nosso farol vai acender-se e, se gosta de situações claras, vai ficar satisfeito.

Subi para a plataforma e esperei. A escuridão era tão completa que eu nem ao menos via o capitão Nemo. Entretanto, olhando para o zênite, exatamente acima de minha cabeça, supus surpreender clarão indeciso, espécie de meia-luz que penetrava por um orifício circular. Naquele momento, o farol, repentinamente, acendeu-se e seu brilho fez dissipar-se aquela vaga luminosidade.

Olhei, depois de ter um instante fechados os olhos deslumbrados pelo jato elétrico. O submarino estava parado. Flutuava junto a uma ribanceira em forma de cais. O mar sobre o qual boiava era um lago aprisionado em círculo de muralhas, de duas milhas de diâmetro, ou seja, seis milhas de circunferência. O seu nível — indicado pelo manômetro — só podia ser o nível exterior, porque uma comunicação existia necessariamente entre aquele lago e o mar. As altas muralhas, inclinadas sobre a própria base, arredondavam-se em abóbada e pareciam imenso funil invertido, cuja altura media quinhentos ou seiscentos metros. No alto, abria-se orifício circular, pelo qual eu surpreendera aquela claridade, evidentemente por causa da irradiação diurna.

Antes de examinar mais detidamente as características internas daquela imensa caverna, antes de averiguar se era obra da natureza ou do homem, dirigi-me ao capitão Nemo:

— Onde estamos?

— Nas entranhas de um vulcão extinto, cujo interior o mar invadiu em consequência de alguma convulsão telúrica. Enquanto o senhor dormia, o *Náutilo* penetrou nesta lagoa por um canal natural, aberto a dez metros abaixo da superfície do oceano. Aqui é a nossa base, um porto seguro, cômodo, misterioso, abrigado de todos os ventos. Aponte-me nas costas dos continentes, ou das ilhas, alguma enseada que valha esse refúgio seguro, contra o furor dos furacões.

— Realmente — respondi — aqui o senhor está em segurança. Quem poderia alcançá-la no centro de um vulcão? Mas creio que percebi uma abertura no cume.

— Sim, a cratera, outrora cheia de lavas, de vapores e de chamas e que agora dá passagem a esse ar, vivificante que respiramos.

— Que montanha vulcânica é esta?

— Pertence a uma das numerosas ilhotas de que está juncado esse mar. Simples escolho para os navios, caverna imensa para nós. O acaso permitiu-me descobri-la e nisso serviu-me com carinho.

— Não se poderia descer pelo orifício que constitui a cratera do vulcão?

— Nem subir, nem descer. Até cerca de cem metros a base interior desta montanha é praticável, mas daí para cima as paredes inclinam-se e as suas rampas não podem ser transpostas.

— Vejo, capitão, que a natureza o auxilia sempre e por toda parte. O senhor está em segurança neste lago e somente o senhor é capaz de visitar-lhe as águas. Mas... para que esse refúgio? O *Náutilo* não necessita de porto.

— Mas precisa de eletricidade para mover-se, de elementos para produzir essa eletricidade, de sódio para alimentar esses elementos, de carvão para fabricar o sódio, de hulheiras para extrair o carvão. Ora, exatamente aqui, o mar cobre florestas inteiras que foram sepultadas nas eras geológicas. Mineralizadas agora e transformadas em hulha, são para mim jazida inesgotável.

— Os seus homens trabalham como mineiros?

— Exatamente. É aqui que, protegidos pelo escafandro, picareta e pá em punho, meus homens extraem a hulha que não preciso pedir às minas da terra. Quando queimo esse combustível para a fabricação do sódio, a fumaça que escapa da cratera dessa montanha dá-lhe ainda a aparência de vulcão em atividade.

— E teremos ocasião de assistir a esse trabalho?

— Não desta vez, porque tenho pressa de continuar nossa volta ao mundo submarino. Por isso, apenas me abastecerei nas reservas de sódio que possuo. Demoraremos apenas o tempo necessário para embarcá-las, isto é, um dia, e prosseguiremos viagem. Entretanto, se o senhor quiser percorrer a caverna e dar volta à lagoa, pode aproveitar nossa demora.

Agradeci ao capitão e fui ao encontro de meus dois companheiros, que ainda permaneciam no camarote. Convidei-os a acompanhar-me, sem dizer-lhes onde se encontravam. Subimos à plataforma. Conselho, que de nada se admirava, achou naturalíssimo despertar sob a montanha, depois de haver adormecido sob as ondas. Ned Land, porém, só teve um pensamento: o de averiguar se a caverna tinha alguma saída.

Depois do almoço, por volta de dez horas, pisávamos a ribanceira.

— Eis-nos mais uma vez em terra — comentou Conselho.

— Não chamo a isso *terra* — retrucou-lhe o canadense. Além do mais, não estamos em cima, mas embaixo.

Entre as paredes internas da montanha e as águas do lago estendia-se praia areenta que, em sua maior largura, media cento e cinquenta metros. Aproveitando-a, podia-se facilmente dar uma volta ao lago. Contudo, a base das altas muralhas formava solo acidentado, sobre o qual jaziam, em pitoresco amontoamento, blocos vulcânicos e enormes pedras-pomes. Todas aquelas massas desagregadas, recobertas por uma espécie de esmalte, polido sob a ação do fogo subterrâneo, resplandeciam, batidas pelo jato elétrico do farol. O pó de mica da praia, que nossos pés agitavam, erguia-se no ar como nuvem de centelhas.

A partir da beira da água, o solo elevava-se sensivelmente e, logo depois, enfrentávamos rampas compridas e sinuosas, autênticas ladeiras que nos permitiam subir pouco a pouco. Contudo, éramos obrigados a caminhar com prudência, por entre aqueles conglomerados, que nenhum cimento ligava entre si e nossos pés escorregavam sobre traquitos vítreos, formados por cristais de feldspato e quartzo.

De todos os lados, a natureza vulcânica daquela enorme escavação era evidente. Chamei a atenção de meus companheiros para o fato.

— Podem imaginar — perguntei-lhe — o que deveria ser este funil, quando se enchia de lavas ferventes e o nível do líquido incandescente elevava-se até o orifício da montanha, como o metal fundido em um cadinho?

— Imagino perfeitamente — respondeu Conselho. O senhor, porém, não me poderá explicar por que razão o grande fundidor suspendeu o seu trabalho e como se explica que fornalha tenha sido substituída pelas águas tranquilas de um lago?

— Estamos cercados de água.

— Muito provavelmente porque alguma convulsão produziu abaixo da superfície do oceano a abertura que deu passagem ao *Náutilo*. Então, as águas do Atlântico precipitaram-se no interior da montanha. Seguiu-se luta terrível entre os dois elementos, tendo terminado com vantagem para Netuno. Muitos séculos escoaram-se desde então e o vulcão submerso transformou-se em gruta tranquila.

— Muito bem — replicou Ned Land. Aceito a explicação, mas lamento, em nosso interesse, que a abertura de que fala o professor não se tivesse produzido acima do nível do mar.

— Mas Ned — retrucou Conselho — se a passagem não fosse submarina, o *Náutilo* aqui não teria penetrado.

— E eu acrescentarei, mestre Land, que as águas não se teriam precipitado sob a montanha e o vulcão teria continuado vulcão. Não há, portanto, razão para queixas.

Nossa ascensão continuou. As rampas tornavam-se cada vez mais íngremes e estreitas. De vez em quando, interrompiam-nas profundas escavações, que éramos obrigados a transpor. Grandes blocos inclinados tinham que ser contornados. Éramos obrigados a escorregar sobre os joelhos e a rastejar de barriga. Contudo, a destreza de Conselho, auxiliada pela força do canadense venceram todos os obstáculos.

A cerca de trinta metros, a natureza do terreno modificou-se, sem que se tornasse mais fácil de vencer. Aos conglomerados e aos traquitos sucederam-se basaltos negros, estendendo-se alguns em camadas cheias de bolhas coaguladas, outros formando prismas regulares, dispostos como colunata, que sustentava as bases daquela imensa abóbada, admirável espécime de arquitetura natural. Depois, entre esses basaltos, serpenteavam tensas camadas de lavas solidificadas, incrustadas de veios betuminosos e recobertos aqui e além por tapetes de enxofre. Uma luz mais forte, entrando pela cratera superior, iluminava com vaga claridade todas aquelas dejeções vulcânicas, para sempre sepultadas no seio da montanha extinta.

Entretanto, nossa subida logo depois foi detida, a cerca de cento e cinquenta metros, por obstáculos intransponíveis. A curvatura interior formava saliência e a ascensão teve que transformar-se em passeio circular. Neste último plano, o reino vegetal começava a lutar com o reino mineral. Alguns arbustos e até árvores cresciam nas anfractuosidades da muralha. Reconheci eufórbios, que deixavam correr o seu suco cáustico, e heliotrópios, muito inábeis em justificar o seu nome, pois que os raios solares nunca os atingiam e suas flores pendiam tristemente, quase sem perfume e sem cor. Aqui e ali, alguns crisântemos cresciam timidamente ao pé de aloés de folhas tristonhas e doentias. Todavia, entre as lavas, percebi pequenas violetas ainda perfumadas por sutil odor e confesso que as aspirei com delícia. O perfume é a alma da flor, e as flores do mar, essas esplêndidas hidrófitas, não têm alma!

Chegáramos ao pé de um bosque de grandes dragoeiros, que venciam as rochas com as suas fortes raízes, quando Ned Land exclamou:

— Ah! Professor, uma colmeia!

— Uma colmeia! — retruquei-lhe, fazendo gesto de completa incredulidade.

— Sim, senhor! Uma colmeia — repetiu o canadense — e abelhas que zumbem em torno dela.

Aproximei-me e tive que me convencer da verdade. Ali havia o orifício de uma cavidade aberta no tronco de um dragoeiro e nele alguns milhares de abelhas, tão comuns nas Canárias e cujo produto é de alta qualidade.

Muito naturalmente, o canadense quis fazer a sua provisão de mel e não seria eu que iria opor-me a isso. Misturou algumas folhas secas com enxofre, acendeu-as com o isqueiro e começou a defumar o enxame. O zumbido cessou pouco a pouco e a colmeia espremida deu vários quilos de mel perfumado. Ned Land encheu com ele a sua mochila.

— Quando eu misturar esse mel com a massa de fruta-pão — disse ele — poderei oferecer-lhes bolo suculento.

Em certas curvas da vereda que seguíamos, o lago aparecia em toda a sua extensão. O farol iluminava completamente a sua superfície tranquila, que desconhecia rugas e ondulações. O *Náutilo* permanecia em completa imobilidade. Na plataforma e na ribanceira moviam-se os homens da tripulação, silhuetas negras perfeitamente recortadas naquela atmosfera luminosa.

Naquele momento, contornávamos a crista mais elevada, os primeiros planos de rochas que sustentavam a abóbada. Vi, então, que as abelhas não eram os únicos representantes do reino animal no interior daquele vulcão. Aves de rapina planavam e esvoaçavam-se na sombra, ou refugiavam-se em seus ninhos, empoleiradas nas pontas do rochedo. Eram gaviões de papo branco e matracas ruidosas. Nas ladeiras, fugiam com toda a rapidez de suas longas pernas, belas e gordas abetardas. Imagine-se como a cobiça do canadense não se inflamou à vista daquela caça saborosa e como ele lamentou a falta de um fuzil. Tentou substituir o chumbo pelas pedras e, depois de várias tentativas infrutíferas, conseguiu atingir uma daquelas magníficas abetardas. Dizer que ele arriscou vinte vezes a vida para apoderar-se dela é apenas a pura verdade.

Meia hora depois da última façanha do canadense havíamos regressado à praia interior. Naquele ponto abria-se magnífica gruta. Meus companheiros e eu estendemo-nos com deleite sobre a sua areia fina. Ned Land apalpou as muralhas, sondando-lhes a espessura. Não pude deixar de sorrir. A conversação recaiu, então, sobre os seus eternos projetos de evasão e julguei poder alimentar-lhe a esperança, sem me comprometer muito. Disse-lhe que o capitão Nemo viera ao sul apenas para renovar a sua provisão de sódio. Esperava, portanto, que, depois disso, retornasse às costas da Europa e da América, o que permitiria ao canadense repetir com melhor êxito a sua abortada tentativa.

Estávamos assim deitados havia uma hora, naquela gruta encantadora. A conversação, animada a princípio, esmorecera. Certa sonolência apoderava-se de nós. Como não via nenhuma razão para resistir ao sono, adormeci profundamente. Sonhei que a minha vida se reduzira à condição vegetativa da vida de simples molusco. Parecia-me que aquela gruta formava a dupla valva de minha concha... De repente, fui acordado pela voz de Conselho:

— Alerta! Acordem! — gritava o bom rapaz.

— Que aconteceu? — perguntei, meio levantado.

— Estamos cercados de água!

Levantei-me de todo. O mar precipitava-se como torrente dentro de nosso retiro e, como não éramos moluscos, tínhamos que fugir o mais depressa possível.

Em alguns instantes estávamos em segurança na parte mais elevada da gruta.

— Que é isso? — perguntou Conselho. Algum novo fenômeno?

— Nada — respondi. É simplesmente a maré. O oceano cresce no exterior e, em obediência à lei dos vasos comunicantes, o nível do lago também cresce. Foi apenas um semicúpio. Vamos ao *Náutilo* mudar de roupa.

Três quartos de hora mais tarde tínhamos terminado nosso passeio circular e voltávamos a bordo. A tripulação acabava, naquele momento, de embarcar as provisões de sódio.

Entretanto, o capitão Nemo não deu ordem alguma. Desejaria esperar a noite e sair secretamente por sua passagem submarina? Talvez.

Fosse como fosse, no dia seguinte, o *Náutilo* deixou a sua base e navegou a grande distância de qualquer terra, alguns metros abaixo das águas do Atlântico.

❖

35

O mar de Sargaços

O *Náutilo* mantivera-se na mesma direção. Qualquer esperança de regresso aos mares europeus devia ser abandonada, pelo menos no momento. O capitão Nemo continuava em sua rota para o sul. Para onde nos arrastaria? Não me atrevia a imaginar.

Naquele dia, o *Náutilo* atravessou bizarra região do Atlântico. Ninguém ignora a existência da grande corrente de água quente, conhecida pelo nome de Corrente do Golfo. Depois de haver saído pelo estreito da Flórida, dirige-se para Espisbergue. Todavia, antes de penetrar no golfo do México, aos quarenta e quatro graus de latitude norte, essa corrente divide-se em dois ramos: o principal segue para as costas da Irlanda e da Noruega, enquanto o segundo inclina-se para o sul, na altura dos Açores, depois, banhando as praias africanas e descrevendo longa oval, retorna às Antilhas.

Ora, esse segundo ramo — mais um colar do que um ramo — cerca com os seus anéis de água quente aquela região de água fria, tranquila, a que se dá o nome de mar de Sargaços. Verdadeiro lago em pleno Atlântico, as águas da grande corrente gastam nada menos de três anos para contorná-lo.

O mar de Sargaços propriamente dito cobre toda a parte submersa da Atlântida. Alguns autores chegaram até a admitir que as densas ervas que juncam o mar são arrancadas das campinas do continente submerso. É mais provável, entretanto, que aquelas ervas, algas e bodelhas sejam arrancadas das praias da Europa e da América e arrastadas até aquela região pela Corrente do Golfo. Esta foi uma das razões que levaram Colombo a supor a existência de novo mundo. Quando os navios desse audacioso navegante atingiram o mar de

Sargaços, não foi sem dificuldade que navegaram através daquelas ervas, que detinham a marcha das embarcações, aterrorizando as tripulações, que perderam três longas semanas a atravessá-las.

Tal era a região que o *Náutilo* cruzava naquele momento, verdadeiro prado, denso tapete de algas, sargaços e ovas de siba, tão espesso, tão compacto, que a proa de um navio não o rasgaria sem dificuldade. O capitão Nemo, desejando evitar que a sua hélice se enredasse naquela massa de vareques, conservou-se alguns metros abaixo da superfície das ondas.

No meio daquele inextricável tecido de ervas e de vareques notei encantadores maçaricos cor-de-rosa, actínias que deixavam boiar a sua longa cabeleira de tentáculos, medusas verdes, vermelhas, azuis e principalmente grandes rizóstomos, cuja umbela azulada é bordada por festão violeta.

Passamos todo o dia vinte e dois de fevereiro no mar de Sargaços, onde os peixes que se nutrem de ervas marinhas e de crustáceos encontram abundante alimentação. No dia seguinte, o oceano retomara o seu aspecto habitual. A partir desse momento, durante dezenove dias, o *Náutilo*, conservando-se no meio do Atlântico, transportou-nos com a velocidade constante de cem léguas por dia. O capitão Nemo queria, sem dúvida, cumprir o seu programa submarino e eu estava certo de que, depois de dobrar o cabo Horn, regressaria aos mares austrais do Pacífico.

Os receios de Ned Land eram, portanto, justos. Nos grandes mares, desprovidos de ilhas, nem se podia pensar em abandonar o navio. Nem havia meio de opor-nos às vontades do capitão Nemo. A única saída era a sujeição. Contudo, o que não se podia esperar da força ou da astúcia, supunha eu que se pudesse alcançar pela persuasão. Será que o capitão Nemo, depois de terminada aquela viagem, não nos concederia a liberdade sob juramento de nunca revelar a sua existência? Era preciso, porém, tratar esse delicado problema com o capitão. Ora, gostaria que eu reclamasse a liberdade? Não havia ele próprio declarado desde o princípio, de maneira formal, que a sua segurança exigia nossa prisão perpétua a bordo do Náutilo? Meu silêncio durante quatro meses não lhe pareceria anuência tácita àquela situação? Tornar a tratar do assunto não provocaria suspeitas que poderiam prejudicar os nossos projetos, se alguma circunstância futura viesse ensejar a sua execução?

Ponderava eu todas essas razões e expunha-as a Conselho, que não ficava menos perplexo do que eu. Em suma, embora eu não fosse fácil presa do desespero, compreendia que as probabilidades de rever os meus semelhantes diminuíam de dia para dia, à proporção que o capitão Nemo avançava temerariamente para o sul do Atlântico.

Durante os dezenove dias acima mencionados, nenhum incidente especial assinalou nossa viagem. Poucas vezes vi o capitão. Ele trabalhava. Na biblioteca, eu encontrava constantemente livros que ele deixava abertos, principalmente sobre história natural. Minha obra sobre o fundo do mar, manuseada por ele, estava coberta de notas marginais que, às vezes, contradiziam minhas teorias e sistemas. Mas o capitão contentava-se em expurgar o meu trabalho e era raro que discutisse comigo. Algumas vezes eu ouvia ressoar os sons melancólicos de seu órgão, que ele tocava com muita expressão, mas somente à noite, em meio a mais densa escuridão, quando o *Náutilo* adormecia nos desertos do oceano.

Durante esta fase da viagem, navegávamos dias inteiros à superfície das ondas. O mar parecia abandonado. Raros navios a vela, com carga para as Índias, dirigiam-se para o cabo da Boa Esperança. Um dia fomos perseguidos pelos escaleres de um baleeiro, que certamente nos tomou por alguma enorme baleia, de enorme valor. Mas o capitão Nemo não deixou que aquela gente perdesse o seu tempo e o seu esforço e pôs fim à caçada, imergindo. Esse incidente interessou vivamente Ned Land. Creio que o canadense lamentou que o nosso cetáceo de aço não tivesse sido ferido de morte pelo arpão daqueles pescadores.

Até treze de março, nossa navegação continuou nas mesmas condições. Nesse dia, o *Náutilo* foi empregado em experiências de sondagem que me interessaram vivamente.

Já havíamos navegado treze mil léguas, desde o momento de nossa partida do oceano Pacífico. Estávamos na região em que o capitão Denham do *Heraldo* lançara catorze mil metros de sonda sem encontrar fundo. Também ali o tenente Parcker, da fragata americana *Congresso*, não conseguira alcançar o solo submarino depois de lançar quinze mil, cento e quarenta metros.

O capitão Nemo resolveu alcançar o fundo do oceano mediante diagonal suficientemente alongada, servindo-se dos planos laterais, que foram colocados em um ângulo de quarenta e cinco graus com as linhas-d'água do *Náutilo*. A seguir, a hélice foi levada ao máximo de velocidade e os seus quatro braços bateram as águas com indescritível violência. Sob aquele poderoso impulso, o casco do barco vibrou como corda sonora e mergulhou com regularidade. O capitão e eu, postados no salão, seguíamos a agulha do manômetro que derivava rapidamente. Em pouco, ultrapassamos a zona habitável em que vive a maioria dos peixes. Se alguns desses animais só podem viver na superfície dos mares e dos rios, outros, menos numerosos, mantêm-se em profundidades bastante grandes.

Perguntei ao capitão Nemo se ele havia observado peixes a profundidade ainda maiores.

— Raramente. Mas, no estado atual da ciência, que se presume, que se sabe sobre o assunto?

— Sabe-se que, indo para as camadas inferiores do oceano, a vida vegetal desaparece mais depressa do que a vida animal. Sabe-se que na profundidade em que ainda se encontram seres animados, já não vegeta uma só hidrófita. Sabe-se que as ostras vivem a mais de dois mil metros de profundidade e que Mac Clintock, o herói dos mares polares, retirou uma estrela marinha viva, de dois mil e quinhentos metros. Sabe-se que a tripulação do *Bull Dog*, da marinha real, pescou uma astéria a duas mil, seiscentas e vinte braças, ou seja, a uma légua de profundidade. Talvez o capitão me diga que nada se sabe.

— Não, professor, não cometerei essa impolidez. Entretanto, perguntarei como explica que esses seres possam viver a tal profundidade.

— Por duas razões — respondi. Primeiro, porque as correntes verticais, determinadas pela diferença de salinidade e de densidade das águas, produzem movimento suficiente para manter a vida rudimentar das ostras e das astérias.

— Exato — concordou o capitão.

— Segundo, porque o oxigênio é a base da vida e sabemos que a quantidade de oxigênio dissolvido na água do mar aumenta com a profundidade, em vez de diminuir, e que a pressão das camadas inferiores contribui para comprimi-lo.

— Ah! Sabe-se isso? — interrogou o capitão ligeiramente surpreso. Pois bem, professor, é a verdade. A isso acrescentarei, todavia, que a bexiga natatória dos peixes contém mais azoto do que oxigênio, quando são pescados na superfície da água, e mais oxigênio do que azoto, quando são tirados das grandes profundidades. Isto justifica o seu sistema. Continuemos as nossas observações.

Observei o manômetro. O instrumento indicava profundidade de seis mil metros. Nosso movimento de imersão durava havia uma hora. O *Náutilo*, deslizando sobre os planos inclinados, continuava a mergulhar. As águas desertas eram admiravelmente transparentes e de uma diafaneidade que nada poderia igualar. Uma hora depois, estávamos a treze mil metros e o fundo do oceano ainda não se deixava pressentir. Entretanto, a catorze mil metros, percebi picos escuros que surgiam no meio das águas. Esses picos, porém, poderiam pertencer a montanhas tão altas como o Monte Branco, ou o Himalaia, talvez mais altas, e a profundidade daqueles abismos continuava incalculável.

O submarino ainda desceu, malgrado as terríveis pressões que sofria. Sentia-se as suas chapas tremerem na juntura de suas cavilhas. As travessas arqueavam-se. As divisões de aço gemiam. As vidraças do salão pareciam ondular-se sob a pressão das águas. E aquele sólido aparelho certamente teria cedido se, como o afirmara o capitão, não fosse capaz de resistir como bloco maciço.

Aflorando as ladeiras daquelas penedias perdidas, eu percebia ainda algumas conchas, sérpulas, cascos vivos e alguns exemplares de astérias. Em pouco, porém, esses últimos representantes da vida animal desapareceram e, abaixo de três léguas, o *Náutilo* ultrapassou os limites da existência submarina, exatamente como sucede com o balão que se eleva nos ares acima das zonas respiráveis. Tínhamos atingido profundidade de dezesseis mil metros e os flancos do *Náutilo* suportavam, então, pressão de mil e seiscentas atmosferas, isto é, mil e seiscentos quilogramas para cada centímetro de superfície!

— Que situação! — exclamei. Percorrer essas regiões profundas, jamais atingidas pelo homem! Veja, capitão, admire essas penedias magníficas, essas grutas desabitadas, esses últimos receptáculos do globo, onde já não é possível a vida! Que lugares bizarros e por que haveremos de conservar apenas a recordação deles?

— Gostaria — perguntou-me o capitão — de levar alguma coisa, além da recordação?

— Que significam as suas palavras?

— Quero dizer-lhe que nada mais fácil do que tirar fotografias dessa região submarina.

Nem tivera tempo de expressar a surpresa que me causava a proposta do capitão Nemo e uma objetiva já estava armada no salão. Pelas escotilhas abertas, o meio líquido, iluminado eletricamente, apresentava-se com claridade perfeita. Nem uma sombra, nem uma degradação de nossa luz artificial. O sol não teria favorecido melhor aquela operação. O *Náutilo,* sob o impulso da hélice, dominado pela inclinação dos planos, permanecia imóvel. A máquina fotográfica foi assestada para o fundo oceânico e, em alguns segundos, conseguíramos obter um negativo de excepcional pureza.

Nele podem ser observadas aquelas rochas primordiais que nunca viram a luz do céu, os granitos inferiores que formam a poderosa base do globo, as grutas profundas talhadas na pedra, perfis de incomparável nitidez e cujo traço final se destaca em preto, como se tivesse saído do pincel de algum artista flamengo. Para além, um horizonte de montanhas, admirável linha ondulada que compõe o segundo plano da paisagem.

Entretanto, o capitão Nemo, depois de haver terminado a operação, disse-me:

— Subamos. É preciso não abusar dessa situação e não expor o *Náutilo* tempo demasiado a tais pressões.

— Subamos! — concordei.

— Segure-se bem.

Ainda não compreendera o porquê da recomendação, quando fui atirado ao chão.

Parada a hélice e a um sinal do capitão, o *Náutilo,* colocado verticalmente, como se fosse balão nos ares, subiu com velocidade fulminante. Cortava a massa de água com vibração sonora. Nenhum detalhe era visível. Em quatro minutos atravessara as quatro léguas que o separavam da superfície e depois de haver emergido como peixe-voador, tornou a cair, espadanando água a prodigiosa altura.

❖

36

Cachalotes e baleias

Durante a noite de catorze de março, o *Náutilo* retomou a sua rota para o sul. Supunha eu que, à altura do cabo Horn, iria rumar para oeste, a fim de alcançar as águas do oceano Pacífico e terminar a sua volta ao mundo. Manteve-se, porém, na mesma direção e continuou a subir para as regiões austrais. Para onde iria? Para o polo? Seria insensatez. Eu começava a admitir que as temeridades do capitão justificavam as apreensões de Ned Land.

Havia algum tempo que o canadense deixara de falar-me em seus projetos de fuga. Tornara-se menos comunicativo, quase silencioso. Via-se quanto aquela prolongada prisão lhe pesava. Eu sentia crescer a sua cólera. Quando encontrava o capitão, chama sombria brilhava em seus olhos e eu temia constantemente que a sua violência natural o levasse a algum excesso.

A catorze de março, Conselho e ele vieram ao meu encontro, em meu quarto. Indaguei a razão da visita.

— Quero apenas fazer-lhe uma pergunta — respondeu o canadense.

— Fale, Ned.

— Quantos homens supõe que existem a bordo do *Náutilo*?

— Não sei, meu amigo.

— Parece-me que a manobra deste navio não exige tripulação numerosa.

— Realmente, no máximo, uma dezena de homens deve ser suficiente para manobrá-lo.

— Então — disse o canadense — por que haveria mais do que isso?

— Por quê?

Olhei fixamente para Ned Land, cujas intenções eram evidentes e continuei:

— Porque, se os meus pressentimentos são verdadeiros, se eu consegui compreender a existência do capitão Nemo, o *Náutilo* não é apenas um navio. Deve ser também um refúgio para aqueles que, como o seu capitão, romperam totalmente relações com a terra.

— Talvez — objetou Conselho — mas afinal de contas o *Náutilo* não pode abrigar senão pequeno número de homens. O senhor poderia avaliar o máximo?

— De que modo, Conselho?

— Pelo cálculo. Dada a capacidade do navio, que o senhor conhece, e por consequência a quantidade de ar que ele pode conter; sabendo, por outro lado, o que cada homem gasta no ato da respiração e comparando esses resultados com a necessidade do *Náutilo* de emergir cada vinte e quatro horas...

Conselho terminara por reticência, mas eu via claramente onde ele queria chegar.

— Compreendo — repliquei. Contudo, esse cálculo, aliás fácil de fazer, só pode dar número muito incerto.

— Não importa — insistiu Ned Land.

— Eis o cálculo — respondi. Cada homem gasta em uma hora o oxigênio contido em cem litros de ar. Em vinte e quatro horas, o oxigênio contido em dois mil e quatrocentos litros. É preciso, pois, achar quantas vezes o *Náutilo* contém dois mil e quatrocentos litros de ar.

— Ora, a capacidade do *Náutilo* sendo de mil e quinhentas toneladas e cada tonelada comportando mil litros, o *Náutilo* contém um milhão e quinhentos mil litros de ar que divididos por dois mil e quatrocentos dão para quociente seiscentos e vinte e cinco. O que quer dizer que o ar contido no submarino poderia bastar a seiscentos e vinte e cinco homens durante vinte e quatro horas.

— Seiscentos e vinte e cinco! — repetiu Ned.

— Podemos, porém, ter a certeza de que passageiros, oficiais e marinheiros não chegam a somar a décima parte desse número.

— Ainda assim é demasiado para três homens! — murmurou Conselho.

— Portanto, meu caro Ned, não posso deixar de aconselhar-lhe paciência.

— Mais do que paciência, resignação — acrescentou Conselho.

Empregara a palavra exata. E continuou:

— Afinal, o capitão Nemo não pode navegar indefinidamente para o sul. Será obrigado a parar, quando mais não seja, diante da banquisa e terá de voltar aos mares civilizados! Então, será a ocasião de executarmos os projetos de Ned.

O canadense abanou a cabeça, passou a mão na testa, calou-se e retirou-se.

— Peço licença ao senhor para fazer uma observação — disse Conselho. Ned preocupa-se com todas as coisas que não pode obter. É enorme a sua saudade de sua vida passada. Tudo aquilo que lhe é proibido parece-lhe desejável. A saudade o oprime. É preciso compreendê-lo. Que tem ele a fazer aqui? Nada. Não é um sábio como o senhor e não pode dedicar às admiráveis coisas do mar o mesmo amor que nos merecem. Ele arriscaria tudo para poder entrar em uma taverna de sua pátria.

Era verdade que a monotonia de bordo deveria parecer insuportável ao canadense, habituado a vida livre e ativa. Poucos acontecimentos podiam interessá-lo. Contudo, naquele mesmo dia, um incidente veio recordar-lhe os seus belos dias de arpoador.

Por volta de onze horas da manhã, navegando à superfície, o *Náutilo* encontrou cardume de baleias. O encontro não me surpreendeu, porque sabia que esses animais, perseguidos sem quartel, refugiaram-se nas bacias das altas latitudes.

O papel representado pela baleia no mundo marinho e a sua influência nas descobertas geográficas foram consideráveis. Foi a baleia que, arrastando atrás de si primeiro os bascos, depois, os asturianos, os ingleses e os holandeses, levou-os a afoitar-se contra os perigos do oceano e a percorrer a terra de uma extremidade à outra. As baleias gostam de frequentar os mares austrais e boreais. Antigas lendas contam mesmo que esses cetáceos levaram os pescadores até a distância de apenas sete léguas do polo norte. Se o fato é falso, será verdadeiro um dia e é provavelmente, assim, caçando baleia nas regiões árticas e antárticas que os homens alcançarão um dia esse ponto desconhecido do globo.

Estávamos sentados na plataforma e o mar absolutamente tranquilo. O mês de março naquelas latitudes dava-nos magníficos dias de outono. Foi o canadense — como poderia ele enganar-se — que avistou uma baleia no horizonte leste. Olhando-se atentamente, podia ver-se o dorso escuro erguer-se e baixar-se, alternativamente, acima das ondas, a cinco milhas do *Náutilo*.

— Oh! — exclamou Ned. Se estivesse a bordo de um baleeiro,

eis um encontro que me daria o maior prazer! É um animal de grande tamanho! Vejam com que força expele colunas de ar e de vapor. Com mil demônios! Por que estou encarcerado nesse pedaço de ferro?

— Como, Ned, ainda não esqueceu as suas antigas ideias de pesca?

— Será que um pescador de baleias pode esquecer a sua profissão? Será que alguém pode esquecer as emoções de semelhante caçada?

Quando encontrava o capitão...

— Você nunca pescou nesses mares?

— Nunca, professor. Semente nos mares boreais, tanto no estreito de Bering quanto no estreito de Davis.

— Então, ainda não conhece a baleia austral. O que você caçou até aqui foi o jubarte, que não se atreveria a atravessar os mares quentes do equador.

— Que é isso, professor! — retorquiu o canadense em tom incrédulo.

— É apenas a verdade.

— Não. Eu que lhes falo, em 1865, há dois anos e meio, perto da Groenlândia, pesquei uma baleia que levava ainda no flanco o pontudo arpão de um baleeiro de Bering. Ora, como é que tendo sido ferida a oeste da América foi ela morrer a leste, sem ter dobrado ou o cabo Horn ou o cabo da Boa Esperança e, por conseguinte, sem ter atravessado o equador?

— Sou da opinião do amigo Ned — disse Conselho — e quero ver o que vai responder o professor.

— Direi aos meus amigos que as baleias estão localizadas segundo a espécie a que pertencem, em determinados mares que nunca abandonam. E, se um desses animais passou do estreito de Bering para o Davis é simplesmente porque existe passagem de um mar para outro, seja nas costas da América, seja nas costas da Ásia.

— Será verdade o que diz? — retrucou o canadense, piscando um olho.

— Devemos acreditar no senhor Aronnax — asseverou Conselho.

— Nesse caso — continuou o canadense — desde que nunca pesquei nestas paragens, concluo que não conheço as baleias que as frequentam.

— É exatamente o que afirmei.

— Mais uma razão para travar conhecimento com elas — replicou Conselho.

— Vejam! Vejam! — exclamou o canadense com voz comovida. Ela se aproxima. Dirige-se para nós! Provoca-me! Sabe que nada lhe posso fazer!...

Ned batia o pé. A sua mão fremia, brandindo arpão imaginário.

— Esses cetáceos são tão grandes quanto os dos mares boreais?

— Regulam em tamanho, Ned.

— É que já vi baleias enormes, professor, que mediam até trinta metros de comprimento. Ouvi mesmo dizer que algumas das ilhas Aleutas ultrapassavam quarenta e cinco metros.

— Isso é certamente exagero — repliquei. Esses animais são apenas baleinópteros, dotados de barbatanas dorsais, da mesma forma que os cachalotes, e são geralmente menores que o jubarte.

— Ah! — gemeu o canadense, que não tirava os olhos do oceano. Ela se aproxima, está mesmo nas águas do *Náutilo*.

Depois, recomeçando a conversação:

— O senhor fala do cachalote como de um animal pequeno. Já ouvi, porém, citar cachalotes gigantescos. São cetáceos inteligentes. Alguns, segundo afirmam, chegam a disfarçar-se, cobrindo-se de algas e de vareques. Assim, são facilmente confundidos com ilhotas. Acampa-se em cima deles, arma-se a instalação, acende-se fogo...

— Constroem-se casas — caçoou Conselho.

— Sim, farsista — respondeu Land. Depois, um belo dia, o animal mergulha e arrasta os seus habitantes para o fundo do abismo.

— Como nas viagens de Simbad, o marinheiro — comentei rindo.

A baleia.

— Ah! Mestre Land, parece que você gosta de histórias maravilhosas! Que cachalotes! Espero que você não acredite nisso.

— Senhor naturalista — respondeu com seriedade o canadense — no que respeita a baleias tudo é digno de crédito. Como nada aquela! Como foge! Afirma-se que esses animais podem dar volta ao mundo em quinze dias.

— Não nego.

— Mas o que o senhor não sabe, professor Aronnax, é que no começo do mundo as baleias eram ainda mais velozes.

— Verdade? Por que isso?

— Porque, então, elas tinham uma cauda perpendicular como os peixes, isto é, esta cauda comprimida verticalmente batia a água da direita para a esquerda e da esquerda para a direita. Mas o Criador, percebendo que elas nadavam com velocidade excessiva, torceu-lhes a cauda e desde então elas batem a água de cima para baixo em detrimento da rapidez.

— Bem, Ned — disse-lhe eu — devo acreditar nisso?

— Não muito, e não mais do que se eu lhe contasse que há baleias de trezentos metros de comprimento, pesando cem mil libras.

— É muito, com efeito. Entretanto, é preciso confessar que alguns cetáceos alcançam desenvolvimento considerável, pois fornecem até cento e vinte toneladas de óleo.

— Isso eu já vi — disse o canadense.

— Acredito, Ned, da mesma forma que acredito que certas baleias alcançam a espessura de cem elefantes! Imagine só essa massa, lançada a toda velocidade...

— É verdade que elas podem afundar navios? — perguntou Conselho.

— Navios, não digo. Mas conta-se que em 1820, exatamente nestes mares do sul, uma baleia lançou-se sobre o *Essex* e o fez recuar com velocidade de quatro metros por segundo. As ondas penetraram à ré e o *Essex* afundou quase imediatamente.

Ned olhou para mim com ar irônico.

— Quanto a mim — observou o canadense — recebi pancada da cauda de uma baleia — no meu escaler, é claro. Meus companheiros e eu fomos lançados à altura de seis metros mas, a julgar pelo que o senhor diz, a baleia de que falo não passava de uma baleote.

— Esses animais vivem muito? — perguntou Conselho.

— Ninguém sabe — respondi. Mas supõe-se que vivam mil anos. Eis o raciocínio em que se fundamentam. Há quatrocentos anos, quando os pescadores pescaram pela primeira vez a baleia, esses animais atingiam tamanho que já não alcançam hoje em dia. Supõe-se, portanto, com bastante lógica, que a inferioridade das baleias atuais decorre do fato de que esses cetáceos não têm mais tempo para atingir o seu desenvolvimento completo. É que podiam e deviam viver mil anos.

Ned Land não entendia. Não escutava mais. A baleia aproximava-se cada vez mais. Ele a devorava com os olhos.

— Ah! — exclamou. Já não é só uma baleia, são dez, são vinte, um cardume inteiro! E eu sem poder fazer nada! Estar aqui de pés e mãos amarrados!

— Mas, amigo Ned — lembrou Conselho — por que não pede ao capitão licença para caçar?

Conselho ainda não concluíra a frase e Ned deixara-se cair pela escotilha e corria à procura do capitão. Alguns instantes depois os dois surgiam na plataforma. O capitão Nemo observou o cardume de cetáceos que brincavam na água.

— São baleias austrais — concluiu. Está ali fortuna para uma frota de baleeiros.

O capitão dirigiu o Náutilo para perto do cadáver do animal.

— Pois bem, capitão — pediu o canadense — não poderia eu dar-lhes caça, nem que fosse só para não esquecer a minha profissão de arpoador?

— Para que caçar simplesmente para destruir? Não temos necessidade de óleo de baleia a bordo.

— No entanto, no mar Vermelho, o senhor nos autorizou a perseguir um leão-marinho!

— Tratava-se, então, de obter carne fresca para minha tripulação. Aqui, seria matar só pelo prazer de matar. Bem sei que este é um privilégio reservado ao homem, mas não admito tais passatempos sangrentos. Destruindo as baleias austrais e os jubartes, seres inofensivos e bons, os seus semelhantes, mestre Land, cometem ação censurável. Foi assim que já despovoaram a baía de Bafim e acabarão por destruir uma classe de animais úteis. Portanto, deixe sossegados esses infelizes cetáceos. Não lhes faltam inimigos naturais — os cachalotes, os espadartes, os peixes-serra — sem que você intervenha.

Podem imaginar a cara do canadense durante esta lição de moral. Dar semelhantes razões a um caçador é perder o latim. Ned Land olhava o capitão Nemo, sem compreender o que ele pretendia dizer. Contudo, o capitão tinha razão. O encarniçamento bárbaro e insensato dos pescadores, fará, um dia, desaparecer a última baleia do oceano.

Ned Land assobiou seu *Yankee Doodle*, enfiou as mãos nos bolsos e voltou-nos as costas.

Enquanto isso, o capitão Nemo observava o cardume de cetáceos e dirigiu-se a mim:

— Eu tinha razão em afirmar que, além do homem, as baleias têm numerosos inimigos naturais. Elas vão enfrentar um deles dentro em pouco. O senhor não vê, a cerca de oito milhas a sotavento, pontos negros em movimento?

— Estou vendo.

— São cachalotes, terríveis animais que já encontrei algumas vezes em cardumes de duzentos e trezentos. Quanto a estes, sim, são animais cruéis e malfazejos e haveria razão para exterminá-los.

O canadense voltou-se rapidamente ao ouvir estas últimas palavras.

— Pois bem, capitão — disse-lhe eu — é tempo ainda, no próprio interesse das baleias...

— Inútil que nos exponhamos. O *Náutilo* bastará para dispersá-los. Está armado com esporão de aço que, pelo menos, vale tanto quanto o arpão de mestre Land.

O canadense encolheu os ombros. Atacar cetáceos a golpes de esporão! Quem já ouvira falar disso?

— Fique certo, senhor Aronnax — disse o capitão — que vai assistir a uma caçada que até hoje não conhece. Nada de piedade para esses ferozes cetáceos. Só têm boca e dentes!

Boca e dentes! Não se podia melhor descrever o cachalote macrocéfalo, cujo tamanho, às vezes, ultrapassa vinte e cinco metros. A sua enorme cabeça é de cerca de um terço do corpo. Mais bem armado do que a baleia, cuja mandíbula superior é guarnecida apenas de barbas, o cachalote está provido de vinte e cinco grossos dentes, cilíndricos, de vértice cônico, de vinte e cinco centímetros de altura e que pesam duas libras cada um. É na parte superior dessa enorme cabeça e em grandes cavidades separadas por cartilagens que se encontram de trezentos a quatrocentos quilos do precioso óleo conhecido por espermacete. O cachalote é animal desgracioso, mais batráquio do que peixe. Malformado, só enxerga pelo olho direito.

Todavia, o monstruoso rebanho aproximava-se cada vez mais. Já havia percebido as baleias e preparava-se para atacá-las. Podia-se predizer a vitória dos cachalotes, não só porque têm melhores armas para o ataque do que os seus inofensivos adversários como porque podem permanecer mais tempo sob a água, sem emergir para respirar.

Era tempo de socorrer as baleias. O *Náutilo* colocou-se entre as duas águas. Ned, Conselho e eu tomamos lugar diante das vidraças do salão. O capitão Nemo foi para junto do timoneiro, para manobrar o barco como engenho de destruição. Dali a pouco, senti que as batidas da hélice se aceleravam e nossa velocidade aumentava.

Já começara o combate entre os cachalotes e as baleias, quando o *Náutilo* entrou em cena. Manobrou de modo a dividir o cardume de macrocéfalos. Estes, inicialmente, mostraram-se indiferentes à vista do novo monstro que se envolvia na batalha, mas não tardou que começassem a fugir de seus golpes.

Que luta! O próprio Ned Land, entusiasmado, chegou a bater palmas. O *Náutilo* transformara-se em arpão formidável, brandido pela mão do capitão. Lançava-se contra a massa de carnes e a atravessava de lado a lado, deixando após a sua passagem apenas as duas metades palpitantes do animal. Nem sequer sentia as pancadas que eles lhe assestavam com as caudas. Ficava indiferente aos choques que produzia. Exterminado um cachalote, enfrentava o seguinte e manobrava no mesmo lugar para não perder as presas — ia para frente, para trás, dócil ao leme, mergulhando quando o cetáceo descia às camadas profundas, emergindo com ele quando voltava à superfície, ferindo-o em cheio ou em diagonal, cortando-o ou lacerando-o, perseguindo-o em qualquer direção e em todos os movimentos e varando-o com o seu terrível esporão.

Que carnificina! Que tumulto na superfície das ondas! Que silvos agudos e que roncos dos animais aterrados! No meio daquelas águas ordinariamente calmas, as caudas deles geravam verdadeiros vagalhões.

Por uma hora prolongou-se aquele homérico massacre, ao qual não puderam fugir os macrocéfalos. Várias vezes, dez ou doze reunidos tentaram esmagar o *Náutilo* sob a sua massa. Nós os víamos pela vidraça, face enorme coberta de dentes, olhar fulgurante. Ned, que não se continha mais, ameaçava-os e injuriava-os. Sentíamos que se aferravam ao nosso aparelho, como cães que acuam javali na floresta. Mas o *Náutilo,* acelerando a hélice, arrastava-os, carregava-os, trazia-os para o nível superior da água, sem preocupar-se nem com o seu peso enorme nem com a sua poderosa força.

Afinal, a massa de cachalotes rareou. As ondas voltaram ao sossego. Senti que emergíamos. A escotilha foi aberta e nós nos precipitamos para a plataforma. O mar estava coberto de cadáveres mutilados. Uma explosão formidável não teria dividido, lacerado, retalhado com maior violência aquelas massas de carnes. Flutuávamos em meio de corpos gigantescos, de dorso azulado, ventre alvacento, cheios de enormes protuberâncias. Alguns cachalotes aterrorizados fugiam no horizonte. As ondas estavam tintas de vermelho pelo espaço de várias milhas.

O capitão Nemo veio ao nosso encontro.

— Então, mestre Land? — perguntou.

— Realmente, capitão, foi um espetáculo terrível — respondeu o canadense, cujo entusiasmo serenara. Mas eu não sou magarefe, sou caçador e isto foi uma carnificina.

— Não. Foi massacre de animais malfazejos. O *Náutilo* não é cutelo de magarefe.

— Prefiro o meu arpão — replicou o canadense.

— Cada um com a sua arma — disse o capitão, encarando fixamente Ned Land.

Eu temia que Ned se deixasse arrastar a alguma violência, cujas consequências seriam deploráveis. A sua cólera, porém, foi desviada pela vista de uma baleia. O animal não pudera escapar aos dentes dos cachalotes. Reconheci a baleia austral, de cabeça achatada, inteiramente negra. Anatomicamente, distingue-se da baleia-branca do norte pela junção das sete vértebras cervicais e por ter duas costelas a mais que as suas gêneres. O infeliz cetáceo, virado de lado, o ventre rasgado pelos dentes dos cachalotes, estava morto. Da extremidade de sua barbatana mutilada pendia ainda um baleote que ela não pudera salvar do massacre. A boca escancarada deixava escorrer água, que marulhava como ressaca entre as barbas.

O capitão Nemo dirigiu o submarino para perto do cadáver do animal. Dois tripulantes saltaram sobre ele e, para espanto meu, vi tirarem de seus úberes todo o leite que continham, isto é, dois ou três barris. O capitão ofereceu-me uma xícara daquele leite ainda quente. Não pude esconder a minha repugnância por aquela beberagem. Ele, porém, assegurou-me que aquele leite era excelente e em nada se diferenciava do leite de vaca. Provei e tive opinião igual. Era, pois, para nós, reserva útil, porque transformado em manteiga ou em queijo, deveria trazer agradável variação ao nosso trivial.

A partir daquele dia, notei, com inquietação, que a opinião de Ned Land a respeito do capitão piorava a olhos vistos e resolvi vigiar de perto os atos e gestos do canadense.

37

A banquisa

O *Náutilo* retomou a sua imperturbável rota para o sul. Seguia o meridiano cinquenta com admirável velocidade. Pretenderia, porventura, alcançar o polo? Eu não acreditava nisso porque, até então, todas as tentativas para alcançar aquele ponto do globo haviam falhado. Além disso, a estação já estava muito adiantada, pois o treze de março, nas terras antárticas, corresponde ao treze de setembro nas regiões boreais e marca o início do período equinocial.

A catorze de março, avistei gelos flutuantes a cinquenta e cinco graus de latitude, simples destroços alvacentos de seis a sete metros, formando escolhos sobre os quais o mar rebentava. O submarino mantinha-se à superfície do oceano. Ned Land, que já havia pescado nos mares árticos, estava familiarizado com o espetáculo. Conselho e eu o admirávamos pela primeira vez.

Na atmosfera, para o lado do sul, estendia-se faixa branca de aspecto deslumbrante. Por mais densas que fossem as nuvens não conseguiam obscurecer-lhe o brilho e ela anunciava à presença de um banco de gelo. Realmente, dentro em pouco surgiram blocos maiores, cujo brilho se alterava conforme os caprichos da bruma. Algumas daquelas moles ostentavam veios verdes, como se o sulfato de cobre neles houvesse traçado linhas onduladas. Outras, parecidas com enormes ametistas, deixavam-se atravessar pela luz. Umas refletiam os raios luminosos sobre as mil facetas de seus cristais, e outras, matizadas pelos vivos reflexos do calcário, seriam suficientes para construção de uma cidade de mármore.

Quanto mais descíamos para o sul, maior era o número e o tamanho daquelas ilhas flutuantes. Nelas, os ninhos de aves polares eram aos milhares. Petréis, albatrozes, gaivotas, procelárias davam gritos ensurdecedores. Algumas, confundindo o submarino com o cadáver de uma baleia, vinham pousar sobre ele e bicavam as suas sonoras chapas metálicas.

Durante esta navegação por entre gelos, o capitão Nemo esteve constantemente na plataforma. Observava com atenção aquelas paragens abandonadas. Mais de uma vez vi animar-se o seu olhar sereno. Certamente pensava que naqueles mares polares, interditos ao homem, estava em seu próprio elemento, senhor daqueles espaços intransponíveis. Contudo, calava-se. Permanecia imóvel, só se movendo quando o seu instinto de navegante o despertava. Dirigindo, então, o barco com perícia consumada, evitava habilmente o choque com os *icebergs*, dos quais alguns tinham vários metros de comprimento e de setenta a oitenta metros de altura. Muitas vezes o horizonte parecia completamente fechado. Aos sessenta graus de latitude não aparecia passagem alguma. Mas o capitão, procurando cuidadosamente, logo encontrou estreita abertura pela qual deslizou audaciosamente, sabendo muito bem que ela se fecharia atrás dele.

Foi assim que o *Náutilo,* guiado por aquela mão hábil, venceu todo aquele gelo. A temperatura era muito baixa. O termômetro, exposto ao ar exterior, marcava dois a três graus abaixo de zero. Nós, porém, estávamos vestidos com peles próprias para resistir ao frio, obtidas à custa das focas e dos leões-marinhos. O interior do *Náutilo*, regularmente aquecido por aparelhos elétricos, desafiava o frio, por mais intenso que fosse. Além disso, bastaria que mergulhasse alguns metros para, encontrar temperatura suportável.

A quinze de março, a latitude das ilhas Novo Shetland e das Orkney foi ultrapassada. O capitão disse-me que, outrora, numerosas tribos de focas habitavam aquelas terras. Todavia, os baleeiros ingleses e americanos, no seu furor de destruição, massacrando os adultos e as fêmeas prenhes, haviam deixado após si o silêncio da morte, em substituição à animação e a vida.

A dezesseis de março, por volta de oito horas da manhã, o *Náutilo*, seguindo o meridiano cinquenta, atravessou o círculo polar antártico. Por todos os lados, o gelo nos rodeava e fechava o horizonte. Entretanto, o capitão Nemo continuava de canal em canal e subia sempre.

— Mas... para onde irá ele? — perguntava eu.

— Para a frente — respondia Conselho. Quando não puder ir além, afinal terá de parar.

— Não apostaria — repliquei.

E, para ser franco, devo confessar que aquela aventurosa excursão não me desagradava. A que ponto a beleza daquelas novas regiões me maravilhava não posso exprimir. Os gelos assumiam aspectos soberbos. Aqui, o seu conjunto semelhava-se a uma cidade oriental, com minaretes e mesquitas inumeráveis. Ali, uma cidade desmoronada e como demolida por alguma convulsão telúrica. Panoramas incessantemente alterados pelos raios oblíquos do sol, ou perdidos nas brumas cinzentas, em meio a turbilhões de neve. Depois, de todos os lados, detonações, esboroamentos, grandes cambalhotas de montanhas de gelo, que transformavam o cenário como a paisagens de caleidoscópio. Quando o *Náutilo* estava imerso, no momento em que se rompiam aqueles equilíbrios, o estrondo propagava-se sob as águas com medonha intensidade e a queda daquelas moles provocava temíveis remoinhos até nas camadas profundas do oceano. O submarino jogava e balançava como navio abandonado à fúria dos elementos.

Muitas vezes, não vendo saída alguma, eu supunha que estivéssemos definitivamente prisioneiros. Mas, guiado por seu admirável instinto, pelo menor indício, o capitão Nemo descobria novos canais. Nunca se enganava ao observar os delgados fios de água azulada que sulcavam os campos de gelo. Por isso, eu estava absolutamente convencido de que não era aquela a primeira vez que se aventurava com o *Náutilo* pelos mares antárticos.

Apesar disso, durante o dia dezesseis de março, os campos de gelo fecharam completamente a rota. Não atingíramos ainda a banquisa, mas enormes campos de gelo cimentados pelo frio. Aquele obstáculo não era bastante para deter o capitão Nemo e ele se lançou contra os gelos com incrível violência. O *Náutilo* penetrava como cunha naquela massa friável e rompia-a com estalos terríveis. Era o antigo aríete impelido por força incalculável. Os destroços de gelo, arremessados para o alto, caíam como granizo em torno de nós. O nosso aparelho rasgava canais, apenas com a sua força de impulsão. Algumas vezes, levado pelo impulso, subia no campo de gelo e o esmagava com o seu peso, ou por instantes, encravado por baio dele, dividia-o com simples movimento de arfagem.

Durante aqueles dias, fomos assaltados por violentas tempestades. Atravessamos nevoeiros tão espessos que de uma extremidade da plataforma não se via a outra. O vento soprava de todos os pontos do quadrante. A neve acumulava-se em camadas tão duras que era necessário parti-las a golpes de picareta. Apenas por ação da temperatura, a cinco graus abaixo de zero, todas as partes exteriores do *Náutilo* se cobriam de gelo. Um veleiro não teria podido manobrar, porque todas as boças emperrariam nas roldanas. Somente navio sem velas e movido por motor elétrico, que dispensasse o carvão, poderia assim afrontar tão elevadas latitudes.

Nessas condições, o barômetro conservou-se quase sempre muito baixo. As indicações da bússola já não ofereciam garantia. Seus ponteiros desorientados marcavam direções contraditórias, ao se aproximarem do polo magnético meridional, que não se confunde com o sul da terra. Com efeito, o polo magnético está situado a cerca de setenta graus de latitude e cento e trinta graus de longitude. Esse fato impunha numerosas observações da agulha magnética, transportada para as diferentes partes do barco, para obter-se média. Constantemente, porém, era reportando-se à estimativa que se calculava a rota percorrida, método bem pouco satisfatório em meio àqueles canais sinuosos, cujos pontos de referência mudam incessantemente.

Finalmente, a dezoito de março, depois de vinte assaltos inúteis, o *Náutilo* viu-se definitivamente entravado. Já não estava diante nem de campos de gelo, nem de montanhas de gelo, mas de interminável e imóvel barreira formada de montanhas soldadas entre si.

— A banquisa! — disse-me o canadense.

Compreendi a expressão de Ned Land porque, para ele, como para todos os navegantes que nos haviam precedido, tratava-se de obstáculo insuperável. Estávamos já em ponto avançado das regiões antárticas. De mar, de superfície líquida, não havia qualquer sinal diante de nossos olhos. Diante do esporão do *Náutilo* estendia-se vasta planície convulsionada, atravancada de blocos confusos, com toda aquela desordem caprichosa que caracteriza a superfície de um rio algum tempo antes do degelo, mas em proporções gigantescas. Aqui e além, picos agudos, delgadas agulhas que se elevavam a sessenta metros. Adiante, série de penhascos talhados a pique, de coloração cinzenta, que refletiam, como se fossem espelhos, alguns raios de sol meio afogados na bruma. E, sobre aquela natureza desolada, reinava feroz silêncio, somente quebrado pelo bater de asas dos petréis e procelárias. Ali tudo era gelado, até o próprio ruído.

O *Náutilo* foi portanto compelido a parar naquela aventurosa viagem através dos campos de gelo.

— Professor — disse Ned naquele dia — vamos ver se o seu capitão é capaz de ir adiante.

— E se for?

— Será, então, um homem de verdade.

— Por que, Ned?

— Ao polo? — exclamei, sem poder conter movimento de incredulidade.

— Porque ninguém até hoje conseguiu vencer a banquisa. Ele é poderoso, mas — com mil demônios! — não é tão poderoso quanto a natureza e onde ela pôs limites é preciso que todos parem, por vontade ou contra a vontade.

— Realmente, Ned. Entretanto, eu gostaria de saber o que há atrás dessa banquisa! Um muro, eis o que mais me irrita na vida!

— O senhor tem razão — falou Conselho. Os muros só foram inventados para irritar os sábios. Não devia existir muro em parte alguma.

— Bom! — apoiou o canadense. Mas por trás da banquisa todos sabem o que existe.

— Que é? — perguntei-lhe.

— Gelo, gelo, sempre gelo.

— Você tem certeza de que nunca viu, Ned. Contudo, eu não estou certo disso e aí está por que queria ver.

— Pois bem, professor, renuncie a semelhante ideia. O senhor atingiu a banquisa, o que já é bastante, e, agora, não irá mais longe. Nem o senhor, nem seu capitão, nem o *Náutilo*. E quer ele queira, quer não, voltaremos para o norte, isto é, para a terra dos homens de bem.

Concordo que Ned tinha razão e que, enquanto os navios não forem capazes de navegar sob os campos de gelo, serão obrigados a parar diante da banquisa. Com efeito, apesar de seus esforços, apesar dos poderosos meios que empregou para libertar-se do gelo, o *Náutilo* permaneceu imóvel. Ordinariamente, quem não pode prosseguir dá-se por feliz, quando pode retroceder. Mas, no caso, era tão impossível avançar, como voltar, porque os canais se haviam fechado atrás de nós e, por pouco que o nosso aparelho permanecesse quieto, não tardaria a ficar bloqueado. Foi mesmo o que aconteceu por volta de duas horas e o gelo formou-se em seus flancos com espantosa rapidez. Tive, então, que admitir que o procedimento do capitão Nemo fora temerário.

Nesse momento, eu estava na plataforma. O capitão, que examinava a situação, disse-me depois de alguns instantes:

— Então, professor, que lhe parece?

— Penso que estamos presos, capitão.

— Presos? Que quer dizer com isso?

— Que nem podemos avançar, nem retroceder, nem desviar para a direita, nem para a esquerda. Creio que é o significado de preso, pelo menos nos continentes habitados.

— Quer dizer que o senhor Aronnax supõe que o *Náutilo* é incapaz de libertar-se?

— Dificilmente, porque a estação já está demasiado adiantada para contar com o degelo.

— Ora, professor — replicou com ironia o capitão — o senhor será sempre o mesmo! Só vê empecilhos e obstáculos! Eu lhe asseguro que não só o *Náutilo* se libertará como prosseguirá em sua rota.

— Mais para o sul? — perguntei, encarando o capitão.

— Perfeitamente. Irá ao polo.

— Ao polo? — exclamei, sem poder conter movimento de incredulidade.

— Ao polo — respondeu friamente o capitão. Ao polo antártico, a esse ponto desconhecido, em que se cruzam todos os meridianos do globo. O senhor sabe que faço do *Náutilo* o que quero.

Se eu sabia! Aquele homem era audacioso até a temeridade. Mas vencer os obstáculos que eriçam o polo sul, ainda mais inacessível do que o polo norte, até hoje ainda não alcançado pelos mais ousados navegadores, era empresa completamente insensata e que só um louco poderia conceber.

Veio-me, então, a ideia de perguntar ao capitão Nemo se ele já havia descoberto esse polo, jamais pisado pelo pé de criatura humana.

— Ainda não, senhor Aronnax. Nós o descobriremos juntos. Onde outros falharam, eu alcançarei êxito. Jamais trouxe o meu braço tão longe nos mares austrais. Mas repito-lhe que irá ainda mais longe.

— Desejo acreditar — repliquei em tom um pouco irônico. Creio no que está dizendo. Prossigamos. Para nós não há obstáculos. Rebentemos a banquisa. Façamo-la explodir e, se ela resistir, demos asas ao *Náutilo,* a fim de que ele possa passar por cima dela!

— Por cima, professor? — retrucou tranquilamente o capitão. Por cima, não, mas por baixo.

Súbita revelação dos projetos de Nemo acabava de iluminar meu espírito. Compreendera. As maravilhosas qualidades do submarino iam mais uma vez servir naquela sobre-humana empresa.

— Vejo que começamos a nos entender — disse, meio sorridente, o capitão. Já entrevê a possibilidade — eu diria o êxito — desta tentativa. O que é impraticável com navio comum torna-se fácil para o *Náutilo*. Se um continente emergir no polo, ele parará diante desse continente. Mas, se ao contrário, encontrarmos mar livre, ele irá até o próprio polo.

— Realmente — concordei, empolgado pelo raciocínio do capitão — se a superfície do mar está solidificada pela congelação, as camadas inferiores estão livres, pela razão providencial que colocou em grau superior ao da congelação o máximo de densidade da água do mar. E, se não me engano, a parte imersa dessa banquisa está para a parte emersa na razão de quatro para um?

— Aproximadamente, professor. Cada metro de *iceberg* acima do nível do mar corresponde a três metros para baixo. Ora, como essas montanhas não ultrapassam a altura de cem metros, mergulham apenas trezentos. Ora, que são trezentos metros para o *Náutilo*?

— Nada!

— Ele poderá até ir procurar, a maior profundidade, a temperatura uniforme das águas marinhas e lá desafiaremos, sem riscos, os trinta ou quarenta graus de frio da superfície.

— Exato, perfeitamente correto — corroborei com entusiasmo.

— A única dificuldade será a imersão de alguns dias, sem renovar as provisões de ar.

— Só isso? Ora! O *Náutilo* tem enormes reservatórios, nós os encheremos e eles nos fornecerão todo o oxigênio de que tivermos necessidade.

— Bem pensado, senhor Aronnax — replicou, sorrindo, o capitão Nemo. Não querendo, porém, que o senhor me acuse de temeridade, eu lhe contraponho todas as minhas objeções.

— Ainda tem alguma?

— Uma só. É possível, se existe mar no polo sul, que esse mar esteja completamente coberto de gelo e, portanto, que não possamos emergir.

— Capitão, não se esqueça de que o *Náutilo* está armado com temível esporão e de que poderemos lançá-lo diagonalmente contra o gelo, que será rompido pelo embate.

— Muito bem, professor. O senhor tem hoje ideias magníficas!

— Além disso, capitão — acrescentei cada vez mais empolgado — por que não encontraríamos mar livre no polo sul, da mesma forma que no polo norte? Os polos do frio e os polos da terra não se confundem nem no hemisfério austral nem no hemisfério boreal. Até prova em contrário, temos o direito de supor a existência de continente ou de oceano livre de gelo nesses dois pontos da terra.

— Também o creio. Quero apenas fazer-lhe notar que, depois de ter feito tantas objeções contra o meu projeto, agora o senhor me surpreende com argumentos favoráveis.

O capitão Nemo dizia a verdade. Eu acabara por vencê-lo em audácia! Era eu que o arrastava ao polo! Precedia-o, deixava-o para trás... Ora! Pobre louco... O capitão Nemo conhecia melhor do que eu todos os prós e os contras do problema e divertia-se à minha custa ao ver-me embalado por devaneios impossíveis!

Contudo, ele não perdera um só instante. A um sinal seu o imediato apareceu. Os dois tiveram rápida conversa em sua incompreensível linguagem e, seja porque já estivesse prevenido, seja porque julgasse o projeto realizável, o imediato não demonstrou surpresa alguma. Entretanto, por mais impassível que se mostrasse, a sua impassibilidade não excedeu a de Conselho, quando lhe contei o nosso projeto de ir até o polo sul. "Como for do gosto do senhor" — acolheu a minha comunicação e foi tudo. Quanto a Ned Land, se algum dia ombros se encolheram tão alto, não podem ter-se encolhido com desdém igual ao do canadense.

— Tanto o senhor quanto o seu capitão causam-me pena — comentou.

— Mas nós iremos ao polo, mestre Land.

— Talvez, mas não voltarão de lá.

Entretanto, os preparativos para aquela audaciosa tentativa tinham começado. As poderosas bombas do *Náutilo* recalcavam o ar nos reservatórios, armazenando-o a alta pressão. Por volta de quatro horas, o capitão Nemo anunciou-me que a escotilha da plataforma ia ser fechada. Lancei um último olhar sobre a banquisa que íamos atravessar. O céu estava limpo, o ar muito puro, o frio intenso, doze graus abaixo de zero. Contudo, havendo-se acalmado o vento, a temperatura não parecia insuportável.

Uma dezena de homens subiu aos flancos do *Náutilo* e, armados de picaretas, quebraram o gelo em volta da querena, que em pouco tempo viu-se livre. Esta operação processou-se rapidamente, porque o gelo, sendo recente, ainda era pouco denso. Todos se recolheram ao interior e o submarino não demorou a descer.

Eu estava no salão com Conselho. Pela escotilha aberta, observamos as camadas inferiores do oceano austral. O termômetro subia. A cerca de trezentos metros, como previra o capitão, flutuávamos sob a superfície ondulada da banquisa. O submarino ainda desceu mais. Atingiu a profundidade de oitocentos metros. A temperatura da água, que era de menos doze graus na superfície, atingia apenas dez graus. Já ganháramos dois graus. É inútil dizer que a temperatura interior do barco mantinha-se a grau muito elevado.

Naquele mar desembaraçado, o *Náutilo* tomara diretamente o caminho do polo, à velocidade média de vinte e seis milhas por hora. Se ele a conservasse, bastariam quarenta e oito horas para chegar ao seu destino.

Durante parte da noite, a novidade da situação reteve a Conselho e a mim junto à vidraça do salão. A irradiação elétrica do farol iluminava o mar deserto. Os peixes não moravam naquelas águas prisioneiras. Nelas encontravam apenas passagem entre o oceano Antártico e o mar livre do polo. Nossa marcha era rápida. Sentíamos pelos estremecimentos do longo casco de aço.

Cerca das duas horas da manhã, fui repousar durante algumas horas. Conselho imitou-me. Ao atravessar os passadiços, não encontrei o capitão Nemo. Supus que ele deveria estar na cabina do timoneiro. No dia seguinte, às cinco horas da manhã, voltei ao meu posto no salão. A barquilha elétrica indicou-me que a velocidade do *Náutilo* fora moderada. Ele regressava, então, à superfície, mas prudentemente. Meu coração palpitava. Iríamos emergir e encontrar de novo o ar livre do polo?

Não. Um choque indicou que o submarino batera na superfície inferior da banquisa, demasiado espessa ainda, a julgar pelo som surdo da pancada. Realmente, havíamos tocado, mas em sentido inverso e a trezentos metros de profundidade. Isso demonstrava que havia quatrocentos metros de gelo acima de nós. Durante aquele dia o

Náutilo recomeçou várias vezes a experiência e foi sempre chocar-se com a muralha acima dele. Algumas vezes encontrou-a a novecentos metros, o que dava mil e duzentos metros de espessura, dos quais trezentos elevavam-se acima do oceano!

Anotei cuidadosamente aquelas diferentes profundidades e obtive assim o perfil submarino daquela cadeia que se desenvolvia sob as águas.

Durante a noite, mudança alguma alterou nossa situação. Sempre o gelo, entre quatrocentos e quinhentos metros de profundidade. A diminuição era evidente, mas que enorme espessura ainda nos separava da superfície do oceano!

Já eram oito horas. Há quatro horas o ar deveria ter sido renovado no interior do submarino, de acordo com o hábito quotidiano de bordo. Contudo, eu não sofria demasiado, embora o capitão Nemo ainda não houvesse pedido aos reservatórios o suplemento de oxigênio. Dormi mal durante a noite. Esperança e temor assediavam-me alternadamente. Levantei-me várias vezes. O *Náutilo* continuava a tatear. Às três horas da manhã, observei que a banquisa estava reduzida a cinquenta metros de profundidade. Transformava-se, pouco a pouco, em campo de gelo. A montanha tornava-se planície.

Meus olhos não se desviaram mais do manômetro. Subíamos sempre, seguindo diagonal, à superfície resplandecente que flamejava sob os raios elétricos. A banquisa adelgaçava-se acima e abaixo por longas rampas. Finalmente, às seis horas da manhã do memorável dia dezenove de março, a porta do salão abriu-se. O capitão Nemo apareceu e disse-me:

— Mar livre!

❖

38

O polo sul

Precipitei-me para a plataforma. Era verdade! Estávamos no mar livre! Apenas alguns blocos de gelo esparsos. Em frente, a extensão do mar. Havia um mundo de pássaros nos ares e miríades de peixes nas águas que, segundo a profundidade, variavam do azul intenso ao verde-oliva. O termômetro marcava três graus centígrados abaixo de zero. Era outono relativo, por trás da banquisa, cujas massas afastadas se perfilavam no horizonte setentrional.

— Estamos no polo? — perguntei ao capitão, sem poder reprimir as palpitações do coração.

— Ignoro — respondeu-me. Ao meio-dia faremos a localização.

— Será que esta bruma nos permitirá avistar o sol?

— Por pouco que ele apareça, será o bastante — respondeu o capitão.

A dez milhas de nós, para o sul, ilhota solitária elevava-se à altura de duzentos metros. Navegamos em direção a ela, mas com prudência, porque o mar poderia estar semeado de escolhos.

Uma hora depois a havíamos alcançado. Duas horas mais tarde, tínhamos conseguido contorná-la. A sua circunferência media quatro milhas. Estreito canal separava-a de extensa terra, talvez um continente, cujos limites não podíamos avistar. A existência dessa terra parecia dar razão às hipóteses de Maury. Com efeito, o engenhoso americano notou que entre o polo sul e o paralelo sessenta, o mar era coberto de gelo flutuante, de enormes dimensões, que jamais se encontram no Atlântico norte. Desse fato, deduziu que o círculo antártico encerra terras consideráveis, pois os *icebergs* não se podem formar em pleno mar, mas somente no litoral. Segundo os seus cálculos, a massa de gelo que cerca o polo austral forma vasta calota, cuja largura deve atingir quatro mil quilômetros.

Entretanto, o *Náutilo,* com receio de encalhar, fundeara a cerca de trezentas e sessenta braças de uma praia que dominava soberbo amontoamento de rochedos. O escaler foi lançado ao mar. O capitão, dois homens transportando instrumentos, Conselho e eu embarcamos nela. Eram dez horas da manhã. Eu não vira Ned Land. O canadense certamente não queria retratar-se em presença do polo sul.

Algumas remadas foram suficientes para encalhar o bote na praia. No momento em que Conselho ia saltar, eu o retive.

— Capitão — disse eu — ao senhor cabe a honra de ser o primeiro a pisar esta terra.

— Concordo, professor, e não hesito em palmilhar o solo do polo, pois que, até hoje, nenhum ser humano aí deixou o rastro de seus passos.

Dito isto, saltou rapidamente sobre a areia. Viva emoção fazia pulsar-lhe o coração. Galgou um rochedo, que terminava, em inclinação, por pequeno promontório e dali, braços cruzados, olhar ardente, imóvel, mudo, pareceu tomar posse daquelas regiões austrais. Após cinco minutos de êxtase, voltou-se para nós.

— Quando quiser, professor... — gritou-me.

Desembarquei seguido de Conselho. Os dois homens permaneceram no escaler.

O solo por largo espaço era construído por uma espécie de rocha vulcânica avermelhada, como se fosse formado de tijolos pilados. Escórias, correntes de lava, pedras-pomes recobriam-no. A origem vulcânica era evidente. Em certos lugares, tênues fumarolas, exalando cheiro sulfuroso, atestavam que o fogo interior ainda conservava o seu poder expansivo. Entretanto, havendo galgado elevada escarpa, não vi vulcão algum em um raio de várias milhas. A vegetação daquele continente desolado pareceu-me bastante restrita. Alguns liquens exibiam-se sobre as rochas negras. Algumas plântulas microscópicas e longos fucos purpúreos, eis toda a magra flora daquela região.

A praia estava juncada de moluscos, astérias e estrelas-do-mar. Onde, porém, a vida superabundava era nos ares. Voavam e voejavam aos milhares aves das mais variadas espécies, as quais nos ensurdeciam com os seus gritos. Outras cobriam completamente as rochas, vendo-nos passar sem mostrar receio, comprimindo-se familiarmente, quando passávamos. Eram pinguins ágeis e destros na água. Às vezes, chegávamos a confundi-los com velozes atuns, mas eram desajeitados e pesadões em terra. Soltavam gritos bizarros e formavam assembleias numerosas, sóbrios de gestos, mas pródigos em clamores.

— Meio-dia! — exclamei.

Entre as aves notei, ainda, os chionis, da família dos pernaltas, do tamanho de pombos, brancos, de bico curto e cônico, olho emoldurado por círculo vermelho. Conselho fez provisão deles, porque estas aves são comestíveis e, convenientemente preparadas, dão prato magnífico. Nos ares passavam albatrozes fuliginosos, de quatro metros de envergadura, chamados com razão abutres do oceano, petréis gigantescos, entre outros o quebra-ossos, de asas arqueadas, grandes devoradores de focas, abetardas, espécie de pequenos patos de dorso negro e branco, enfim toda uma série de petréis, uns alvacentos, outros de asas orladas de pardo, outros azuis, próprios dos mares antárticos.

Um quilômetro adiante, o solo aparecia crivado de ninhos de cotetes. O capitão mandou a sua tripulação caçar algumas centenas delas, porque a sua carne preta é comestível. Zurravam como jumentos. São animais parecidos com o ganso, de corpo cor de ardósia, barriga branca e colar cor de limão. Deixaram-se matar a pedradas, sem tentar fugir.

Entretanto, a bruma não se dissipava e, às onze horas, o sol ainda não se mostrara. A sua ausência inquietava-me. Sem ele, não haveria observação possível. Como saber se havíamos alcançado o polo?

Quando me aproximei do capitão, encontrei-o silencioso, com o cotovelo apoiado em um rochedo, contemplando o céu. Parecia impaciente e contrariado. Que fazer, porém? Aquele homem tão audacioso e tão poderoso não dava ordens ao sol.

Meio-dia chegou e passou, sem que o astro tivesse aparecido por instante que fosse. Ninguém pôde determinar o lugar que ele ocupava por trás da cortina de bruma. Pouco depois, toda aquela bruma desfez-se em neve.

— Fica para amanhã — disse, desapontado, o capitão Nemo e voltamos ao *Náutilo* em meio a verdadeiro turbilhão.

A tempestade de neve durou até o dia seguinte. Era impossível alguém manter-se na plataforma. Do salão, onde anotava os incidentes dessa excursão ao continente antártico, ouvia os gritos dos petréis e dos albatrozes, que se divertiam no meio da tormenta. O *Náutilo* não permaneceu imóvel e, perlongando a costa, avançou ainda uma dezena de milhas para o sul, em meio àquela semiobscuridade que o sol produzia ao nível do horizonte.

No dia seguinte, vinte de março, cessara a nevasca. O frio, porém, tornara-se mais cortante. O termômetro marcava dois graus abaixo de zero. O nevoeiro dissipou-se e tive esperança de que naquele dia pudesse ser feita a observação. Como o capitão Nemo não houvesse aparecido, o escaler transportou a Conselho e a mim para terra. A natureza do solo, ali, era a mesma, vulcânica. Por todos os lados viam-se vestígios de lavas, de escórias, de basaltos, sem que eu avistasse a cratera que vomitava aquilo. Ali, como antes, miríades de aves animavam aquela parte do continente polar. Estas, porém, repartiam o seu domínio com enormes rebanhos de mamíferos marinhos, que nos contemplavam com olhos meigos. Eram focas de diferentes espécies, umas estendidas sobre o solo, outras deitadas sobre blocos de gelo à deriva, várias saindo do mar, ou entrando nele. Não fugiam quando nos aproximávamos, talvez por nunca terem encontrado o homem. Havia, ali, número suficiente para abastecer algumas centenas de navios.

Eram oito horas da manhã. Ainda dispúnhamos de quatro horas até o momento em que o sol pudesse ser observado com proveito. Dirigi meus passos para a vasta baía, cortada em forma de crescente, na falésia granítica.

Ali, a perder de vista, em torno de nós, as terras e os blocos de gelo estavam atravancados de mamíferos marinhos e eu procurei involuntariamente o velho Proteu, o mitológico pastor que guardava os imensos rebanhos de Netuno. O maior número era de focas. Formavam grupos distintos, machos e fêmeas, o pai velando pela família, a mãe aleitando os filhotes, alguns dos quais, já fortes, emancipavam-se, vivendo a alguns passos do grupo. Quando queriam mudar de lugar, deslocavam-se aos saltinhos, auxiliando-se desajeitadamente com a barbatana imperfeita que no lamantim, seu congênere, forma verdadeiro antebraço. Devo dizer que na água, seu elemento por excelência, esses animais de espinha dorsal móvel, bacia estreita, pelo curto e espesso, pés espalmados, nadam admiravelmente. Em repouso, em terra, tomavam atitudes extremamente graciosas. Por isso, os antigos, observando a sua fisionomia meiga, seu olhar expressivo, que o mais belo olhar de mulher não conseguiria superar, seus olhos veludosos e límpidos e sua pose encantadora, transformaram os machos em tritões, e as fêmeas, em sereias.

A maior parte delas dormia nas rochas, ou na areia. Por entre elas deslizavam elefantes-marinhos, espécie de foca dotada de tromba curta e móvel, gigantes da espécie, com dez metros de comprimento e seis metros de circunferência. Mas nem se mexiam quando nos aproximávamos.

— Esses animais são perigosos? — perguntou-me Conselho.

— Não, a menos que sejam atacados. Quando uma foca defende o filhote, seu furor é terrível e muitas vezes despedaça a embarcação dos pescadores.

Três quilômetros depois, fomos barrados pelo promontório que protegia a baía dos ventos do sul. Caía a prumo sobre o mar e estava coberto de espuma da ressaca. Além dele, ressoavam rugidos tão formidáveis que só um rebanho de ruminantes seria capaz de produzir.

— O quê? — comentou Conselho — será um concerto de touros?

— Não, é um concerto de morsas.

— Lutam entre si?

— Não, estão apenas brincando.

— O senhor tenha paciência, mas nós precisamos ver isso.

— Vamos ver.

E começamos a galgar rochas enegrecidas, em meio a desmoronamentos imprevistos, por cima de pedras que o gelo tornava completamente escorregadias. Mais de uma vez rolei com grave dano para meus rins. Conselho, mais prudente, ou mais forte do que eu, não tropeçava em nada e me ajudava a levantar.

Alcançamos a aresta superior do promontório, dali avistei enorme planície branca, coberta de morsas, que brincavam umas com as outras. O que ouvíamos eram rugidos de alegria e não de cólera.

As morsas assemelham-se às focas pela forma do corpo e pela disposição dos membros. Mas não têm caninos e incisos na mandíbula inferior e, quanto aos caninos superiores, são duas compridas defesas de oitenta centímetros que medem trinta e três centímetros de circunferência no alvéolo. Esses dentes, formados de marfim compacto e sem estrias, mais duro que o marfim dos elefantes e menos sujeitos a amarelar, são muito procurados. Por essa razão, as morsas são alvo de perseguição impiedosa que em breve as destruirá até a última, pois os caçadores massacram indistintamente as fêmeas prenhes e os filhotes.

Ao passar perto daqueles curiosos animais pude observá-los à vontade, porque eles não fugiam. A pele era espessa e rugosa, de cor amarela, pendendo para o ruivo, o pelo curto e pouco abundante. Alguns tinham quatro metros de comprimento. Mais calmos e menos medrosos do que os seus congêneres do norte, não confiavam a sentinelas escolhidas o cuidado de vigiar as proximidades de seu acampamento.

Depois de haver examinado aquela cidade das morsas, retrocedemos. Eram onze horas e, se o capitão Nemo tivesse condições favoráveis para observar, eu queria estar presente no momento da operação. Entretanto, não tinha esperança de que o sol se mostrasse naquele dia. Nuvens acumuladas no horizonte furtavam-no à nossa vista. Apesar disso resolvi regressar ao *Náutilo*. Seguimos por estreita ladeira que havia no alto da falésia. Às onze e meia, chegamos ao ponto de desembarque. O escaler trouxera o capitão para terra. Avistei-o de pé, sobre um bloco de basalto. Os instrumentos estavam perto dele. Fitava com insistência o horizonte norte, perto do qual o sol descrevia, naquele momento, a sua alongada curva.

Coloquei-me perto dele e esperei calado. Meio-dia chegou e passou, como na véspera, sem que o sol aparecesse. Era uma fatalidade. Mais uma vez falhava a observação. Se no dia seguinte ela não se pudesse realizar, seria necessário renunciar definitivamente a fazer o levantamento de nossa posição.

Estávamos a vinte de março. No dia seguinte seria o equinócio. O sol desapareceria no horizonte por seis meses e, com sua desaparição, começaria a longa noite polar. Por ocasião do equinócio de setembro, ele emergirá no horizonte setentrional, elevando-se por espirais alongadas até o dia vinte e um de dezembro. Este é o momento do solstício de verão nas regiões austrais. Começará, então, a baixar e no dia seguinte lançará os seus últimos raios. Dei conta de minhas observações e de meus temores ao capitão Nemo.

— Tem razão, senhor Aronnax. Se amanhã não conseguirmos estabelecer a altura do sol, não poderei recomeçar o cálculo senão daqui a seis meses. Todavia, porque os azares de minha navegação me trouxeram, exatamente, a vinte e um de março a esses mares, será fácil fazer o levantamento do ponto, se ao meio-dia o sol mostrar-se a nossos olhos.

— Por que, capitão?

— Como o astro descreve espirais tão alongadas, é difícil medir a sua altura acima do horizonte e os instrumentos correm o risco de assimilar graves erros.

— Então, como procederá?

— Usarei apenas o meu cronômetro. Se amanhã, vinte e um de março, ao meio-dia, o disco do sol, descontada a refração, estiver dividido exatamente pelo horizonte norte, teremos a certeza de estar no polo sul.

— Com efeito. Entretanto, essa afirmação não tem rigor matemático, porque o equinócio não coincide exatamente com o meio-dia.

— Isso é verdade, senhor Aronnax, mas o erro não chegará a cem metros e para nós é quanto basta. Logo, até amanhã.

O capitão voltou para bordo. Conselho e eu ficamos andando na praia até as cinco horas, observando e estudando. Depois do jantar, deitei-me, tendo invocado, exatamente como um hindu, os favores do astro radioso.

No dia seguinte, pela manhã, subi à plataforma. O capitão Nemo estava lá.

— O céu desanuvia-se um pouco — disse-me ele. Tenho muita esperança. Depois do almoço, iremos a terra para escolher bom posto de observação.

Assim combinamos e fui à procura de Ned Land. Gostaria de levá-lo comigo. O obstinado canadense recusou e notei que a sua taciturnidade e o seu mau-humor cresciam de dia para dia. Apesar disso, naquela circunstância, não lamentei a sua obstinação. Realmente, havia número excessivo de focas em terra e era bom não submeter aquele pescador irrefletido a tamanha tentação.

Terminado o almoço, dirigi-me a terra. O *Náutilo* avançara mais quatro milhas durante a noite. Estava ao largo, a boa légua da costa, que era dominada por pico agudo de quatrocentos a quinhentos metros. O escaler levava comigo o capitão Nemo, dois homens da tripulação e os instrumentos, isto é, um cronômetro, um óculo e um barômetro.

Às nove horas, acostávamos. O céu clareava. As nuvens fugiam em direção do sul. As brumas abandonavam a superfície das águas. O capitão Nemo dirigiu-se ao pico, do qual queria fazer seu observatório. Foi ascensão penosa, por cima de lavas agudas e pedras-pomes, em meio a uma atmosfera saturada pelas emanações sulfurosas.

Gastamos duas horas para alcançar o cimo daquele pico, metade pórfiro, metade basalto. De lá, nosso olhar abarcava vasta extensão de mar, que, para o norte, marcava claramente a sua linha terminal no fundo do céu. A nossos pés estendiam-se campos de deslumbrante alvura. Sobre as nossas cabeças, pálido azul, livre de brumas. Ao norte, o disco do sol, como bola de fogo, já esborcinada pelo gume do horizonte. Do seio das águas erguiam-se em magníficos feixes centenas de jatos líquidos. Ao longe, o submarino parecia cetáceo adormecido. Por trás de nós, para o sul e para leste, uma terra imensa, amontoamento caótico de rochedos e de gelos, dos quais não se avistava o limite. O capitão Nemo, chegando ao alto do pico, fez cuidadoso levantamento por meio do barômetro, porque isso teria de ser considerado em sua observação. Ao meio-dia menos um quarto, o sol, que só era visível por refração, surgiu como disco de ouro e espargiu os seus últimos raios sobre aquele continente abandonado, sobre aqueles mares até ali ainda não sulcados pelo homem.

Nemo, munido de óculo reticulado, que por meio de espelho corrigia a refração, observou o astro que mergulhava pouco a pouco abaixo do horizonte, seguindo diagonal muito alongada. Eu observava o cronômetro. Meu coração palpitava desabaladamente. Se a desaparição do semidisco do sol coincidisse com o meio-dia do cronômetro, estaríamos exatamente no polo.

— Meio-dia! — exclamei.

— O polo sul! — replicou com voz grave o capitão Nemo, entregando-me o óculo no qual pude observar o astro do dia cortado exatamente em duas porções iguais pelo horizonte.

Contemplei os últimos raios coroando o pico e a subida paulatina das sombras pelas rampas. Naquele momento, o capitão Nemo, apoiando a mão em meu ombro, recordou-me todas as expedições anteriores e a impotência delas para realizarem a façanha e concluiu:

— Pois bem, eu, capitão Nemo, neste dia vinte e um de março de 1868, atingi o polo sul e tomo posse desta parte do globo igual a um sexto dos continentes conhecidos.

— Em nome de quem, capitão?

— Em meu nome, professor.

E, ao dizer isto, desfraldou um pavilhão negro, com grande N bordado a ouro no centro. Depois, voltando-se para o sol, cujos derradeiros raios roçavam o horizonte:

— Adeus, sol! Desaparece, astro radioso! Põe-te sobre esse mar livre e deixa uma noite de seis meses estender as suas sombras sobre o meu novo domínio!

❖

39

Encalhado sob os gelos polares

No dia seguinte, vinte e dois de março, às seis da manhã, começaram os preparativos da partida. Os últimos clarões do crepúsculo fundiam-se na noite. O frio recrudescera. As constelações resplandeciam com surpreendente intensidade. No zênite brilhava o inigualável Cruzeiro do Sul, Estrela Polar das regiões antárticas.

O termômetro marcava doze graus abaixo de zero. Quando o vento refrescava, picadas agudas causticavam a pele. Os blocos de gelo multiplicavam-se sobre as águas livres. Todo o mar ameaçava congelar-se. Placas negras, imóveis na superfície, anunciavam o congelamento próximo. Era evidente que a bacia austral, gelada durante os seis meses do inverno, ia tornar-se absolutamente inacessível. Que seria das baleias durante este período? Certamente iriam por baixo da banquisa em busca de mares mais amenos. Quanto às focas e às morsas, habituadas a viver nos climas mais ríspidos, permaneceriam naquelas paragens geladas. Por instinto, cavam buracos nos campos de gelo e os conservam sempre abertos. É por esses buracos que vêm respirar. Quando as aves, tangidas pelo frio, emigram para o norte, esses mamíferos marinhos permanecem senhores exclusivos do continente polar.

Entretanto, tendo enchido os reservatórios de água, o *Náutilo* imergia lentamente. À profundidade de trezentos metros, parou. A hélice bateu as águas e o barco avançou em linha reta para o norte, à velocidade de quinze milhas por hora. Depois do meio-dia, flutuava já sob a imensa carapaça gelada da banquisa.

As escotilhas do salão haviam sido fechadas por prudência, porque o casco do *Náutilo* poderia chocar-se com algum bloco submerso. Por isso, passei o dia pondo a limpo os meus apontamentos. Meu espírito estava cheio de recordações do polo. Atingíramos aquele ponto inacessível sem fadigas, sem perigos, como se nosso vagão flutuante deslizasse sobre os trilhos de uma estrada de ferro. Agora, começava a volta. Reservar-me-ia ela surpresas semelhantes? Estava certo que sim, tão inesgotável é a série de maravilhas submarinas! Há cinco meses e meio que o acaso nos lançara a bordo. Havíamos transposto catorze mil léguas e nesse percurso, mais extenso do que o equador terrestre, quantos incidentes curiosos, os terríveis, haviam tornado encantadora a nossa viagem! A caçada nas florestas da ilha Crespo, o encalhamento no estreito de Torres, o cemitério de coral, as pescarias de Ceilão, o Túnel Arábico, os fogos de Santorim, os milhões da baía de Vigo, a Atlântida, o polo sul! Durante a noite, todas essas recordações, passando de sonho a sonho, não deram descanso a meu cérebro.

Às três horas da madrugada, fui despertado por choque violento. Eu me sentara em minha cama e escutava no meio da escuridão, quando fui bruscamente precipitado no meio do quarto. Era evidente que o *Náutilo* inclinava-se depois da batida. Apoiando-me às paredes, arrastei-me pelos passadiços até ao salão clareado pelo teto luminoso. Os móveis estavam caídos. Felizmente, as vitrinas, solidamente fixadas pelo pé, haviam resistido. O submarino inclinara-se para estibordo e permanecia completamente imóvel.

Ouvi ruído de passos e de vozes confusas, mas o capitão não apareceu. No momento em que ia deixar o salão, Conselho e Ned Land entraram.

— Que aconteceu? — perguntei-lhes.

— Vinha perguntar-lhe — respondeu Conselho.

— Com mil demônios! — exclamou o canadense. Eu sei perfeitamente! O *Náutilo* encalhou e, a julgar pela inclinação, não creio que se safe, como da primeira vez no estreito de Torres.

— Ao menos, terá voltado à superfície?

— Nós o ignoramos.

— É fácil saber — comentei.

Consultei o manômetro. Para grande surpresa minha, indicava profundidade de trezentos e sessenta metros,

— Que quer dizer isto! — exclamei.

— Só perguntando ao capitão Nemo — sugeriu Conselho.

— Mas onde encontrá-lo? — interrogou Ned.

— Sigam-me — disse eu aos companheiros.

Deixamos o salão. Na biblioteca, ninguém. Na escada central, no posto da tripulação, ninguém. Supus que o capitão estivesse na cabina do timoneiro. Era melhor esperar. Voltamos os três para o salão.

Não repetirei aqui as recriminações do canadense. Tinha ótimo pretexto para encolerizar-se. Deixei-o exalar seu mau-humor à vontade, sem responder-lhe.

Estávamos, assim, há vinte minutos, procurando surpreender os menores ruídos a bordo do *Náutilo*, quando o capitão apareceu. Nem deu impressão de haver-nos visto. A sua fisionomia, habitualmente impassível, revelava certa inquietação. Observou silenciosamente a bússola, o manômetro e pousou o dedo sobre um ponto do planisfério, na parte que representava os mares austrais.

Não quis interrompê-lo. Somente alguns instantes mais tarde, quando se voltou para mim, disse-lhe, devolvendo-lhe a frase de que se servira no estreito de Torres:

— Um incidente, capitão?

— Não, senhor. Desta vez foi acidente.

— Grave?

— Talvez.

— O perigo é imediato?

— Não.

— O *Náutilo* encalhou?

— Sim.

— E o encalhamento foi devido?...

— A um capricho da natureza e não à imperícia dos homens. Nem um só erro foi cometido. Entretanto, não poderíamos impedir que o equilíbrio produzisse os seus efeitos. Podemos desafiar as leis humanas, mas não podemos resistir às leis naturais.

Momento singular escolhia o capitão Nemo para fazer reflexões filosóficas. Em suma, a sua resposta nada esclarecia. Perguntei, pois:

— Posso saber qual a causa do acidente?

— Enorme bloco de gelo, a montanha inteira, virou-se para baixo. Quando os *icebergs* têm a base minada por águas mais quentes, ou por choques repetidos, o seu centro de gravidade desloca-se para cima. Então, eles fazem verdadeiras cambalhotas. Foi o que aconteceu. Um desses blocos, virando-se, chocou-se com o *Náutilo*, que flutuava por baixo dele. Depois, deslizando pelo casco e levantando-o com força irresistível, ergueu-o até camadas menos densas e deixou-o deitado de flanco.

— Não podemos desencalhar o submarino, esvaziando-lhe os reservatórios, de maneira a restituir-lhe o equilíbrio?

... o Náutilo *continuava inclinado para estibordo.*

— É o que estamos fazendo neste momento. Pode ouvir as bombas funcionando. Observe a agulha do manômetro. Ela indica que o *Náutilo* sobe, mas o bloco de gelo eleva-se juntamente com ele e, enquanto algum obstáculo não detiver o seu movimento ascensional, nossa posição não será alterada.

Realmente, o barco continuava inclinado para estibordo. Era evidente que só se aprumaria quando o bloco parasse. Mas até lá, quem sabe se não nos teríamos chocado com a parte inferior da banquisa, ficando terrivelmente imprensados entre duas superfícies geladas?

Eu refletia sobre todas as consequências da situação. O capitão não tirava os olhos do manômetro. Desde a queda do *iceberg*, o *Náutilo* subira cerca de cinquenta metros, mas continuava a formar o mesmo ângulo com a perpendicular. De repente, leve movimento agitou o casco. Evidentemente, o submarino endireitara-se um pouco. Os objetos pendurados no salão retomavam visivelmente à sua posição normal. As paredes aproximavam-se da verticalidade. Ninguém ousava falar. Preocupados, observávamos, sentíamos o movimento do barco. O soalho tornava-se horizontal. Passaram-se dez minutos.

— Enfim, voltamos ao prumo! — exclamei.

— Exato — disse o capitão.

— Flutuaremos? — perguntei.

— Certamente — respondeu. Os reservatórios ainda não estão vazios e, quando estiverem, voltaremos à superfície.

O capitão retirou-se e logo depois, por sua ordem, cessou o movimento ascensional do *Náutilo*. Com efeito, se tivesse continuado a subir, dentro em pouco iria chocar-se com a parte inferior da banquisa e o melhor era conservá-lo entre duas águas.

— Escapamos de boa! — comentou Conselho.

— É verdade. Poderíamos ter sido esmagados entre dois blocos de gelo ou, pelo menos, ter ficado aprisionados entre eles. E, então, por não poder renovar o ar... realmente, escapamos de boa!

— Se já escapamos! — murmurou Ned Land.

Não quis travar com o canadense discussão inútil e calei-me. Aliás, as escotilhas laterais abriram-se naquele momento e a luz exterior irrompeu através das vidraças desimpedidas. Estávamos em pleno mar, como já afirmei, mas a uma distância de dez metros erguia-se de cada lado do submarino deslumbrante muralha de gelo. Por cima e por baixo, igual muralha nos aprisionava. Por cima, porque a superfície inferior da banquisa se estendia como teto imenso. Por baixo, porque o bloco que virara, havendo escorregado pouco a pouco, havia encontrado nas muralhas laterais dois pontos de apoio, que o mantinham naquela posição. O *Náutilo* ficara aprisionado em verdadeiro túnel de gelo, de cerca de vinte metros de largura, formando lago. Era, portanto, fácil sair dali, fosse navegando para a frente, fosse navegando para trás, e procurar, algumas centenas de metros abaixo, passagem livre sob a banquisa. As luzes do teto haviam sido apagadas e, não obstante, no salão resplandecia intensa claridade. Isso resultava da forte reverberação das paredes de gelo, batidas pelas luzes do farol. Sinto-me incapaz de descrever o efeito da radiação sobre os grandes blocos, caprichosamente recortados, dos quais cada ângulo, cada aresta, cada faceta lançava reflexo diferente, segundo a natureza dos veios que percorriam o gelo. Mina deslumbrante de gemas, especialmente safiras que cruzavam os seus reflexos azuis com os verdes da esmeralda. Além, cambiantes opalinas corriam por entre as luzes ardentes dos diamantes, cujo fulgor o olho não podia suportar. A potência do farol via-se centuplicada como o de uma lâmpada, quando multiplicada por lâminas lenticulares de primeira classe.

— Que beleza! — exclamou Conselho.

— Com mil demônios — disse Ned. É um espetáculo soberbo! Confesso-o, com desespero. Nunca vi nada ao menos parecido. Mas este espetáculo poderá custar-nos caro. Para falar com sinceridade, creio que estamos vendo coisas proibidas por Deus aos olhos dos homens!

Ned tinha razão. Aquilo era demasiado belo. De repente, um grito de Conselho obrigou-me a voltar:

— Que aconteceu?

— Feche os olhos professor! Não olhe!

E Conselho tapava os olhos com as mãos.

— Que tem você, meu filho?

— Estou deslumbrado, cego.

Meu olhar dirigiu-se involuntariamente para a vidraça. Não pude suportar a flama que a devorava.

Compreendi o que se passara. O *Náutilo* começara a movimentar-se a grande velocidade. O brilho flamejante das muralhas transformara-se em raios fulgurantes. O coruscar de miríades de diamantes confundia-se em uma faixa contínua. Navegávamos em faixa de relâmpagos.

As escotilhas do salão fecharam-se. Conservávamos as mãos sobre os olhos deslumbrados pelos clarões concêntricos que flutuavam diante da retina, violentamente ferida pelos raios solares. Foi preciso algum tempo para nos livrarmos daquele distúrbio. Finalmente, pudemos baixar as mãos.

— Dou a minha palavra que duvidara da possibilidade desse fenômeno — comentou Conselho.

— E eu ainda não acredito! — retrucou Ned.

— Quando voltarmos para terra — acrescentou Conselho — fartos de tantas maravilhas da natureza, que poderemos pensar de nossos pobres continentes e das mesquinhas obras, saídas da mão do homem! Não! O mundo habitado já não é digno de nós. Tais palavras, na boca de um impassível flamengo, mostravam o grau de ebulição que atingira nosso entusiasmo. O canadense, porém, não perdeu a ocasião de lançar água fria na fervura.

— O mundo habitado! — exclamou sacudindo a cabeça. Pode descansar, amigo Conselho, nunca mais voltaremos a ele. Eram, então, cinco horas da madrugada. Nesse momento, produziu-se um choque na proa do *Náutilo*. Compreendi que seu esporão batera em um bloco de gelo. Deveria ter sido alguma manobra infeliz, visto como o túnel submarino, atravancado de blocos de gelo, não ensejava fácil navegação. Supus que o capitão Nemo, modificando a rota, contornaria o obstáculo ou acompanharia as sinuosidades do túnel. Fosse como fosse, a marcha para avante não poderia parar. Não obstante, contra a minha expectativa, o barco começou movimento retrógrado perfeitamente sensível.

— Retrocedemos? — perguntou Conselho.

— É claro — respondi. Logo, esse lado do túnel não dá saída.

— E então?...

Então, a manobra é simples. Retrocederemos e sairemos pelo orifício do sul. Eis tudo.

Falando assim, procurava mostrar segurança que não tinha. Entretanto, o movimento retrógrado do *Náutilo* acelerava-se e essa contramarcha a grande velocidade.

— Mais uma demora! — resmungou Ned.

— Que nos importam algumas horas para mais ou para menos, contanto que consigamos sair?

Durante alguns instantes, andei entre o salão e a biblioteca. Meus companheiros, sentados, permaneciam calados. Logo depois, sentei-me em um divã e peguei um livro que meus olhos percorreram maquinalmente.

Um quarto de hora depois, Conselho aproximou-se de mim e perguntou:

— É, assim, tão interessante, essa leitura?

— Muito — respondi.

— Acredito. O senhor está lendo o seu próprio livro.

— Meu livro?

Realmente, a obra que eu tinha na mão era *Os Mistérios do Fundo do Mar*. Nem sequer o notara. Fechei o livro e recomecei o passeio. Ned e Conselho levantaram-se para se retirarem.

— Fiquem, meus amigos. Permaneçamos juntos até que consigamos sair desse beco.

— Como o senhor quiser — respondeu Conselho.

Escoaram-se algumas horas. Observei constantemente os instrumentos suspensos na parede do salão. O manômetro indicava que o *Náutilo* se conservava a trezentos metros de profundidade. A bússola continuava a dirigir-se para o sul, a barquilha indicava velocidade de vinte milhas por hora, velocidade excessiva em espaço tão apertado. Contudo, o capitão Nemo sabia que quanto mais depressa melhor e que os minutos naquela situação valiam séculos.

Às oito e vinte cinco, novo choque. Desta vez à ré. Empalideci.

Meus companheiros aproximaram-se de mim. Segurei a mão de Conselho. Nossos olhares interrogaram-se e com maior precisão do que as palavras interpretaram nossos pensamentos.

Nesse momento, o capitão entrou no salão. Dirigi-me a ele e indaguei:

— O caminho está também barrado ao sul?

— Sim, professor. O *iceberg*, ao virar-se, obstruiu todas as saídas.

— Estamos bloqueados?

— Estamos.

❖

40

Falta de ar

Assim, em torno do *Náutilo*, acima e abaixo dele, tudo era impenetrável muralha de gelo. Éramos prisioneiros da banquisa. O canadense dera um murro formidável na mesa. Conselho calava-se. Eu olhei o capitão. Sua fisionomia retomara a impassibilidade habitual. Cruzara os braços. Refletia. O *Náutilo* imobilizara-se.

Então, o capitão falou com voz calma:

— Senhores, há duas maneiras de morrer, nas condições em que nos encontramos.

Aquele incompreensível personagem parecia professor de matemática, fazendo demonstração aos alunos.

— A primeira — prosseguiu — é morrer esmagado. A segunda é morrer asfixiado. Não menciono a possibilidade de morrer de fome, porque as provisões do *Náutilo* certamente durarão mais do que nós. Examinemos, portanto, as possibilidades de esmagamento e de asfixia.

— Quanto à asfixia — interrompi — não devemos temê-la, porque os nossos reservatórios estão cheios.

— Exato — respondeu o capitão. Mas fornecerão ar apenas por dois dias. Ora, há trinta e seis horas estamos imersos e a pesada atmosfera do *Náutilo* já exige renovação. Em quarenta e oito horas estará esgotada a nossa reserva.

— Muito bem, capitão, libertemo-nos, então, dentro dessas quarenta e oito horas.

— Pelo menos, tentaremos, furando a muralha que nos rodeia.

— De que lado? — perguntei.

— É o que a sonda nos indicará. Vou encalhar o *Náutilo* no banco inferior e os tripulantes vestirão os escafandros, para atacar o *iceberg* pela parede menos espessa.

— Podemos abrir as escotilhas do salão?

— Sem inconvenientes. Estamos parados.

O capitão Nemo retirou-se. Dentro em pouco, silvos indicaram-me que a água entrava nos reservatórios. O *Náutilo* desceu lentamente e pousou no fundo de gelo, a trezentos e cinquenta metros de profundidade.

— A situação é grave, meus amigos — observei. Mas conto com a coragem e com a energia de todos.

— Senhor — disse o canadense — não será em um momento desses que eu o aborrecerei com as minhas recriminações. Estou pronto a fazer todo o possível pela salvação comum.

— Ótimo, Ned — disse, estendendo-lhe a mão.

— Acrescentarei que sou tão capaz de manejar a picareta como o arpão. Se puder ser útil, o capitão pode dispor de mim.

— Ele não recusará o seu auxílio. Venha comigo.

Levei o canadense ao compartimento em que a tripulação vestia os escafandros. Dei conhecimento ao capitão do oferecimento de Ned, que foi aceito. Em seguida, voltei ao salão e pelas vidraças, em companhia de Conselho, examinei as camadas circundantes, que sustentavam o *Náutilo*. Alguns momentos depois, vimos uma dúzia de homens da tripulação tomarem pé no banco de gelo e entre eles Ned Land, reconhecível pela elevada estatura. O capitão Nemo estava com eles.

Antes de começar a escavação das muralhas, realizou sondagens, para assegurar a boa direção dos trabalhos. Longas sondas foram cravadas nas paredes laterais, mas ao cabo de quinze metros foram detidas pela espessa muralha. Era inútil atacar a camada superior, pois ali estava a própria banquisa com mais de quatrocentos metros de espessura. O capitão ordenou, então, a sondagem da superfície inferior. Nela, dez metros nos separavam da água. Desde então, o problema resumia-se em cortar nela uma superfície igual à área ocupada pelo submarino. Eram cerca de seis mil e quinhentos metros cúbicos a destacar, a fim de fazer uma abertura pela qual desceríamos mais abaixo do que o campo de gelo. O trabalho foi começado imediatamente e realizado com infatigável obstinação. Em vez de cavar em redor do *Náutilo*, o que nos arrastaria a maiores dificuldades, o capitão Nemo mandou desenhar o imenso fosso a oito metros da alheta de bombordo. A seguir, os homens brocaram-no em diversos pontos de seu perímetro. Logo depois a picareta atacou vigorosamente aquela matéria compacta e enormes blocos foram destacados da massa. Por curioso efeito do peso específico, esses blocos, menos pesados do que a água, voavam por assim dizer até a abóbada do túnel, que ganhava no alto o que perdia embaixo. Isso pouco importava, já que a parede inferior continuava a adelgaçar-se.

Depois de duas horas de duro trabalho, Ned Land retirou-se extenuado. Ele e seus companheiros foram substituídos por novos trabalhadores, aos quais Conselho e eu nos juntamos.

Quando voltei ao *Náutilo*, depois de duas horas de trabalho, para descansar e tomar algum alimento, notei a atmosfera do submarino já carregada de gás carbônico. O ar não tinha sido renovado há quarenta e oito horas e as suas qualidades vivificantes estavam consideravelmente enfraquecidas. Entretanto, em doze horas, havíamos arrancado apenas um metro de espessura, na superfície desenhada, ou seja, cerca de seiscentos metros cúbicos. Admitindo que o rendimento do trabalho fosse o mesmo em cada doze horas, ainda levaríamos cinco noites e quatro dias para levar a termo a nossa empresa.

— Cinco noites e quatro dias — disse aos meus companheiros — e nos reservatórios só temos ar para dois dias.

— Sem contar — acrescentou Ned — que, uma vez saídos desta maldita prisão, estaremos ainda aprisionados pela banquisa e sem comunicação possível com a atmosfera.

A reflexão era justa. Quem poderia prever o mínimo de tempo necessário para nossa libertação? A asfixia não nos sufocaria antes de conseguir o *Náutilo* voltar à superfície das ondas? Estaria ele condenado a perecer naquela sepultura gelada com todos os que conduzia? A situação parecia terrível. Contudo, cada um a encarara de frente e todos estavam decididos a cumprir o seu dever até o fim.

De acordo com minhas previsões, durante a noite, bloco de um metro foi arrancado do imenso alvéolo. Mas, pela manhã, quando vesti o meu escafandro e percorri a massa líquida à temperatura de seis a sete graus abaixo de zero, notei que as muralhas laterais aproximavam-se pouco a pouco. As camadas de água afastadas da fossa, que o trabalho dos homens e o movimento das ferramentas não aqueciam, denotavam tendência para solidificação. Em presença desse novo e iminente perigo, a que se reduziam as nossas probabilidades de salvamento e como impedir a solidificação daquele meio líquido, que acarretaria o esfacelamento do casco do *Náutilo*, como se fosse feito de vidro?

Não dei conhecimento do novo perigo a meus companheiros. Que vantagem haveria de abater a coragem dos que empregavam a sua energia naquele penoso trabalho de salvamento? Entretanto, ao voltar para bordo, adverti o capitão daquela grave complicação.

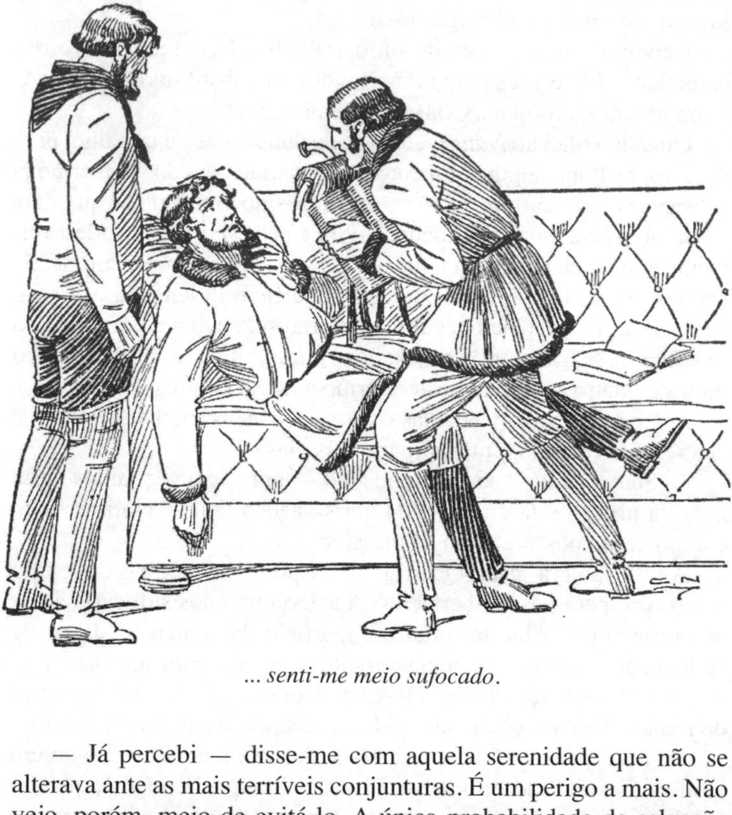

... senti-me meio sufocado.

— Já percebi — disse-me com aquela serenidade que não se alterava ante as mais terríveis conjunturas. É um perigo a mais. Não vejo, porém, meio de evitá-lo. A única probabilidade de salvação é andar mais depressa do que a solidificação. Trata-se de chegar primeiro. Nada mais.

Chegar primeiro! Enfim, eu já devia estar habituado àquela maneira de falar! Naquele dia, durante várias horas, manejei a picareta com teimosia. Aquele trabalho me sustinha. Além disso, trabalhar era abandonar o *Náutilo*, era respirar diretamente o ar puro dos reservatórios, fornecido aos aparelhos, era abandonar uma atmosfera empobrecida e viciada.

À tarde, mais um metro fora cavado na fossa. Quando regressei a bordo, quase fui asfixiado pelo gás carbônico de que o ar estava saturado. Ah! Por que não possuíamos meios líquidos que nos permitissem expulsar aquele gás deletério! O oxigênio não faltava. Toda aquela água continha quantidade considerável dele e, decompondo-a, por meio de nossas possantes pilhas, ela nos teria fornecido o fluido vivificante. Eu pensava nessa possibilidade. Para que serviria, entretanto, se o gás carbônico, produzido por nossa respiração, invadira todos os compartimentos do navio? Para absorvê-lo, teria sido necessário encher recipientes de potassa cáustica e agitá-los continuamente. Ora, tal material faltava a bordo e nada poderia substituí-lo.

À noite, o capitão Nemo foi obrigado a abrir as torneiras de seus reservatórios e lançar algumas lufadas de ar puro no interior do *Náutilo*. Sem esta precaução não teríamos mais acordado.

No dia seguinte, vinte e seis de março, recomecei meu trabalho de mineiro, encetando o quinto metro. As paredes laterais e a superfície inferior da banquisa tornavam-se visivelmente mais espessas. Era evidente que se juntariam antes de poder o *Náutilo* libertar-se. O desespero dominou-me por momentos. A picareta quase caiu de minhas mãos. Para que cavar, se devia morrer sufocado, esmagado por aquela água que se transformava em pedra, sofrer suplício que nem a ferocidade dos selvagens inventara? Parecia-me que estava entre as formidáveis mandíbulas de um monstro, que se aproximavam irresistivelmente.

Nesse momento, o capitão Nemo, que dirigia o trabalho e trabalhava também, passou rente a mim. Toquei-lhe com a mão e mostrei-lhe as paredes de nossa prisão. A muralha de estibordo já avançara até menos de quatro metros do casco do *Náutilo*. O capitão compreendeu e fez-me sinal para segui-lo. Voltamos a bordo. Tirei o meu escafandro e acompanhei-o ao salão.

— Senhor Aronnax — disse-me ele — é preciso tentar algum meio heroico, ou vamos ficar emparedados nesta água solidificada, como se fosse de cimento.

— É exato! Mas que fazer?

— Ah! Se o meu *Náutilo* fosse bastante forte para aguentar essa pressão, sem ser esmagado!

— Que faríamos? — perguntei, sem alcançar o raciocínio do capitão.

— Não compreende que o congelamento da água viria em nosso auxílio? Não vê que por sua solidificação ela faria rebentar esses campos de gelo que nos aprisionam, do mesmo modo que provoca o arrebentamento das pedras mais resistentes? Não percebe que o congelamento seria o agente de salvação, em vez de ser o instrumento de destruição?

— Talvez, capitão. Mas qualquer que seja a resistência que o *Náutilo* possa opor ao esmagamento, não poderia suportar tão espantosa pressão e ficaria tão achatado quanto uma chapa de lata.

— Sei disso, professor. Não devemos contar com o socorro da natureza, mas exclusivamente com os nossos próprios meios. É indispensável que nos oponhamos à solidificação. É preciso detê-la. Não são somente as paredes laterais que se aproximam, já não temos mais de três metros de água avante e à ré. A congelação aperta-nos por todos os lados.

— Por quanto tempo o ar dos reservatórios ainda nos permitirá respirar a bordo?

— Depois de amanhã os reservatórios estarão vazios.

Um suor frio invadiu-me. Não obstante, o capitão Nemo refletia, silencioso, imóvel. Era visível que uma ideia acudia-lhe ao espírito. Contudo, também era visível que ele a repelia. Respondia negativamente a si próprio. Finalmente essas palavras escaparam de seus lábios:

— Água fervente!

— Água fervente? — interpelei-o.

— Sim, professor. Estamos aprisionados em um espaço relativamente pequeno. Será que jatos de água fervente, continuamente injetados por bombas, não elevariam a temperatura, retardando a congelação?

— Devemos tentá-lo.

— Tentemos, professor.

O termômetro marcava, então, sete graus abaixo de zero no exterior. O capitão levou-me à cozinha, onde funcionavam os enormes alambiques, que forneciam água potável mediante evaporação. Estes receberam grande quantidade de água e todo o calor elétrico das pilhas foi lançado através das serpentinas, banhadas pelo líquido. Em alguns minutos a temperatura da água atingira cem graus. Foi, então, encaminhada às bombas e substituída por nova água. O calor desenvolvido pelas pilhas era tal que bastava a água fria, aspirada do mar, atravessar os aparelhos para chegar fervente ao corpo das bombas.

Três horas depois de começada a injeção, o termômetro marcava no exterior seis graus abaixo de zero. Ganháramos um grau. Duas horas depois o termômetro só marcava quatro graus.

— Venceremos — disse eu ao capitão, depois de seguir e controlar por numerosas observações o progresso da operação.

— Também o creio. Não seremos esmagados. Temos a temer apenas a asfixia.

Durante a noite, a temperatura da água subira a um grau abaixo de zero. As injeções de água fervente não conseguiram elevá-la a ponto mais alto. Mas como a congelação do mar só se produz a dois graus, estava afastado o perigo de solidificação. No dia seguinte, vinte e sete de março, seis metros de gelo haviam sido arrancados do alvéolo. Faltavam apenas quatro metros. Eram ainda quarenta e oito horas de trabalho. O ar já não podia ser renovado no interior do *Náutilo*!

Abafamento insuportável acabrunhava-me. Por volta das três da tarde, sensação de angústia atingiu em mim intensidade violenta. Bocejos deslocavam-me as maxilas. Meus pulmões ofegavam, ansiando pelo fluido comburente, indispensável à respiração e cuja rarefação era crescente. Torpor mortal apoderou-se de mim. Conselho, atacado pelos mesmos sintomas, padecendo iguais sofrimentos, não me abandonava. Segurava a minha mão, encorajava-me.

Se nossa situação era intolerável no interior, com que pressa, com que felicidade, vestíamos os escafandros para trabalhar, quando chegava o nosso turno! As picaretas ressoavam na camada gelada. Os braços fatigavam-se, as mãos escoriavam-se, mas que importavam tais fadigas, que importavam tais sofrimentos! O ar, o ar vital, chegava aos pulmões. Respirávamos! Respirávamos...

No entanto, ninguém prolongava além do tempo combinado o trabalho sob a água. Cumprida a tarefa, cada um entregava a seus companheiros ofegantes o reservatório que devia injetar-lhe a vida. O capitão Nemo dava o exemplo e era o primeiro a submeter-se àquela severa disciplina. Chegada a hora, cedia o seu trabalho a outro e retornava ao seio da atmosfera viciada de bordo, sempre calmo, sem desfalecimento, sem resmungos.

Naquele dia, o trabalho habitual foi executado ainda com mais energia. Faltava arrancar apenas dois metros daquela superfície gelada. Apenas dois metros nos separavam do mar livre. Não obstante os reservatórios de ar, estavam quase vazios. O pouco que restava devia ser reservado para os trabalhadores. Nem um átomo para o *Náutilo*!

Quando voltei a bordo, senti-me meio sufocado. Que noite! Não seria capaz de descrevê-la. Tais sofrimentos não podem ser descritos. No dia seguinte, minha respiração estava praticamente sufocada. Às dores de cabeça misturavam-se tonteiras, vertigens, que me transformavam em um homem bêbedo. Meus companheiros sofriam sintomas idênticos. Alguns homens da tripulação estertoravam.

Naquele dia, o sexto de nossa clausura, o capitão Nemo, achando demasiado lentos o alvião e a picareta, resolveu esmagar a camada de gelo que ainda nos separava da massa líquida. Aquele homem extraordinário conservara o seu sangue-frio e a sua energia. Domava com a força moral as dores físicas. Pensava, combinava, agia.

Por sua ordem, o barco foi aliviado, isto é, alçado da camada de gelo, mediante mudança do peso específico. Quando flutuou, foi puxado de modo a ser colocado exatamente em cima da imensa fossa que fora desenhada segundo a sua linha de flutuação. Depois, pelo enchimento dos reservatórios de água, desceu e encaixou-se no alvéolo. As torneiras dos reservatórios foram completamente abertas e mil e cem metros cúbicos de água foram aduzidos, aumentando de cem mil quilogramas o peso do *Náutilo*.

Esperávamos, escutávamos, esquecendo os sofrimentos... Era a última cartada. Jogávamos a nossa salvação.

Apesar dos zumbidos que enchiam minha cabeça, logo depois percebi que o casco do submarino estremecia. Um desnivelamento produziu-se. O gelo fendeu-se com ruído semelhante as rasgar de um papel grosso. O *Náutilo* mergulhou.

— Passamos! — murmurou Conselho ao meu ouvido.

Não consegui responder-lhe. Segurei-lhe a mão. Apertei-a em convulsão involuntária. De repente, arrastado por terrível sobrecarga, o barco afundou como prego, isto é, como se caísse no vácuo. Então, toda a força elétrica foi destinada às bombas, que começaram a expulsar a água dos reservatórios. Alguns minutos depois conseguimos frear a queda. Em pouco, o manômetro indicou movimento ascensional. A hélice, girando a toda velocidade, fez estremecer o casco de metal até em suas cavilhas, arrastando-nos em direção ao norte.

Quanto tempo deveria durar aquela navegação sob a banquisa até o mar livre? Um dia ainda? Até o fim daquele dia eu estaria morto.

Meio deitado em um divã da biblioteca, sufocava. Minha face tornara-se violácea, meus lábios, azuis, minhas faculdades, nulas. Já não via, nem ouvia. A noção de tempo desaparecera de meu espírito. Meus músculos haviam perdido a contratilidade. Não seria capaz de avaliar quantas horas padeci assim. Contudo, tive consciência de que minha agonia principiara. Compreendi que ia morrer.

De repente, voltei a mim. Lufadas de ar invadiram-me os pulmões. Teríamos subido à superfície das ondas? Vencêramos a banquisa? Não. Eram os meus dois corajosos amigos que se sacrificavam, para salvar-me. No fundo de um aparelho ainda restavam alguns átomos de ar. Em vez de respirá-lo, eles o haviam reservado para mim e, enquanto sufocavam, injetavam-me a vida gota a gota. Tentei repelir o aparelho. Seguraram-me as mãos e, por alguns instantes, respirei com volúpia.

Meus olhos fixaram o relógio. Eram onze horas da manhã. O *Náutilo* mantinha a tremenda velocidade de quarenta milhas por hora, contorcendo-se nas ondas.

Onde estava o capitão Nemo? Teria sucumbido? Teriam seus companheiros morrido com ele? Nesse momento, o manômetro indicou que estávamos a apenas seis metros da superfície. Simples campo de gelo separava-nos da atmosfera. Não seria possível quebrá-lo?

Talvez. Em todo caso, o *Náutilo* ia tentá-lo. Com efeito, senti que tomava posição, baixando a popa e levantando o esporão. A injeção de um pouco de água bastara para alterar-lhe o equilíbrio. A seguir, impulsionado pela força da hélice, atacou o gelo por baixo, como se fora um aríete. Cavava-o pouco a pouco, afastava-se, imprimia a máxima velocidade aos motores e voltava a lacerá-lo, até que, impelido por supremo impulso, arremessou-se contra a superfície gelada e esmagou-a com seu peso.

A escotilha abriu-se e ar puro invadiu em ondas todos os compartimentos do submarino.

❖

41

Do cabo Horn ao Amazonas

Como galguei a plataforma não sei dizer. Talvez o canadense me houvesse transportado. Só sei é que respirava, sorvia o ar vivificante do mar. Meus companheiros, ao meu lado, embriagavam-se com aquelas frescas moléculas.

Prontamente recuperamos as forças e, quando olhei em torno de mim, vi que estávamos sozinhos na plataforma. Nem um só homem da tripulação. Nem mesmo o capitão Nemo. Os estranhos marinheiros contentavam-se com o ar que circulava no interior. Nenhum viera deleitar-se em plena atmosfera.

As primeiras palavras que pronunciei foram de agradecimento e gratidão aos meus dois companheiros. Ned e Conselho haviam prolongado a minha vida, durante as últimas horas daquela longa agonia. Todo o meu reconhecimento era pouco para pagar-lhes tal dedicação.

— Bem, senhor professor — interrompeu-me Ned — nem vale a pena falar nisso. Que mérito tivemos, procedendo assim? Nenhum. Tratava-se apenas de questão de aritmética. Sua existência valia mais do que a nossa. Portanto, era preciso conservá-la.

— Não, Ned. Não valia mais. Ninguém é superior a homens generosos e bons como vocês.

— Está bem! Basta! — disse o canadense.

— Meus amigos — disse-lhes, profundamente comovido — estamos ligados uns aos outros para sempre e vocês têm sobre mim direitos...

— Dos quais abusarei — concluiu Ned Land.

— O quê? — admirou-se Conselho.

— Perfeitamente. O direito de levá-lo comigo, quando abandonar esse infernal submarino.

— Vamos ao fato — ponderou Conselho. Estamos no bom caminho?

— Sim — respondi — pois seguimos em direção ao sol e aqui o sol é o norte.

— Sem dúvida — retrucou Ned. Resta saber se nos dirigimos para o Atlântico ou para o Pacífico, isto é, para os mares frequentados ou para os mares desertos.

A isto não podia eu responder e temia que o capitão Nemo nos levasse para o vasto oceano, que banha ao mesmo tempo as costas da Ásia e as da América. Completaria assim a volta ao mundo submarino e regressaria aos mares em que o *Náutilo* gozava de completa independência. Mas, se voltássemos ao Pacífico, longe de qualquer terra habitada, que seria dos projetos de Ned Land?

Dentro em pouco teríamos certeza sobre este ponto importante. O *Náutilo* deslocava-se com rapidez. Logo depois, o círculo polar antártico ficou para trás e a proa dirigiu-se para o promontório de Horn. A trinta e um de março, às sete da noite, costeávamos a extremidade da América. Então, já esquecêramos todos os sofrimentos passados. A lembrança do aprisionamento entre os gelos apagava-se em nosso espírito. Só o futuro nos preocupava. O capitão não aparecera mais, nem no salão, nem na plataforma. O ponto assinalado todos os dias no planisfério e levantado pelo imediato permitia-me determinar a direção exata do *Náutilo*. Ora, naquela noite, para minha grande satisfação, tornou-se evidente que regressávamos ao norte pelo oceano Atlântico.

No dia seguinte, primeiro de abril, quando voltamos à superfície das ondas, alguns minutos antes de meio-dia, avistamos terra a oeste. Era a Terra do Fogo, a que os primeiros navegantes deram este nome ao verem os numerosos penachos de fumaça que saíam das choças indígenas. A costa pareceu-me baixa mas, ao longe, erguiam-se elevadas montanhas.

O submarino, tendo imergido, aproximou-se do litoral, que costeou por algumas milhas. Pelas vidraças do salão, vi compridas lianas e fucos gigantescos. Folhas de quatro pés de comprimento, engrossadas por concreções coralígenas, tapetavam o fundo, servindo de ninho e de alimento a miríades de crustáceos e moluscos, caranguejos e sibas.

Sobre aquele fundo fértil e luxuriante, o *Náutilo* deslizava com enorme rapidez. No correr da tarde, aproximou-se do arquipélago das Malvinas, cujo relevo selvagem pude distinguir no dia seguinte.

– Patrão! Patrão! Socorro!

A profundidade do mar era medíocre. Naquelas paragens, as redes pescaram belos exemplares de algas, especialmente certo fuco, cujas raízes estavam cobertas de mexilhões, considerados os melhores do mundo. Patos e gansos pousaram às dúzias sobre a plataforma e logo foram ocupar o seu lugar na despensa de bordo. Quanto a peixes, observei principalmente os ósseos, em especial os pertencentes à família dos gobioides, atentando para os cadozes de dois decímetros, salpicados de manchas brancas e amarelas. Admirei igualmente numerosas medusas, as mais belas do gênero.

Quando as últimas elevações das Malvinas desapareceram no horizonte, o *Náutilo* imergiu e passou a costear o litoral americano à profundidade média de vinte e cinco metros. O capitão continuava a ocultar-se.

Até três de abril, não abandonamos as paragens da Patagônia, ora submersa, ora navegando na superfície. O *Náutilo* ultrapassou o largo estuário do rio da Prata e a quatro de abril singrava cinquenta milhas ao largo do Uruguai. A sua rota conservava-se na direção norte. Já navegáramos dezesseis mil léguas, desde o meu embarque no litoral do Japão. Por volta das onze horas da manhã, cortamos o trópico de Capricórnio e passamos ao largo de cabo Frio. O capitão Nemo, para desespero de Ned Land, não gostava da vizinhança das costas habitadas do Brasil, pois a velocidade em que íamos era vertiginosa. Um só peixe, um só pássaro, por mais rápidos que fossem, teriam sido incapazes de seguir-nos e as curiosidades naturais desses mares não puderam ser observadas.

Esta rapidez durou alguns dias e a nove de abril, à noite, avistávamos o cabo de São Roque. Então, o *Náutilo* afastou-se para o alto-mar e foi procurar a maiores profundidades, um vale submarino cavado entre este cabo e a Serra Leoa, na costa africana. Este vale bifurca-se à altura das Antilhas e termina ao norte por enorme depressão de nove mil metros. Nesse ponto, o corte geológico do oceano até as Pequenas Antilhas assemelha-se a uma falésia de seis quilômetros, cortada a pique. E, à altura das ilhas de Cabo Verde, existe outra muralha igualmente considerável, que cerca assim totalmente o continente imerso da Atlântida. O fundo do imenso vale apresenta algumas montanhas, que dão aspecto pitoresco àqueles fundos submarinos. Durante dois dias, essas águas desertas e profundas foram visitadas com o emprego dos planos inclinados. A onze de abril, entretanto, emergiu inesperadamente e a terra nos reapareceu no estuário do Amazonas, vasto caudal, cujo volume é tão considerável que a água do mar se torna doce, por espaço de algumas léguas.

Ultrapassamos o equador. Vinte milhas a oeste ficavam as Guianas, onde, na parte francesa, teríamos encontrado fácil refúgio. Todavia, o vento soprava com violência e as ondas furiosas não teriam permitido que as afrontasse com simples escaler. Ned Land deve ter chegado à mesma conclusão porque nada me disse. De meu lado, nenhuma alusão fiz aos projetos de fuga, porque não queria levá-lo a qualquer tentativa que abortaria infalivelmente.

Durante os dias onze e doze de abril, o *Náutilo* não abandonou a superfície do mar e a sua rede de arrasto trouxe-lhe verdadeira pesca milagrosa de zoófitos, peixes e répteis. Não posso esquecer um peixe do qual Conselho se lembrará ainda por muito tempo. Uma de nossas redes havia pescado uma espécie de raia tão achatada que se lhe cortássemos a cauda seria transformada em perfeito disco, pesando cerca de vinte quilogramas. Era branca por baixo, avermelhada por cima, com grandes manchas azul-escuras, redondas, cercadas de negro, de pele lisa e terminada por barbatana bilobada. Estendida na plataforma, debatia-se e tentava virar-se, com movimentos convulsivos, e tantos esforços fez que em um último arranco ia precipitar-se ao mar. Conselho, porém, que se interessava pelo peixe, lançou-se sobre ele e, antes que eu pudesse impedi-lo, agarrou-o com as duas mãos. Foi cometer a imprudência e cair de costas, pernas para o ar, com metade do corpo paralisado, gritando:

— Patrão! Patrão! Socorro!

O canadense e eu o levantamos e o friccionamos com energia. Quando voltou a si, o fanático classificador murmurou em voz entrecortada:

— Classe dos cartilaginosos... família das raias... gênero dos torpedos...

— Sim, meu amigo, foi um torpedo que te pôs nesse deplorável estado.

— Pode estar certo de que me vingarei dele.

— Como?

— Comendo-o.

E foi o que ele fez naquela mesma tarde, mas por simples represália porque, francamente, aquilo era coriáceo.

Conselho agarra-se a uma cumana, a mais perigosa espécie de torpedo. Esse esquisito animal, em um meio condutor, como a água, fulmina os outros peixes a vários metros de distância, tal a potência de seu órgão elétrico, cujas superfícies principais medem no mínimo oito metros.

No dia seguinte, doze de abril, durante o dia, o *Náutilo* aproximou-se da costa holandesa, nas cercanias da embocadura do rio Maroni. Ali viviam em família vários grupos de lamantins. Eram cetáceos que, como o leão-marinho e o cavalo-marinho, pertencem aos sirenídeos. Bonitos animais, pacíficos e inofensivos, de seis a sete metros de comprimento, deviam pesar pelo menos quatro toneladas. Ensinei a Conselho e a Ned que a previdente natureza havia destinado a esses mamíferos importante papel. São eles, com efeito, que, como as focas, devem pastar nos prados submarinos e destruir o amontoamento de ervas que obstruem a embocadura dos rios tropicais.

— E sabem vocês — continuei — o que aconteceu depois que o homem destruiu quase totalmente esses úteis animais? As ervas apodrecidas são o foco em que se desenvolvem os mosquitos transmissores da febre amarela, que infesta essas regiões paradisíacas. E isso ainda não é nada em vista do que acontecerá no futuro, quando os mares estiverem despovoados de baleias e de focas. Então, repletos de polvos, medusas e calmares, transformar-se-ão em fonte de infecção, pois as suas ondas já não possuirão mais esses imensos estômagos, encarregados por Deus de limpá-los.

Entretanto, sem desdenhar essas teorias, a tripulação do *Náutilo* caçou meia dúzia desses manatins. Tratava-se de prover os paióis com carne excelente, superior à da vaca e à da vitela. A caçada não foi interessante. A caça deixava-se ferir, sem defender-se. Algumas toneladas de carne, destinadas a secar para sua conservação, foram armazenadas a bordo.

❖

42

Os polvos

Durante alguns dias, o *Náutilo* navegou afastado das costas americanas. Era evidente que não desejava singrar águas do golfo do México e do mar das Antilhas. No entanto, lá não lhe faltaria água sob a quilha, pois a profundidade média desses mares é de mil e oitocentos metros. Entretanto, aquelas paragens, semeadas de ilhas e sulcadas por navios, não agradavam ao capitão Nemo. O canadense, que esperava poder executar os seus projetos naquela região, fosse alcançando alguma terra, fosse acosteando algum dos navios que fazem cabotagem de uma ilha a outra, ficou frustrado. A fuga teria sido possível, se Ned tivesse conseguido apoderar-se do escaler sem conhecimento do capitão. Mas, em pleno oceano, nem era bom pensar nisso.

O canadense, Conselho e eu tivemos longa conversa a respeito. Há seis meses éramos prisioneiros a bordo do submarino. Percorrêramos dezessete mil léguas e, como afirmava Ned Land, não lobrigávamos o fim da viagem. Fez-me, pois, proposta inesperada. Pediu-me que perguntasse de maneira categórica ao capitão Nemo se sua intenção era conservar-nos indefinidamente a bordo.

Semelhante iniciativa repugnava-me. Minha opinião é que nenhuma vantagem nos traria. Nada tínhamos a esperar do capitão do *Náutilo* e só podíamos confiar, exclusivamente, em nossos esforços. Além disso, há algum tempo o capitão tornava-se cada vez mais taciturno, mais arredio, menos sociável. Parecia evitar-me. Só raramente eu o encontrava. Antes, sentia prazer em explicar-me as maravilhas submarinas. Agora, deixava-me entregue aos meus estudos e não aparecia mais no salão. Que mudança se teria operado nele? Por quê? Eu nada tinha a censurar-me. Talvez a nossa presença a bordo lhe fosse incômoda. Apesar disso, não podia esperar que ele fosse capaz de restituir-nos a liberdade.

Pedi, portanto, a Ned que me desse tempo para refletir, antes de agir. Se a minha iniciativa fosse vã, poderia reavivar suas suspeitas e tornar penosa a nossa situação, prejudicando os projetos do canadense. Acrescentarei que nada havia a dizer de nossa saúde. Salvo a rude prova da banquisa austral, nunca havíamos passado tão bem. A alimentação saudável, atmosfera salubre, a regularidade de nossa existência, a uniformidade da temperatura não abriam brechas às doenças. Para um homem que não estivesse preso à terra por saudade alguma, para um capitão Nemo, que estava em casa, que podia ir para onde entendesse, que por vias misteriosas para os outros, mas perfeitamente conhecidas dele, marchava em linha reta para o seu fim, eu compreendia aquela existência. Mas nós... nós não tínhamos rompido com a humanidade. Quanto a mim, não pretendia enterrar comigo meus estudos, tão curiosos e tão recentes. Eu tinha, agora, o direito de escrever o verdadeiro livro do mar e esse livro eu o queria ver publicado o quanto antes.

A vinte de abril, subimos a uma altura média de mil e quinhentos metros. A terra mais próxima era o arquipélago das Lucaias, espelhado, tal monte de calhaus, pela superfície das águas. Ali erguem-se elevadas falésias submarinas, muralhas verticais, formadas de blocos gastos pela abrasão e dispostos em largas camadas, entre as quais abriam-se escuras cavernas, que os raios do nosso farol não iluminavam até o fundo. Essas rochas estavam cobertas de ervas altas, laminárias e fucos gigantescos, verdadeira latada de hidrófitas, digna de um mundo de titãs. Entretanto, pelas vidraças do *Náutilo*, quase imóvel, eu só via naqueles longos filamentos os principais articulados da divisão dos braquiúros-santolas, de compridas patas, caranguejos violáceos, clios próprios do mar das Antilhas. Eram cerca de onze horas, quando Ned chamou minha atenção para um formidável formigueiro que se produzia através daquelas enormes algas.

— Muito bem — comentei — ali estão verdadeiros covis de polvo e não me admiraria se visse surgir algum desses monstros.

— Ora! — zombou Conselho — simples calnares, da classe dos cefalópodes?

— Não — expliquei — polvos de grandes dimensões. O amigo Land, porém, deve ter-se enganado, porque nada vejo.

— Sinto muito — tornou a gracejar Conselho. Gostaria de contemplar, face a face, um desses polvos de que tanto ouvi falar e que podem arrastar navios para o fundo dos abismos.

— Quanto a mim — disse Ned — não acredito na existência de tais monstros.

— E o senhor — perguntou Conselho — também não crê na existência de polvos gigantescos?

— Ora, que diabo! Quem algum dia acreditou nisso? — exclamou o canadense.

— Muita gente, amigo Ned. Eu que lhe falo, lembro-me perfeitamente de ter visto grande embarcação arrastada para o fundo pelos braços de um cefalópode.

— Você viu isso? — perguntou o canadense.

— Vi, Ned.

— Com os próprios olhos?

— Com meus próprios olhos.

— Podia fazer o favor de dizer onde?

— Em São Malo, em uma igreja. Lá havia um quadro que representava o polvo em questão.

— Ótimo! — disse Ned, dando uma gargalhada. O senhor Conselho empulha-me.

— Realmente, ele tem razão — afirmei. Ouvi falar desse quadro. O assunto que representa é tirado de uma lenda e você sabe que em matéria de história natural devemos respeitar as lendas! Além do mais, quando se trata de monstros, a tendência da imigração é exceder-se. Não só pretenderam que havia polvos capazes de arrastar um navio, como certo antigo escrito fala de um cefalópode de dois quilômetros de comprimento, que mais parecia ilha do que animal. Conta-se também que o bispo de Nidros ergueu um dia um altar sobre imenso rochedo. Terminada a missa, o rochedo pôs-se a deslizar e voltou para o mar. O rochedo, na verdade, era um polvo.

— Só isso? — perguntou Ned.

— Não, há mais. Outro bispo fala de um polvo sobre o qual poderia manobrar um regimento de cavalaria.

— Eram corajosos os bispos, antigamente! — ironizou Ned.

— Enfim, os naturalistas da antiguidade citam monstros, cujas fauces pareciam golfo e eram tão volumosos que não podiam passar no estreito de Gibraltar.

— Que ótimo! — zombou o canadense.

— Mas nessas lendas, que há de verdadeiro? — perguntou Conselho.

— Nada, meus amigos. Nada, desde que ultrapassemos as raias do verossímil, para chegar à fábula e à lenda. Contudo, a imaginação dos inventores tem necessidade, senão de causa, pelo menos de pretexto. Ora, não podemos negar que existem polvos e calmares de enorme tamanho, embora menores do que os cetáceos. Aristóteles mediu um calmar de três metros e dez centímetros. Nossos pescadores constantemente encontram calmares com mais de um metro e oitenta. Os museus de Trieste e de Montpelier conservam esqueletos de polvos com dois metros. Além disso, de acordo com o cálculo dos naturalistas, um desses animais que medisse dois metros teria tentáculos de oito metros. Isso já é suficiente para torná-lo monstro formidável.

— E são ainda pescados, atualmente? — perguntou o canadense.

— Se os marinheiros não os pescam, pelo menos os veem. Um amigo meu, o capitão Paulo Bos, sempre me afirmou que topou com um desses monstros enormes no mar das Índias. Em 1861, ao nordeste de Tenerife, mais ou menos na latitude em que nos encontramos nesse momento, a tripulação do aviso *Alecton* avistou monstruoso calmar que nadava nas águas do barco. O comandante Bouguer aproximou-se do animal e atacou-o a golpes de arpão e a tiros de fuzil, sem maior resultado, porque balas e arpões atravessavam-lhe as carnes moles como geleia sem consistência. Depois de algumas tentativas infrutíferas, a tripulação conseguiu laçar o molusco. O laço deslizou até as barbatanas caudais e aí parou. Tentaram, então, içar o monstro para bordo, mas o seu peso era tão considerável que o corpo separou-se da cauda e ele, privado desse ornamento, desapareceu nas águas.

— Enfim, eis um fato — disse Ned.

— Fato indiscutível, meu amigo. Tão verídico que foi proposto chamar-se esse polvo *calmar de Bouguer*.

— Qual o tamanho dele?

— Não media, mais ou menos, seis metros? — interrompeu Conselho que, junto à vidraça, examinava novamente as enfractuosidades da falésia.

— Exatamente — respondi.

— Seus olhos, colocados no alto da cabeça, não apresentavam enorme desenvolvimento?

— Sim, Conselho.

— E sua boca não era verdadeiro bico de papagaio, mas muito grande?

— De fato, Conselho.

O infeliz, seguro pelo tentáculo...

— Sua cabeça não era coroada de oito tentáculos, que se agitavam na água, como ninhada de serpentes?

— Exato.

— Então, que o senhor não se aborreça, mas se não estamos diante do *calmar de Bouguer*, estamos pelo menos diante de seu irmão — disse Conselho com toda a calma.

Eu olhei Conselho, e Ned Land precipitou-se para a vidraça e exclamou:

— Que animal horroroso!

Olhei por minha vez e não pude reprimir movimento de repulsão. Diante de meus olhos agitava-se horrendo monstro. Era um calmar de dimensões colossais, com oito metros de comprimento. Andava aos recuos, com extrema velocidade, em direção ao *Náutilo*. Olhava com enormes olhos fixos, de coloração esverdeada. Os seus oito braços, ou antes, os seus oito pés, implantados na cabeça, que deram a esses animais o nome de cefalópodes, tinham o dobro da dimensão do corpo e contorciam-se como a cabeleira das fúrias. Na face interna desses tentáculos podiam ser distintamente vistas as duzentas e cinquenta ventosas com forma de cápsulas semiesféricas. Às vezes, essas ventosas aderiam à vidraça do salão, fazendo vácuo. A boca do monstro — bico córneo com a forma de bico de papagaio — abria-se e fechava-se verticalmente. A língua dele, substância cornígera, armada de várias fileiras de dentes agudos, saía fremente daquela verdadeira torquês. Que fantasia da natureza! Um bico de ave em um molusco! O corpo fusiforme e intumescido na parte média formava massa carnosa que devia pesar de vinte a vinte e cinco toneladas. A cor cambiante, alterando-se com extrema rapidez, conforme a irritação do animal, variava sucessivamente do cinza lívido ao vermelho escuro.

Qual seria a causa da irritação daquele molusco? Certamente, a presença do *Náutilo*, mais formidável do que ele e contra o qual a sucção de seus braços e suas mandíbulas eram impotentes. O acaso nos colocara em presença daquele calmar e eu não queria perder a ocasião de estudar cuidadosamente aquele exemplar de cefalópode. Venci o horror que me inspirava o seu aspecto e, pegando um lápis, comecei a desenhá-lo.

— Talvez seja o mesmo do *Alecton* — comentou Conselho.

— Não — retrucou o canadense — pois este está inteiro e o outro perdeu a cauda.

— Por isso, não — expliquei. Os braços e a cauda desses animais reconstituem-se por reintegração e, em sete anos, a cauda já teve tempo de crescer.

— Aliás — replicou Ned — se não é este, talvez seja um daqueles.

De fato, outros polvos surgiam na vidraça de estibordo. Contei sete. Formavam verdadeiro cortejo ao *Náutilo* e eu escutava o rangido de seus bicos no casco de aço. Aqueles monstros mantinham-se em nossas águas com tal precisão que pareciam imóveis e teria podido decalcá-los em miniaturas sobre a vidraça. Aliás, navegávamos em marcha moderada.

De repente, o submarino parou. Um choque fê-lo estremecer de popa à proa.

— Será que tornamos a encalhar? — perguntei.

— Se encalhamos, já nos safamos, porque estamos flutuando — respondeu Ned.

Era evidente que o *Náutilo* flutuava, mas não andava mais. Os ramos de sua hélice não batiam as ondas. Passou-se um minuto. O capitão Nemo, acompanhado do imediato, entrou no salão. Há algum tempo eu não o via. Pareceu-me taciturno. Sem falar-nos, talvez sem ver-nos, dirigiu-se à vidraça, observou os polvos, e disse algumas palavras ao imediato. Este retirou-se. Logo depois, as escotilhas fecharam-se. O teto iluminou-se. Dirigi-me ao capitão e disse-lhe no tom despreocupado com que falaria um colecionador diante de um aquário:

— Curiosa coleção de polvos!

— Realmente, senhor naturalista — respondeu-me — e vamos combatê-la corpo a corpo.

Encarei o capitão, julgando não haver compreendido e repeti:

— Corpo a corpo?

— Exatamente. A hélice parou. Suponho que as mandíbulas córneas de algum desses calmares penetrou entre os ramos dela, o que nos impede de navegar.

— E que vai fazer?

— Emergir e massacrar toda essa asquerosa bicharia.

— A empresa é difícil.

— Realmente. As balas elétricas são impotentes contra essas carnes moles em que não encontram resistência suficiente para rebentar. Não obstante, nós os atacaremos a machado.

— E a arpão — interveio o canadense — se o senhor não recusa o meu auxílio.

— Aceito, mestre Land.

— Nós os acompanharemos — concluí. E, seguindo o capitão Nemo, dirigimo-nos para a escada central. Lá, uma dezena de homens, armados de machados de abordagem, estavam prontos para o ataque. Conselho e eu também nos armamos de machado. Ned Land empunhou um arpão.

O *Náutilo* voltara à superfície das ondas. Um dos marinheiros, de um dos últimos degraus, desaparafusava as cavilhas da escotilha. Mal foram tiradas as porcas, a escotilha ergueu-se com incrível violência, evidentemente sugada pelas ventosas de um braço de polvo. No mesmo instante, longo braço deslizou como serpente pela abertura e vinte outros agitaram-se acima dele. Com forte machadada, o capitão cortou o formidável tentáculo, que caiu, contorcendo-se, escada abaixo. No momento em que nós nos comprimíamos uns nos outros, na ânsia de alcançar a plataforma, dois outros braços, açoitando o ar, abateram-se sobre o marinheiro que precedia o capitão Nemo e ergueram-no com violência irresistível. O capitão Nemo deu um grito e precipitou-se pela escotilha. Nós o seguimos imediatamente.

Que cena! O infeliz, seguro pelo tentáculo e colado às ventosas, era balançado no ar ao sabor daquela enorme tromba. Estertorava, sufocava e gritava!

— Socorro! Socorro!

Essas palavras, pronunciadas em francês, causaram-me profundo espanto. Tinha eu, pois, um compatriota a bordo, talvez vários! Aquele grito lancinante, hei de ouvi-lo pelo resto da vida!

O desgraçado estava perdido. Quem poderia arrancá-lo daquele poderoso amplexo? Entretanto, o capitão Nemo precipitara-se sobre o polvo e com outra machadada cortara-lhe mais um braço. O imediato lutava encarniçadamente contra outros monstros que rastejavam pelos flancos do submarino. A tripulação batia-se com eles a machadadas. O canadense, Conselho e eu enterrávamos nossas armas naquelas massas de carne. Violento odor de almíscar impregnava a atmosfera. Era horrível.

Por um momento supus que o desventurado, enlaçado pelo polvo, seria arrancado àquela poderosa sucção. Sete braços lhe haviam sido cortados. Apenas um contorcia-se no ar, brandindo a vítima como se fora uma pena. No momento, porém, em que o capitão Nemo e o imediato precipitavam-se sobre ele, o animal expeliu um líquido escuro, segregado por bolsa situada em seu abdômen. Aquilo nos cegou. Quando a nuvem se dissipou, o calmar desaparecera e com ele o meu desgraçado compatriota.

Que fúria nos animou, então, contra aqueles monstros! Dez ou doze polvos haviam invadido a plataforma e os flancos do *Náutilo*. Rolávamos confusamente em meio àqueles pedaços de serpentes que se contorciam na plataforma, em meio a ondas de sangue e tinta negra. Parecia que aqueles viscosos tentáculos renasciam como os braços da hidra. O arpão de Ned, a cada arpoada, espetava-se nos olhos glaucos dos calmares, cegando-os. Não obstante, o meu audacioso companheiro foi inesperadamente derrubado pelos tentáculos de um monstro que não pudera evitar. Ah! Como explicar que meu coração não se tenha partido de emoção e horror! O formidável bico do calmar abrira-se sobre Ned Land. O infeliz ia ser cortado em dois. Precipitei-me em socorro dele. O capitão Nemo antecipara-se a mim. O machado dele sumira-se entre as duas enormes mandíbulas e, miraculosamente salvo, o canadense mergulhou o arpão inteiro no tríplice coração do polvo. O capitão disse ao canadense;

— Eu lhe devia essa desforra!

Ned inclinou-se, sem responder.

O combate durara um quarto de hora. Os monstros, vencidos,

mutilados, feridos de morte, abandonaram finalmente a praça e desapareceram sob as ondas.

O capitão Nemo, coberto de sangue, imóvel, perto do farol, contemplava o mar que engolira um de seus companheiros e grossas lágrimas correram de seus olhos.

❖

43

A Corrente do Golfo

Contei que o capitão Nemo chorava contemplando as ondas. A sua dor foi imensa. Era o segundo companheiro que perdia, desde a nossa chegada a bordo. E que morte! Aquele amigo esmagado, asfixiado, lacerado pelos formidáveis braços do polvo, triturado por suas mandíbulas férreas, não repousaria, como os seus companheiros, no cemitério de coral.

O capitão Nemo recolheu-se a seu quarto e não o vi mais, durante algum tempo. Como devia estar triste, desesperado, irresoluto, a julgar pelo navio de que era a alma e que dele recebia todas as impressões! O *Náutilo* já não seguia direção determinada. Ia, vinha, flutuava, como cadáver à mercê das ondas. A hélice tinha sido desembaraçada, mas pouco se servia dela. Navegava ao acaso. Não conseguia afastar-se do teatro de sua última batalha, daquele mar que devorara um dos seus.

Passaram-se dez dias. Foi somente a primeiro de maio que o *Náutilo* retornou francamente a rota para o norte. Seguíamos, então, a corrente do maior rio do mar, que tem margens, peixes e temperatura própria. Navegava no seio da Corrente do Golfo.

É ela realmente um rio, que corre em meio ao Atlântico e cujas águas não se misturam com as águas oceânicas. É um rio salgado, mais salgado do que o mar circunjacente. A sua profundidade média é de mil metros, e a sua largura média, de sessenta milhas. Em certos lugares tem velocidade de quatro quilômetros por hora. O invariável volume de suas águas é mais considerável do que o de todos os rios do globo.

A verdadeira nascente da Corrente do Golfo, o seu ponto de partida, está situado no Golfo de Gasconha. Lá as suas águas, ainda de temperatura fraca e cor indecisa, começam a formar-se. Descem para o sul, costeiam a África equatorial, aquecem suas ondas aos raios da zona tórrida, atravessam o Atlântico, alcançam o cabo de São Roque, na costa brasileira, bifurcando-se em dois ramos, dos quais um ainda se vai saturar das quentes moléculas do mar das Antilhas. Então, a Corrente do Golfo, encarregada de restabelecer o equilíbrio entre as temperaturas e de misturar as águas dos trópicos com as águas boreais, começa o seu papel de ponderador. Superaquecida no Golfo do México, dirige-se para o norte pelo litoral americano, avança até a Terra Nova, desvia-se sob o impacto da corrente fria do estreito de Davis, retoma a rota do oceano, seguindo sobre um dos grandes círculos do globo a linha loxodrômica e, à altura do quadragésimo terceiro grau, divide-se em dois braços, um dos quais, com a ajuda dos alísios, retorna ao Golfo de Gasconha e aos Açores, enquanto outro, depois de aquecer as praias da Irlanda e as da Noruega, chega além de Espisbergue, onde a sua temperatura cai a quatro graus, indo formar o mar livre do polo.

Era nas águas desse rio oceânico que o *Náutilo* navegava então. Por volta de meio-dia, subi à plataforma em companhia de Conselho. Expliquei-lhe as particularidades relativas à Corrente do Golfo. Quando concluí minha explicação, convidei-o a mergulhar as mãos na água. O rapaz obedeceu e ficou muito espantado por não experimentar qualquer sensação de frio ou quente.

— Isso decorre — expliquei-lhe — do fato de ser a temperatura das águas da Corrente do Golfo, ao saírem do Golfo do México, pouco diferente da temperatura do sangue. É a Corrente do Golfo o calorífero que permite adornarem-se as costas europeias de eterna verdura.

A oito de maio, estávamos ainda à altura do cabo Háteras, no litoral da Carolina do Norte. A largura da Corrente do Golfo era ali de setenta e cinco milhas, e a profundidade, de duzentos e dez metros. O *Náutilo* continuava a vaguear ao acaso. A bordo parecia que fora abolida qualquer vigilância. Concordarei que nessas condições uma evasão poderia ser bem-sucedida. As praias habitadas ofereciam por toda parte fáceis refúgios. O mar era cortado constantemente pelos numerosos navios que ligam Boston a Nova Iorque, ao Golfo do México e, noite e dia, era percorrido por essas pequenas escunas, que praticam a cabotagem entre os diversos pontos da costa americana. Podíamos ter esperanças de ser recolhidos. A ocasião era portanto favorável.

Mas uma circunstância desagradável contrariava frontalmente

os projetos do canadense. O tempo estava péssimo. Nós nos aproximávamos das paragens em que as tempestades são frequentes, da região das trombas e dos ciclones. Afrontar um mar quase sempre revolto, em frágil escaler, seria morte certa. O próprio Ned Land concordava com isso e desesperava-se, atacado por furiosa saudade, que só a fuga poderia curar.

— Professor — disse-me nesse dia — é preciso que isso acabe. Vou ser-lhe franco. O capitão Nemo afasta-se das terras e sobe para o norte. Não obstante, eu lhe digo que estou farto do polo sul e não o seguirei ao polo norte.

— Que havemos de fazer, já que a evasão é impossível nesse momento?

— Volto à minha ideia. É preciso falar ao capitão. O senhor nada disse, quando estávamos nos mares de sua pátria. Vou falar-lhe, agora, que estamos nos mares de minha terra. Quando penso que dentro de alguns dias o *Náutilo* estará à altura da Nova Escócia e que lá se abre grande baía para a Terra Nova, que nessa baía deságua o São Lourenço e que o São Lourenço é o meu rio, o rio que banha Quebeque, minha cidade natal, o furor aquece-me o rosto, meus cabelos ficam arrepiados. Finalmente, professor, prefiro jogar-me ao mar. Não ficarei aqui!

Era evidente que a paciência do canadense estava esgotada. A sua vigorosa compleição não podia tolerar clausura tão prolongada. Dia a dia, a sua fisionomia alterava-se. Seu caráter tornava-se cada vez mais taciturno. Eu sentia o quanto devia sofrer, porque a nostalgia também me dominava. Quase sete meses haviam decorrido, sem que tivéssemos qualquer notícia de terra. Além disso, o isolamento do capitão Nemo, a modificação de seu gênio, principalmente depois do combate contra os polvos, a sua taciturnidade, tudo me levava a ver as coisas sob aspecto diferente. Não sentia mais o entusiasmo dos primeiros dias. Era preciso ser flamengo, como Conselho, para aceitar aquela situação, naquele meio reservado aos cetáceos e demais habitantes do mar. Acho que, se o bom do rapaz, em lugar de pulmões, tivesse brânquias, seria peixe magnífico.

— Então, professor? — interpelou-me Ned, quando viu que eu não lhe respondia.

— Então, Ned, você quer que eu pergunte ao capitão Nemo quais as suas intenções a nosso respeito?

— Sim, senhor.

— E isso, apesar de já nos ter feito conhecê-las?

— Perfeitamente. Desejo ter certeza. Fale só por mim, só em meu nome, se quiser.

— Mas só raramente eu o encontro. Acho mesmo que me evita.

— Mais uma razão para procurá-lo.

— Eu o interpelarei, Ned.

— Quando? — perguntou, insistindo.

— Quando o encontrar.

— O senhor Aronnax quer que eu mesmo vá procurá-lo?

— Não, pode deixar por minha conta. Amanhã...

— Hoje — interrompeu Land.

— Pois seja. Irei procurá-lo hoje.

Fiquei sozinho. Decidida a questão, resolvi agir imediatamente. Sempre preferi coisa feita a coisa por fazer.

Voltei ao meu quarto. De lá ouvi passos no quarto do capitão Nemo. Não podia deixar escapar aquela ocasião de encontrá-lo. Bati na porta. Não obtive resposta. Bati de novo, depois torci a maçaneta. A porta abriu-se. Entrei. O capitão estava lá. Curvado sobre a sua mesa de trabalho, não me ouvira. Resolvido a não sair sem havê-lo interrogado, aproximei-me dele. Levantou bruscamente a cabeça, franziu o sobrecenho e disse-me em tom bastante áspero:

— O senhor aqui? Que quer de mim?

— Quero falar-lhe.

— Mas estou ocupado. Trabalho. A liberdade que lhe dou de isolar-se, não a posso ter para mim?

A recepção era pouco animadora. Eu, porém, estava decidido a ouvir tudo, para poder responder tudo.

— Senhor — prossegui friamente — venho falar-lhe de assunto que não me é permitido adiar.

— Qual? — interpelou-me ironicamente. Descobriu por acaso alguma coisa que eu ignoro? O mar confiou-lhe novos segredos?

Estávamos completamente fora do assunto. Entretanto, antes que eu pudesse responder, mostrou-me um manuscrito aberto sobre a mesa e disse-me em tom grave:

— Eis aqui, senhor Aronnax, um manuscrito em várias línguas. Contém o resumo de meus estudos sobre o mar e, se Deus quiser, não morrerá comigo. Este manuscrito, assinado por mim, completado pela história de minha vida, será encerrado em pequeno aparelho insubmersível. O último sobrevivente a bordo do *Náutilo* lançará esse aparelho ao mar e ele irá aonde as ondas o levarem.

O nome daquele homem! A sua história, escrita por ele próprio!

Seria, pois, o seu mistério, desvendado algum dia? Naquele momento, porém, só vi no que ele dizia a oportunidade para entrar no meu assunto.

— Capitão — respondi — não posso deixar de aplaudir o pensamento que o levou a proceder desse modo. É evidente que os frutos de seus estudos não podem ser perdidos. Mas o meio que o senhor emprega parece-me primitivo. Quem sabe onde os ventos levarão esse aparelho e em que mãos ele cairá! O senhor não poderia empregar meio mais seguro? Um dos seus não poderia...?

— Nunca, senhor — interrompeu-me, com vivacidade, o capitão.

— Mas eu e meus companheiros estamos prontos a guardar esse manuscrito em sigilo e se o senhor nos restituir a liberdade...

— A liberdade! — exclamou o capitão, levantando-se.

— Exatamente e é a esse respeito que vim interrogá-lo. Há sete meses estamos a bordo e eu lhe pergunto hoje, em nome de meus companheiros e no meu próprio, se a sua intenção é de prender-nos aqui para sempre.

— Senhor Aronnax, eu lhe responderei hoje o que lhe respondi há sete meses. Quem entra no *Náutilo* nunca mais deve abandoná-lo.

— Então, é a escravidão que o senhor nos impõe.

— Pode dar-lhe o nome que entender.

— Contudo, em toda parte o escravo conserva o direito de recobrar a liberdade. Quaisquer que sejam os meios que se apresentem, pode julgá-los bons.

— Quem lhe nega tal direito? Alguma vez tentei forçá-lo com juramento?

Cruzando os braços, o capitão encarou-me.

— Senhor — prossegui — voltar segunda vez a este assunto não agradaria a qualquer de nós dois. Já que o encetamos, esgotemo-lo agora. Repito-lhe, não se trata apenas de minha pessoa. Para mim, o estudo é um derivativo, poderosa diversão, arrebatamento, paixão, que me pode fazer esquecer o resto. Como o senhor, sou homem para viver ignorado, obscuro, na frágil esperança de legar, um dia, ao futuro, o resultado de meus trabalhos por meio de aparelho hipotético, confiado ao acaso das ondas e dos ventos. Em uma palavra, posso admirá-lo e segui-lo sem desprazer, em um papel que compreendo sob certos aspectos, mas há circunstâncias de sua vida que entrevejo cercada de complicações e de mistérios, dos quais eu e meus companheiros somos os únicos aqui que não participamos. E mesmo que o nosso coração tenha podido pulsar pelo senhor, comovido por suas dores ou entusiasmo por seus atos de gênio e de coragem, somos obrigados a recalcar em nós até o mais ínfimo testemunho de nossa simpatia, despertada pela vista do que é belo e bom, quer venha de amigo ou de inimigo. Pois bem, é esse sentimento de que somos estranhos a tudo quanto se relaciona com o senhor que torna a nossa posição inaceitável, impossível, principalmente para Ned Land. Qualquer homem, pelo simples fato de ser homem, exige consideração. O senhor já pensou no que o amor da liberdade e o ódio da escravidão podem provocar, como projetos de vingança, em uma índole como a do canadense? No que pode ele pensar, tentar, praticar?

Calara-me. O capitão Nemo levantou-se.

— Que me importa o que Ned Land pense, tente ou faça? Não fui eu que o procurei. Não é por minha vontade que o conservo a bordo. Quanto ao senhor, é daqueles que podem compreender tudo, até o silêncio. Nada mais tenho a responder-lhe. Que esta primeira vez em que vem tratar de tal assunto seja também a última, porque da segunda vez eu poderia até não querer ouvi-lo.

Retirei-me. A partir daquele dia nossa situação tornou-se muito tensa. Relatei minha conversa a meus companheiros.

— Sabemos agora — comentou Ned — que nada podemos esperar desse homem. O *Náutilo* aproxima-se de Long Island. Fugiremos, faça o tempo que fizer.

Infelizmente, o céu tornava-se cada vez mais ameaçador. Os sintomas de furacão eram evidentes. O mar revolto elevava-se em escarcéus. Os pássaros desapareciam, exceto as procelárias. O barômetro caía sensivelmente e indicava no ar extrema tensão de vapores. A luta dos elementos estava próxima.

A dezoito de maio, rebentou a tempestade, precisamente no momento em que o *Náutilo* flutuava à altura de Long Island, a apenas algumas milhas dos canais de Nova Iorque. Em lugar de evitá-la, nas profundezas do mar, o capitão Nemo, por inexplicável capricho, quis arrostá-la na superfície. Inabalável sob as violentas rajadas, mantinha-se na plataforma. Fizera-se amarrar pela cintura para resistir às vagas monstruosas que ali rebentavam. Também eu subira para a plataforma e me fizera amarrar, dividindo minha admiração entre aquela tempestade e aquele homem incomparável que a enfrentava.

O mar, encapelado, era varrido por enormes farrapos de nuvens que mergulhavam em suas ondas. Já não se via nenhuma daquelas pequenas ondas que se formam no fundo das grandes reentrâncias. Só havia enormes ondulações fuliginosas, cuja crista não rebentava, tão compactas eram elas. E a sua altura crescia. Parecia que umas emulavam as outras. O *Náutilo*, ora deitado sobre um dos lados, ora erguendo-se como mastro, arfava e jogava horrorosamente.

Por volta das cinco horas, caiu chuva torrencial que não acalmou nem o vento, nem o mar. O furacão desencadeou-se com velocidade de quase quarenta léguas por hora. É nessas condições que derruba casas, que encrava as telhas dos tetos nas portas, que rompe grades de ferro, que desloca canhões. Mas o *Náutilo* a tudo resistia. Não era apenas rochedo resistente que aquelas ondas pudessem demolir, era fuso de aço, obediente e móvel, sem cordame, sem mastreação, que desafiava impunemente o furor da procela. As ondas alcançavam até quinze metros de altura e cento e cinquenta a cento e setenta de comprimento. A sua velocidade de propagação era igual à metade da do vento. O seu volume e potência aumentavam com a profundidade das águas. Compreendi, então, o papel daquelas ondas que retêm o ar em suas entranhas e o recalcam para o fundo do mar, onde, com o oxigênio, levam a vida.

A intensidade da tormenta aumentou com a noite. Ao anoitecer, vi passar no horizonte um navio que lutava penosamente. Ia em marcha reduzida, para manter-se nas vagas. Pouco depois desapareceu na escuridão. Às dez horas da noite, o céu estava incendiado. A atmosfera era cortada por violentos relâmpagos. Eu não podia suportar o brilho deles, enquanto o capitão Nemo, encarando-os, parecia aspirar a alma da tempestade. Terrível estrépito enchia os ares. Ruído complexo, resultante do uivo das vagas esmagadas, do mugido do vento, do ribombo dos trovões. O vento rondava todos os pontos do quadrante e o ciclone, partindo do leste, de lá voltava, passando pelo norte, pelo oeste e pelo sul, em sentido inverso ao dos tornados do hemisfério austral. À chuva sucedera tempestade de fogo. As gotas de água transformavam-se em penachos fulminantes. Dir-se-ia que o capitão, desejando morte digna de si, procurava ser fulminado.

Em medonho movimento de arfagem, o *Náutilo* ergueu ao ar o seu esporão de aço, como a haste de um para-raios, e dele vi jorrar enormes fagulhas. Exausto, com as forças esgotadas, rastejei em direção à escotilha, que abri, descendo a seguir para o salão. Era impossível alguém manter-se de pé, mesmo no interior.

Por volta de meia-noite, também o capitão recolheu-se. Ouvi os reservatórios encherem-se pouco a pouco e o *Náutilo* mergulhou docemente abaixo da superfície das ondas. Supus que ele fosse encontrar a calmaria a quinze metros, mas enganava-me. As camadas superiores estavam demasiadamente agitadas. Só encontrou repouso a cinquenta metros, nas entranhas do mar.

Mas lá, que tranquilidade, que silêncio, que calma! Quem teria dito que um furacão terrível desencadeava-se, naquele momento, na superfície do oceano?

❖

44

O banco da Terra Nova

Em consequência da tempestade, fôramos impelidos para leste. Qualquer esperança de fuga para os ancoradouros de Nova Iorque ou de São Lourenço desvanecera-se. O pobre Ned, desesperado, isolou-se, à semelhança do capitão Nemo. Eu e Conselho não nos separávamos.

Afirmei que o *Náutilo* se afastara para leste. Deveria ter dito com maior exatidão para nordeste. Durante alguns dias, ele vagueou, ora à superfície, ora sob as ondas, em meio àquelas brumas tão temidas pelos navegantes. Tais nevoeiros são oriundos principalmente do derretimento dos gelos, causado pela extrema umidade da atmosfera. Quantos navios perdidos naquelas paragens! Quantos sinistros provocados por aqueles nevoeiros opacos! Quantos choques naqueles escolhos, cuja ressaca é abafada pelo ruído dos ventos! Quantos abalroamentos, apesar dos fanais, apesar dos apitos e dos sinos de alarme!

Por isso, o fundo daqueles mares oferecia o aspecto de campo de batalha, onde jaziam ainda os vencidos do oceano. Alguns velhos e já enterrados, outros novos, refletindo o brilho de nosso farol em suas ferragens e em suas querenas de cobre. Entre eles, quantos navios totalmente perdidos, com as suas tripulações e os seus emigrantes!

A quinze de maio, alcançamos a extremidade meridional do Banco da Terra Nova. É ele produto das aluviões marinhas, amontoado considerável de detritos orgânicos, para ali levados, seja do equador pela Corrente do Golfo, seja do polo boreal pela contracorrente de água fria, que perlonga a costa americana. Lá também se amontoam os blocos erráticos transportados pelo degelo. Também lá se formou vasto ossuário de peixes, moluscos e zoófitos que nele perecem aos milhares.

A profundidade do mar não é considerável. No máximo algumas centenas de braças. Todavia, em direção ao sul, abre-se subitamente profunda depressão, caverna de três mil metros.

Naquelas regiões, as redes de bordo pescaram principalmente bacalhaus, que admirei em suas águas de predileção, o inexaurível banco da Terra Nova. Podemos afirmar que o bacalhau é peixe de montanha, porque o banco da Terra Nova nada mais é do que montanha submarina. Quando o *Náutilo* abriu caminho entre cardumes tão numerosos que se comprimiam, Conselho não pôde deter esta observação:

— Vejam só! Bacalhaus! Mas eu supunha que fossem achatados como os rodovalhos ou os linguados!

— Tolo! — exclamei. Os bacalhaus são chatos apenas no merceeiro, onde aparecem abertos e estendidos. Na água são peixes fusiformes como os sargos, perfeitamente conformados para o nado.

— Acredito, professor. Mas que nuvem! Que formigueiro!

— Pois bem, meu amigo. Seriam infinitamente mais numerosos se os homens não fossem seus permanentes inimigos. Sabes quantos ovos contaram em uma só fêmea?

— Quinhentos mil?

— Onze milhões!

— Onze milhões!... Eis o que não posso acreditar, a menos que eu próprio os conte.

— Podes contá-los. Mas andarás melhor acreditando no que te digo. Aliás, é aos milhões que franceses, ingleses, americanos, portugueses, dinamarqueses e noruegueses pescam bacalhau. O consumo é prodigioso e, sem a espantosa fecundidade desses peixes, em breve os mares estariam despovoados.

Enquanto aflorávamos o banco da Terra Nova, vi claramente as longas linhas, armadas de duzentos anzóis, que cada pesqueiro lança às dúzias. Cada linha arrastada pela extremidade mediante pequeno grampo era mantida à superfície por arinque preso a uma boia de cortiça. O *Náutilo* foi obrigado a manobrar com cuidado em meio àquela rede submarina. Aliás, ele não permaneceu por muito tempo naquelas paragens frequentadas. Subiu até o quadragésimo segundo grau de latitude. Alcançou assim São João da Terra Nova, onde termina o cabo transatlântico. Neste ponto, em vez de continuar a navegar para o norte, tomou a direção do leste, como se quisesse seguir o platô telegráfico, sobre o qual descansa o cabo submarino.

A dezessete de maio, a cerca de quinhentas milhas da costa e a dois mil e oitocentos metros de profundidade, avistei o cabo repousando sobre o solo. Conselho, que eu não prevenira, tomou-o inicialmente por enorme serpente marinha e, segundo o seu hábito, preparava-se para classificá-la. Eu, porém, o desenganei.

— É aqui!

No dia vinte e oito de maio estávamos a apenas cento e cinquenta quilômetros da Irlanda. Iria o capitão Nemo emergir para aportar nas ilhas britânicas? Não. Para minha grande surpresa, tornou a descer para o sul, regressando aos mares europeus. Importante problema apresentava-se, então, ao meu espírito. Ousaria o *Náutilo* penetrar no mar da Mancha? Ned Land, que reaparecera desde que nos reaproximamos de terra, não parava de interrogar-me. Como responder-lhe? O capitão Nemo permanecia invisível. Depois de haver deixado entrever ao canadense as praias americanas, iria ele mostrar-me as costas de França?

Todavia, continuamos a descer para o sul. A trinta de maio, superou o ponto extremo da Inglaterra. Se queria entrar na Mancha, devia dirigir-se francamente para leste. Mas não tomou essa direção. A trinta e um de maio, descreveu sobre o mar uma série de círculos que me deixavam vivamente intrigado. Parecia procurar local difícil, de encontrar. Ao meio-dia, o capitão subiu para determinar o ponto pessoalmente. Não me dirigiu a palavra. Pareceu-me ainda mais taciturno. Que poderia entristecê-lo tanto? Seria a proximidade do litoral europeu? Sentiria saudades da pátria que abandonara? Que sentiria ele? Remorsos ou pesares?

No dia seguinte, primeiro de junho, o *Náutilo* continuou as mesmas manobras. Era evidente que procurava localizar um ponto exato do oceano. Como na véspera, o capitão veio tomar a altura do sol. Alguns minutos antes que o sol passasse no meridiano, observou-o com extrema precisão. A calma absoluta das ondas facilitou a observação. O barco, imóvel, não jogava nem arfava. Eu estava na plataforma. Quando terminou os seus cálculos, o capitão pronunciou estas palavras:

— É aqui!

Desceu pela escotilha. Voltei ao salão. A escotilha fechou-se e o *Náutilo* começou a imergir. Alguns minutos mais tarde, parava a uma profundidade de oitocentos e trinta e três metros e repousava sobre o solo.

As luzes do salão apagaram-se. As escotilhas abriram-se e, através da vidraça, vi o mar, vivamente iluminado pelos raios do farol, em um círculo de um quilômetro. Olhei a bombordo. Sobre o fundo notava-se intumescência, que me chamou a atenção. Dir-se-ia ruínas sepultadas sob camada de conchas esbranquiçadas, que pareciam manto de neve. Examinando atentamente aquela massa, pareceu-me reconhecer as formas de um navio desmastreado, que deveria ter ido a pique pela proa. O sinistro certamente datava de época remota. Mas que navio seria aquele? Por que vinha o *Náutilo* visitar-lhe a tumba?

Não sabia o que pensar, quando junto a mim ouvi o capitão Nemo dizer em voz lenta:

— Outrora esse navio se chamava *A Marselhesa*. Tinha setenta e quatro canhões e foi lançado à água em 1762. A treze de agosto de 1778, comandado por La Poype Vertrieux, bateu-se audaciosamente contra o *Preston*. Em 1779, a quatro de julho, presenciava com a esquadra do almirante d'Estaing a tomada de Granada. A cinco de setembro de 1781, tomava parte no combate do conde de Grasse, na baía de Chesapique. Em 1794, a república francesa mudou-lhe o nome. A dezesseis de abril do mesmo ano, reunia-se em Bresta à esquadra de Villare-Joyese, encarregado de escoltar um comboio de trigo que vinha da América sob o comando do almirante Von Stabel. A doze e treze *prairial*, ano II, essa esquadra encontrava-se com os vasos ingleses. Professor, hoje é treze *prairial*, primeiro de junho de 1868. Há setenta e quatro anos contadas dia a dia, neste mesmo local, esse navio, após combate heroico, privado de seus três mastros, com água nos paióis, a terça parte de sua tripulação fora de combate, preferiu afundar com os seus trezentos e cinquenta marinheiros a render-se e, pregando o seu pavilhão na popa, desapareceu nas ondas ao grito de: *Viva a República*!

— O *Vingador*! — exclamei.

— Exato. O *Vingador*! Lindo nome! — murmurou o capitão Nemo, cruzando os braços.

❖

45

Hecatombe

Essa maneira de falar, o imprevisto da cena, o histórico do navio patriota, friamente contado a princípio, depois a emoção com que o estranho personagem havia pronunciado as últimas palavras, aquele nome, *Vingador*, cuja significação não podia escapar-me, tudo se somou para impressionar profundamente o meu espírito. Não tirei mais os olhos do capitão. Ele, com as mãos estendidas para o mar, contemplava com olhar ardente aqueles gloriosos restos. Talvez nunca viesse a saber quem era ele, donde vinha, aonde ia, mas via cada vez mais o homem distanciar-se do sábio. Não era misantropia comum que encerrara nas entranhas do submarino o capitão Nemo e seus companheiros, mas ódio monstruoso, ou sublime, que o tempo não conseguia enfraquecer.

Aquele ódio ainda procuraria vingança? Dentro em pouco o futuro haveria de responder-me.

Entretanto, o *Náutilo* subia lentamente para a superfície do mar e vi desaparecerem pouco a pouco as formas confusas do *Vingador*! Logo depois, leve balanço indicou-me que flutuávamos ao ar livre. Nesse momento, ouviu-se pequena detonação. Olhei para o capitão. Não se movera.

— Capitão? — interpelei-o.

Não me respondeu. Eu o deixei e subi para a plataforma. Conselho e o canadense já me haviam precedido ali.

— Donde vem essa detonação? — perguntei.

— Um tiro de canhão — respondeu Land.

Olhei para o oceano. Um navio vinha em nossa direção e via-se que forçava o vapor. Apenas seis milhas o separavam de nós.

— Que navio é aquele, Ned?

— Por seu aparelho e pela altura dos mastros, eu apostaria que é navio de guerra. Oxalá ele nos ataque e ponha a pique, se for necessário, esse maldito submarino.

— Amigo Ned — interrompeu Conselho — como poderia atingir o nosso barco? Atacá-lo sob as ondas? Canhoneá-lo no fundo do mar?

— Ned — perguntei — poderá você reconhecer a nacionalidade daquele navio?

O canadense, franzindo as sobrancelhas, baixando as pálpebras, enrugando o canto dos olhos, fixou por alguns momentos o navio. Depois disse:

— Não, senhor. Não sou capaz de descobrir a que nação pertence. Seu pavilhão não foi içado. Mas posso afirmar que é navio de guerra, porque na extremidade do grande mastro desfralda comprida flâmula.

Durante um quarto de hora, continuamos a observar o navio que se dirigia para nós. Não podia, porém, admitir que tivesse reconhecido o *Náutilo* a tal distância e menos ainda que soubesse tratar-se de submarino. Logo depois, o canadense anunciou-me que se tratava de poderoso couraçado com esporão. Espessa fumaça negra saía de suas duas chaminés. As velas ferradas confundiam-se com a linha das vergas. Não trazia pavilhão. A distância impedia ainda de distinguir as cores de sua flâmula, que parecia estreita fita flutuando.

Avançava rapidamente. Se o capitão Nemo o deixasse aproximar-se, haveria probabilidade de salvação para nós.

— Senhor — disse-me Ned Land — se o navio passar a uma milha, jogar-me-ei ao mar e o exorto a seguir-me.

Nada respondi à proposição do canadense e continuei a contemplar o navio que crescia a olhos vistos. Fosse ele inglês, francês, americano ou russo, era certo que nos acolheria, se pudéssemos alcançá-lo.

— Queira o senhor lembrar-se de que temos alguma experiência de natação — ponderou Conselho. Pode contar comigo para rebocá-lo até aquele navio, se lhe convier seguir o amigo Ned.

Eu ia responder, quando um vapor branco jorrou da proa do navio de guerra. Alguns segundos mais tarde, as águas, agitadas pela queda de pesado corpo, respingavam a ré do *Náutilo*. Pouco depois ouvi uma detonação.

— Como? Eles atiram sobre nós! — exclamei.

— Boa gente! — murmurou o canadense.

— Eles não nos tomam, então, como náufragos agarrados a uma balsa!

— Não fique o senhor aborrecido... Bem! — disse Conselho, sacudindo a água que segundo tiro levantara, respingando-o. Não fique aborrecido, eles reconheceram o *seu narval* e atiram nele.

— Mas devem ver que estão tratando com homens!

— Talvez seja exatamente por isso que atiram — comentou Ned Land, encarando-me.

Fez-se luz em meu espírito. Sem dúvida, já se sabia como considerar o pretenso monstro. Durante o encontro com a *Abraão Lincoln*, quando o canadense o arpoara, o comandante Farragut reconhecera que o narval era um barco submarino, portanto mais perigoso do que o cetáceo imaginário. Sim, devia ser assim e em todos os mares, perseguia-se, agora, aquele terrível engenho de destruição!

Terrível, realmente, se, como se podia supor, o capitão Nemo empregava o seu formidável barco em obra de vingança. Durante aquela noite em que nos aprisionara na cela, no meio do oceano Índico, não teria ele atacado algum navio? Aquele homem, agora sepultado no cemitério de coral, não teria sido vítima do ataque? Sim, repito-o. Assim devia ser. Parte da misteriosa existência do capitão Nemo revelava-se. E, se sua identidade não era conhecida, pelo menos as nações coligadas contra ele caçavam-no agora, não como ser quimérico, mas como homem que lhes votava ódio implacável. E agora, em vez de encontrar amigos naquele navio que se aproximava, lá só encontraríamos inimigos impiedosos.

Entretanto, as balas se multiplicavam em torno de nós. Mas nenhuma nos atingiu. O encouraçado estava a apenas três milhas. Apesar do violento canhoneio, o capitão Nemo não aparecia na plataforma. No entanto, uma daquelas balas cônicas, atingindo normalmente o casco do *Náutilo*, lhe teria sido fatal.

O canadense disse-me, então:

— Senhor, tudo devemos tentar para sair dessa entaladela. Façamos sinais! Com mil diabos! Talvez compreendam que somos gente honesta!...

Ned Land pegou o lenço para agitá-lo no ar. Ainda bem não o havia desenrolado, que derrubado por mão de ferro, apesar de sua força prodigiosa, caía na plataforma.

— Miserável — gritou-lhe o capitão — queres que te espete no esporão do *Náutilo*, antes de lançá-lo contra aquele navio?

O capitão Nemo, terrível de ouvir, era ainda mais terrível de ver. A sua face empalidecera, as pupilas contraíram-se horrivelmente. Não falava, rugia. Inclinado para a frente, torcia com as mãos os ombros do

— Miserável!

canadense. Depois, largando-o e voltando-se para o navio de guerra, cujas balas choviam em torno dele:

— Está bem. Sabes quem eu sou, navio de nação maldita. Não necessito de bandeira para reconhecer-te. Olha! Vou mostrar-te a minha!

E, assim dizendo, desfraldou à frente da plataforma um pavilhão negro, semelhante ao que plantara no polo sul. Nesse momento, uma bala, ferindo obliquamente o casco do *Náutilo,* sem danificá-lo, ricocheteou e, passando junto ao capitão, foi perder-se no mar. O capitão Nemo deu de ombros. Depois, dirigindo-se a mim, em tom breve:

— Desça, desça o senhor com seus companheiros.

— O senhor vai atacar aquele navio?

— Vou metê-lo a pique.

— O senhor não fará isso!

— Vou afundá-lo — repetiu friamente. Não se meta julgar-me. A fatalidade mostra-lhe o que devia ignorar. Fui atacado. A réplica será terrível. Desça.

— Que navio é aquele?

— O senhor não sabe? Pois bem! Tanto melhor! Pelo menos a nacionalidade dele continuará um segredo para o senhor. Desça.

O canadense, Conselho e eu não podíamos deixar de obedecer.

Quinze marinheiros rodeavam o capitão e olhavam com implacável sentimento de ódio aquele navio que avançava para eles. Sentia-se que o mesmo sopro de vingança animava todas aquelas almas.

Desci justamente no momento em que novo projétil tinha sido arremessado e ouvi o capitão desafiar:

— Atira, navio insensato! Gasta inutilmente as tuas balas! Não escaparás ao esporão do *Náutilo*. Não há de ser, porém, neste lugar que sucumbirás. Não! Quero que teus destroços possam confundir-se com os destroços do *Vingador*.

Voltei para meu quarto. O capitão e o imediato haviam permanecido na plataforma. A hélice começou a mover-se. O submarino, afastando-se a toda velocidade ficou fora do alcance das balas inimigas. A perseguição continuou e o capitão contentou-se em manter-se à distância.

Por volta de quatro horas da tarde, incapaz de conter a impaciência e a inquietação que me devoravam, voltei à escada central. A escotilha continuava aberta. Arrisquei-me sobre a plataforma. O capitão andava ali com passos agitados. Contemplei o navio, que estava seis milhas a sotavento. O *Náutilo* rodava em torno dele como fera e, deixando-se perseguir, atraía-o para leste. Não obstante, não o atacava. Talvez ainda hesitasse!

Quis intervir pela última vez. No entanto, apenas interpelei o capitão Nemo, e ele respondeu-me, impondo-me silêncio:

— Eu sou o direito, eu sou a justiça! Sou o oprimido e ali está o opressor! Por ação dele, tudo quanto amei, idolatrei, venerei, pátria, mulher, filhos, meu pai, minha mãe, tudo vi perecer! Tudo quanto odeio está ali! Cale-se!

Lancei um último olhar ao navio de guerra que forçava o vapor. A seguir fui ao encontro de Conselho e Ned Land, dizendo-lhes:

— Fugiremos!

— Ótimo! — exclamou Ned. Que navio é aquele?

— Ignoro-o. Seja qual for, porém, antes de anoitecer será posto a pique. Em todo caso, mais vale sucumbir com ele do que tornar-se cúmplice de represálias, cuja equidade não podemos avaliar.

— Esta é a minha opinião — afirmou friamente Ned Land. Esperemos pela noite.

A noite chegou. A bordo reinava profundo silêncio. O submarino mantinha-se à superfície das ondas, jogando levemente. Meus companheiros e eu tínhamos resolvido fugir no momento em que o navio estivesse suficientemente perto, fosse para nos fazer ouvir, fosse para nos fazer ver, porque a lua, que deveria ser cheia três dias mais tarde, resplandecia. Uma vez a bordo daquele navio, se não pudéssemos evitar o golpe que o ameaçava, pelo menos faríamos tudo quanto as circunstâncias permitissem tentar. Várias vezes supus que o *Náutilo* se preparasse para o ataque. Ele, porém, limitava-se a deixar aproximar-se seu adversário e pouco depois retomava a marcha de fuga.

Parte da noite passou sem incidentes. Espreitávamos a ocasião de agir. Falávamos pouco. Às três da manhã, inquieto, subi à plataforma. O capitão Nemo permanecera ali. Estava de pé, a vante, perto de seu pavilhão, que ligeira brisa desfraldava sobre sua cabeça. Não desfitava o navio. Seu olhar, de extraordinária intensidade, parecia atraí-lo, fasciná-lo.

A lua estava no meridiano. Júpiter erguia-se no oriente. O céu e o oceano rivalizavam em tranquilidade e o mar oferecia ao astro da noite o mais belo espelho que jamais refletira a sua imagem.

O navio mantinha-se a duas milhas de nós. Aproximara-se. Vi seus fanais de posição, verde e vermelho e o seu farol branco suspenso ao grande estai da mezena. Vaga reverberação iluminava seu aparelho, indicando que as caldeiras estavam aquecidas ao máximo. Girândolas de fagulhas, escórias de carvão inflamadas, saindo pelas chaminés, estrelavam a atmosfera.

Permaneci assim até as seis horas da manhã, sem que o capitão Nemo parecesse perceber-se. O vaso de guerra estava a milha e meia e com os primeiros clarões do dia o canhoneio recomeçou. Não podia estar longe o momento em que, atacando o *Náutilo* seu adversário, meus companheiros e eu deixaríamos para sempre aquele homem que eu não ousava julgar. Dispunha-me a descer, quando o imediato subiu à plataforma. Vários marinheiros o acompanhavam. O capitão Nemo não os viu, ou não os quis ver. Certas medidas foram tomadas, que se poderia denominar de preparação para o combate. Coisa muito simples. A grade que formava a balaustrada em volta da plataforma foi arriada. As cabinas do farol e do timoneiro entraram no casco de modo a apenas aflorá-lo. A superfície do comprido charuto de metal não oferecia, pois, uma só saliência que pudesse perturbar a manobra.

Voltei ao salão. O submarino continuava emerso. Alguns clarões matinais infiltravam-se na camada líquida. Certas ondulações das vagas animavam as vidraças com o fulgor do sol nascente. Amanhecia o terrível dia dois de junho!

Às cinco horas, o *Náutilo* moderava a velocidade. Compreendi que deixava o adversário aproximar-se. Aliás, as detonações faziam-

-se ouvir com maior violência. As balas sulcavam a água circundante e mergulhavam com silvo singular.

— Meus amigos — disse eu — chegou o momento. Um aperto de mão e que Deus nos proteja.

Ned Land estava resoluto. Conselho, calmo. Eu, nervoso. Entramos na biblioteca. No momento em que eu empurrava a porta que deitava para a escada central, ouvi a escotilha superior fechar-se bruscamente. O canadense correu para os degraus, mas eu o retive. Um silvo bem conhecido indicava que a água penetrava nos reservatórios. De fato, em alguns instantes, o submarino estava alguns metros abaixo da superfície das ondas.

Compreendi a manobra. Era demasiado tarde para agir. O *Náutilo* não pensava em ferir o adversário em sua couraça impenetrável, mas abaixo de sua linha de flutuação, onde a carapaça metálica não protege mais a bordagem. Estávamos novamente presos, testemunhas forçadas do sinistro drama que se preparava. Aliás, mal tivemos tempo de refletir. Refugiados em meu quarto, olhávamos uns para os outros, sem dizer palavra. Profundo estupor apoderara-se de meu espírito. O curso de meu pensamento parara. Encontrava-me naquele penoso estado que precede a expectativa de medonha detonação. Esperava, escutava, minha vida resumia-se no ouvido.

Entretanto, a velocidade do submarino aumentou sensivelmente. Tomava impulso. Todo o casco estremecia. De repente, soltei um grito. Dera-se um choque, relativamente leve. Senti a força penetrante do esporão de aço. Escutei rangidos, metal lacerando-se. Mas o submarino, levado por sua potência de propulsão, passou através da massa do navio com a mesma facilidade com que a agulha do marinheiro atravessa a vela.

Não pude conter-me. Desvairado, louco, saí do camarote e fui para o salão. Lá encontrei o capitão. Silencioso, taciturno, implacável, olhava pela vidraça de bombordo.

Massa enorme soçobrava e para nada perder de sua agonia, o *Náutilo* descia ao abismo com ela. A dez metros de mim, vi o casco lacerado, no qual a água penetrava com ribombo de trovão, depois a dupla linha de canhões e as pavesadas. O convés estava coberto de sombras negras que se agitavam. A água subia. Os desgraçados trepavam pelos ovéns, agarravam-se aos mastros, torciam-se sob a água. Era um formigueiro humano surpreendido pela invasão do mar.

Paralisados, inteiriçados pela angústia, os cabelos eriçados, olhos esbugalhados, respiração ofegante, sem fôlego, sem voz, também eu contemplava! Irresistível atração colava-me à vidraça. O enorme navio afundava lentamente. O submarino, seguindo-o, espiava todos os seus movimentos. De repente, produziu-se uma explosão. O ar comprimido fez voar os conveses, como se os paióis se houvessem incendiado. A marola foi tão violenta que o próprio submarino derivou. Então, o infeliz navio afundou mais rapidamente. As gáveas carregadas de vítimas apareceram. Em seguida, a parte superior e, por fim, o tope do grande mastro. Afinal, a massa escura desapareceu e com ela a sua tripulação de cadáveres, arrastados por terrível redemoinho...

Voltei-me para o capitão Nemo. O terrível justiceiro, verdadeiro arcanjo do ódio, continuava a olhar. Quando tudo terminou, dirigiu-se para a porta de seu quarto, abriu-a e entrou. Seguindo-o com a vista, pude notar no painel do fundo, por baixo dos retratos de seus heróis, o retrato de uma mulher jovem ainda e de duas crianças. O capitão Nemo contemplou-os por alguns instantes, estendeu-lhe os braços e, ajoelhando-se, prorrompeu em soluços.

❖

46

As últimas palavras do capitão Nemo

As escotilhas haviam sido fechadas sobre aquela medonha tragédia, mas as luzes do salão continuavam apagadas. Em todo o submarino tudo eram trevas e silêncio. Abandonava aquele lugar de desolação, trinta metros abaixo da água, com velocidade prodigiosa. Aonde ia? Para o norte ou para o sul? Para onde fugia aquele homem depois daquela horrível represália?

Eu voltara ao meu quarto, onde Ned e Conselho conservavam-se silenciosos. Sentia invencível horror pelo capitão Nemo. Fosse o que fosse que tivesse sofrido por parte dos homens, não tinha o direito de punir daquela maneira. Eu me tornara, senão cúmplice, pelo menos testemunha de sua vingança. Era demais!

Às onze horas, a luz elétrica voltou. Dirigi-me ao salão. O *Náutilo* fugia para o norte a uma velocidade de vinte e cinco milhas por hora. Localizando nossa posição na carta, vi que navegávamos à entrada da Mancha e que nossa direção nos levava aos mares boreais. À tarde, havíamos transposto duzentas léguas do Atlântico. Anoiteceu e o mar foi invadido pelas trevas até o despontar da lua.

A partir daquele dia, quem poderá dizer até onde nos arrastou o *Náutilo*? Sempre manteve aquela velocidade incalculável, sempre cruzando as brumas hiperbóreas. Não tinha meios para avaliar o tempo que corria. Os relógios de bordo estavam parados. Parecia que a noite e o dia naquelas regiões polares não seguiam o seu curso regular. Sentia-me arrastado para o domínio do terror. Avalio — talvez me engane — que a corrida aventurosa do submarino durou quinze ou vinte dias e não sei quanto tempo duraria, se não fosse a catástrofe que terminou essa viagem.

Ninguém via mais o capitão Nemo. Nem tampouco o imediato. Aliás, não se via qualquer membro da tripulação. Quase todo o tempo o *Náutilo* navegava submerso. Quando voltava à superfície para renovar o ar, as escotilhas abriam-se e fechavam-se automaticamente. Nunca mais se marcara o ponto sobre o planisfério. Eu não sabia onde estávamos. Também o canadense, exausto de forças e de paciência não mais aparecera. Conselho não conseguia arrancar-lhe uma palavra que fosse e temia que em um acesso de delírio e sob o império de terrível nostalgia viesse a suicidar-se. Por isso, vigiava-o continuamente com dedicação.

Compreenda-se que, nessas condições, a situação era insustentável.

Certa manhã — a data não posso precisar — eu adormecera às primeiras horas do dia, em modorra penosa e doentia. Quando despertei, vi Ned Land inclinar-se para mim e escutei-o dizer-me em voz baixa:

— Vamos fugir!

Levantei-me.

— Quando fugiremos?

— Na próxima noite. A vigilância parece ter desaparecido do *Náutilo*. Parece que reina a bordo uma espécie de estupor. O senhor estará pronto?

— Perfeitamente. Onde estamos?

— À vista de terras, a vinte milhas a leste.

— Que terras são essas?

— Ignoro, mas sejam quais forem, nós nos refugiaremos nelas.

— Pois bem, Ned. Fugiremos esta noite ainda que o mar nos engula.

— O mar está revolto, o vento raivoso, mas vinte milhas no escaler do *Náutilo* é coisa que não me assusta. Já levei para lá alguns víveres e algumas garrafas d'água, sem que a tripulação de nada desconfiasse.

— Eu o acompanharei.

— Aliás — acrescentou o canadense — se for surpreendido, reagirei e prefiro morrer.

— Morreremos juntos, amigo Ned.

Estava decidido a tudo. O canadense retirou-se. Subi para a plataforma, onde mal podia aguentar-me contra o embate das ondas. O céu estava ameaçador; contudo, já que a terra estava por trás daquelas brumas espessas, era preciso fugir. Não havia um momento a perder.

Voltei ao salão, temendo e desejando ao mesmo tempo encontrar o capitão Nemo. Que lhe poderia dizer? Poderia ocultar-lhe o involuntário horror que me inspirava? Não. Seria melhor não me encontrar frente a frente com ele e esquecê-lo! Entretanto...

Como aquele dia custou a passar! Era o último que deveria passar a bordo do *Náutilo*. Fiquei sozinho. Ned Land e Conselho evitavam falar-me, com medo de se traírem. Às seis horas, jantei, mas não tinha apetite. Fiz força para comer, apesar de minha repugnância, pois não queria enfraquecer-me. Às seis e meia, Ned Land entrou em meu quarto e disse-me:

— Não nos reveremos antes de nossa partida. Às dez horas, a lua não terá ainda nascido. Aproveitaremos a escuridão. Vá para o escaler. Conselho e eu o esperaremos lá.

Dito isto, o canadense retirou-se, sem ao menos dar-me tempo para a resposta.

Dirigi-me ao salão. Navegávamos para nor-nordeste a espantosa velocidade e a cinquenta metros de profundidade. Lancei um último olhar àquelas maravilhas da natureza, àquelas riquezas artísticas reunidas naquele museu, àquela coleção sem rival, destinada a perecer um dia no fundo dos mares com quem a havia formado. Quis fixar em meu espírito impressão suprema. Ali permaneci uma hora, banhado nos eflúvios de teto luminoso e passando em revista os tesouros que resplandeciam nas vitrinas. Em seguida, voltei a meu quarto. Vesti os meus pesados trajes de mar. Reuni os meus apontamentos e apertei-os cuidadosamente contra o meu próprio corpo. Meu coração pulsava com violência. Não conseguia dominar a minha angústia. Certamente, minha perturbação, minha agitação me teriam traído aos olhos do capitão Nemo.

Que faria ele naquele momento? Escutei à porta de seu quarto. Ouvi ruído de passos. O capitão Nemo estava lá. Não se deitara. A cada movimento dele, parecia-me que ia aparecer-me e perguntar-me por que queria fugir. Sentia sobressaltos constantes. Minha imaginação ampliava-os. Essa impressão tornou-se tão pungente que indaguei a mim mesmo se não seria melhor entrar no quarto do capitão, enfrentá-lo, desafiá-lo com o gesto e com o olhar.

Era uma inspiração de louco. Felizmente, contive-me e deitei-me na cama para apaziguar a agitação de meu corpo. Meus nervos acalmaram-se um pouco, mas o cérebro superexcitado fez desfilar em rápida sucessão toda a minha existência a bordo do *Náutilo*. Todos os incidentes felizes ou infelizes que me haviam sucedido desde o momento de minha desaparição de bordo da *Abraão Lincoln*. Então, o capitão Nemo crescia desmedidamente naquele meio estranho. Seu tipo acentuava-se e tomava proporções sobre-humanas. Já não era o meu semelhante, era o homem das águas, o gênio dos mares.

Eram nove e meia. Eu segurava a cabeça entre as mãos, como se a quisesse impedir de rebentar. Fechava os olhos. Não queria mais pensar. Ainda meia hora de espera! Meia hora de pesadelo que poderia enlouquecer-me.

Naquele momento, soaram vagos acordes do órgão, harmonia triste sobre tema indefinível, verdadeiros lamentos de alma que quer quebrar os vínculos terrestres. Escutei enlevado, apenas respirando, mergulhado como o capitão Nemo em um daqueles êxtases musicais que o arrastavam para fora dos limites do mundo.

Depois, um pensamento repentino aterrou-me. O capitão Nemo abandonara o quarto. Estava no salão que eu deveria atravessar para fugir. Ali, eu iria encontrá-lo pela última vez. Ele me veria, talvez falasse! Um gesto seu poderia aniquilar-me, uma única palavra pôr-me a ferros.

Entretanto, iam soar dez horas. Chegara o momento de abandonar meu quarto e reunir-me a meus companheiros. Não poderia hesitar, ainda que o capitão Nemo se erguesse diante de mim. Abri a porta com precaução e pareceu-me ouvir ruído espantoso. Talvez tal ruído só existisse em minha imaginação.

Avancei, rastejando, através dos passadiços sombrios do *Náutilo*, parando a cada passo para comprimir as violentas batidas de meu coração. Alcancei a porta angular do salão. Abri-a docemente. O salão estava mergulhado em profunda escuridão. Os acordes do órgão ressoavam fracamente. O capitão Nemo estava lá. Mas não me via. Creio mesmo que nem em plena luz me teria visto, tanto o seu êxtase o absorvia.

Arrastei-me pelo tapete, evitando o menor rumor. Foram precisos cinco minutos para chegar à porta do fundo, que dava para a biblioteca. Ia abri-la, quando um suspiro do capitão Nemo imobilizou-me. Compreendi que se levantava. Quase cheguei a vê-lo porque alguns raios luminosos filtravam da biblioteca para o salão. Dirigiu-se a mim, braços cruzados, silenciosos, mais deslizando do que andando, como espectro. O peito opresso, cheio de soluços. E eu o ouvi murmurar estas palavras — as últimas que ouvi de sua boca:

— Deus Todo-Poderoso! Basta! Basta!

Seria a confissão do remorso, que assim escapava de sua consciência?

Desvairado, precipitei-me na biblioteca. Subi a escada central e, seguindo o passadiço superior, alcancei o escaler. Nele penetrei pela abertura que já havia dado passagem a meus dois companheiros.

— Partamos! Partamos! — exclamei.

O orifício aberto no casco do *Náutilo* fora previamente fechado e aparafusado por meio de uma chave inglesa de que Ned Land se munira. Da mesma forma foi fechada a abertura do escaler e começou-se a desaparafusar as porcas que ainda nos prendiam ao barco submarino. De repente, ouvimos ruídos interiores. Vozes se interpelavam com vivacidade. Que haveria? Teriam descoberto a nossa fuga? Senti que Ned me punha furtivamente um punhal na mão.

— Sim — murmurei. Saberemos morrer!

O canadense suspendera o seu trabalho. Mas uma palavra vinte vezes repetida, uma palavra terrível, revelou-me a causa da agitação que se propagava a bordo. Não era a nós que a tripulação temia.

— Maelstrom! Maelstrom! — era o grito vinte vezes repetido.

O maelstrom! Na situação em que estávamos este era o nome mais horroroso que podia soar aos nossos ouvidos. Encontrávamo-nos, então, naquelas tenebrosas paragens da costa norueguesa? Fora o *Náutilo* arrastado para aquele abismo, na exato momento em que nosso escaler se ia desprender de suas entranhas?

No momento do fluxo, as águas, apertadas entre as ilhas Feroe e Lofoden, precipitam-se com formidável violência. Formam, assim, irresistível turbilhão, do qual jamais navio algum pôde sair. De todos os pontos do horizonte comprimem-se monstruosos vagalhões. Convergindo para aquele ponto formam um sorvedouro chamado, com razão, *Umbigo do Oceano*, cujo poder de atração estende-se até quinze quilômetros de distância. Aquele abismo aspira não só os ursos-brancos das regiões boreais como baleias e até navios. Fora para o maelstrom — involuntária ou, quem sabe, voluntariamente — que o capitão levara o *Náutilo*.

Ele descrevia uma espiral, cujo raio diminuía cada vez mais. Também o escaler, preso ainda ao submarino, era arrastado com vertiginosa velocidade. Nós o sentíamos. Sofríamos a tonteira doentia que sucede a um movimento giratório demasiado prolongado. Fomos dominados pelo pavor. Nosso horror chegara ao auge, a circulação suspensa, a capacidade de reação completamente aniquilada, suávamos frio, como os suores da agonia. Nossa frágil embarcação era sacudida por ribombos. Rugidos que o eco repetia a distância de várias milhas! Que estrondos das águas ao partirem-se nas rochas agudas do fundo, onde os corpos mais duros se quebram, onde os troncos de árvores se laceram a ponto de parecerem pelos de animal!

Que situação! As sacudidelas eram terríveis. O *Náutilo* defendia-se como ser humano. Os seus músculos de aço estalavam. Às vezes, ele se erguia na vertical. Ned ordenou:

— Vamos aguentar firmes e tornar a aparafusar as porcas. Permanecendo presos ao *Náutilo*, talvez ainda nos possamos salvar!...

Ele ainda não acabara de falar, quando estalo violento se produziu. As porcas saltaram e o escaler, arrancado de seu alvéolo, foi lançado como pedra de uma funda no meio do turbilhão.

Minha cabeça bateu em um ferro e com a violência do choque perdi os sentidos.

❖

47

Conclusão

Eis a conclusão da viagem submarina. O que se passou durante aquela noite, o modo por que o escaler escapou do formidável turbilhão do maelstrom, como Ned, Conselho e eu conseguimos sair do abismo não sei contar. Quando voltei a mim, estava deitado na cabana de um pescador das ilhas Lofoden. Os meus dois companheiros, são e salvos, estavam perto de mim e apertavam-me as mãos. Abraçamo-nos com efusão.

Não podíamos pensar em alcançar a França imediatamente. Os meios de comunicação entre a Noruega setentrional e o sul são raros. Fomos obrigados a esperar a passagem do navio que faz a ligação bimensal com o cabo Norte.

É, portanto, no meio dessa boa gente, que nos acolheu, que revejo a narrativa dessas aventuras. Ela está correta. Nem um só fato foi omitido, nem qualquer pormenor exagerado. É a história fiel dessa inverossímil expedição sob elemento inacessível ao homem e cujos caminhos o progresso tornará livres algum dia.

Serei acreditado? Não sei. Pouco importa. O que ninguém pode negar-me, agora, é o direito de falar desses mares, sob os quais, em menos de dez meses, percorri vinte mil léguas, dessa volta ao mundo submarino, que me revelou tantas maravilhas, através do Pacífico, do oceano Índico, do mar Vermelho, do Mediterrâneo, do Atlântico, dos mares austrais e dos mares boreais.

Que foi feito do *Náutilo*? Terá resistido ao amplexo do maelstrom? O capitão Nemo viverá ainda? Prosseguirá sob o oceano as suas espantosas represálias, ou terá parado diante da última hecatombe? As ondas devolverão algum dia o manuscrito que encerra toda a história de sua vida? Chegarei, enfim, a saber o nome daquele homem? O navio desaparecido revelará, por sua nacionalidade, a nacionalidade do capitão Nemo?

Assim o espero. Espero igualmente que o seu poderoso aparelho tenha vencido o mar em seu medonho abismo e que o *Náutilo* tenha sobrevivido onde tantos navios pereceram. Se assim for, se o capitão Nemo continua a habitar o oceano, sua pátria adotiva, oxalá o ódio se tenha aplacado naquele coração feroz! Oxalá a contemplação de tantas maravilhas extinga nele o espírito de vingança! Que o justiceiro desapareça e o sábio prossiga na pacífica exploração dos mares! Se o seu destino é estranho, é também sublime. Não cheguei a compreendê-lo? Não vivi dez meses aquela existência extranatural? Por isso, a pergunta feita há seis mil anos pelo Eclesiastes: "Quem jamais pôde sondar as profundezas do abismo?" — dois homens entre todos os homens têm, agora, o direito de responder. O capitão Nemo e eu.

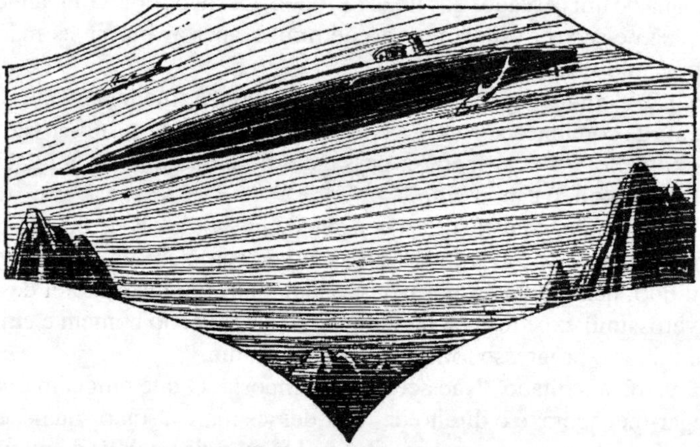

O autor e sua obra

A fulgurante imaginação de Júlio Verne constitui a base da popularidade universal de seus romances, precursores da moderna ficção científica.

Júlio Verne nasceu em Nantes, França, em 8 de fevereiro de 1828. Iniciou estudos de direito em Paris, mas abandonou a carreira para dedicar-se a escrever para o teatro. Obteve alguns sucessos no gênero – como *Les Pailles rompues* (1850; *Amizades partidas*) — sem contudo conseguir firmar-se como dramaturgo. Em 1863 publicou no Magasin d'Éducation et de Récréation, com enorme êxito, a primeira de suas *Voyages extraordináires*, o romance de aventuras *Cinq semaines en ballon* (*Cinco semanas de balão*), relato de uma viagem aérea sobre regiões então desconhecidas da África central. Nos anos seguintes o escritor, que se fixou em 1872 em Amiens e nunca saiu da França, ampliou mais e mais seu prestígio graças à prolífica produção de romances de viagens e aventuras.

Nas obras do ciclo das Voyages, como *Le Voyage au centre de la Terre* (1864; *Viagem ao Centro da Terra*), *De la Terre à la Lune* (1865; *Da Terra à Lua*), *Vingt mille lieues sous les mers* (1870; *Vinte mil léguas submarinas*) e *L'Île mystériuse* (1874; *A ilha misteriosa*), Verne uniu ao vigor narrativo sua convição no progresso da humanidade, o que lhe permitiu pressagiar muitos avanços científicos posteriores — submarino, televisão, viagens espaciais — e receber, com justiça, o título de criador da ficção científica. Sua celebridade chegou ao apogeu com *Le Tour du monde en quatre-vingt jours* (1873; *A volta ao mundo em oitenta dias*), que despertou enorme expectativa durante sua publicação seriada em *Le Temps*. Em 1892 foi-lhe concedido o prestigioso título de cavaleiro da Legião de Honra.

Embora a obra de Verne se dirigisse basicamente a um público juvenil e popular, a crítica moderna realça e enigmática beleza de muitos de seus romances, entre eles *Le Sphinx des glaces* (1897; *A esfinge dos gelos*), homenagem ao escritor americano Edgar Allan Poe, e a preocupação ética que encontrou plena expressão em duas obras de publicação póstuma: a coletânea de contos *Hier et demain* (1910; *Ontem e amanhã*), um dos quais descreve em tom sombrio o fim da humanidade, e o romance *L'Étonnante aventure de la mission Barsac* (1920; *A espantosa aventura da missão Barsac*), denúncia dos perigos do emprego da ciência para fins totalitários.

Júlio Verne, cujos romances tiveram inúmeras adaptações cinematográficas, morreu em Amiens em 24 de março de 1905.

❖

O objetivo, a filosofia e a missão da Editora Martin Claret

O principal objetivo da Martin Claret é contribuir para a difusão da educação e da cultura, por meio da democratização do livro, usando os canais de comercialização habituais, além de criar novos.

A filosofia de trabalho da Martin Claret consiste em produzir livros de qualidade a um preço acessível, para que possam ser apreciados pelo maior número possível de leitores.

A missão da Martin Claret é conscientizar e motivar as pessoas a desenvolver e utilizar o seu pleno potencial espiritual, mental, emocional e social.

O livro muda as pessoas. Revolucione-se: leia mais para ser mais!

MARTIN CLARET

Relação dos Volumes Publicados

1. **Dom Casmurro**
Machado de Assis
2. **O Príncipe**
Maquiavel
3. **Mensagem**
Fernando Pessoa
4. **O Lobo do Mar**
Jack London
5. **A Arte da Prudência**
Baltasar Gracián
6. **Iracema / Cinco Minutos**
José de Alencar
7. **Inocência**
Visconde de Taunay
8. **A Mulher de 30 Anos**
Honoré de Balzac
9. **A Moreninha**
Joaquim Manuel de Macedo
10. **A Escrava Isaura**
Bernardo Guimarães
11. **As Viagens - "Il Milione"**
Marco Polo
12. **O Retrato de Dorian Gray**
Oscar Wilde
13. **A Volta ao Mundo em 80 Dias**
Júlio Verne
14. **A Carne**
Júlio Ribeiro
15. **Amor de Perdição**
Camilo Castelo Branco
16. **Sonetos**
Luís de Camões
17. **O Guarani**
José de Alencar
18. **Memórias Póstumas de Brás Cubas**
Machado de Assis
19. **Lira dos Vinte Anos**
Álvares de Azevedo
20. **Apologia de Sócrates / Banquete**
Platão
21. **A Metamorfose/Um Artista da Fome/Carta a Meu Pai**
Franz Kafka
22. **Assim Falou Zaratustra**
Friedrich Nietzsche
23. **Triste Fim de Policarpo Quaresma**
Lima Barreto
24. **A Ilustre Casa de Ramires**
Eça de Queirós
25. **Memórias de um Sargento de Milícias**
Manuel Antônio de Almeida
26. **Robinson Crusoé**
Daniel Defoe
27. **Espumas Flutuantes**
Castro Alves
28. **O Ateneu**
Raul Pompeia
29. **O Noviço / O Juiz de Paz da Roça / Quem Casa Quer Casa**
Martins Pena
30. **A Relíquia**
Eça de Queirós
31. **O Jogador**
Dostoiévski
32. **Histórias Extraordinárias**
Edgar Allan Poe
33. **Os Lusíadas**
Luís de Camões
34. **As Aventuras de Tom Sawyer**
Mark Twain
35. **Bola de Sebo e Outros Contos**
Guy de Maupassant
36. **A República**
Platão
37. **Elogio da Loucura**
Erasmo de Rotterdam
38. **Caninos Brancos**
Jack London
39. **Hamlet**
William Shakespeare
40. **A Utopia**
Thomas More
41. **O Processo**
Franz Kafka
42. **O Médico e o Monstro**
Robert Louis Stevenson
43. **Ecce Homo**
Friedrich Nietzsche
44. **O Manifesto do Partido Comunista**
Marx e Engels
45. **Discurso do Método / Regras para a Direção do Espírito**
René Descartes
46. **Do Contrato Social**
Jean-Jacques Rousseau
47. **A Luta pelo Direito**
Rudolf von Ihering
48. **Dos Delitos e das Penas**
Cesare Beccaria
49. **A Ética Protestante e o Espírito do Capitalismo**
Max Weber
50. **O Anticristo**
Friedrich Nietzsche
51. **Os Sofrimentos do Jovem Werther**
Goethe
52. **As Flores do Mal**
Charles Baudelaire
53. **Ética a Nicômaco**
Aristóteles
54. **A Arte da Guerra**
Sun Tzu
55. **Imitação de Cristo**
Tomás de Kempis
56. **Cândido ou o Otimismo**
Voltaire
57. **Rei Lear**
William Shakespeare
58. **Frankenstein**
Mary Shelley
59. **Quincas Borba**
Machado de Assis
60. **Fedro**
Platão
61. **Política**
Aristóteles
62. **A Viuvinha / Encarnação**
José de Alencar
63. **As Regras do Método Sociológico**
Émile Durkheim
64. **O Cão dos Baskervilles**
Sir Arthur Conan Doyle
65. **Contos Escolhidos**
Machado de Assis
66. **Da Morte / Metafísica do Amor / Do Sofrimento do Mundo**
Arthur Schopenhauer
67. **As Minas do Rei Salomão**
Henry Rider Haggard
68. **Manuscritos Econômico-Filosóficos**
Karl Marx
69. **Um Estudo em Vermelho**
Sir Arthur Conan Doyle
70. **Meditações**
Marco Aurélio
71. **A Vida das Abelhas**
Maurice Materlinck
72. **O Cortiço**
Aluísio Azevedo
73. **Senhora**
José de Alencar
74. **Brás, Bexiga e Barra Funda / Laranja da China**
Antônio de Alcântara Machado
75. **Eugênia Grandet**
Honoré de Balzac
76. **Contos Gauchescos**
João Simões Lopes Neto
77. **Esaú e Jacó**
Machado de Assis
78. **O Desespero Humano**
Sören Kierkegaard
79. **Dos Deveres**
Cícero
80. **Ciência e Política**
Max Weber
81. **Satíricon**
Petrônio
82. **Eu e Outras Poesias**
Augusto dos Anjos
83. **Farsa de Inês Pereira / Auto da Barca do Inferno / Auto da Alma**
Gil Vicente
84. **A Desobediência Civil e Outros Escritos**
Henry David Toreau
85. **Para Além do Bem e do Mal**
Friedrich Nietzsche
86. **A Ilha do Tesouro**
R. Louis Stevenson
87. **Marília de Dirceu**
Tomás A. Gonzaga
88. **As Aventuras de Pinóquio**
Carlo Collodi
89. **Segundo Tratado Sobre o Governo**
John Locke
90. **Amor de Salvação**
Camilo Castelo Branco
91. **Broquéis/Faróis/Últimos Sonetos**
Cruz e Souza
92. **I-Juca-Pirama / Os Timbiras / Outros Poemas**
Gonçalves Dias
93. **Romeu e Julieta**
William Shakespeare
94. **A Capital Federal**
Arthur Azevedo
95. **Diário de um Sedutor**
Sören Kierkegaard
96. **Carta de Pero Vaz de Caminha a El-Rei Sobre o Achamento do Brasil**
97. **Casa de Pensão**
Aluísio Azevedo
98. **Macbeth**
William Shakespeare

99. **Édipo Rei/Antígona**
Sófocles

100. **Lucíola**
José de Alencar

101. **As Aventuras de Sherlock Holmes**
Sir Arthur Conan Doyle

102. **Bom-Crioulo**
Adolfo Caminha

103. **Helena**
Machado de Assis

104. **Poemas Satíricos**
Gregório de Matos

105. **Escritos Políticos / A Arte da Guerra**
Maquiavel

106. **Ubirajara**
José de Alencar

107. **Diva**
José de Alencar

108. **Eurico, o Presbítero**
Alexandre Herculano

109. **Os Melhores Contos**
Lima Barreto

110. **A Luneta Mágica**
Joaquim Manuel de Macedo

111. **Fundamentação da Metafísica dos Costumes e Outros Escritos**
Immanuel Kant

112. **O Príncipe e o Mendigo**
Mark Twain

113. **O Domínio de Si Mesmo Pela Auto-Sugestão Consciente**
Émile Coué

114. **O Mulato**
Aluísio Azevedo

115. **Sonetos**
Florbela Espanca

116. **Uma Estadia no Inferno / Poemas / Carta do Vidente**
Arthur Rimbaud

117. **Várias Histórias**
Machado de Assis

118. **Fédon**
Platão

119. **Poesias**
Olavo Bilac

120. **A Conduta para a Vida**
Ralph Waldo Emerson

121. **O Livro Vermelho**
Mao Tsé-Tung

122. **Oração aos Moços**
Rui Barbosa

123. **Otelo, o Mouro de Veneza**
William Shakespeare

124. **Ensaios**
Ralph Waldo Emerson

125. **De Profundis / Balada do Cárcere de Reading**
Oscar Wilde

126. **Crítica da Razão Prática**
Immanuel Kant

127. **A Arte de Amar**
Ovídio Naso

128. **O Tartufo ou O Impostor**
Molière

129. **Metamorfoses**
Ovídio Naso

130. **A Gaia Ciência**
Friedrich Nietzsche

131. **O Doente Imaginário**
Molière

132. **Uma Lágrima de Mulher**
Aluísio Azevedo

133. **O Último Adeus de Sherlock Holmes**
Sir Arthur Conan Doyle

134. **Canudos - Diário de uma Expedição**
Euclides da Cunha

135. **A Doutrina de Buda**
Siddharta Gautama

136. **Tao Te Ching**
Lao-Tsé

137. **Da Monarquia / Vida Nova**
Dante Alighieri

138. **A Brasileira de Prazins**
Camilo Castelo Branco

139. **O Velho da Horta/Quem Tem Farelos?/Auto da India**
Gil Vicente

140. **O Seminarista**
Bernardo Guimarães

141. **O Alienista / Casa Velha**
Machado de Assis

142. **Sonetos**
Manuel du Bocage

143. **O Mandarim**
Eça de Queirós

144. **Noite na Taverna / Macário**
Álvares de Azevedo

145. **Viagens na Minha Terra**
Almeida Garrett

146. **Sermões Escolhidos**
Padre Antonio Vieira

147. **Os Escravos**
Castro Alves

148. **O Demônio Familiar**
José de Alencar

149. **A Mandrágora / Belfagor, o Arquidiabo**
Maquiavel

150. **O Homem**
Aluísio Azevedo

151. **Arte Poética**
Aristóteles

152. **A Megera Domada**
William Shakespeare

153. **Alceste/Electra/Hipólito**
Eurípedes

154. **O Sermão da Montanha**
Huberto Rohden

155. **O Cabeleira**
Franklin Távora

156. **Rubáiyát**
Omar Khayyám

157. **Luzia-Homem**
Domingos Olímpio

158. **A Cidade e as Serras**
Eça de Queirós

159. **A Retirada da Laguna**
Visconde de Taunay

160. **A Viagem ao Centro da Terra**
Júlio Verne

161. **Caramuru**
Frei Santa Rita Durão

162. **Clara dos Anjos**
Lima Barreto

163. **Memorial de Aires**
Machado de Assis

164. **Bhagavad Gita**
Krishna

165. **O Profeta**
Khalil Gibran

166. **Aforismos**
Hipócrates

167. **Kama Sutra**
Vatsyayana

168. **O Livro da Jângal**
Rudyard Kipling

169. **De Alma para Alma**
Huberto Rohden

170. **Orações**
Cícero

171. **Sabedoria das Parábolas**
Huberto Rohden

172. **Salomé**
Oscar Wilde

173. **Do Cidadão**
Thomas Hobbes

174. **Porque Sofremos**
Huberto Rohden

175. **Einstein: o Enigma do Universo**
Huberto Rohden

176. **A Mensagem Viva do Cristo**
Huberto Rohden

177. **Mahatma Gandhi**
Huberto Rohden

178. **A Cidade do Sol**
Tommaso Campanella

179. **Setas para o Infinito**
Huberto Rohden

180. **A Voz do Silêncio**
Helena Blavatsky

181. **Frei Luís de Sousa**
Almeida Garrett

182. **Fábulas**
Esopo

183. **Cântico de Natal/ Os Carrilhões**
Charles Dickens

184. **Contos**
Eça de Queirós

185. **O Pai Goriot**
Honoré de Balzac

186. **Noites Brancas e Outras Histórias**
Dostoiévski

187. **Minha Formação**
Joaquim Nabuco

188. **Pragmatismo**
William James

189. **Discursos Forenses**
Enrico Ferri

190. **Medeia**
Eurípedes

191. **Discursos de Acusação**
Enrico Ferri

192. **A Ideologia Alemã**
Marx & Engels

193. **Prometeu Acorrentado**
Ésquilo

194. **Iaiá Garcia**
Machado de Assis

195. **Discursos no Instituto dos Advogados Brasileiros / Discurso no Colégio Anchieta**
Rui Barbosa

196. **Édipo em Colono**
Sófocles

197. **A Arte de Curar pelo Espírito**
Joel S. Goldsmith

198. **Jesus, o Filho do Homem**
Khalil Gibran

199. **Discurso sobre a Origem e os Fundamentos da Desigualdade entre os Homens**
Jean-Jacques Rousseau

200. **Fábulas**
La Fontaine

201. **O Sonho de uma Noite de Verão**
William Shakespeare

202. **Maquiavel, o Poder**
José Nivaldo Junior

203. **Ressurreição**
Machado de Assis

204. **O Caminho da Felicidade**
Huberto Rohden

205. **A Velhice do Padre Eterno**
Guerra Junqueiro

206. **O Sertanejo**
José de Alencar

207. **Gitanjali**
Rabindranath Tagore

208. **Senso Comum**
Thomas Paine

209. **Canaã**
Graça Aranha

210. **O Caminho Infinito**
Joel S. Goldsmith

211. **Pensamentos**
Epicuro

212. **A Letra Escarlate**
Nathaniel Hawthorne

213. **Autobiografia**
Benjamin Franklin

214. **Memórias de Sherlock Holmes**
Sir Arthur Conan Doyle

215. **O Dever do Advogado / Posse de Direitos Pessoais**
Rui Barbosa

216. **O Tronco do Ipê**
José de Alencar

217. **O Amante de Lady Chatterley**
D. H. Lawrence

218. **Contos Amazônicos**
Inglês de Souza

219. **A Tempestade**
William Shakespeare

220. **Ondas**
Euclides da Cunha

221. **Educação do Homem Integral**
Huberto Rohden

222. **Novos Rumos para a Educação**
Huberto Rohden

223. **Mulherzinhas**
Louise May Alcott

224. **A Mão e a Luva**
Machado de Assis

225. **A Morte de Ivan Ilicht / Senhores e Servos**
Leon Tolstói

226. **Álcoois e Outros Poemas**
Apollinaire

227. **Pais e Filhos**
Ivan Turguêniev

228. **Alice no País das Maravilhas**
Lewis Carroll

229. **À Margem da História**
Euclides da Cunha

230. **Viagem ao Brasil**
Hans Staden

231. **O Quinto Evangelho**
Tomé

232. **Lorde Jim**
Joseph Conrad

233. **Cartas Chilenas**
Tomás Antônio Gonzaga

234. **Odes Modernas**
Anntero de Quental

235. **Do Cativeiro Babilônico da Igreja**
Martinho Lutero

236. **O Coração das Trevas**
Joseph Conrad

237. **Thais**
Anatole France

238. **Andrômaca / Fedra**
Racine

239. **As Catilinárias**
Cícero

240. **Recordações da Casa dos Mortos**
Dostoiévski

241. **O Mercador de Veneza**
William Shakespeare

242. **A Filha do Capitão / A Dama de Espadas**
Aleksandr Púchkin

243. **Orgulho e Preconceito**
Jane Austen

244. **A Volta do Parafuso**
Henry James

245. **O Gaúcho**
José de Alencar

246. **Tristão e Isolda**
Lenda Medieval Celta de Amor

247. **Poemas Completos de Alberto Caeiro**
Fernando Pessoa

248. **Maiakósvski**
Vida e Poesia

249. **Sonetos**
William Shakespeare

250. **Poesia de Ricardo Reis**
Fernando Pessoa

251. **Papéis Avulsos**
Machado de Assis

252. **Contos Fluminenses**
Machado de Assis

253. **O Bobo**
Alexandre Herculano

254. **A Oração da Coroa**
Demóstenes

255. **O Castelo**
Franz Kafka

256. **O Trovejar do Silêncio**
Joel S. Goldsmith

257. **Alice na Casa dos Espelhos**
Lewis Carrol

258. **Miséria da Filosofia**
Karl Marx

259. **Júlio César**
William Shakespeare

260. **Antônio e Cleópatra**
William Shakespeare

261. **Filosofia da Arte**
Huberto Rohden

262. **A Alma Encantadora das Ruas**
João do Rio

263. **A Normalista**
Adolfo Caminha

264. **Pollyanna**
Eleanor H. Porter

265. **As Pupilas do Senhor Reitor**
Júlio Diniz

266. **As Primaveras**
Casimiro de Abreu

267. **Fundamentos do Direito**
Léon Duguit

268. **Discursos de Metafísica**
G. W. Leibniz

269. **Sociologia e Filosofiia**
Émile Durkheim

270. **Cancioneiro**
Fernando Pessoa

271. **A Dama das Camélias**
Alexandre Dumas (filho)

272. **O Divórcio / As Bases da Fé / e outros textos**
Rui Barbosa

273. **Pollyanna Moça**
Eleanor H. Porter

274. **O 18 Brumário de Luís Bonaparte**
Karl Marx

275. **Teatro de Machado de Assis**
Antologia

276. **Cartas Persas**
Montesquieu

277. **Em Comunhão com Deus**
Huberto Rohden

278. **Razão e Sensibilidade**
Jane Austen

279. **Crônicas Selecionadas**
Machado de Assis

280. **Histórias da Meia-Noite**
Machado de Assis

281. **Cyrano de Bergerac**
Edmond Rostand

282. **O Maravilhoso Mágico de Oz**
L. Frank Baum

283. **Trocando Olhares**
Florbela Espanca

284. **O Pensamento Filosófico da Antiguidade**
Huberto Rohden

285. **Filosofia Contemporânea**
Huberto Rohden

286. **O Espírito da Filosofia Oriental**
Huberto Rohden

287. **A Pele do Lobo / O Badejo / o Dote**
Artur Azevedo

288. **Os Bruzundangas**
Lima Barreto

289. **A Pata da Gazela**
José de Alencar

290. **O Vale do Terror**
Sir Arthur Conan Doyle

291. **O Signo dos Quatro**
Sir Arthur Conan Doyle

292. **As Máscaras do Destino**
Florbela Espanca

293. **A Confissão de Lúcio**
Mário de Sá-Carneiro

294. **Falenas**
Machado de Assis

295. **O Uraguai / A Declamação Trágica**
Basílio da Gama

296. **Crisálidas**
Machado de Assis

297. **Americanas**
Machado de Assis

298. **A Carteira de Meu Tio**
Joaquim Manuel de Macedo

299. **Catecismo da Filosofia**
Huberto Rohden

300. **Apologia de Sócrates**
Platão (Edição bilingue)

301. **Rumo à Consciência Cósmica**
Huberto Rohden

302. **Cosmoterapia**
Huberto Rohden

303. **Bodas de Sangue**
Federico García Lorca

304. **Discurso da Servidão Voluntária**
Étienne de La Boétie

305. **Categorias**
Aristóteles

306. **Manon Lescaut**
Abade Prévost

307. **Teogonia / Trabalho e Dias**
Hesíodo

308. **As Vítimas-Algozes**
Joaquim Manuel de Macedo

309. **Persuasão**
Jane Austen

310. **Agostinho** - *Huberto Rohden*

311. **Roteiro Cósmico**
Huberto Rohden

312. **A Queda dum Anjo**
Camilo Castelo Branco

313. **O Cristo Cósmico e os Essênios** - *Huberto Rohden*

314. **Metafísica do Cristianismo**
Huberto Rohden

315. **Rei Édipo** - *Sófocles*

316. **Livro dos provérbios**
Salomão

317. **Histórias de Horror**
Howard Phillips Lovecraft

318. **O Ladrão de Casaca**
Maurice Leblanc

Série Ouro
(Livros com mais de 400 p.)

1. **Leviatã**
Thomas Hobbes

2. **A Cidade Antiga**
Fustel de Coulanges

3. **Crítica da Razão Pura**
Immanuel Kant

4. **Confissões**
Santo Agostinho

5. **Os Sertões**
Euclides da Cunha

6. **Dicionário Filosófico**
Voltaire

7. **A Divina Comédia**
Dante Alighieri

8. **Ética Demonstrada à Maneira dos Geômetras**
Baruch de Spinoza

9. **Do Espírito das Leis**
Montesquieu

10. **O Primo Basílio**
Eça de Queirós

11. **O Crime do Padre Amaro**
Eça de Queirós

12. **Crime e Castigo**
Dostoiévski

13. **Fausto**
Goethe

14. **O Suicídio**
Émile Durkheim

15. **Odisseia**
Homero

16. **Paraíso Perdido**
John Milton

17. **Drácula**
Bram Stocker

18. **Ilíada**
Homero

19. **As Aventuras de Huckleberry Finn**
Mark Twain

20. **Paulo – O 13º Apóstolo**
Ernest Renan

21. **Eneida**
Virgílio

22. **Pensamentos**
Blaise Pascal

23. **A Origem das Espécies**
Charles Darwin

24. **Vida de Jesus**
Ernest Renan

25. **Moby Dick**
Herman Melville

26. **Os Irmãos Karamazovi**
Dostoiévski

27. **O Morro dos Ventos Uivantes**
Emily Brontë

28. **Vinte Mil Léguas Submarinas**
Júlio Verne

29. **Madame Bovary**
Gustave Flaubert

30. **O Vermelho e o Negro**
Stendhal

31. **Os Trabalhadores do Mar**
Victor Hugo

32. **A Vida dos Doze Césares**
Suetônio

33. **O Moço Loiro**
Joaquim Manuel de Macedo

34. **O Idiota**
Dostoiévski

35. **Paulo de Tarso**
Huberto Rohden

36. **O Peregrino**
John Bunyan

37. **As Profecias**
Nostradamus

38. **Novo Testamento**
Huberto Rohden

39. **O Corcunda de Notre Dame**
Victor Hugo

40. **Arte de Furtar**
Anônimo do século XVII

41. **Germinal**
Émile Zola

42. **Folhas de Relva**
Walt Whitman

43. **Ben-Hur — Uma História dos Tempos de Cristo**
Lew Wallace

44. **Os Maias**
Eça de Queirós

45. **O Livro da Mitologia**
Thomas Bulfinch

46. **Os Três Mosqueteiros**
Alexandre Dumas

47. **Poesia de Álvaro de Campos**
Fernando Pessoa

48. **Jesus Nazareno**
Huberto Rohden

49. **Grandes Esperanças**
Charles Dickens

50. **A Educação Sentimental**
Gustave Flaubert

51. **O Conde de Monte Cristo (Volume I)**
Alexandre Dumas

52. **O Conde de Monte Cristo (Volume II)**
Alexandre Dumas

53. **Os Miseráveis (Volume I)**
Victor Hugo

54. **Os Miseráveis (Volume II)**
Victor Hugo

55. **Dom Quixote de La Mancha (Volume I)**
Miguel de Cervantes

56. **Dom Quixote de La Mancha (Volume II)**
Miguel de Cervantes

57. **As Confissões**
Jean-Jacques Rousseau

58. **Contos Escolhidos**
Artur Azevedo

59. **As Aventuras de Robin Hood**
Howard Pyle